苏州大学文学院研究生教材

普通高等教育新文科建设系列规划教材

中国古代文论十讲

马卫中　张珊　主编

苏州大学出版社
Soochow University Press

图书在版编目(CIP)数据

中国古代文论十讲 / 马卫中, 张珊主编. -- 苏州 : 苏州大学出版社, 2024.6(2024.9重印)
ISBN 978-7-5672-4767-3

Ⅰ.①中… Ⅱ.①马… ②张… Ⅲ.①中国文学-古代文论-文集 Ⅳ.①I206.2-53

中国国家版本馆 CIP 数据核字(2024)第 085408 号

中国古代文论十讲
ZHONGGUO GUDAI WENLUN SHI JIANG
主编 马卫中 张 珊
责任编辑 万才兰

苏州大学出版社出版发行
(地址: 苏州市十梓街1号 邮编: 215006)
苏州市古得堡数码印刷有限公司印装
(地址: 苏州市高新区御前路1号3幢 邮编: 215011)

开本 787 mm×1 092 mm 1/16 印张 11.5 字数 254 千
2024 年 6 月第 1 版 2024 年 9 月第 2 次印刷
ISBN 978-7-5672-4767-3 定价: 58.00 元

图书若有印装错误,本社负责调换
苏州大学出版社营销部 电话: 0512-67481020
苏州大学出版社网址 http://www.sudapress.com
苏州大学出版社邮箱 sdcbs@suda.edu.cn

序

王 尧

我们现在读到的《中国古代文论十讲》，是马卫中教授等主编的中国古代文学专业研究生课程教材。协助他主讲的有钱仲联先生门下的高足，多位是他的弟子一辈。这几年我在文学院一楼走廊时常和马卫中教授不期而遇，我知道他在准备给研究生或者本科生上课，有时也看到他和几名青年才俊在办公室进行讨论。这样的情形，常常让我想起20世纪80年代初中期钱仲联先生和明清诗文研究室同人编撰《清诗纪事》的场景。

马卫中教授是我念本科时的师兄，后来我们又在文学院行政班子共事，相识相知后，我称他"马兄"或"老马"。我入学后不久，老马留校任教。当时中文系教研室、办公室和教室基本集中在老文科楼三楼。下课后我们常常都拥在三楼西侧楼梯口，看橱窗里的通知、学术信息等，我在那里读到钱锺书先生写给钱仲联先生的信件。楼梯西侧一大间教室门口挂着"明清诗文研究室"牌子，我偶尔站在门外张望，偶尔会看到钱先生，敬畏之心油然而生。当时的明清诗文研究室集中了中文系古代文学研究领域的精粹和一批后起之秀，被钱仲联先生称为"大马"的马亚中和"小马"的马卫中，皆是一时之选。我后来偶尔再回老文科楼，会在明清诗文研究室和现代文学教研室旧址门前驻足片刻。在钱仲联先生主持的明清诗文研究工作取得重大进展时，范伯群先生主持的中国近现代通俗文学研究也在兴起之中，这是文学院学术特色和传统形成之时。

20世纪80年代灿烂的思想文化风景从那时渐次展开，学术研究是这片风景中的一角。我和老马后来常常回忆那个年代的一些故事和细节，许多学术的"乡愁"在其中滋生。尽管我们各自研究领域不同，但我们都是从那个年代出发并毫不犹豫走到今天的。我们有相同的学术理想和价值判断，虽然侧重于古和今。80年代的文化热有两条脉络：复兴传统文化和西学再次东渐，这其实是东西碰撞后的再次融合。据老马回忆，钱先生曾说他自己如果出国留学，也是学贯中西的学者。我理解，钱先生其实也很在意西学以及中西对话。从80年代到90年代再到新时代，学界关于中国文学史研究打通的构想，便是深层次古今对话的展开。我自己研究中国现当代文学，兼及文学批评，这几年也写起小说，自然关注中国现当代文学与古代文学、现代文论与古代文论的关系。中国古代文论的当代研究或者说中国古代文论在文学批评中的创造性转换，一直是学界重视的话题。我想在这样的背景下，表达我对《中国古代文论十讲》及相关问题的肤浅理解。

马卫中教授对《中国古代文论十讲》的结构设计或课程安排，显示了他和年轻同人研究和讲述中国文论的鲜明特点，这便是重视专题。从某种意义上说，"古代"是"现代"的发现，现代治学的思想方法也体现在中国古代文论的研究中，各种版本的"中国古代文论史"突出建构中国古代文论的整体性体系。在中国文学与文化的脉络中研究中国文论的点和面，形成一种整体面貌，这样的学术史梳理自然有其重要价值。就我个人问学感受而言，印象更为深刻的是那些关于专书、诗话、词话、小说话等个案或专题的研究成果，包括一些专书的讲疏。选本和注释其实也是中国古代文论研究的学术方式，遴选和注释同样需要学术史视野和学术功力，对许多人产生影响的，郭绍虞先生主编、钱仲联先生参与编撰的《中国历代文论选》便是其中一种。对专书、学案的重视以及关于文学和文论的专题研究，作为传统也延续在中国现代大学的课程体系中。我读《清华大学人文学科年谱》和西南联合大学的文献，留意过国文系的课程设置，并无太多像现在这样的各种文学史课程。这一由古及今的学术传统现在受到大学的重视。西方学术体制对中国文学研究的影响之一，便是"文学史"的兴起，但我们今天称为文学史家的那些学者并不是因为编撰了文学史教科书而成为文学史家的。无论是文学史还是文论史研究，专题研究不可偏废，否则整体的学术史研究容易失之空泛。

回到《中国古代文论十讲》，我以为这十讲充分体现了中国古代文论专题研究的特点。马卫中教授的开场白"中国古代文论概述"，是对中国古代文论的整体性讲述，提纲挈领，深入浅出，见出他的学术功力。涂小马"钱仲联先生和中国古代文论研究"，既讲本学科中国古代文论研究的学术渊源，也在追忆和重温大师治学经验中给问学者以方法启示。其他各讲，陈国安"中国古代文论研究中的《诗经》"，顾迁"《论语》'文学性'探源"，张珊"并称探源"，艾立中"论《太霞新奏》的散曲批评价值"，周瑾锋"'博物'观念下的古代小说创作"，陈昌强"'重光后身'说与清初词学演进"，薛玉坤"四声宽严：民国词学关键词检讨之一"，李晨"王国维词学语境中的'格调'与'境界深浅'"，马卫中"同光体诗论述要"，涉及诗学、词学、散曲、小说、批评和文论中的重要范畴，各有侧重，由点及面，见解纷呈。各讲的讲者在相关领域术业有专攻，这确保了所讲内容的学术质量。

在课堂讲授实录基础上的《中国古代文论十讲》，是一部有语体风格的学术著作，读来身临其境，仿佛坐在台下听课。中国学术思想的表达一直有多样的文体形式，诗话、词话、小说话，以及序跋、书信、日记、画论等都是述学文体，中国文章传统也充分体现在这些文体当中。文学研究会重视文体的意义，而文论研究似乎更重内容，对诗话、词话、小说话作为文学文体或文章的特点并不太在意。现代以来，演讲包括课堂讲授亦成为重要的述学文体。我看一些前辈学者，常常把自己的书稿称为"讲义"（这个概念现在越来越少使用了），这不仅是学术上的谦逊，还标识了一种学术文体的特点。《中国古代文论十讲》诸讲者，都是我的同事，我熟悉他们的声音和表达方式。读十讲，我会感觉我们在同一个空间里谈学术，也谈趣闻轶事。我读过他们的一些学术论著，再读他们的讲稿，感受到了扑面而来的个人气息。我想，这正是人文学者治学的特点，其学术文体应当保留个人言说的风格。这也是我推荐《中国古代文论十讲》的重要原因之一。

  苏州大学文学院的中国古代文学学科是学界重镇之一。我念大学时钱仲联先生年事已高，没有聆听先生讲课的机会，后来在行政岗位偶尔会去叨扰先生。学科中的严迪昌先生、杨海明先生、吴启明先生、王永健先生、潘树广先生、徐永端先生、曹林娣先生都是我的业师，我和师兄如马亚中、马卫中、赵杏根、周秦、罗时进等也常在一起坐而论道，他们都让我体会到中国文化的魅力和中国文学研究薪火相传的精神。在深厚的学科传统中，马卫中教授集结青年学人，以十讲之形式为学子传道授业解惑，功莫大焉。马卫中教授在十讲成稿后，邀我作序，应之有愧，却之不恭。多年来，学界一直在倡导中国古代文论的创造性转换，作为这个话题的关注者，读十讲后记下一个外行的心得，聊以为序。

癸卯霜降于三槐堂

目 录

导　语	中国古代文论概述 / 马卫中	/001/
第一讲	钱仲联先生和中国古代文论研究 / 涂小马	/025/
第二讲	中国古代文论研究中的《诗经》/ 陈国安	/039/
第三讲	《论语》"文学性"探源 / 顾迁	/057/
第四讲	并称探源 / 张珊	/065/
第五讲	论《太霞新奏》的散曲批评价值 / 艾立中	/080/
第六讲	"博物"观念下的古代小说创作 / 周瑾锋	/088/
第七讲	"重光后身"说与清初词学演进 / 陈昌强	/101/
第八讲	四声宽严：民国词学关键词检讨之一 / 薛玉坤	/119/
第九讲	王国维词学语境中的"格调"与"境界深浅" / 李晨	/134/
第十讲	同光体诗论述要 / 马卫中	/142/
后　记		/173/

导语
中国古代文论概述

马卫中

> **【主讲人介绍】**
>
> 马卫中，江苏常熟人。文学博士，苏州大学文学院教授，中国古代文学专业博士生导师。主要研究方向为明清诗文、近代文学。长期为本科生讲授"中国文学批评史""中国古代文论名篇选读"等课程，为研究生开设的课程主要有"明清文学思潮研究""近代诗派研究"等。出版专著《光宣诗坛流派发展史论》《走在理想和现实的边上——晚近的人、事、诗》（即出）等。

所谓"导语"就是开场白。我们今天谈四个问题：一是中国古代文学之范畴；二是中国古代文论之内容；三是中国古代文论之特点；四是学习中国古代文论之准备。

先讲第一个问题：中国古代文学之范畴。按照常规，我应该首先介绍一下本课程之学习和研究的内容。但在了解中国古代文论的内容之前，必须首先明确古代文学的范畴，因为文论研究的对象就是文学。

对于现代意义上的文学，如果要下一个定义，非常简单。《中国大百科全书·中国文学》（第一版）的"文学"条目，由杜书瀛撰写，其对"文学"的解释是："艺术的基本样式之一，亦称语言艺术。它以语言文字为媒介和手段塑造艺术形象，反映现实生活，表现人们的精神世界，通过审美的方式发挥其多方面的社会作用。"只是在中国古代，对文学的理解，好像与之并非完全一致。

"文学"一词在中国的最早出现，是《论语·先进》篇。孔子把他的学生分成"德行""言语""政事""文学"四科，其中说到"文学子游、子夏"。子游为言偃，是常熟人，被称为"南方夫子"。其实，孔子所说的文学，和我们今天理解的文学，有很大的差异。汉代扬雄《法言·君子》对这句话的理解是"子游、子夏得其书矣"。书可能是文学著作，但更多的书不是文学著作。到了宋代，邢昺的《论语注疏》加以补充，说是"文章博学，则有子游、子夏二人也"。可见，孔子所说的"文学"，当指一切书本知识。章太炎的《国故论衡·文学总略》还说："文学者，以有文字著于竹帛，故谓之文；论其法式，谓之文学。"章太炎是近现代影响很大的经学家，又主张保存国故，所以他所理解的文学，和儒家学者所释是基本一致的。正因为孔子首先议论到了文学，在汉以后就有人将文学与儒学关联起来，如《史记·儒林列传》谈到汉武帝以儒学取代黄老、刑名之学,即言:"及窦太后崩,武安侯田蚡为丞相,绌黄老、刑名百家之言,延文学儒者数百人,而公孙弘以《春秋》白衣为天子三公,封以平津侯,天下之学士靡然乡风矣。"这里的文学,与儒者并举,又和"黄老、刑名百家之言"相对,再联系上下文,是言儒学无疑。当然,在先秦还有"文章"一词和文学有关。《论语·公冶长》记载:"子贡曰:夫子之文章,可得而闻也;夫子之言性与天道,不可得而闻也。"既然是和"言性与天道"对举,又是"可得而闻"的,那就是书本知识,还是和当时的文学差不多。

在上古之时,有一个词倒是有点我们今天所说的文学的意思,那就是"文辞"。如《左传·襄公二十五年》:"言之无文,行而不远。晋为伯,郑入陈,非文辞不为功。"再如《战国策·秦策一》:"繁称文辞,天下不治。"文辞的功用在这两段话中是"冰火两重天",真所谓有人喜欢有人恨,但都是强调其修辞的作用。到了汉代,"文章"一词的意思有所变化,逐步向"文辞"靠拢,甚至还在想方设法取而代之。在《史记》中,"文辞"和"文章"交替使用,如《伯夷列传》:"余以所闻,由、光义至高,其文辞不少概见,何哉?"《三王世家》:"然封立三王,天子恭让,群臣守义,文辞烂然,甚可观也。"而《儒林列传》则云:"公孙弘为学官,悼道之郁滞,乃请曰:'……臣谨案:诏书律令下者,明天人分际,通古今之义,文章尔雅,训辞深厚,恩施甚美。小吏浅闻,不能究宣,无以明布谕下。'"唐代司马贞《史记索隐》的解释是"谓诏书文章雅正,训辞深厚也"。按照今天的文学标准,诏书当然不能归入文学作品,但"雅正"和"训辞深厚",确实有点文学的意思。及至《汉书》,"文章"一词的文学特质愈加显示。《公孙弘卜式儿宽传赞》曰:"汉之得人,于兹为盛……文章则司马迁、相如……孝宣承统,纂修洪业,亦讲论六艺,招选茂异……刘向、王褒以文章显。"这里举到的司马迁、司马相如、刘向、王褒,都是写作高手,他们或长于史传,或精于辞赋,或擅于奏议,而这些应该就是班固所谓文章的范畴。当"文辞"和"文章"合体的时候,又出现了一个词,就是"辞章"。《后汉书·蔡邕传》谓蔡邕"好辞章、数术、天文,妙操音律",以后即称善作文者为辞章家。

到了魏晋南北朝的时候,"文学"一词的意思也发生了很大变化。罗根泽先生《中国文学批评史》称之为"文学含义的净化"。为什么说是净化?主要是先秦时候,其所包含的书本知识,其实也是囊括了今天意义上的文学在内的。邢昺说"文章博学,则有子游、子夏二人也",随着博学逐步被剥离出去,文学当然可以说是"净化"。罗根泽先生通过论述"文学"向"文章"靠拢来说明剥离过程之开始:

> 曹丕(187—226)作《典论·论文》,称"文章经国之大业",还没有言及"文学"二字。至宋范晔(398—445)作《后汉书·文苑传》,始时称"文章",时称"文学"。称"文章"者,如《王隆传》《黄香传》皆云:"能文章。"《傅毅传》云:"宪府文章之盛,冠于当世。"《李尤传》云:"少以文章显。"《崔琦传》云:"以文章博通称。"《祢衡传》云:"文章言议,非衡不定。"又云:"其文章多亡云。"称"文学"者,如《傅毅传》云:"肃宗博召文学之士,以毅为兰台令史。"《边韶传》云:"以文学知名。"玩其意蕴,"文章""文学"似没有多大的区别。

虽然说"没有多大的区别",但还是称之为"文章"的居多。我以为,这时候的"文学",其实是"文章学"的简称。因为同样在刘宋时期,文帝刘义隆要为"四学"设馆,其他"三学"为儒学、玄学和史学,他就必须把"文章学"简化成"文学"才能对称。须知,这是一个崇尚骈俪的时代,如果来一个"文章学"就非常突兀,不是大家的审美习惯所能接受的。这时候的"文学",倒是和章太炎所谓"论其法式,谓之文学"比较接近。不过,罗根泽先生将其合体,进一步阐释了当时"文章"或者说"文学"的内涵:"至何谓'文章''文学'?范晔于《文苑传赞》云:'情志既动,篇辞为贵。抽心呈貌,非雕非蔚;殊状共体,同声异气;言观丽则,永监淫费。'实质缘于'情志既动',形式则是'篇辞为贵',与我们所谓'文学'已无大异,不过未鲜明的谓此为文学定义而已。"可在我看来,当时的"文章"相当于今天所说的"文学",而当时的"文学"相当于今天所说的"文论"。当然,在中国古代,人们擅长归纳的方法,而逻辑思维并不是十分严密,有时候也确实会混淆"文章"和"文学"。譬如,《世说新语》就有《文学篇》,其中收录的都是我们今天看来是文学家的趣闻轶事。如果没有这样的混淆,也就没有我们今天意义上的"文学"一词了。当然,我们也可以说,《文学篇》记载的是文章之事,称之文学,是缘于其"文章学",类似我们今天的诗话著作,都是纳入文论范畴的。

我之所以说"相当于",是因为"当时的文章"和"今天所说的文学"还是有着不同的。我们今天所说的文学,用文体来进行区分,是诗歌、散文、戏剧和小说四个部分。而当时的文章分类,《汉书·艺文志》分成"六艺、诸子、诗赋、兵书、术数、方技"六类,称为"六略",这是根据刘歆《七略》,按照班固自己的话,"今删其要,以备篇籍"而成。其实就是将《七略》中的《辑略》分散到除"诗赋"以外的其他五个部分。这个时候的文章,似乎还包括了全部的书本知识。但是,到了《典论·论文》,文章的内涵真的就大大净化了。曹丕说"夫文本同而末异,盖奏议宜雅,书论宜理,铭诔尚实,诗赋欲丽。此四科不同,故能之者偏也,唯通才能备其体"。我们现在研究文学,眼睛紧盯着"诗赋欲丽",以为这个才是中文系的核心课程。殊不知,这四组八体,在曹丕看来,都属于文章的范畴。而陆机《文赋》,则衍变成文体学上著名的"十分法":

> 体有万殊,物无一量,纷纭挥霍,形难为状……故夫夸目者尚奢,惬心者贵当,言穷者无隘,论达者唯旷。诗缘情而绮靡,赋体物而浏亮。碑披文以相质,诔缠绵而凄怆。铭博约而温润,箴顿挫而清壮。颂优游以彬蔚,论精微而朗畅。奏平彻以闲雅,说炜晔而谲诳。虽区分之在兹,亦禁邪而制放。要辞达而理举,故无取乎冗长。

以后刘勰《文心雕龙》的所谓"论文叙笔",也是文体论。"文"和"笔"的区别在于是否押韵。《文心雕龙·总术》即云:"今之常言有文有笔,以为无韵者笔也,有韵者文也。"一般认为,其中"论文"八篇:《明诗》《乐府》《诠赋》《颂赞》《祝盟》《铭箴》《诔碑》《哀吊》。当然,《文心雕龙》卷首,刘勰讨论"文之枢纽"五篇之中的最后一篇《辨骚》，也可看为"论文"之作。而《哀吊》之后的《杂文》《谐讔》两篇，可"文"可"笔"，所以置之中间。再后则是"叙笔"十篇：《史传》《诸子》《论说》《诏策》《檄移》《封禅》《章表》《奏启》《议对》《书记》。由此可见，中国的文体分类是越来越细了。而这种细分，到萧统编纂《文选》，似乎达到了登峰造极的地步。其目录有三十八大类：赋、诗、骚、七、诏、册、令、教、文、表、上书、启、弹事、笺、奏记、书、移、檄、对问、设论、辞、序、颂、赞、符命、史论、史述赞、论、连珠、箴、铭、诔、哀、碑文、墓志、行状、吊文、祭文。而郭绍虞《中国文学批评史》将其中的"哀"分成"哀文"和"哀策"，变了三十九大类。《文选》这样的编目，是受了《文心雕龙》的影响。刘勰曾担任萧统的东宫通事舍人，《梁书·刘勰传》称"昭明太子好文学，深爱之"。所以，萧统是将刘勰的分类进一步拆分了。当然，在拆分过程中，萧统对所选之"文"即文学是有自己的理解的。这便是《文选序》有关选录标准所说的"事出于沉思，义归乎翰藻"。刘师培《中国中古文学史》云："昭明《文选》，惟以沉思翰藻为宗，故赞论序述之属，亦兼采辑。然所收之文，虽不以有韵为限，实以有藻采者为范围，盖以无藻韵者不得称文也。""沉思翰藻"，和范晔的"情志既动，篇辞为贵"是一致的，反映了人们对文学认识的进步。我们现在批评六朝文学的形式主义倾向，殊不知，这是追求新异的结果。而《文选》在文体上的拆分还不止于此。萧统把"诗"又分成了二十三类：补亡、述德、劝励、献诗、公宴、祖饯、咏史、百一、游仙、招隐、反招隐、游览、咏怀、哀伤、赠答、行旅、军戎、郊庙、乐府、挽歌、杂歌、杂诗、杂拟。编写目录是为了方便读者的检索，但像这样的目录只能让读者如堕五里雾中，有莫名其妙的感觉。所以，历史上对此的质疑之声不断。如苏轼《题文选》谓其"编次无法"，章学诚《文史通义·诗教》更言《文选》作为"辞章之圭臬，集部之准绳，而淆乱芜秽，不可弹诘"。不过同样是章学诚，他在《文史通义·诗话》中，还称赞《文心雕龙》的"体大而虑周"。我们常说真理向前一步，可能就成了谬论，章学诚大概就是这样看待《文选》之编目的。而姚鼐《古文辞类纂序目》也说"昭明太子《文选》，分体碎杂，其立名多可笑者。后之编集者，或不知其陋而仍之"。故其编次《古文辞类纂》，精简为十三类：论辨、序跋、奏议、书说、赠序、诏令、传状、碑志、杂记、箴铭、颂赞、辞赋、哀祭。只是郭绍虞《中国文学批评史》谈到这个问题时，给了萧统更多的宽容："曹丕早已说过：'夫文本同而末异。'文体之分，正在要指出末的方面之不同。那么多立名目，也不能说有什么严重的错误。"

我们今天讨论这个问题，本意并不是要来判定《文选》编目之是是非非，而是要说明，不管是《文选》还是《古文辞类纂》，其所选入的，无论哪一类，在中国古代都属于文学的范畴，都是我们古代文学专业研究的对象。尽管里面有许多内容，如果按照杜书瀛的定义，是不能归入今天的文学之内的。但是，即使是今天，也有纯文学和杂文学之分。符合纯文学概念的，当然是"情志既动，篇辞为贵"，也就是萧子显《南齐书·文学传论》所说的"文章者，盖情性之风标，神明之律吕也"。因此，诗歌以及抒情性比较强的古文，应该是纯文学。而杂文学，也不是宽泛到章太炎所说的

"文学者，以有文字著于竹帛，故谓之文"。如果是账册，或者是医书，肯定是不在古代文学之列的。只有符合诸如《文选》或者《古文辞类纂》之采录标准的，才可算作杂文学。而在中国古代，也是一直以此标准来进行文学抉择的，就像我们最常见的古文读本——清代吴楚材、吴调侯叔侄二人选编的《古文观止》。如果我们在这个意义上来认识《文选》之价值，是否也可以同意郭绍虞先生的观点呢？"夫文本同而末异"，萧统毕竟在大的方面，也就是"文本"方面解决了问题，他规定了纳入文学的总的原则。至于"末异"，就好像对于在一个大的建筑物之中，到底要分隔出多少个单间，大家本身就有许多不同的看法。萧统的分类，只是众多意见中的一种，因为大家都采纳了他有关"文本"的意见，《文选》成了显学。而关注的人多了，于是他的"末异"即小问题也随即被放大了。

我们还要解决一个问题。在中国古代，戏曲和小说在经、史、子、集的四部分类中，一般归入子部而不会进入集部，也就是说，并没有被古人纳入文章即文学的范畴。当然，被称作"词余"的散曲编入集后，会收入集部。而且，这样的观念还一直影响到现代。罗根泽先生的《中国文学批评史》第一册、第二册著于民国时期，没有涉及戏曲和小说。而讨论宋代部分的第三册是中华人民共和国成立后增写的，也未见戏曲和小说之论。或许有人会说，罗先生这部著作只是写到宋代，而宋代之小说和戏曲，作品创作尚未繁荣，而论其法式更不多见。据罗先生1958年出版的《中国文学批评史》之《重印序》，他还有写作第四册的计划。如果罗先生不是"出师未捷身先死"，讨论元明清的第四册从此成为遗憾而不能见之于读者，也许其中也会展示戏曲和小说之论。但是，郭绍虞先生所著《中国文学批评史》，完成于中华人民共和国成立之前的版本，尽管已经写到清代，也没有专门的戏曲和小说论。只是在讨论到以诗文创作见长的公安派的时候，才有第二款《戏曲家的关系》，与之并列的第一款和第三款分别是《思想家的影响》和《诗人的意见》。所以，郭先生只是介绍身份为戏曲家的徐渭和汤显祖等人、他们的诗文观所受戏曲的影响，以及公安派其他诗文作家与他们的交流。我特别要解释的是，郭先生此书的目录体系为篇、章、节、目、款五阶，《戏曲家的关系》隶属于阐述《公安派》那一节的第一目《公安派之前驱》，文字也不算太多。郭先生的《中国文学批评史》在中华人民共和国成立之后有过再版，但做了大量修改，甚至可以被视作另外一部著作。郭先生将其原本讨论清代性灵派诗论的"尤侗"一目，拓展为"尤侗与李渔"，但也基本上还是在介绍他们的诗文观，只是在谈到李渔《闲情偶寄》的时候，有云："其书卷一卷二皆论戏曲。自元以来，戏曲虽相当发达，但论戏曲之文却并不多。偶有论到，亦多重在音律品第各方面，讲结构的比较少。他则认为'天地之间有一种文字，即有一种文字之法脉准绳'，那么他论戏曲还是明人论文讲法的观念。"然后又是讨论他们的诗文，附带说到戏曲、小说："总之，他们反对正统派的见解，多少带一些思想上的解放，这是可取的地方。由于反对正统派的见解，于是重视小说戏曲，这也是他们的贡献。"在此，郭先生还是将戏曲和小说看作李渔他们参与诗文讨论时的外加砝码。

这实则还是文学的观念问题。"五四"以后，我们既然接受了西方的文艺思想，就必须将诗歌、散文、戏曲、小说都归入文学。当然，照顾到古代的既成事实，在论到散文的时候，我们可以也必须将杂文学概念中的应用文体一并考虑进来。其实在民国的时候，就有一个名词可以覆盖戏曲和小说，那就是"俗文学"。在封建社会，诗歌和古文被视作正统文学，多为文人雅士所操弄，尊为阳春白雪，堪称"雅文学"。而戏曲和小说则被视作下里巴人，流行于民间，通俗于大众，故称"俗文学"。郑振铎于1938年首版《中国俗文学史》，其有关俗文学的定义为：

> 何谓"俗文学"？"俗文学"就是通俗的文学，就是民间的文学，也就是大众的文学。换一句话，所谓俗文学就是不登大雅之堂，不为学士大夫所重视，而流行于民间，成为大众所嗜好、所喜悦的东西。
>
> 中国的"俗文学"，包括的范围很广。因为正统的文学的范围太狭小了，于是"俗文学"的地盘便愈显其大。差不多除诗与散文之外，凡重要的文体，像小说、戏曲、变文、弹词之类，都要归到"俗文学"的范围里去。

可见在郑振铎那里，雅和俗的标准就是在民间的流行与否。所以，雅和俗是可以变换身份的。当某一种文体还流行于民间，便归入俗文学。而一旦这种文体为正统文人所接受，即摇身一变，超凡脱俗，升堂入室而成为雅文学。譬如诗。《诗经》的大部分原来是民歌，郑振铎以为"当民间的歌声渐渐的消歇了时候，而这种民间的歌曲却成了文人学士们之所有了"。还有词。郑振铎讨论词，只局限于在敦煌发现的曲子词。曲子词是后来文人词的雏形，在唐代兴起的时候，流行于民间，被当作"小道"。后来文人参与其中，词体逐渐推尊，而词作者也多将其作为"诗余"编入文集，其也就成了诗的一部分，在四部分类中归入集部，于是在郑振铎的《中国俗文学史》里便消失了。这大概是一时风尚。陆侃如、冯沅君所著《中国诗史》，其宋代部分以词代诗，只论词而不言诗。估计是认为诗过分贵族化，已经脱离了文艺的气息。而词的推尊，切合了文人骚客的身份。

再讲第二个问题：中国古代文论之内容。 中国古代文论研究的对象是文学，那么我们所要学习和研究的文论又有哪些内容呢？

在汉以前，文论之说散见于包括儒家在内的诸子百家的著述当中，虽不乏精彩之处，但都是支离破碎的只言片语。何文焕《历代诗话序》曾言："诗话于何昉乎？赓歌纪于《虞书》，六义详于古序，孔、孟论言，别申远旨，《春秋》赋答，都属断章。三代尚已。汉魏而降，作者渐夥，遂成一家言，洵是骚人之利器，艺苑之轮扁也。"虽然是讨论诗话，但中国文论的源头也就是如此。直到魏晋南北朝，这种情况才有了根本的改变。《四库全书总目》说"论文之说出焉，《典论》其首也，其勒为一书传于今者，则断自刘勰、钟嵘"。我们生活在一个用论文作为衡量学术水平之重要标杆的时代，而中国古代文学专业最早的论文就是曹丕的《典论·论文》，最早的专著则是刘勰的《文心雕龙》和钟嵘的《诗品》。鲁迅在《集外集拾遗补编·题记一篇》中是这样评价《文心雕龙》的："东则有刘彦和之《文心》，西则有亚里斯多德之《诗学》。"在四部分类的目录学著作中,《文心雕龙》一直占据着专收论文著述的"集部·诗文评"之首位。而钟嵘的《诗品》,则是中国第一部专门的诗学著作,也是第一部文学批评即专门评品作家和作品的著作。唐代的诗论之作,譬如皎然《诗式》、司空图《二十四诗品》,虽然论述的角度和方法不同,但就逻辑性和系统性而言,与钟嵘是一脉相承的。这样的讨论诗学之风气,直到北宋欧阳修的出现,才发生了很大的改变。

欧阳修所撰《六一诗话》,是第一部用"诗话"命名的诗学著作。欧阳修谈到《六一诗话》的写作动机,说"居士退居汝阴,而集以资闲谈也"。古人好诗,也好谈诗。欧阳修将读人著作或者道听途说得来的诗人之逸闻、诗作之本事,以及诗歌创作经验之谈,融合自己的看法记录下来,待下次诗人聚会时,可作茶余饭后的闲聊之资。嗣后,"诗话"逐渐成了中国诗学著作的绝对主力,并占据了全部文论著述的半壁江山。吴乔《围炉诗话》就说"唐人工于诗而诗话少,宋人不工诗而诗话多"。清代何文焕选编《历代诗话》,收明以前诗话著作27种,以《诗品》首之,又继以《诗式》《二十四诗品》。而《六一诗话》以下,则多冠以"诗话"之名。到民国初,丁福保循其体例,辑编《历代诗话续编》,收录诗话著作29种。丁福保另辑选清代诗话43种,编《清诗话》而刊之。郭绍虞先生又选清人诗话34种,成《清诗话续编》。郭先生尚有《宋诗话辑佚》问世。最近三十年,刊印诗话著作之汇编,蔚然成风。我所见者,就有程毅中等收集宋人诗话100种,成《宋人诗话外编》。周维德编《全明诗话》,收诗话著作107种。而上海大学的张寅彭教授则致力于清代诗话和民国诗话的辑编工作。其《民国诗话丛编》,是从经眼的百余种著作中,选录37种而成;又编《清诗话三编》,收录清人著作97种。张寅彭所作《三编序》,总结《清诗话》各编的特点,说"《清诗话》以初编之故,大抵取名家之作;而《续编》一变之,专收评论之作",自称《三编》是"行拾遗补阙之职"。当然,张寅彭并不满足于已有工作之成果,正致力于《清诗话全编》之搜集整理,这是非常浩大的工程。郭绍虞先生《清诗话续编序》称"诗话之作,至清代而登峰造极。清人诗话约有三四百种",而据最新的统计,当在千种左右。《清诗话全编》"顺治康熙雍正期"、"乾隆期"、"嘉庆期"和"道光期"现已出版,各收诗话著作89种、103种、61种和92种。但还不是当时的全部诗话著作,只是内编所收。其断代、地域和诗法类的论诗之作,将另辑外编。这一时期,还有吴文治编纂的《宋诗话全编》《辽金元诗话全编》以及《明诗话全编》。除诗话著作以外,吴氏还收集了大量的笔记著作和零篇散简之相关文字。因其于诗话的认定过于宽泛,不合传统之体例,故多有争议。

除了"诗话"之名外,《六一诗话》"集以资闲谈"的特点,也为后来诗话作者所继承。生活在北宋末年的许𫖮,其《彦周诗话》称:"诗话者,辨句法、备古今、纪盛德、录异事、正讹误也。"将其上升到学术层面,似乎要在内容上改造诗话,但收效甚微。章学诚《文史通义·诗话》即言:"论文考艺,渊源流别不易知也。好名之习,作诗话以党同伐异,则尽人可能也。以不能名家之学(如能名家,即自成著述矣),入趋风好名之习,挟人尽可能之笔,著惟意所欲之言,可忧也,可危也。"这段话虽有片面之处，但总体而言还是符合实际的。其主要意思是，诗话的"集以资闲谈"改变了《文心雕龙》所确定的论文考艺讲求渊源流别的中国文论著作之特点，而沦为党同伐异、趋风好名的工具。郭绍虞先生《清诗话前言》也说"诗话本身，确也有如章氏所说这些根本性的缺点"。其实，这是与中国传统文论或者说传统文化之特点相一致的。只是我不主张用"缺点"二字，也不喜欢章学诚用过于负面的词语来描述这一特点。对于不同文化，是很难论定其高下的。

宋人除了喜欢撰写诗话以外，还开创了词话。而最早的词话著作汇编，是唐圭璋先生的《词话丛编》。唐先生凭一己之力做了两件功德无量的事情，一为编纂《全宋词》，另一就是搜集整理《词话丛编》。如果是一般人，能完成其中一件，就足以笑傲江湖了。《词话丛编》最早刊印于民国二十三年（1934），收录自宋至晚清词话著作60种。1986年由中华书局重版，增加至85种。有关词话的兴起，吴梅《词话丛编序》有完备的介绍：

> 倚声之学，源于隋之燕乐，三唐导其流，五季扬其波，至宋大盛。山含海负，制作如林。然北宋诸贤，多精律吕，依声下字，井然有法。而词论之书，寂寞无闻。知者不言，盖有由焉。南渡以还，音律之学日渐陵夷。作者既无准绳，歌者益乖矩矱。知音之士，乃详考声律，细究文辞。玉田《词源》，晦叔《漫志》，伯时《指迷》，一时并作，三者以外，犹罕专篇。

看来，当一种文体并不普及或者说创作者多为专业人士的时候，"论其法式"的著作就不会有销路。此类著作如果没有读者，也就没有了作者。而某种文体一旦成为显学，非但"论其法式"的著作日渐增多，出版社也会将其作为卖点而争相出版。《词话丛编》在1986年修订出版后，续编者络绎不绝。先是朱崇才有《词话丛编续编》，收词话著作37种，由人民文学出版社于2010年出版。其后，屈兴国又编成《词话丛编二编》，收词话著作48种，2013年由浙江古籍出版社出版。而中华书局也在2013年出版了《词话丛编补编》，由葛渭君辑词话著作67种而成。朱、屈、葛三位均是唐先生弟子，也都称是赓续其师所作，但所收词话著作相互之间还是有不少的重复。如果能够齐心协力补辑先生所作之缺漏，成一部较为完备的著作，则既能告慰先师，又能极大地方便读者。

我们前面谈到，作为正统文学的代表，除了诗外，还有文。诗和文都是科举考试的文体。考试作诗，主要是在唐代和清代。至于宋代，开始的时候是沿袭唐制，也考诗赋。等到王安石推行新政，就把诗赋考试改革掉了。而文一直是历代科举的必考科目。所以，作为考试之指南，论文之作并不少见。当然，也有许多古文作家出于对文学的爱好，总结自己的写作心得而撰成文话。王水照先生编纂的《历代文话》，收录文评专书和论著凡143种，始自宋代王铚的《四六话》，讫于民国刘咸炘所著《文学述林》，共600多万字，分10册精装，2007年由复旦大学出版社出版。而后余祖坤纂《历代文话续编》，收录明清和民国论文之作27种，2013年由凤凰出版社出版。这种汇编文体之论著的风气，还蔓延到了俗文学领域。2009年，黄山书社出版了俞为民、孙蓉蓉编的《历代曲话汇编》。中国戏剧出版社早在 1959 年就出版了中国戏曲研究院编的《中国古典戏曲论著集成》，收录唐以后戏曲论著 48 种。故《历代曲话汇编》有副标题"新编中国古典戏曲论著集成"。所谓"新编"，是书收录唐以后曲话专著 175 种，较前者增加许多。除此以外，"新编"还大量辑录了涉及曲论的评点、序跋、书信、笔记等文字。这和此前所谓诗话、词话和文话，有了很大的不同。而其不同，同样体现在黄霖先生编著的《历代小说话》之中。是书 2018 年由凤凰出版社出版，收录晚明到 1926 年相关著述 378 种，包括考辨类、故实类、传记类、绍介类、评析类、理论类和辑录类。至此，讨论各种文体的大型文论著作汇编给我们的研究工作带来了极大的便利。

通过以上在文献学层面的介绍，大家知道了中国古代文论所要研究的对象，依照今天的出版物，所能找到的最重要的著作。但是，这些大型的文论著作的汇编，是以专著为主的。除了吴文治所编广泛荟萃论及诗歌的各种文字以外，还有《历代曲话汇编》《历代小说话》，它们也辑录了一些散见的文论内容。而中国古代文论的存在形式，还有大量的单篇文章，主要是别集和总集的序跋。中国古代别集和总集的数量非常之多，仅清代诗文别集，柯愈春《清人诗文集总目提要》所收传世者有 19700 余家、40000 余种。我们高兴地看到，现在有人开始做这方面的辑录和整理工作。譬如，钱仲联先生主编的《历代别集序跋综录》，收文 1400 余篇，2005 年由江苏教育出版社出版。而朱则杰编的《清诗总集序跋汇编》，则收录了 500 种清诗总集的序跋原文，2021 年由凤凰出版社出版。我所经眼的，还有曾枣庄《宋代序跋全编》，2015 年由齐鲁书社出版；彭志《明人词籍序跋辑校》，2021 年由浙江大学出版社出版；冯乾《清词序跋汇编》，2013 年由凤凰出版社出版。现在也有学者甚至是以一部作品为对象，来搜集整理其不同版本、不同选本和不同注本的序跋，如蔺文龙《清人诗经序跋精萃》和孙微《清代杜集序跋汇录》，分别由中国书籍出版社和人民文学出版社出版。我们还可以推而广之，找到许多戏曲和小说的序跋荟萃之作。1989 年，蔡毅辑编了《中国古典戏曲序跋汇编》，由齐鲁书社出版。而郭英德和李志远则有规模更为宏大的《明清戏曲序跋纂笺》，2021 年由人民文学出版社出版。

涉及文论内容的单篇文章，还有文人之间的往还书信。《中国历代文论选》仅一卷本所收，唐代部分就有陈子昂《与东方左史虬修竹篇序》、白居易《与元九书》、韩愈《答李翊书》、柳宗元《答韦中立论师道书》、李商隐《上崔华州书》和司空图《与李生论诗书》等 6 篇，占了唐代全部所选 8 篇的四分之三。而明清以后，不少重大的文论问题，更是作家在书信中提出的。比如，明"前七子"李梦阳和何景明的书信往还，虽然是意气用事的争吵甚至谩骂，但要了解他们的诗学观之异同，就必须认真阅读。再如清中叶袁枚的《答沈大宗伯论诗书》《再与沈大宗伯书》，论述了性灵派与格调派的不同诗学主张。但是，在沈德潜的文集中，并没有找到写给袁枚的书信。一种可能是沈德潜无意保留他与袁枚的书信底稿，毕竟俩人年龄、地位以及文学观的差距，实在是有点大。还有一种可能，沈德潜压根就没有写信给袁枚，是袁枚臆想，造出了一个"答"字，以抬高自己的方式来表达他对沈德潜格调派的反对意见，引起关注。此外，还有论诗诗，以及诗人之间互相赠答之诗，也会讨论到诗歌的创作和评价问题。郭绍虞、钱仲联、王蘧常三位先生曾编纂《万首论诗绝句》，1991年交由人民文学出版社出版。这还仅限于七绝一体，而且也没有一网打尽，居然就有万首之多。当然，七绝是论诗诗最常见的诗体。而欧阳修的《水谷夜行寄子美圣俞》则是一首五言古诗，郭绍虞先生《中国文学批评史》说这首诗"开了宋人'论诗诗'的风气"。郭先生接着又说："固然，'论诗诗'亦不始于欧阳修，但是宋人'论诗诗'中好议论的风气，是从欧阳修开始的。"

中国古代文论的文字材料，还可见之于学术和艺术著作。所谓学术著作，依照民国时期梁启超和钱穆俩人书名"撞衫"的《中国近三百年学术史》所述内容，和今天所言学术是有区别的。钱穆所谓学术，仅局限于经学，当然包括了汉学和宋学。汉学和宋学是可以概括经学的。《四库全书总目·经部总叙》即云："自汉京以后，垂二千年，儒者沿波，学凡六变"，而"要其归宿，则不过汉学、宋学两家，互为胜负"。梁启超之门径，则要宽阔不少。他说"做中国学术史，最令我们惭愧的是，科学史料异常贫乏。其中有记述价值的，只有算术和历法方面"。所以，我们是否可以改造一下宋文帝所立的"四学"，以此作为本门课程需要讨论的学术之范畴。《四库全书总目·子部总叙》曾言："夫学者研理于经，可以正天下之是非；征事于史，可以明古今之成败，余皆杂学也。"其实，我们只消将"四学"之"玄学"替换成"杂学"，也就和经、史、子、集的四部分类基本吻合了。而这与梁启超所论之学术也相近了，特别是可能会牵涉到文论内容的部分。当然，集部即文学是自不待言的。

儒学之中与文论有关的内容，《中国历代文论选》的四卷本就选录《诗经》《尚书》《礼记》《春秋左氏传》《春秋公羊传》《论语》《孟子》等所谓"十三经"中的孔孟之说。儒学还包括后代儒者诠释和发挥孔孟学说的著作，最经典的就是《毛诗序》。再如郑玄《毛诗笺》、孔颖达《毛诗正义》、朱熹《诗集传》《论语集注》等。因封建统治者的提倡，此类著作数量之多，堪称汗牛充栋。一直到晚清，还有许多人在白首穷经、著书立说。

史学著作，所谓正史中有关文论的内容，主要是《艺文志》和《文苑传》。《汉书》最早设《艺文志》，后来史书编撰者多有继承。也有将其改称《经籍志》，如《隋书》，并按照经、史、子、集分类。《艺文志》为我们查寻相关的研究资料提供了必要的帮助。而《文苑传》最早的设立，是范晔的《后汉书》。嗣后南朝诸史，多以《文学传》继之。及李大师、李延寿父子撰《北史》，复称《文苑传》，而《新唐书》又改为《文艺传》。《文苑传》所收，当然是文学家。有一些擅长文学者，或建功立业，或仕途顺畅，成为一代名臣，那就会专门列传。还有人学富五车、耸动天下，则会收入《儒林传》。古人大概都记着《论语》"学而优则仕"的教诲。彼时，或许当个教授，要比做作家来得体面。毕竟，最低一层的县学教谕和训导之类，也是体制内的人。而柳永奉旨"且去填词"，被看作很大的侮辱。《中国历代文论选》四卷本仅第一册，就选了《史记》的《太史公自序》《屈原传》、《汉书·艺文志》的《诗赋略论》，还选了《宋书》的《谢灵运传论》。而其附录则有更多史书内容。除了"二十五史"以外，我们还要关注各地编修的地方志。地方志一般也有人物传记，还有诗文作品选。可王闿运《湘绮楼说诗》卷二对章学诚《文史通义》在谈到"方志体例"时别立《文征》一门不能认同："章君入诗文于方志，岂不乖类？晓岱云：'赠答诗可入传注，亦裴松之之例。'余以诗词不入志为宜，特修《桂阳志》，为人所牵而载之小说篇，他日修志仍不选诗。"其不认可的原因，是不同意孟子"《诗》亡然后《春秋》作"的说法，谓"此特假言耳"。他说"《春秋》岂可代《诗》乎？孟子受《春秋》，知其为天子之事，不可云王者微而孔子兴，故托云《诗》亡"。除正史以外，史学家的个人著作，如计六奇《明季北略》有《异人歌》《童谣》《钟谭》《邓太妙赋诗》《题诗永阳驿署壁》《赞费氏诗》《诸女出宫诗三十首》《后人姜女叹二首》《曹静照宫词》《后人纪先帝英烈诗三十七首》《又附七绝诗八首》《李自成谣谶》《赞诸忠臣诗》《李岩作劝赈歌》《赞周遇吉诗》《赞魏宫人等投河诗》《寄哀时事诗六首》等篇，而《明季南略》也有《阎尔梅碎牒赋诗》《杜氏赠诗》《张氏赋诗投江》《宋蕙湘题诗汲县壁》《吴芳华旅壁题诗》《叶子眉题诗朝歌》《姜曰广临难赋诗》《在狱赋诗》《张同敞自诀诗》《贞女诗十首》《张明正题诗金山》《张煌言临难赋诗》等篇，都是研究在风云激荡的历史背景下明末清初诗风转变的绝佳材料。

  过去"玄学"著作中的经典有所谓"三玄"，除《周易》归入经部以外，《老子》和《庄子》都归入子部。我们可以将"玄学"推而广之，拓展到整个杂家之说而称之为"杂学"，因此覆盖子部。杂学最重要的当然是诸子百家之说。对照20世纪30年代世界书局编印的《诸子集成》，《中国历代文论选》四卷本包括附录所采，除孔孟所著以外，还有《墨子》《商君书》《庄子》《荀子》《韩非子》《吕氏春秋》《淮南子》《法言》《论衡》《抱朴子》《颜氏家训》等。而其所采《金楼子》，《诸子集成》编者在《刊行旨趣》中以为"不必要"而没有收入。既然是选本，也就不可能穷尽。《诸子集成》所收的《世说新语》，虽然《中国历代文论选》未有采入，但确实是研究中国古代文论的重要著作。以后类似的笔记小说，依其体例，多有记载诗人活动、交流诗人创作，并评价诗歌作品，发挥着类似诗话著作的作用，是我们不可或缺的研究对象。我们甚至可以说，"集以资闲谈"的诗话著作，在写作风格上依傍《世说新语》之痕迹是一目了然的，不过是主题集中于诗歌罢了。说到底，诗话就是论诗之笔记。今所见《越缦堂诗话》《湘绮楼说诗》，就是分别从李慈铭和王闿运日记中辑出的。诸子百家之说，对于构建中国古代文论，有时是至关重要的。譬如，郭绍虞先生《中国文学批评史》讨论到荀子，标题为"荀子奠定了传统的文学观"，开门见山便说："孔子以后，孟荀并称，但是从文学批评来讲，荀子要比孟子为重要。荀子《非十二子》篇之论子思、孟子，称为'略法先生而不知其统'；的确，就文学批评讲，也是荀子为得其统。所以荀子奠定了后世封建时代的传统的文学观。"郭先生分别征引了荀子《正论》《儒效》《非十二子》的相关论述，以为这就是后人论文主于征圣、宗经和明道的先声。所谓"后人"，最早也是最著名者为扬雄和王充。郭先生随后又引《法言》和《论衡》，分别说明"扬雄发展了传统的文学观"，以及"王充修正了传统的文学观"。这也都是《中国文学批评史》的标题。以后，刘勰著《文心雕龙》，卷首三篇也分别是《原道》《征圣》《宗经》。

我们还要介绍一下古代艺术类著作中与文学相关的内容。其实，艺术和文学同属人文学科，有许多本身就是相通的，甚至还是有"血缘关系"的。譬如戏曲，文学的剧本是需要演艺人员通过音乐和舞蹈的形式加以表演，才能完整地被呈现在观众面前。所以，讨论戏曲，也就必然会涉及音乐和舞蹈。我们翻阅《历代曲话汇编》，就有这样的印象。即使是诗歌，其与音乐，甚至舞蹈，最初也是合体的。《吕氏春秋·古乐》记载："昔葛天氏之乐，三人操牛尾，投足以歌八阕：一曰载民，二曰玄鸟，三曰遂草木，四曰奋五谷，五曰敬天常，六曰建帝功，七曰依地德，八曰总禽兽之极。"这段话被无数次地用来引证《尚书·尧典》所谓"诗言志，歌咏言，声依永，律和声，八音克谐，无相夺伦，神人以和。夔曰：於！予击石拊石，百兽率舞"，以为是谈"文学发展初期诗、乐、舞的紧密联系"。《中国历代文论选》的选编者就是这样做，也是这样说的。当然，我们还应该介绍一下中国古代画论与诗论的交融，甚至互相借鉴之关系。钱锺书先生有《中国诗与中国画》一文，其中谈道："诗和画号称姊妹艺术。有人进一步认为它们不但是姊妹，而且是孪生姊妹。唐人只说：'书画异名而同体。'（张彦远《历代名画记》卷一《叙画之源流》）自宋以后，大家都把诗和画说成仿佛是异体而同貌。"至于是如何的异体同貌，按照标准的钱式文风，引录了许多古人诗论或者画论中的相关论述。我们摘其一段以管窥其貌：

> 郭熙《林泉高致》第二篇《画意》："更如前人言：'诗是无形画，画是有形诗。'哲人多谈此言，吾人所师。"冯应榴《苏诗合注》卷五〇《韩幹马》："少陵翰墨无形画，韩幹丹青不语诗。"孔武仲《宗伯集》卷一《东坡居士画怪石赋》："文者无形之画，画者有形之文，二者异迹而同趣。"张舜民《画墁集》卷一《跋百之诗画》："诗是无形画，画是有形诗。"释德洪觉范《石门文字禅》卷八：《宋迪作八境绝妙，人谓之"无声句"。演上人戏余曰："道人能作'有声画'乎？"因为之各赋一首》。

今天的讨论，我们只限于诗论和画论之间是否有移位的关系。涉及具体问题，就不再展开了。如果一定要举个例子，那就是学界在追寻王士禛"神韵说"之源头的时候，常常会谈到南朝谢赫《古画品录》中对顾骏之所作画的评价语："神韵气力，不逮前贤；精微谨细，有过往哲。"以为是滥觞于此。

接着讲第三个问题：中国古代文论之特点。我们刚才介绍中国古代文论的内容，主要讨论了外在的形式，很少涉及内在的特点。中国古代文论之内涵，相较西方文论，有很大的不同。我们可以比较一下中西方文论的差异，以此了解中国古代文论的特点。

比较19世纪以前中国和西方的文学理论著作，我们发现它们在形式上有一个很大的不同，就是西方的文学理论家，多兼有思想家的头衔，基本上是站在哲学的高度来讨论文学理论问题，所以他们的著述多为美学著作。我们只消翻阅一下朱光潜的

《西方美学史》，其所论从古希腊罗马时期的柏拉图、亚里士多德、贺拉斯，到中世纪的奥古斯丁、托马斯·阿奎那，几乎没有例外。接着是文艺复兴时期。但丁、薄伽丘、达·芬奇，虽然复兴从文艺开始决定了他们是有思想的艺术家，但他们对世界的影响中更重要的是思想。他们的文艺作品，只是他们思想的实践。以后便是启蒙运动，笛卡儿、培根、伏尔泰、莱辛、维柯，他们都是欧洲各国思想启蒙的火炬手。受时代的影响，朱光潜在19世纪以后主要论述了德国古典主义的代表康德、歌德、黑格尔和俄国革命民主主义和现实主义的代表别林斯基、车尔尼雪夫斯基等，因为他们是马克思主义哲学和苏联社会主义美学形成过程中所吸收的合理成分。不仅如此，他们的美学著作，还是当时文学创作和文学批评的标准和依据。这种标准和依据直到20世纪，依然影响着苏联和中国。而中国古代的文学理论家，基本上都是作家。他们的文论著作，多为创作经验之总结，或者是以自己的经验来评判他人作品。与郭绍虞先生主编的《中国历代文论选》同时开工，并初版在20世纪60年代，同样成为经典的高等学校文科教材，还有同为复旦大学著名教授的朱东润先生主编的《中国历代文学作品选》。二书入选作品之作者的重复比例，高到令人惊讶的程度。我们仅以《中国历代文论选》（一卷本）为例，其先秦所选，除《尚书》外，《诗经》《论语》《墨子》《荀子》都出现在了《中国历代文学作品选》的目录之中。而唐宋部分二书都选者，如陈子昂、杜甫、白居易、韩愈、柳宗元、李商隐、梅尧臣、欧阳修、苏洵、王安石、苏轼、黄庭坚、李清照、陆游，就其诗文创作本身而言，都是引领一代风气的著名作家。即使没有进入朱东润先生法眼的皎然、司空图、张戒、严羽等，也都是诗人，都有诗歌作品流传于世。他们经常以诗以文的形式来论诗论文，有的还著有诗话，也属于文学形式中的笔记著作。"体大而虑周"的《文心雕龙》，就系统性而言，在中国古代文论著作中，很少有出其右者，但也是用文艺性很强的骈体文来完成的。

中国和西方的文学理论著作，不仅是形式不同，文学批评的方法也不尽相同。西方的文论著作，因为是站在美学的角度来提出问题、考察问题和解决问题的，一般多逻辑思维，重在推理。而中国的文论著作，则是文学家所为，故多形象思维，常常通过归纳来寻找结论。这种思维方法的差异，我们也可以比之中西方在绘画中所使用的不同方法。其实思维的定式，是具有民族性和地域性的，而且是可以贯穿不同之文艺形式的。西方绘画所采用的点视法，是站在一个点上来观察全景，因此远近有大小之比例，光亮有照射之方向。移之文学理论，他们也是从一个观点、一个标准出发，来讨论和评价众多的文学现象。譬如18世纪的新古典主义戏剧，有所谓"三一律"：时间一律、地点一律和情节一律，即要求戏剧故事控制在24小时之内，不换场景，搬演的剧情只有一条主线，或者说一个主题。文学批评家以此为恒定的标准来评论所有剧作的优劣。而中国文论比之绘画，所采用的则为散视法。所谓散视法，就是可以在多个点上来观察和构成一个画面，故而也就没有了远山近水的大小比例，更不需要考虑光线辐射之角度。但凡画家认为最重要、最需要突显的，一定会置于最醒目的位置而让人关注。所以，中国的文论家会引证众多的文学现象来说明某一个文学观点。譬如王士禛，为宣扬其"神韵说"，在《渔洋诗话》中列举了许多诗人，分析了众多作品，尽管王士禛并没有为"神韵说"置一断语，但读者都会明白，其所谓神韵，是蕴含在这些作家作品的风格之中的。我们体味王士禛"神韵说"的内涵，应该是司空图《与李生论诗书》所说的味在"酸咸之外"，以及严羽《沧浪诗话》所言"羚羊挂角，无迹可求"。前者是言文学批评，即读者；后者是言文学创作，即作者，但一样是雾里看花。是为神韵之方法所致神韵之效果。再如沈德潜的"格调说"，也体现在他所编选的《古诗源》《唐诗别裁集》《明诗别裁集》《国朝诗别裁集》之中。沈氏没有宋诗和元诗的选本，这表明其所创是唐人之高格。沈德潜认为，古诗是唐诗之源头，明诗则是学习唐诗的楷模，而清诗应该继续恪守唐人之法。当然，沈德潜还有诗话著作《说诗晬语》，写作的方法类同于《渔洋诗话》。凡此，我们还可以列举很多。

不同之形式和不同之方法，都要服从于不同之目的。我们在讨论中西方文论形式和方法之不同的时候，已经可以看出它们所追求之不同目的。中国古代文论，或可称为古代文学批评。罗根泽先生《中国文学批评史》说："'文学批评'是英文 Literary Criticism 的译语。Criticism 的原来意思是裁判，后来冠以 Literary 为文学裁判，又由文学裁判引申到文学裁判的理论及文学的理论。"所以，罗先生将文学批评分为文学裁判、批评理论和文学理论三个部分，并言"西洋的文学批评偏于文学裁判及批评理论，中国的文学批评偏于文学理论"。偏有偏的道理，其原因就在于目的之追求。西方文论之目的是进行文学裁判，因此也就需要批评理论作为裁判的依据。而中国文论的目的则是开宗立说，自然就会偏于文学理论。罗根泽《中国文学批评史》又云：

> 自罗马的鼎盛时代，以至18世纪以前，盛行着"判官式的批评"，有一班人专门以批评为业，自己不创作，却根据几条文学公式，挑剔别人的作品。由是为作家憎恶，结下不解的冤仇。19世纪以后，才逐渐客气，由判官的交椅，降为作家与读者的介绍人。后来法朗士诸人的印象派批评家起来，更老实说真正的批评，只是叙述他的魂灵的在杰作中的冒险。不过无论如何谦逊，批评与创作，究竟是对立的两件事情。

由此可见，西方从罗马帝国时期开始，就有着以此为谋生手段的职业文学批评家。他们先是依附权力，以审查的眼光挑剔文学作品。在工业革命以后，随着经济模式的改变，文学也介入到了市场之中。于是，这些职业批评家的工作性质也发生了改变，他们充当起作者与读者之间的联系人，主要是将文学作品推向市场以求得更多的收益。但在中国古代，从来就没有自诩为文学批评家并以此谋生者。他们进行文学批评，不过是为了推广自己的文学主张，从而建立起属于自己的文学门派。曹丕《典论·论文》说"文人相轻，自古而然"，可见此风的由来已久。明清诗话著作的兴盛，就是得益于这种风气的愈演愈烈，即章学诚所说的"好名之习，作诗话以党同伐异，则尽人可能也"。我们讨论明代诗论之特点，主要的一点就是流派众多又固执己见。郭绍虞《中国文学批评史》就说"明人诗论，颇有压倒一切的气焰，而李梦阳即是开此种风气的人"。这种唯我独尊的气概，甚至表现在同为"前七子"一派的李梦阳和何景明之间。前面我们提到两人的书信往还。其实，先是李梦阳有《赠景明书》批评何景明的诗歌有乖古法而偏离"七子"学古之宗趣，并劝其更弦改辙以保持诗学观的一致，以维护自己在"七子"之中的核心地位。何景明不服，作《与李空同论诗书》加以辩驳。此举招来李梦阳更为强烈的恼怒，于是又有《驳何氏论文书》《再与何氏书》二篇。终以何仲默之沉默收场，但二人从此交恶。这是极端的例子。一般而言，中国的文学家为了推销自己的文学观以便获取统治者赏赐的桂冠，或者是赢得广大作家甚至读者的尊奉，多如我们前面所说的王士禛那样，通过评判众多的文学家及其作品，以证明自己像"教主"一样的存在。而袁枚的《续诗品》和《随园诗话》，也主要宣扬性灵的诗学主张。同时，他在《随园诗话》中通过表彰当时的诗人，壮大了拥戴自己的性灵派之阵营。蒋湘南《游艺录》就说："袁简斋独倡性灵之说，江南江北靡然从之。自荐绅先生下逮野叟方外，得其一字，荣过登龙，坛坫之局，生面别开。"可见《随园诗话》之魅力所在。而姚鼐选编《古文辞类纂》，无非就是想说明其义理、考据、文章三者不可偏废的桐城派主张，和孟子、《史》《汉》、唐宋八大家，还有明代以归有光等为代表的唐宋派，是一脉相承的，是有着千百年来主宰文学之主流文派的遗传因子。

当然，这种开宗立说、流芳百世的文学批评之目的，主要存在于诗歌和古文这样属于正统的雅文学之中。至于俗文学，中国的文人雅士是不屑去充当龙头老大的。我们前面说到，柳永的奉旨填词被看作很大的侮辱。据吴曾《能改斋漫录》记载，柳永科场失意，填《鹤冲天》词有"忍把浮名，换了浅斟低唱"，以宣泄不满，因而招致了宋仁宗更强烈的不满。类似的记载还见于严有翼《艺苑雌黄》，据说皇上就有了"且去填词"的圣旨。后来传说的柳永自称"奉旨填词柳三变"，似乎非常洒脱，但也可能只是一种自我解嘲。由于肇始于宋代的词话，和诗话一样，也是"集以资闲谈"，故其讲述的故事有一个可信度的问题，研究文学者要加以辨别。而我们从中可以注意到的是，尽管是传说，其字里行间还是充斥着中国古代文人对俗文学的鄙夷。所以，创作戏曲、小说者，多隐姓埋名，这就留给了我们许多做学问、写论文的空间。譬如，关汉卿之名、之籍贯、之生卒年，都是谜一样的存在。《中国大百科全书·中国文学》（第一版）的"关汉卿"条目，洋洋洒洒近万言，是由大名鼎鼎的王季思即王起先生撰写的。说他是"中国古代戏曲创作的代表人物"，但介绍生平，则云"有关关汉卿生平的资料缺乏，只能从零星的记载中窥见其大略"。再如《金瓶梅》署名"兰陵笑笑生"，其究竟是何方神仙，当今文学界就像攻克数学难题"哥德巴赫猜想"一样，还有人在孜孜不倦地破解。

最后讲第四个问题：学习中国古代文论之准备。我这里所说的准备，就是所需相关知识的贮备。当然，知识的积累，也可以在本课程的学习过程中去逐步完成。

首先，应该具备文学之基本原理的知识。由于中国古代的文论著述，多用发散性的思维来讨论文学，又常常以归纳的方法进行阐述，所以中国古代之文论，虽然丰富多彩，却是十分散漫又非常凌乱的。这就必须借助文学之基本原理加以整理和总结。中国现存的文学之基本原理，有三个体系，都源自西方，而且都是在近代中国从不自觉开放走向自觉开放以后,才逐步进入我们的视野并融入我们的研究之中的。

其中最早引进的,是以19世纪之前西方传统美学为基础的体系。据黄兴涛《"美学"一词及西方美学在中国的最早传播》考证,"美学"一词,最早出现在德国传教士花之安（Ernst Faber）中文所著《大德国学校论略》中。是书出版于1873年。以后西方美学家的文艺观点,以碎片化的形式出现在梁启超、王国维的著作中,他们将其作为规绳矩墨,来衡量中国之文学。而鲁迅《摩罗诗力说》又做了进一步的阐述。一般认为,当时作为教科书来介绍美学的著作,都比较简略。倒是心理学著作从学术的角度阐述美学原理,为更多的学人所接受。黄兴涛在介绍了清末民初诸如王国维翻译的日本学者元良勇次郎的《心理学》、杨保恒所编的《心理学》等几种心理学著作之后,就说:

> 可以不夸张地说,在20世纪20年代以前特别是清末,一般知识分子关于西方美学知识的早期启蒙,主要就是通过上述这些广为流行的心理学教科书得以实现的。此种情形实际上也得益于心理学与美学的特殊关系。自英国经验主义盛行以后,心理学一方面日益成为美学的主要支柱,另一方面,其情感部分的论析又绝少不了美学的支援。这就正好成全了美学的附带传播。

正是由于这个原因,朱光潜于民国二十五年（1936）由开明书店出版的传播西方美学思想的《文艺心理学》,成了形成这一体系的关键。而成书于20世纪60年代的《西方美学史》,虽然朱光潜在《序论》中自称在写作的时候,"开始钻研马克思列宁主义、毛泽东思想,来对自己过去所接受的西方资产阶级美学思想进行一些初步的分析批判",但是,就内容看,《西方美学史》可以看作这一体系最详尽、最完备的总结性著作。

接着引进的,就是被称为马克思主义的文学基本原理之体系。毛泽东《论人民民主专政》说:"十月革命一声炮响,给我们送来了马克思列宁主义。"由于中国革命之实践,正在如火如荼地进行,顺应形势的需要,革命者一开始就对此体系加以改造,以符合中国之实际。而与中国共产党同年成立的文学研究会,对马克思主义文艺思想的介绍,起了启蒙的关键作用,虽然文学研究会成员自己对马克思主义文艺学的理解也不完整和成熟。他们强调"为人生的艺术",其"成立宣言"称:"将文艺当作高兴时的游戏或失意时的消遣的时候,现在已经过去了。我们相信文学是一种工作,而且又是于人生很切要的一种工作;治文学的人也当以这事为他终生的事业,正同劳农一样。"而1921年加入了中国共产党的沈雁冰,就是这一年,在其主编的文学研究会的机关刊物《小说月报》上,发表了文学研究会成立后他的第一篇论文,题目是《文学和人的关系及中国古来对于文学者身份的误认》。这是中国共产党人力图用马克思主义文艺观阐释中国古代文学的最早尝试。随后,郑振铎也在《小说月报》上发表了《新文学之建设与国故之新研究》。其中谈道:

> 我以为我们所谓新文学运动,并不是要完全推翻一切中国固有的文艺作品。这种运动的真意义,一方面在建设我们的新文学观,创作新的作品,一方面却要

重新估定或发现中国文学的价值，把金石从瓦砾堆中搜找出来，把传统的灰尘，从光润的镜子上拂拭下去。譬如元明的杂剧传奇，与宋的词集，许多编书目的人都以他们为小道，为不足录的；而实则他们的真价值，却远在《四库书目》上所著录的元明人诗文集以上。

从人生的意义上发掘中国古代俗文学的价值，也是郑振铎撰写《中国俗文学史》的初衷。不过，这一文学基本原理之体系，在当时只是雏形。以后经过文学研究会和太阳社的论争，直到1930年"左联"的成立，才有了胡风、周扬这样的专门从事马克思主义文学理论研究的批评家。胡风当时最重要的文稿是《人民大众向文学要求什么》，他在鲁迅和冯雪峰的授意下，提出了"民族革命战争的大众文学"的口号。而周扬在1933年发表了《关于"社会主义的现实主义与革命的浪漫主义"》，这是中国最早介绍当时苏联所倡导的社会主义现实主义之创作方法的文章。马克思主义的文学基本原理在中国的成型，则是毛泽东在1942年发表《在延安文艺座谈会上的讲话》，明确提出了"文艺为人民服务，首先是为工农兵服务"的方针。随后，周扬又在延安出版了《马克思主义与文艺》一书。由于马克思主义在中国的与时俱进，其文学之基本原理直到今天，还在不断地得到创新。

我们现在的中国古代文论之研究，在思想观念和研究方法上，当然要选择马克思主义的文学基本原理，作为我们的武器，因为它是最完备、最科学和最适用的。只是最近几十年，即改革开放以后，在学术界还流行着所谓文学研究之新方法，也就是引进并改造西方现代美学，力图形成新的文论体系。这是我们今天所要谈到的第三种体系，尽管它有不少缺陷，也不可能取代马克思主义的文学基本原理，但考虑到课程的完整性，还必须做一简单的介绍。

其实，这是20世纪70年代末，文学界借助真理大讨论所引发的思想大解放进行反思的结果。此前的十年浩劫，"四人帮"推行一种极端的思维模式和创作方法，以致数量很少的文学作品叙述着单一的主题，而人物形象则是非黑即白、非好即坏的脸谱化塑造，文学批评也陷入了实用主义的泥淖。就古典文学而言，当年的"评法批儒"和"批水浒"，因全国发动和全民参与，故被称为"运动"，已经远远不是文学界所能控制和承载的。前者是将中国古代的文学家，和其他所有历史人物一样，依照儒家和法家站队，贴上标签，两千多年就是两列纵队，很难进行个性的研究。后者则与20世纪50年代开始的批《武训传》、评《红楼梦》，以及批判当代小说《刘志丹》一样，都有政治的目的，只是越发变本加厉，更加声势浩大。

自20世纪80年代起，国门洞开，新异的思想吸引着学人新异的目光。弗洛伊德、海德格尔、萨特、索绪尔、皮尔斯、胡塞尔、马塞尔、加缪等西方现代哲学家，在中国学界成了耳熟能详的名字；意识流、象征主义、表现主义、未来主义、超现实主义、荒诞文学、黑色幽默等西方现代派的创作方法，为中国作家所尝试；精神分析学、存在主义、结构主义、形式批评、原型批评、现象学、符号学、叙述学等批评方法，也被中国学者广泛地付诸实践。而生活·读书·新知三联书店、商务印书馆、中国人民大学出版社分别组织翻译出版了"现代西方学术文库""现代性研究译丛"

"当代世界学术名著"等丛书,其中经常为文学批评界同人所参考引用的,有尼采的《查拉图斯特拉如是说》、海德格尔的《存在与时间》、萨特的《存在与虚无》、艾柯的《符号学理论》、伊格尔顿的《后现代主义的幻象》,以及卡勒的《结构主义诗学》等。

在中国学者的著作方面,李泽厚的《美的历程》,可算是最早融合中国古典美学之现象和西方现代美学之理论的开创性著述。费小琳《重读〈美的历程〉:缅怀李泽厚先生与一个时代》谈道:"1981年,该书出版时我正上大学一年级,同学之间相互推荐,我读过之后兴奋不已,按捺不住地向周围的人转述着书中的内容。自此,美学成为我十分喜爱的学科。"而后又说:

> 《美的历程》是一部承前启后之作,它在思想上颠覆了我们之前的很多认识,比如,什么是美和美的起源。其价值并不在于告诉我们一些新的观念,而在于告诉我们:观点是可以重新思考的。书中很多观点和我们比较熟悉的马克思主义的观点是相通的。其中一个隐含的思想就是:站在马克思主义的立场上,我们也能看到不同的东西,得出不同的结论。刚刚从封闭状态中走出来的国人,无不会从先生的文字中意会出更多的东西。我们在思考历史长河中美的同时,开始质疑,开始思考,思考我们的未来要走怎样一条道路。《美的历程》是那个时代难得的启蒙之作,人们从此记住了李泽厚先生,并在很长一段时间里追读他的每一本书。

据费小琳估计,《美的历程》的印刷量已超千万本。就文艺学而言,刘再复的《性格组合论》以人为核心,阐述了人与人、人与社会、人与文学之间复杂的关系,其实是对此前文学作品人物形象的塑造进行了反思。此书在1986年由上海文艺出版社出版后,被评为当年中国十大畅销书之一,作为一部理论著作,这是很不容易的。这也说明了当时在国内探索和尝试文学研究新方法的热度。及至20世纪90年代,苏州大学的朱栋霖也主编出版了《文学新思维》参与探索,为之作序的是厦门大学教授林兴宅。他在序中谈道:

> 西方批评方法的中国化包含着两层含义:一是以西方批评方法之"矢"射中国文学现象之"的",即用西方批评方法来分析、解读中国文学作品。这是一项批评方法具体化的工作;二是使西方批评方法成为中国批评家操作自如的"矢",即把西方批评方法转化为中国批评家的内在思维结构和思维操作程序,成为他们自发运用的"路数"。这是批评方法的内化过程。我认为,后一层含义才是西方批评方法中国化的最重要的、深层的含义。

林兴宅与刘再复为同庚、同乡又同学。从20世纪80年代开始,他就致力于文学批评新方法的探索,可算是这一领域的开拓者和带头人。我必须强调的是,马克思主义不是教条主义,其先进性就在于能够不断吸收新鲜的、科学的真理而引领世界潮流。而且,我以为,在坚持大的原则的前提之下,我们的学术研究应该针对研究对象的特点,甚至研究者个人的知识结构和气质性格,寻找合适的研究方法。就方法论而言,其不可能永远是一成不变的。

其次，必须具备文学和史学的知识。所谓文学知识，应该也包含了中国古代文论，但这里强调的就是中国古代文学史的知识。程千帆先生1980年在中国文学批评史师训班上的讲座中说道：

> 对于从事文学批评史研究的人来说，研究作品是非常重要的。作品是理论批评的土壤。不研究、理解作品，就难于研究和理解理论批评，更无从体会理论与理论之间的内部联系，无从察觉批评与批评之间相承或相对的情形了。因为这些联系和对立，往往是起源于对作家作品以及由之而出现的文学风格的具体评价的。

文学史的知识包括作品、作家、社团、流派，还有思潮。伴随着每个人的成长过程，我们接触文学史知识的过程大概是这样一个顺序：最早肯定是作品。刚过了牙牙学语的婴幼儿时期，望子成龙、望女成凤的爸爸妈妈会让你背诵《千家诗》《唐诗三百首》。不仅是你们，老一辈的学者也是这样过来的。而且，到了晚年，这些还都成了美好的回忆。钱仲联先生在《钱仲联自传》中就说自己"四五岁时，常依母怀，听母亲柔声唱吴语山歌、吟诵唐诗、讲弹词故事。我至今记得第一首歌是母亲唱的'白米饭好吃田难种，鲜鱼汤好喝网难扳'的吴歌；读到的第一首诗，是贺知章诗'少小离家老大回'那一首，都是母亲亲授的。'青灯有味是儿时'，'童心来复梦中身'，深深在我脑海中留下烙印，成为一种永久的记忆"。钱先生著作等身，但他的文字我几乎全部读过。耄耋之年，如此感人至深，实为罕见。随后，从你读小学开始，语文课本就选有古诗、古文，老师会在课堂上介绍作者，这就开始了解作家了。知道的作家多了，就会上升到社团和流派的层面。而有关某一时期的各种社团和流派的知识，当你积累到了一定的广度和深度时，你就会去思考文学思潮的问题——也就是这一时期文学发展的总体趋势。当然，对社团、流派和思潮的认识，大多数人都是要到考进了大学中文系以后。

我们现在读研究生，这点文学史知识的积累肯定还不够。程千帆先生认为"研究作品是非常重要的"，所以，大家要在自己的知识宝库之中，大量地增加作品的分量。譬如《诗经》，要读熟，看到哪一句，就知道出自哪一篇。并且，要至少能背诵30首。至于《楚辞》，如果不能全背，但《离骚》应该能背。其他文学作品，我认为人民文学出版社的"中国古典文学读本丛书"编得很好，诗词、散文、戏曲和小说都有。譬如诗歌的选注者，《诗经选》《乐府诗选》《汉魏六朝诗选》均为余冠英，《楚辞选》为马茂元，《宋诗选注》为钱锺书，而《唐诗选》则是中国社会科学院文学研究所集体的力量所成。除了作品以外，我们还需要精读一部文学史。谁编的不是最重要，观点如何也不是很要紧，关键是要把文学史所列举的知识全部弄清楚。须知，能够出版的文学史，其展示的作家作品、社团、流派和文学思潮，都是差不多的，只有态度和评价的区别。但研究生要培养自己的独立见解，不能人云亦云，或者书云亦云。

这里要说一说史学对中国古代文论学习和研究的推动意义。马克思主义的唯物史观告诉我们,社会的物质存在决定了意识存在。因此,文学的发展是受到当时历史条件下各种因素的制约的。马克思在《〈政治经济学批判〉导言》中就说:"物质生活的生产方式制约着整个社会生活、政治生活和精神生活的过程。不是人们的意识决定人们的存在,相反,是人们的社会存在决定人们的意识。"而恩格斯在《致约瑟夫·布洛赫》的信中又做了进一步的阐述:

> 历史是这样创造的:最终的结果总是从许多单个的意志的相互冲突中产生出来的,而其中每一个意志,又是由于许多特殊的生活条件,才成为它所成为的那样。这样就有无数互相交错的力量,有无数个力的平行四边形,而由此就产生出一个总的结果,即历史事变,这个结果又可以看作一个作为整体的、不自觉地和不自主地起着作用的力量的产物。因为任何一个人的愿望都会受到任何另一个人的妨碍,而最后出现的结果就是谁都没有希望过的事物。

依照这样的理论,我们必须考察当时历史条件下社会存在的每一个方面,才能确定某种文学观念和某种文学形式产生的历史必然性以及历史偶然性。譬如,明清戏曲和小说的繁荣,是否与社会形态的发生变化即商业的繁荣有关?而同样应该思考的:是否还有城市的发展以至人们生活习惯的改变?如果说这个问题还有争议,那么有一点是可以肯定的,就是晚清梁启超等倡导"诗界革命""文界革命",还有"小说界革命",与当时的开启国门以至西风东渐有着脱不了的干系,这是其内在的动力。而报刊的出现和迅猛发展所造成的传播方式的转变,又是否为文学革命的外在动力?读者群体的扩大、人们阅读习惯和价值判断的转变,一定是引发文学革命的至关重要的因素。稍后出现的"人生艺术"或者"大众文学",也与之密不可分。

孔子在讨论到诗歌之功用的时候,先是讲了一通大道理,诸如"诗可以兴,可以观,可以群,可以怨",还有"迩之事父,远之事君",最后的落脚点却是"多识于鸟兽草木之名"。其实,历史学的许多知识在我们讨论古代文论的时候,也可以在细节上给予我们许多帮助。"同光体"诗人陈衍论诗,有所谓"三元说"。"三元"即开元、元和、元祐,分别是唐玄宗李隆基、唐宪宗李纯和宋哲宗赵煦的年号,陈衍以此强调学诗,其宗趣当为盛唐杜甫、中唐韩愈以及北宋之黄庭坚。而同样为"同光体"诗人的沈曾植,其论诗则在陈衍的基础上改了一字,为"三关说"。所谓"三关"则是北宋元祐、中唐元和以及南朝元嘉。元嘉是宋文帝刘义隆的年号。其与陈衍的区别就在于上溯到了颜延之和谢灵运。再如谭献《复堂日记》称赞晚清诗人陶澍宣诗文"风骨健举,结响亦遒,意在嘉隆七子",如果你能够对古代的帝王纪年烂熟于胸,你可以马上反应过来,这是指明代生活于嘉靖、隆庆年间的"后七子"。而"前七子"主要生活在弘治、正德年间,故又被称为"弘正七子"。这样的例子,在中国古代文论的学习过程中数不胜数,随时都会碰到。另外,稔熟历史掌故,会给读诗解诗带来极大的方便,因为古代几乎没有不用事的诗人。故其得益处,堪比孔子所说的"多识于鸟兽草木之名"。顾炎武《汾州祭吴炎潘柽章二节士》有"一代文章亡左马,千秋

导语　中国古代文论概述

仁义在吴潘"的诗句,典出《宋书·孝义传》所载王韶之《赠潘综吴逵诗》:"仁义伊在,惟吴惟潘。"其用事之切如此,但非不熟悉史书者能解。

再次,必须具备儒道佛的知识,以及在古代被称为"小学"而归入经学的古汉语知识。

中国的统治思想是儒家思想。董仲舒倡导"罢黜百家,独尊儒术",但是他在"公羊春秋"的名号下,也吸收了百家之中能和儒学融合的思想观点。及至魏晋南北朝以后,道学和佛学的思想也时常浸染着儒学,它们分分合合,对文学产生着影响。钱仲联先生就有《清代学风和诗风的关系》一文,专门梳理了清代学风对诗风的影响。而钱先生谈到清代以前,以为"只有在魏、晋时期,曾经出现过玄学学风和玄言诗风的统一。刘勰《文心雕龙·明诗》上说:'正始(魏齐王芳年号)明道(指《易》与《老》《庄》之道),诗杂仙心,何晏之徒,率多浮浅。'又说:'江左(东晋)篇体,溺乎玄风,嗤笑徇务之志,崇盛亡机之谈。'"我们要研究玄言诗,要解决"诗杂仙心"的问题,也必须"明道",即研究玄学。但钱先生接着说"自此以后,学风和诗风,两者就对不起号来。宋代理学家诗,还勉强说得上,但那在文学史上,并不占有地位,更谈不上什么诗风。然而到了清代,却出现了学风影响诗风的特殊情况"。我以为,学风对诗风的影响,在清代确实要强于其他时期。但是,在魏晋以后、清代以前,这种影响其实也是一直存在的,不过有大有小、有强有弱。宋代理学家诗是不成气候,而我们却很难否定宋代理学与宋诗总体上长于议论之间的关系。还有学界经常讨论的话题,譬如公安派性灵说所受李贽童心说的影响,也很能说明问题。万历十九年(1591)之后的两年间,袁宏道曾数次到湖北麻城龙湖拜访李贽,两人因此结下了深厚的情谊。郭绍虞《中国文学批评史》对此有很详细的阐述,我们引述其中一段:

> 当中郎见卓吾的时候,卓吾大加赏识,赠诗有"诵君玉屑句,执鞭亦欣慕。早得从君言,不当有老苦"之语。盖卓吾以老年无朋,作书曰老苦故也。(见《公安县志》,《袁宏道传》)卓吾喜中郎至,有诗云:"世道由来未可孤,百年端的是吾徒。"(《焚书》八)中郎访卓吾,也题诗云:"李贽便为今李耳,西陵还似古西周。"(《袁中郎全集》三十三)又《怀龙湖诗》云:"老子本将龙作性,楚人元以凤为歌。"(《袁中郎全集》三十九)两心相印,契合无间,中郎能不受卓吾大刀阔斧、独来独往的影响吗?

所以,钱仲联先生也说"到公安、竟陵二派横行的时候,也正是阳明末流狂禅泛滥的时候。公安派所尊崇的李贽,著《童心说》,公然攻击'学者既以多读书识义理障其童心'。袁宏道推波助澜,倡言'夫趣得之自然者深,得之学问者浅'(《叙陈正甫会心集》)"。钱先生既然承认李贽和袁宏道的连带关系,那他主要是不认可李贽童心说的学术性。只是在中国思想史上,李贽作为宋明理学中王学左派的重要人物,还是有一席之地的。李维桢《二陵杂著跋》即称"吴越间,学问宗李晋江,诗文则宗袁公安"。李维桢是明代著名的文学家,与李贽、袁宏道之生活年代基本相同。这里点明学问和诗文，可见他们之间学风和诗风的契合。钱先生才高八斗、学富五车，可以睥睨李贽，但同学们不可以，因为你们现在的知识积累，离读通李贽之书、弄懂李贽之学，还有很长的路要走。毕竟，李贽在当时也有着众多的追随者，就连焦竑这样堪称一代宗师的学者，也因信奉其说而成为其挚友。《明史·文苑传》即言焦竑"博极群书，自经史至稗官、杂说，无不淹贯，善为古文，典正驯雅，卓然名家"。

另外，笺注也是一门学问。所以，我们从事笺注或者解读笺注，也属于文论的范畴。笺注的基础，当然也包括儒道佛的知识。当代学者，笺注做得最好的，就是钱仲联先生。他为黄遵宪《人境庐诗草》所作笺注，钱锺书先生《谈艺录》以为"精博可追冯氏父子之注玉溪、东坡"。而花费钱先生最多精力的，则是《沈曾植集校注》。钱先生以为沈曾植是"同光体"诗人中唯一堪称"学人"的诗人，其学问不但广博，而且深奥。你要笺注其诗，就必须知其学问。钱先生在《钱仲联学述》中介绍了自己当时面临的困难和解决的方法：

> 首先是诗集中的满纸佛典。为了解决这个问题，我设法以廉价购得频伽精舍本《大藏经》一部，虽有错字，却不难用日本大正版查正。于是一编在手，重要的大小乘经论、佛藏目录、禅宗语录、高僧传记以及《一切经音义》等，几乎翻遍，虽不敢说通达佛法精蕴，佛学知识却已通盘掌握。不仅用于《海日楼诗集》的笺注，而且借此撰写并发表了《柳诗内诠》《佛学与中国古代文学的关系》等重要论文。

钱先生为我们上课的时候，讲到此事，用了一个非常形象的比喻："沈曾植那个字纸篓里面有的东西，我的字纸篓里面也一定要有。"老辈做学问之精谨，是我们或许达不到但必须追寻的境界。严羽《沧浪诗话》讨论作诗，引《五灯会元》怀海禅师语："见过于师，仅堪传授；见与师齐，减师半德也。"而做学问，更是这样的道理。2021年，中华书局发布了《关于〈梁佩兰集校注〉的致读者书》，承认该书有许多硬伤，决定回收已经售出的书籍，并向读者致歉。急功近利，学业不精，既害人，又害己，大家引以为戒。

至于古汉语，过去也被称为"小学"，原本是经学的一部分。我们可以将其分为文字、音韵和训诂。古人劝学，都是从识字开始的。朱彝尊《赵扬谦传》尝录赵氏语："士人为学必先穷理，穷理必本读书，读书必本识字，六书明，然后六经如指诸掌矣。"及至清代乾隆年间，姚鼐《朱竹君先生别传》也说朱筠"劝人为学先识字"。又据黎庶昌《郑征君墓表》，开启了近代宋诗运动的程恩泽，道光年间任贵州学政时选拔贡生，得郑珍。欣赏之余，又告诫其"为学不先识字，何以读三代两汉之书"。郑珍后来之成就，钱仲联先生《论近代诗四十家》以为"清诗三百年，王气在夜郎。经训一菑畬，破此南天荒"。无论是诗歌创作，还是学术研究，皆雄视古今，笑傲天下。我以为陈寅恪、季羡林钻研中亚地区的死语言，诸如巴利文、西夏语，以及吐火罗文，也是为了阅读原始史料。

而音韵，对于文学研究尤其重要。因为中国古代文学性较强的文字，都讲求音律，即平仄和押韵。而语言变化最快的是语音。仅以古代之入声字为例，因其在普通话中已经消亡，并衍变成了平声、上声和去声，这就给一般人写诗或者研究诗歌的格律增加了难度。当然，这还算不上是古人所谓音韵之学。王士禛《池北偶谈》曾云：

> 昆山顾宁人（炎武）诗，有云："落日江头送伍员，秋风垅上别徐君。偶来圯上逢黄石，便向山中礼白云。"窃疑"员"字旧作王问切，唐人语曰"令君四俊，苗吕崔员"是也。后见吴曾引《春秋左氏传》，"伍奢子员"，陆德明《释文》："音云，平声。"乃知顾诗用韵有据。

这里就涉及音韵之学。顾炎武之诗题为《不去》，凡二首，王士禛所引为其二。是诗"君""云"都是十二文韵，而"员"是一先韵。依据王士禛的阐述，我们不但晓得顾炎武此诗并不出韵，而且"乃知顾诗用韵有据"。顾炎武和王夫之、黄宗羲并称"清初三大儒"，是清代学术的开创者和引领者，在这种简单的格律问题上是绝对不会犯低级错误的。音韵知识，甚至还可以帮助我们理解古人的文学观。欧阳修《六一诗话》讨论韩愈诗歌特点，就说"余独爱其工于用韵也。盖其得韵宽，则波澜横溢，泛入傍韵，乍还乍离，出入回合，殆不可拘以常格，如《此日足可惜》之类是也。得韵窄，则不复傍出，而因难见巧，愈险愈奇，如《病中赠张十八》之类是也"。我们也可以循此思路进行学习和研究，得出的结论一定是韩愈诗歌的刻意尖新。

至于训诂，其应用性在古汉语中当属最强。什么是训诂？《尔雅》有《释诂》和《释训》二篇。后人又添置"传"，唐代孔颖达《毛诗正义》说："诂、训、传者，注解之别名。"周大璞《训诂学要略》则谓"训诂学的研究对象就是词义和词义系统，它的首要任务就是研究语义发展演变的规律"，这是今天厘定的训诂学内容。其实，我们如果对"训诂"一词做一番训诂，就是自己读通，然后帮助别人读懂古诗文。训诂当然要有科学的训练，但更重要的是实践，也就是多读古诗文。钱仲联先生毕生从事古人诗集笺注，即诗歌的训诂，而对于自己最早的启蒙，其在《钱仲联自传》中谈道：

> 我家是中产者，并不富裕，而祖父母遗下的槥书却堆满一楼，加以父亲从日本带回的日文书籍，新旧都有。父亲却不教我读日文，偏要我读祖父的书。把祖父的著作稿本叫我抄，作为课余时间的作业。日写两三页，抄完一部又一部。在这过程中，对古奥艰深难认的旧体诗文由不懂到渐懂，由略知一二到广泛深入的掌握，由动手试写到写得像个样子……坚实的基础就在这样日复一日的读写工夫中得以逐渐积累加固。

钱先生的祖母翁端恩是翁同龢的姐姐，祖父钱振伦是道光十八年（1838）的进士，与曾国藩同科，名次还在曾的前面。其父亲钱滮与从兄钱玄同、侄子钱稻孙，在晚清曾跟随时任留日学生监督的另一位从兄钱恂赴日本留学。所以，钱仲联先生与钱稻孙、钱三强平辈。钱先生所抄祖父的稿本，其中对其影响较深者，有《示朴斋骈体文》《樊南文集补编笺注》《鲍参军集注》等。我在网上看到过有人晒出来的复旦大学图书馆收藏、钱振伦所著《制义卮言》抄本。仔细端详其字迹，感觉就是少年钱仲联所抄。正是日复一日抄书所练就的童子功，使钱先生成为古代文学研究的一代宗师。

记得我早年从学钱仲联先生之时，有一天天气非常好，钱先生心情也非常好。所以，他老人家和我开玩笑，说我不可能超越他的成就。尽管这是不争的事实，但他还一本正经地给出了理由：一是他从小读的就是古书，而我们青春年少的岁月毁于十年浩劫；二是他心无旁骛，一辈子除了读书外，不管闲事，甚至不管生活中的琐事，全有贤惠的师母包揽了；三是他聪明，博闻强记，很少有人能够企及。和我相比，钱先生所说的三条，全部被你们占去了。同学们真是赶上了好时光。希望大家发奋努力，能够尽快地超越我们。青眼高歌，这既是我们的期盼，也是历史的必然。

【参考阅读文献】

王运熙、顾易生主编《中国文学批评通史》（七卷本），上海古籍出版社20世纪90年代陆续出版。

罗根泽《中国文学批评史》，上海古籍出版社1984年版。

郭绍虞主编《中国历代文论选》（四卷本），上海古籍出版社1979年版。

【思考题】

1. 举例说明中国古代文学理论对文学创作的促进和制约作用。
2. 说明中国古代"诗话"之特点。
3. 说明"评点"作为中国古代文学批评的特殊形式的意义所在。

第一讲
钱仲联先生和中国古代文论研究

涂小马

☞【主讲人介绍】

涂小马，文学博士，师从钱仲联先生，于1997年获得文学博士学位。参与主编《中国文学史料学》《中国古代著名丛书提要》等，曾给大学生讲授"中国古代文论选"，在《文学遗产》2009年第1期发表了《钱仲联先生和清诗研究》一文。

这一讲我们来谈谈钱仲联先生和中国古代文论研究。因为钱老有过自传，载于马亚中老师编的《学海图南录：文学史家钱仲联》（南京大学出版社2000年出版），也有口述的《钱仲联学述》（周秦老师整理，浙江人民出版社1999年出版）。为了避免因为我的叙述走样，将会较多引述钱老自己的话来阐明。

钱仲联先生在古代诗歌研究方面的贡献有目共睹，校注了鲍照、韩愈、陆游、黄遵宪等人的诗集，在学界的反响很大，钱老也是国务院古籍整理出版规划领导小组的成员。学界一般都知道作为古籍整理专家、古代诗文研究尤其是清代诗文研究专家的钱老，而我今天重点要讲的是钱老在古代文论研究方面的贡献，先列出几个大的方面以引起大家的注意：其一，在高校有巨大影响力的郭绍虞先生主编的《中国历代文论选》，钱老是主要编写者。其二，钱老还与郭绍虞、王蘧常两位先生一起编纂过四卷本的《万首论诗绝句》，独立撰写过《梦苕庵诗话》，主编过《清诗纪事》。其三，在其现存的近百篇学术论文中，有近半数是研究古代文论的，不少在文论研究领域产生了较大影响。其四，钱老在1979年招收的第一届硕士研究生是"中国文学批评史"专业的。其五，1979年钱老参加古代文艺理论学术讨论会及教材编写会议，会后成立中国古代文学理论学会，钱老被推选为理事。下面我就分别来谈谈这几个方面，并略述钱老的主要文论观和工作风格。

一、《中国历代文论选》

郭绍虞先生主编的《中国历代文论选》分一卷本、三卷本、四卷本，三卷本最早出，繁体竖排，分为上、中、下三册，分别定价，分别于1962年1月、1962年8月、1963年2月由中华书局上海编辑所编辑，中华书局出版，在上册扉页的反面说明了编纂者的分工情况："本书由郭绍虞主编，刘大杰参加校订并担任小说、戏曲方面编写工作，夏承焘参加部分校订并担任词论方面编写工作，钱仲联、马茂元共同担任诗论、文论方面编写工作，田念萱、黄屏、李庆甲参加部分编写及担任校勘工作，吴熊和参加部分编写工作。"该书后于1964年出第二版。1978年开始，在1964年版的基础上经过较大修改、增补，分为一卷本、四卷本两种版本，由上海古籍出版社于1979年出版，都是繁体横排。四卷本作为教学和科研的参考书用，一卷本供高等学校中文系作教材用。两个版本前都有编纂分工的说明，四卷本的说明如下："本书是在一九六四年版《中国历代文论选》的基础上经过较大修改、增补，编写而成的，由郭绍虞主编，王文生任副主编，钱仲联参加校订全书并担任部分编写工作，顾易生参加阅读全稿，李庆甲、张海珊担任先秦及近代主要部分的编写工作，王文生、田念萱、黄屏担任两汉、魏晋南北朝及明、清部分的编写工作，顾易生、蒋凡担任隋唐、五代、宋、金、元部分及部分近代的编写工作。"（一卷本通常作为教材，说明就不赘引）以前，钱老对我讲过，他做《中国历代文论选》的工作时就专心只做此事，除了跟一起工作的先生们诗词唱和之外，就不做其他事，所以进度最快，做的事也就多。而其他先生还要做其他事，进度就慢。顾易生先生、蒋凡先生多次来苏州或参加论文答辩，或参加学术会议，都说到《中国历代文论选》的工作钱老做得最多，功劳最大，我还以为是他们的谦辞，何况有的问题，好像挺有隐情，他们不愿多谈。后来看到始终参与其事并担任过上海古籍出版社副总编辑的黄屏先生的回忆文章，才恍然大悟。其《1960年〈中国历代文论选〉编写前后》一文，其实说的不只是1960年，而是该书前后20多年的历史，因为该文没有发表在期刊上，而是收录在论文集中，故尽量详引如下，由此我们大致可以知道这一套书编纂的始末：

……上海复旦大学就分配到《中国历代文论选》《中国历代文学作品选》《文学概论》等几种基础课教材。

1960年我由上海市委宣传部调到上海作家协会新成立的文学研究所，所长是上海作协主席郭绍虞教授，副所长是作协党组书记叶以群和党组成员孔罗荪，所主任是王道乾。研究所人员开始10余人，大多是作协所属刊物的编辑……

记得1962年的4月中旬，叶以群副所长找我谈话，说文学研究所新接到一个任务，即所长郭绍虞要负责主编一部大学教材《中国历代文论选》，这项任务原来是复旦大学中文系的，因复旦中文系教学任务重，抽不出有资历的教授参加，所以郭老决定由上海作协文学研究所承担，编写人员由郭老自己选定组成班子。研究所因此决定成立古典文学组，暂时让我和田念萱两人为组员，参加《历代文论选》编写组。同时明确我为郭老的秘书，协助郭老工作。有事直接和他（以群）联系，他自己则负责主编《文学基本原理》，编写人员另抽调。郭老为完成此任务，曾亲自上门请马茂元先生参加，马先生又建议请他在无锡国专时的老师钱仲联先生，由他们两人负责总的文论、诗论部分的编写；同时商议请杭州大学的夏承焘先生担任词论部分，刘大杰先生担任小说及近代部分的编写。这三位都由文学所及郭老亲自出面联系，由上海市高教局协调。

大概是4月底，借调工作顺利完成。马茂元先生先来作协报到，接着是夏承素，钱先生稍后，都由我先接待；刘大杰先生则申明他讨论时参加，平时不来上班。为了照顾老先生们的生活及工作方便，上海市高教局拨专款给《文论选》编写组，在国际饭店十三楼包了两个房间，郭、夏一间，马、钱一间，又得到上海图书馆顾廷龙馆长的大力支持，在上图旧大楼的二楼专门辟了两大间阅览室给《文论选》编写组工作。所有国际饭店的房租及编写组人员的伙食补贴（四老在国际饭店顶楼的小灶食堂，我和田在二楼的职工食堂）以及其他费用都由上海市高教局报销。高教局开始还专门有一位姓赵的女同志来和我联系，了解情况，我则每隔一时期（十天或半月）写书面工作简报（包括四老生活思想情况及编写的工作进度），第一、二次工作简报我都请郭老过目，后来郭老说他以后不看了，指示我据实汇报。简报写了几次，后改电话口头汇报。

再以后，高教局觉得工作正常，也不管了。过了"五一"节，我们正式开始在上海图书馆上班，除郭老及刘大杰先生外，马、钱、夏三人天天来图书馆办公。

郭老对工作是极重视的，他过去著有《中国文学批评史》，但历代文论选没有编选过，前人也没有系统编选过，无从参考。所以他们四老商订后，决定体例创新，采用正文加附录的形式：每篇正文大多是反映某一时期或某一流派的文学思想和主张，或者从理论上提出了新的问题，或者较全面地总结了前人的意见。正文之后，各有附录。附录或解说正文，有所阐发；或义有异同，可资印证；或论旨相同，后人引申，有所发展；或作者在其他文章中提出的理论，可全面地理解其主张的，均附辑正文后，以供读者参考。编写组的分工明确，先由四老商定正文及附录的书目（一般他们都在国际饭店晚上加班），接着马茂元先生开出书单交我向上图借书［编写期间，我曾经手借还万余册（部）书，另有不少善本、孤本书，结束时与上图清点，无一缺损］，后请作协的工作人员抄录正文在稿纸上，由我和田念萱分别标点、校勘。我过去未校勘过，是马茂元先生手把手的指导。然后再分给马、钱、夏先生注释和写说明（我和田偶尔也选一两篇作注释）。当时复旦中文系李庆甲同志有时来找郭老指导书法，他向我表示也想来参加编写。我因该书要限期完成，任务很紧，觉得多一人参加是好事，所以请示郭老同意李来，但李不愿做标点、校勘，他只选了几篇先秦的正文作注释说明后就不来了。暑假中，夏老的学生吴熊和从杭州来看夏老，代夏老写了几篇词论的注释说明。记得当时钱老的工作进度最快，他熟悉典故，记忆力强，随手拈来。好在阅览室内放着常用的工具书以及《四部丛刊》、二十四史、《全唐文》《艺文类聚》及各类古籍等。

《文论选》编写组从1960年5月开始工作，当年底即如期完成初稿，交上海中华上编（上海古籍出版社前身）排印，几位老先生也各返校，仅留马先生、我和田三人读清样、大样。1961年2月底春节前夕，编写组工作全部结束，撤出上图，我和田回到文学研究所。

《文论选》出版后，出版社送来稿酬（不多，具体数不记得了），我们都认为这是工作,谁也没想到稿酬。我请示叶以群,他指示给郭老40%,马、钱两位共50%,其余夏、刘各3%,我和田两人3%,李庆甲和吴熊和也象征性地各分0.5%。事后,马先生曾对我说,中央高教部有人告诉他,说在所有大学教材中,以这本《历代文论选》的编写时间最短,质量最高。

  在这段工作期间,我和几位老先生每天工作在一起,结下了真诚的友谊。

  郭老自不必说,编写组内只有我和他是党员,对我极信任,工作上更是放手。夏老是我原浙大的老师,原本相知。难得的是马茂元先生。钱先生自律甚严,对马先生工作速度慢,忙于自己写稿有意见,曾向我反映。我和马先生谈心,他说家庭人口多,经济负担重,所以不得不业余尽量写稿,我谅解他的苦衷,也就很少催问。只是增加了钱先生的工作量。另外1957年马先生在上海师院中文系,被学生贴大字报,大批判,他很不服气。对我说,他不愿教这些自以为是、傲气十足而知识浅薄的学生,但对你(指我)我愿意认真教,他还表示以后业余愿教我研究李贺的诗。可惜由于种种原因,未能如愿,这是我一直引以为憾的。钱先生平时少言寡语,埋头工作。临别时,他也和我谈心,珍惜我们这段时期的相聚。

  ……粉碎"四人帮"后,1977年上海在新市委的领导下,召开了纪念毛主席《在延安文艺座谈会上的讲话》发表三十五周年的大型文艺座谈会。大会上,郭老作了题为《生命不息,工作不止》的发言,内容是说他主编的大学教材《中国历代文论选》被批为大毒草,如今他以老耄之年决心要重新修改增补《文论选》这本教材。

  ……于是郭老就让王文生、复旦的顾易生、李庆甲、蒋凡以及师大的张海珊都参加,由于王文生是全脱产,与郭老联系较多,决定他和我、田念萱共同负责两汉魏晋南北朝及明清部分的编写工作,顾易生、蒋凡担任隋唐以及部分近代的编写工作,李庆甲和张海珊担任先秦及近代主要部分的编写,郭老请钱仲联先生总负责。1978年10月《文论选》修改小组第一次开会,钱先生专程从苏州来沪,对全书的增删提出意见,当晚郭老还宴请钱老,并请钱老最后审阅全书。我们有问题,则去苏州请教钱先生。

  ……

  1978年5、6月间,王文生提出去外地请教一些名人对《文论选》的重编提些意见,他自己去北京看钱锺书。征得郭老同意后,分散出去。王文生去了北京,蒋凡和张海珊去了苏州看钱先生,顾易生、李庆甲等就在上海征求复旦、师大一些教授的意见。事后,我们最期望的钱锺书先生并未提意见,倒是钱仲联、王元化等提了些看法和要求。

  ……

  2011年1月,我将此文请蒋凡同志过目。蒋凡是"文革"后期1973年由复旦大学将他从北京调回,专任郭老的秘书并协助郭老修改增补《中国历代文论选》和《中国文学批评史》。他看后只对1977年第二次编选《文论选》情况补充两点……其次他认为真正出大力起决定作用的是钱仲联先生。郭老一开始即请钱审阅全书，并要蒋凡将全部书稿分批送到苏州，还嘱蒋凡转告钱先生："文稿中如有不妥处，请钱先生代郭老大胆修改后定稿。"而钱先生也确实不负郭老所托，花了大量心血在书稿上，几处重要修改出成果处都是钱先生的大力。

(上海古籍出版社编《春华秋实六十载》，上海古籍出版社 2016 年版，第 28-34 页)

征引这么多是想让大家了解一部好书编纂出版之不易，也足觇钱老在其中的作用。至于这套书的极高价值、产生的深远影响，这里就不赘述了。

二、《万首论诗绝句》《历代别集序跋综录》

中国有关文学理论的资料，除了一些专书之外，大多散见于总集、别集、史传、类书、笔记杂著等类型的书中。单篇论诗的文章比较受重视，而论诗的诗歌受到注意相对较少。钱老早在 20 多岁在无锡国专期间，就和同学王蘧常先生一起抄辑历代论诗绝句六大册。在 20 世纪 60 年代初，因编纂《中国历代文论选》与郭绍虞先生订交后，遂与郭先生所抄辑的历代论诗绝句合并成一书，共有十余册。经剔除重复，考校编排，定名为《万首论诗绝句》，并由钱老撰写前言，于 1983 年夏向人民文学出版社交稿，1991 年 2 月正式出版问世，上距开始抄辑之时已将近 60 年。

进入 20 世纪 90 年代，钱老又率弟子编辑了《历代别集序跋综录》，1998 年交稿，遗憾的是等到江苏教育出版社 2005 年出版，钱老已经仙逝两年了。钱老在该书序中说："昔无锡钱基博先生示人读古书之方，应先读其书之序跋（含作者自序及他人所作序跋），如此则可在通读全书之前，洞悉其书之内涵，作者为书之宗旨，当时及后代对其书之评鉴。因古书序跋之作者，往往为至高成就之人，具深邃之学识，文坛有一定之声誉，尤其是别集类之序跋，用途更大，持较读一般文学史，其弋猎所获，何啻倍蓰！盖别集数量浩繁，治古代文学史者，读别集序跋，基本上可达到此要求。"别集序跋可助了解古代文学史，可以增长文学见识，因为其中蕴含了丰富的古代文学理论知识。《万首论诗绝句》和《历代别集序跋综录》两书，一前一后，前者始于青年时期，后者成于晚年，可以看出钱老自始至终对古代文论的重视。

三、《梦苕庵诗话》

古代文学理论资料散见于诗文别集中，也见于作品选、作品批注、笔记杂著中。当然以专书表达得最为完整，就诗歌理论著作而言，那就是诗话了。

我觉得钱老的学术历程跟陈衍先生的关系很大，但大多是跟陈衍先生有不同的看法，钱老自己说过：

> 我与陈衍先生学术趋向的不同，也表现在教学上。陈衍讲授宋诗，自己选编教材，其定本由商务印书馆于 1937 年出版，名为《宋诗精华录》。我讲授宋诗，亦自己选编教材，并于 1936 年冬由学校排印，即编入《无锡国学专修学校丛书》的《宋诗选》。两书相较，相同者十之四五，不同者十之五六。我选编《宋诗选》，不拘门户，一以精严醇美为归。如词人柳永不以诗名，但《宋诗选》选录

了他描写盐民困苦生活的讽喻诗《鬻海歌》。为了帮助学生更好地学习研究宋诗，选录的许多作品后面附有汪景龙、冯班、纪昀、陈衍、顾宪融等人的评语，以资启发。我间亦自下评语……《宋诗选》出版后仅半年，抗战爆发，因而此书流传不广。

（《钱仲联学述》，第32页）

陈衍先生编有《近代诗钞》，钱老也编了《近代诗钞》（江苏古籍出版社1993年出版），选录在近代诗歌史上有较高成就的100家重要诗人的优秀作品，每家少则五六十首，多则一百五六十首，都直接采自有关各家本集，并撰有所有100家诗人的评传。钱老强调："所选诗人中，有陈衍《近代诗钞》所无者30多家；所选诗歌作品也和陈衍《近代诗钞》有很大不同。"（《钱仲联学述》，第104页）

《梦苕庵诗话》的写作也是深受陈衍先生的影响，为了避免对钱老原意的歪曲，我们还是看钱老自己的叙述：

> 陈衍先生家住苏州，唐文治校长以每个钟点十块钱的全国高教界最高课金，聘来无锡国专授课。每周一次，由教务长到火车站恭候迎接。我曾与陈衍先生同住一楼，对这位前辈诗人十分尊重，时常对酒谈诗，向他请教"同光体"的写作技巧。我早年所作《游曾氏虚霩园》，诗中有"春山女儿臂，清切抱人来"句，曾得到当时诗坛名流夏敬观、李宣龚、冒广生、陈诗等人赞赏，梁鸿志曾在席间夸称为"绝妙好句"，陈衍先生也因而将其采入《石遗室诗话续编》，并加以评赞。受陈衍先生的影响，我于1935年开始撰写《梦苕庵诗话》，并陆续在《中央时事周报》《国专月刊》等刊物连载发表。但我的诗歌崇尚与陈衍先生不同，我重视思想性，也重视艺术性，认为二者是统一而不可分割的，单纯注意艺术技巧，我不赞成。所以我在《近代诗评》中，评陈衍是"戴盆望天，未见大处"。但艺术技巧也决不可等闲视之，所以陈衍诸人的"同光体"诗，我并不抹煞它们立格遣辞的独到处，认为可以借鉴。陈衍以及近代宋诗流派的作者夏敬观、李宣龚等与我都有往来，我自己的写作，也受到他们的一些影响。但我不是"同光体"一派的人，我对近代诗人最佩服的是黄遵宪、丘逢甲、金天翮三家。因此，我在《梦苕庵诗话》中曾对陈衍《近代诗钞》未选丘逢甲的诗深表遗憾，而樊增祥《彩云曲》、王国维《颐和园词》这样誉满艺林、无愧诗史的大作亦未入选，也是不小的遗憾。对于《石遗室诗话》尤其是《续编》，我认为也不无可议之处，主要是落入了记述友朋琐事的窠白，有时未免标榜失实，如对胡汉民评价过高。有鉴于此，我在《梦苕庵诗话》中尽力避免个人琐事纠缠，而将重点放在系统地详论清代名家与作品、介绍与考订有诗史价值的杰构上。这些想法，我有时偶与比较接近的学生谈及。我的所思所为，教务主任冯振、总务主任叶长青（两人都是陈衍弟子）口虽不言，心实赞同。校长秘书陆景周教授是国专创建时的元老，听学生说起此事，当时就对他们说："钱先生这样做，是对教学负责。我们都很尊敬陈老先生，陈老的名望确实大，但智者千虑，必有一失，你们出于尊师，又很难发现，难免以讹传讹。钱先生能向你们指出，不但教导你们读书要

认真,还应懂得不能迷信名人。……钱先生对陈老是很尊重的,学问方面的事,尽可各抒己见。"(黄汉文《钱仲联先生的诗学、诗作、诗教》)

(《钱仲联学述》,第30—32页)

《梦苕庵诗话》用传统诗话的写作方法,表现了钱老深邃的古代文论的见解,刘梦芙在《二钱诗学之研究》中有专篇《〈梦苕庵诗话〉述评》,认为"钱仲联先生的《梦苕庵诗话》,是一部内涵丰厚、品位超卓的论诗名著,是研究清诗尤其是研究近代诗歌者不可不读的重要文献","有清一代诗话极盛,不下百千种,其中影响最大的莫过于清中叶袁枚的《随园诗话》和清末陈衍的《石遗室诗话》。袁枚标举'性灵'说,陈衍宣扬'同光体',对当时的诗歌创作,都起到有力的推动作用。两家诗话的共同缺点,是收诗过滥,阑入许多格调卑下的作品。且盲目吹捧达官贵人,以诗话为羔雁之具,故颇为清议所讥,致有'诗话作而诗亡'的过激之论。持较袁、陈两家之著,钱先生《梦苕庵诗话》无论是采诗或是评论,可谓器局宽宏而又质量精粹,体现了著者高明的眼光、深湛的素养,是后来居上的力作。但因钱先生选诗标准颇高,月旦篇章,又非为下民说法,倘若不是治诗有年且熟于清史掌故者,对《诗话》中许多典雅精奥之处,是很难悟入的"。(《二钱诗学之研究》,黄山书社2007年版,第62、71页)

四、《清诗纪事》

陈衍先生继承与发展了宋计有功开创的"诗纪事"体,编有《辽诗纪事》十二卷、《金诗纪事》十六卷、《元诗纪事》二十四卷。钱老在青年时代抄纂《万首论诗绝句》时,从清人诗集中辑得的资料最多,《梦苕庵诗话》"重点在于系统评论清代名家与作品,介绍与考订有诗史价值之杰构"(《梦苕庵诗话》序)。虽然偶尔上溯明代,下至民国间诗人。撰著上述两本《万首论诗绝句》《梦苕庵诗话》时,钱老不可能不注意到清诗的本事材料、各类著述中蕴藏的清诗批评资料,何况钱老固然重视诗歌的艺术技巧,但更重视思想性。在前贤和时哲大多赞成"一代有一代之文学"的时代背景下,要回答如下问题:

> 清诗究竟有没有超越前代的成就?有没有值得后人借鉴的地方?更具体地说,清诗写了些什么内容?表达了什么思想?这些思想内容同产生清诗的时代、社会又有什么关系?对于诸如此类的问题,只有清诗本身方是最好的回答。清诗作家之众多、作品之繁富、流派之纷沓、诗论之精深,固然已非前代所能比拟,而清诗叙述史事、反映现实的突出成就,尤其应当得到足够的认识和充分的评价。中国古典诗歌创作思想历来以"言志""缘情"为传统,重抒情而不重叙事。……这种情形只是到清代方有了明显的改观。从钱谦益、吴伟业、顾炎武、钱秉镫等人以易代之际政治历史为主题的作品,到施闰章、赵执信、胡天游、蒋士铨等人以抨击朝政、留心民瘼为主题的作品,到朱琦、鲁一同、姚燮、金和等人以鸦片战争、太平天国农民革命为主题的作品,乃至黄遵宪、丘逢甲、康有为、梁启超等人以清末朝政和国际时事为主题的作品,皆以诗歌叙说时政,反映现实,蔚为有清诗坛总的风气,十朝大事往往在诗中得到表现,长篇大作动辄百

韵以上。作品之多，题材之广，篇幅之巨，都达到了前所未有的水平。尤其是清初吴伟业的七言长篇叙事古风，熔元白体格、四杰藻采和传奇特色于一炉，名篇络绎，号"梅村体"；晚清黄遵宪的乐府诗更是以"古人未有之物、未辟之境"一新诗坛，体现了"诗界革命"的鲜明特征。而即便是被斥为"乾嘉末流"的舒位、陈文述，即便是属于复古阵营的王闿运、樊增祥以及杨圻、王国维、金兆蕃等，他们的诗集中也不乏叙说时事、反映现实的长篇叙事之作。可以说，叙事性是清诗的一大特色，也是所谓超明越元、上追唐宋的关键所在。基于对清诗的这种认识，促使我下决心选择《清诗纪事》作为我所主持的苏州大学中文系明清诗文研究室的首要科研项目。从中国文学发展史的高度出发，全面总结清代诗学的经验、成就，通过检阅清诗的独特成就来确立其在中国文学史上的恰当地位——这就是我为《清诗纪事》这一巨大工程所设定的工作目标或学术意义。

（《钱仲联学述》，第 89-90 页）

所以，自 1981 年春成立"明清诗文研究室"伊始，除了编刊《明清诗文研究丛刊》外，钱老就开始了《清诗纪事》的编纂工作，这样浩大的工程当然不是凭个人之力在短时间内能完成的，需要一些人手形成一个严密的组织，需要资金，一旦蒇其事，既能圆满完成研究室的工作任务，也可以超越历代的"诗纪事"。从宏观上来说，可以从"中国文学发展史的高度出发，全面总结清代诗学的经验、成就，通过检阅清诗的独特成就来确立其在中国文学史上的恰当地位"。这更是以前的"诗纪事"所没有的宏伟而卓杰的目标。

钱老对历代"诗纪事"的特色、优缺点，有目光如炬的洞幽察微和精到的评论，比如认为史学家邓之诚的《清诗纪事初编》对"600 名诗人的生平经历精确考订，详作记载，对他们的著作及其版本、序跋、注家——加以介绍评说，其学术价值自要高于前人，但似脱离诗歌纪事传统体例的要求而更近于传统名人的史学专著。同时，《初编》直接采诗于名家别集，而未从诗话、笔记入手，采录之诗虽多言事，却常病空泛而不具体，笼统而无特定背景，同张应昌《国朝诗铎》一类叙事诗的选本基本无别"（《钱仲联学述》，第 93 页）。

所以，《清诗纪事》全部完工后，钱老自豪地认为："近代著名诗人学者，辽、金、元三朝诗纪事编纂者陈衍曾经断言，编纂《清诗纪事》是不可能的。我带领明清诗文研究室同仁，依靠集体科研的优势和社会各界的支持，终于完成了这一被前辈学者视为畏途的浩大工程。"（《钱仲联学述》，第 95-96 页）

该书问世后，在学界获得强烈反响，著名学者周振甫、王元化、季镇淮、钱锺书先生先后给予高度评价。同时，该书获得一些高规格奖项：第四届中国图书奖一等奖，全国首届古籍整理图书奖一等奖，第一届国家图书奖提名奖，全国高等院校首届人文社会科学研究优秀成果奖一等奖，等等。

五、《梦苕庵清代文学论集》和《梦苕庵论集》

钱老有关文学理论研究的论文基本收录在《梦苕庵清代文学论集》和《梦苕庵论

集》中。《梦苕庵清代文学论集》由齐鲁书社在 1983 年 9 月出版，集中收录了 1962 年至 1983 年 20 余年间关于清代文学的研究论文 17 篇，钱老自己是这样介绍其中所收的文章的：

> 卷首之作《三百年来江苏的古典诗歌》，大致以时代先后为序，分明末清初、遗民诗人、清全盛时期、鸦片战争和太平天国革命时期、晚清复古诗派、诗界革命六个段落层次，既具体又概括地描述了自 17 世纪中叶以迄 20 世纪中叶这 300 年间，江苏诗坛随着政治风云变幻而起伏兴衰的发展历程，涉及的诗人不下百余人，流派不下几十个。写作中，我比较注意把握流派之间、诗人之间内在的传承变化的思想脉络，以及当时江苏诗坛在整个中国诗坛中的地位。第二篇《清人诗文论十评》，则从文学批评史的高度依次评论了钱谦益、王士禛、赵翼、翁方纲、章学诚、阮元、黄遵宪、章炳麟等人的文学思想，揭示了他们的理论崇尚和文学史意义。由于这些作家的活动时期前后衔接，几乎覆盖了有清一代，因而这篇论文可以看作是清代文学批评史的简明大纲。以下是一组清代作家专论，论及的作家有顾炎武、王夫之、陈维崧、黄遵宪、胡曦、黄人、沈曾植等。与此不同，《论近代诗四十家》一文，则是借一组五言三韵古诗为发端，对龚自珍、魏源、郑珍、何绍基、江湜、金和、贝青乔、王闿运、邓辅纶、高心夔、张之洞、黄遵宪、李慈铭、沈曾植、范当世、陈三立、樊增祥、易顺鼎、康有为、梁启超、丘逢甲、金天翮等 40 家近代诗人的诗学趋向及其借鉴得失，一一加以分析评论。以诗论诗，这可看作是我对自幼喜爱并有心得的论诗绝句这种古已有之的说诗文体的运用和发展。
>
> 《梦苕庵清代文学论集》中的另外一组文章，则是讨论和试图解决一些重要的文学理论问题。《桐城派古文与时文的关系问题》，针对近人将桐城派古文同时文（八股文）相提并论甚至混为一谈的有关观点作了澄清，指出这种说法由来已久，并就其持论的三点依据一一加以分析批驳，证明说者不过是撷拾古人片言只语以就己说，其论断难免不公。从而以事实得出结论：桐城派古文与时文虽有种种联系，但从本质上来说，二者是有"鸿沟之殊"的。《佛教与中国古代文学的关系》，从中外文化融合影响的着眼点，观照分析了佛学从哲学思想、文体形式和语言典故诸方面对中国古代文学创作以及文学批评的深刻影响。《古代山水诗和它的艺术论》，在简略回顾 2000 多年来中国山水诗歌发展历史的基础上，将这一诗体划分为清远和雄奇两种艺术风格。前者自谢灵运递及唐代王孟韦柳、裴迪、常建、刘眘虚，宋代九僧、四灵，明末竟陵派、阮大铖，清代厉鹗，近代俞明震、何振岱诸家，一脉相承，其语言以自然白描为基本特色；后者则自曹操递及唐代李白、杜甫、韩愈、孟郊，宋代苏轼、陆游、杨万里，金代元好问，清代钱谦益、吴伟业、屈大均、黎简，近代姚燮、郑珍、高心夔、刘光第、陈三立、许承尧、金天翮等，其语言则以藻丽雕琢为主要面目。文章后半部分进一步以山水诗和山水画两相对照，指出诗情画意，其理相通，并将诗论、画论的南北宗之说归源于佛教禅宗，证明了禅宗的哲学观点和画论家、诗论家的美学观点一脉相

通，从而从文化学的高度概括了中国古代山水诗的艺术论。《论"同光体"》，从理清这一在近代诗坛影响重大、人员庞杂的学宋诗歌流派的来龙去脉着手，将"同光体"剖析为三派：其一是以陈衍、郑孝胥、沈瑜庆、陈宝琛、林旭、李宣龚等人为成员的闽派，其学古方向溯源韩孟，于宋人则偏重于梅尧臣、王安石、陈师道、陈与义、姜夔等；其二是以陈三立、华焯、胡朝梁、王易、王浩等人为成员的赣派，其学古趋向为黄庭坚；其三是以沈曾植、袁昶、金蓉镜等人为成员的浙派，其学古趋向并不墨守宋人，于元嘉时代的颜、谢两家用力极深，同时力尊清前、中期秀水派朱彝尊、钱载为宗师。文章还分别就三派的创作成就、思想变化、艺术得失作了深入分析，肯定了他们曾经有过的进步的一面，也批判了他们在进入民国以后的保守倒退，指出必须历史地、全面地看待和评价"同光体"，不应将其一笔抹杀，而应借鉴其长，以为己用。《释"气"》则分别就自然之气、人身之气与文学创作的关系作了阐述，并从后一层关系中引申出关于养气之说的理解。文章后半部分列举古代文气说的有关术语并逐条加以探讨阐释，内容涉及志气、意气、力气、风气、生气、神气、才气、辞气、气象、气格、气势、气体、气韵、气脉、骨气、气味、气调、气候、声气、光气、气魄、客气、习气等 23 条，覆盖了文气说的方方面面，一一指陈出处，分析源流，概括内涵，辩证其相互联系及意义差别，曾在海内外引起较大反响。

（《钱仲联学述》，第 108-110 页）

中华书局 1993 年出版《梦苕庵论集》，编入 1943 年至 1993 年的论文 39 篇，选编范围也不再局限于清代文学研究，因而几乎可以看作钱老一生学问的一个缩影。其中除史学研究、治学经验等文章之外，钱老对文学类的文章是这样介绍的：

> 《梦苕庵论集》中编入更多的还是我在文学研究领域的心得、成果。如《文心雕龙识小录》系 1984 年 11 月参加在上海举行的《文心雕龙》国际学术讨论会时提交的论文，文章就刘勰关于"文心""般若"二词的用法和本义作了详赡的考索论证。《文心雕龙创作论读后隅见》，则是关于王元化先生所著《文心雕龙创作论》的评论，文章充分肯定了该书考订精确，论说深刻，"经纬贯通，妙绪纷披"，"根底无易其固，而裁断必出于己"，尤其是在运用古代文论、引进西方文论阐释评介《文心雕龙》方面做得极为成功；同时也直率地提出了一些补充材料和商榷意见，以供作者和读者参考。其他如《皎然诗式简论》《论诗绝句简论》，曾于 1964 年发表于香港《大公报·艺林》，分别是编写《中国历代文论选》和《万首论诗绝句》的副产品。《清诗简论》曾于 1983 年 12 月发表于《光明日报·文学遗产》，是向同年在苏州举行的全国清诗讨论会提交的论文。《三百年来浙江的古典诗歌》则是《三百年来江苏的古典诗歌》的姊妹篇，系统论列了自黄宗羲、朱彝尊肇始到沈曾植、夏曾佑殿尾的清代浙江诗歌的发展历程。就中尤以对清中叶浙派诗所作的分别以厉鹗、胡天游、钱载、袁枚为领袖的四个流派的划分，以及对四流派特色利弊、传承发展的论述，心得较多。《宋代诗话鸟瞰》，就诗话的发展源流、宋代诗话的类别、宋人在诗话中讨论的主要理论问题等，一一

加以探讨、论说，举例涉及的宋代诗话不下 20 余种。《境界说诠证》，就近代学者王国维所揭橥的"境界"一语的要义作理论剖析，并进一步探本追源，列举在王国维之前或同时曾以"境界"一词论说诗词的司空图、王世贞、叶燮、梁启超、况周颐诸家的有关言论，并加以研讨比较，使读者得以加深对于"境界"说的理解。《论诗歌中的联想》，从诗歌联想的内涵、形式、作用、意义等诸多方面，作了生动、具体的阐说。《清代学风和诗风的关系》，从大处着眼，将清代学术发展分成三阶段：以顾炎武为代表的前期，主要趋向是通经致用；以翁方纲为代表的中期，主要特点是考据饾饤；以龚自珍为代表的后期，主要趋向又回归到经世致用。不同趋向的学风对同时诗风产生了或好或坏的影响。这是一个很少为人注意、很难谈清楚但又确乎很有意义的学术问题。

(《钱仲联学述》，第 112—113 页)

《梦苕庵清代文学论集》中收有一篇游戏之笔的文章《近百年词坛点将录》，编纂《梦苕庵论集》时仍然收入之外，还增加了《浣花诗坛点将录》《近百年诗坛点将录》，没有收入以上两集的还有《顺康雍诗坛点将录》《道咸诗坛点将录》《南社吟坛点将录》。钱老认为："诗坛或词坛点将录虽是游戏之笔，却有一条重要的游戏规则，就是必须将诗坛、词坛作整体安排，使读者可从有机联系的系统中，管窥当时的诗坛（词坛）活动现象，因此，没有深厚的诗词写作和诗学研究功底，没有对文坛形势的准确把握，就必然会评次失当，贻笑大方。点什么样的将，如何各得其所，不是不加思索可以信手拈来的。"（《钱仲联学述》，第 107 页）我曾问过钱老为什么不写一部文学史，钱老说这些貌似游戏之笔的"点将录"就是一个时代的诗史或词史，《三百年来江苏的古典诗歌》《三百年来浙江的古典诗歌》则是断代的地方诗史，而先生带的博士写的毕业论文多是诗史类型。2007 年，苏州大学召开纪念钱老诞辰 100 周年纪念会，有一个大型图片展回顾钱老一生的学术成就，我就特意选了 108 张照片，有的是我翻拍的，有的是我为钱老拍摄的，就是为了呼应钱老的点将录而选了 108 张。

除以上两本论文集之外，钱老还用文言为许多总集撰写序言，如为《新编全唐五代文》《全宋诗》《全宋词》等新编大型总集写的序言，也有为杨无恙、张大千、程千帆、霍松林、饶宗颐、陈从周、杨圻等个人诗文集所作的序，这些序跋都是钱老花费大量精力精心撰构的，往往就所序著作的思想内容追根溯源，上开下拓，使之得到深化和诠释，其中有很多体现了钱老对中国古代文论研究的看法。

六、钱老主要的文论观念和治学风格

纵观钱老的各体著作、论文，可以总结出大致的文学理论观念，因为时间关系不展开论述，这里只做简单的勾勒：

第一，转益多师，博采众长。钱老自陈："我的体会，文学研究者或诗人词人，不应该是疏陋的文士，而应该是博览群书的通人。以研究文学为专门，同时对训诂、哲学、史、地、宗教、书画等都要涉猎，以专带博，以博辅专，知识局限于一隅，是无法做到'圆该'与'圆照'的。"（《梦苕庵论集》，第 540 页）。"其实我自己写诗时，并没有刻意学习这一家或那一家的想法，也看不惯那些所谓诗律、诗法的书，认为对写诗作用不大。从我自己几十年的写作过程中，我确认诗来源于社会生活，因而作诗除实践外，别无捷径。当然，诗歌写作实践离不开艺术借鉴，离不开吸收前人的成功经验。"（《钱仲联学述》，第47页）

第二，反映生活，推重诗史。论定诗词作家在某一历史时期诗坛（词坛）地位的高下时，钱老着眼于其诗词创作是否反映当时的社会现实，看重与重大时事或历史人物有关的具有诗史性质的作品，重视伤时感事的短章或组诗，尤其推重长篇巨构，在艺术上则看是否有创新之处，而不为陈见所囿。当然，就研究方法而言，"以史证诗只是我文学研究方法的一个方面，经学、子学、玄学、佛学、哲学、经济、民俗、艺术各个领域的学问知识，无不用之于为笺诗服务"（《钱仲联学述》，第86页），则又回归到博采众长，转益多师了。

第三，另辟蹊径，艺术创新。如山水纪游与田园风景之作，在我国古代已经形成了优良传统，这一类作品描绘雄奇秀丽的风光，抒发作者对大自然、对生活的热爱。只要有寄托，有怀抱，开创新境，戛戛独造，都能给人以丰美的艺术感受。与此相应，反对模拟风气，对虽有才力但艺术上创新不足的作者，钱老评价不高。清诗之所以有很高的地位，也是因为"清代诗人没有沿着明诗的老路继续下滑，而是顺应时代发展潮流，总结明诗复古摹拟的经验教训，力挽颓势，开创了生动活泼的新局面"（《钱仲联学述》，第88页）。

第四，旧格律含新思想，新事物入旧体裁。钱老之所以选择黄遵宪的诗集作注，是因为"黄遵宪是晚清时代首先吹响古典诗歌改革运动号角的新派诗人的领袖人物，而《人境庐诗草》正是晚清诗歌革新的代表，爱国诗歌的典型。其诗以旧格律运新思想，诚不愧诗世界之哥伦布"（《钱仲联学述》，第61-62页）。

钱老的文学理论观念有很多，上面仅列举荦荦大者。

钱老虽然20岁不到就发表作品，一生著述等身，但是有些大部头的著述都是1979年以后才撰述出版的，如《剑南诗稿校注》《清诗纪事》《历代别集序跋综录》《钱牧斋全集》等，我也简单地对钱老工作的风格做一个分析，以供大家学习。

其一，今日事今日毕，雷厉风行不拖延。这一点给弟子们留下的印象太深了，你们可以参看钱老的弟子们写的回忆文章，见马亚中老师编的《学海图南录：文学史家钱仲联》。再比如："1997年1月，有香港施学慨先生为主编《回归诗词百首》，专程来苏州向我求序并征诗。当时我身体不适，但香港回归，实是大快人心之事，我嘱他明日前来取诗。当晚，我写了一首三十六韵的五言古风，追溯香港自乾隆以来近两百年历史，表达中国人民扬眉吐气的自豪感。"（《钱仲联学述》，第57页）1998年春夏之交，岳麓书社寄来《剑南诗稿校注》的清样，我提出由我来校对，钱老说："你要看一句校对一句，动作慢。还是我来校对，我不用校核原文，基本上背得出来，看一遍就可以了。"1743页的书，钱老一周就校好了。

其二，工作制度要严格，待人要宽厚。《清诗纪事》的编纂从1981年开始，按计划在1984年中基本结束了大规模的资料搜集工作，转入整理、考订、编纂、补充的阶段。"根据明清诗文研究室与江苏古籍出版社订立的协议,《清诗纪事》全部书稿分期交付,连续出书。明遗民、顺治朝、康熙朝和雍正朝四卷 310 万字于 1985 年 10 月交稿,1987 年 2 月至 6 月先期出版;乾隆朝、嘉庆朝和道光朝三卷 440 万字于 1986 年 7 月交稿,咸丰朝以下四卷 360 万字于 1987 年元月交稿,在 1989 年 4 月至 7 月间陆续出齐。"(《钱仲联学述》,第 95 页)先后参加此书编纂的主要人员有 9 人,参加少量制卡或事务工作的有 8 人。没有严格的规章制度和执行力,要在这么短的时间内完成如此繁重的工作几乎是不可能的。何况钱老打算"《清诗纪事》或其他科研工作不是单纯为了出书,主要是通过实践,培养这一专业方向的研究人才和整理古籍人才"(《钱仲联学述》,第 147 页)"研究室实行严格的坐班制,半天上课,由我先后讲授明清诗学、明清词学、清代散文、明清文学理论以及专家专集介绍等课程,课本采用我所编写的《清诗三百首》(修订本)、《清文举要》、《中国历代文论选》第四卷以及龙榆生所编著的《近三百年名家词选》等;半天工作,在我的主持指导下,按照体例要求收集资料,制作卡片,编纂《清诗纪事》,并编《明清诗文研究丛刊》。"(《钱仲联学述》,第 146 页)"按我制定的作息时间,上午 8:00 开始上课,9:30 以后休息半小时,10:00 继续上课,直到吃午饭。下午的工作时间是 1:30 到 5:30,我坐镇室内,审读卡片,随时解答疑难问题。其他成员则各就各位,读书制卡,研究室里只有笔尖在纸上滑动的声音和好几盘蚊香同时燃烧后散发出的刺鼻的烟味。""我对他们依然抓得很死、很严,每到月底,总是亲自验收,逐条过目。我要求每张卡片都由制卡人签名盖章,发现有写错字、点错标点甚至字体不规范或字迹不清楚,都毫不留情地退回改正或者重新誊写"(《钱仲联学述》,第149-150页)。这可比《四库全书》馆都要严格,这样培养出来的学生比现在的研究生何如!

钱老对学生宽厚可以去看学生写的回忆文章。

其三,要有宏大的格局,但要从小处着手。比如,钱老编纂《清诗纪事》设定的工作目标或学术意义,就是"从中国文学发展史的高度出发,全面总结清代诗学的经验、成就,通过检阅清诗的独特成就来确立其在中国文学史上的恰当地位"(《钱仲联学述》,第 90 页)。钱老在编纂《海日楼诗集笺注》的时候写了《柳诗内诠》《佛教与中国古代文学的关系》《读北魏书崔浩传书后》《读〈宋书〉札记》等文章,而《皎然诗式简论》《论诗绝句简论》,则又分别是编写《中国历代文论选》和《万首论诗绝句》的副产品。钱老教育我们要做大题目,要写小文章,文章一定要有新意,但又要站得住脚。

其四,理论要跟创作相结合。有些文学批评家理论上说的是一套,但是自己写作时可能是另一套。"袁子才诗理论较好,但诗要谨慎,拍马屁、油腔滑调……"(《钱仲联讲论清诗》,魏中林整理,苏州大学出版社 2004 年版,第 34 页),"姚(鼐)门弟子中,方东树诗写得笨,但在理论上能发扬姚说"(《钱仲联讲论清诗》,第 44 页)。钱老还强调作为研究者不能空谈理论,还要会创作,要理论和实践相结合,否则容易流于皮相之谈。钱老早年的研究是为创作服务的,"就我本人的初衷而言,治学的动机恐怕在很大程度上是为了借鉴前人创作经验,直接服务于自己的创作实践。

有人甚至认为我是'余事做学者，不想竟成了著名学者'"（马卫中《为霞尚满天——访钱仲联教授》）。话虽说得俏皮，却不无道理"（《钱仲联学述》，第60页）。研究文学理论，也必须紧紧抓住作品，因为"抛开作品而侈谈文学理论、文学史并且自以为高明的人是颇堪笑悯的。"（《钱仲联学述》，第102页）。

钱老重视外语和计算机，这两样是钱老的"短板"，但他认为十分重要，可惜自己年事已高，难以重头学起。钱老早就注意到"沈曾植不通外文，但能采用对音、互证等方法，作出比较正确的结论，在这一方面做了很多筚路蓝缕的工作"（《钱仲联学述》，第66页）。钱老晚年经常提起最推崇钱锺书、季羡林两位先生，因为他们懂很多种外语，可惜自己不懂，而外语对中国文化走向世界有很重要的作用。后来，我对钱老说到《四库全书》可以全文检索，并带笔记本电脑演示，钱老看了以后觉得计算机是科研利器，

钱老的等身著述（1997年，涂小马摄）

是很好的帮手。听说文学院现代文学的专家范伯群先生会用计算机，于是钱老又多了一个推崇的人。我还告诉钱老，要执行全文检索，就要编程，编程要用英语，将来很多事情不用人做，一些重复劳动的事可以让机器人做，钱老就勉励我要学好外语和计算机。

钱老的工作风格使其完成了等身著述，值得我们好好学习。

【参考阅读文献】

郭绍虞主编《中国历代文论选（全4册）》，上海古籍出版社2001年版。
钱仲联《梦苕庵论集》，中华书局1993年版。
马亚中编《学海图南录：文学史家钱仲联》，南京大学出版社2000年版。

【思考题】

1. 为什么说钱仲联先生对中国古代文论研究做出了重大贡献？
2. 钱仲联先生和陈衍先生在研究对象和旨趣上有何异同？
3. 钱仲联先生的文论观念和治学风格主要有哪些？

第二讲
中国古代文论研究中的《诗经》

陈国安

> ☞ **【主讲人介绍】**
>
> 陈国安，江苏镇江人。苏州大学文学院教授，博士生导师，中国古代文学专业博士，复旦大学中文系博士后（导师为黄霖教授），曾师从苏州大学钱仲联和杨海明教授获硕士、博士学位。其博士论文《清代诗经学研究》的下编即讨论清代文学接受《诗经》的文学现象。论文有《清代诗话论〈诗经〉》等。

这一讲我们一起来讨论古代文论研究中的《诗经》，主要讨论诗经学与古代文论的彼此互动，或者说，对诗经学在古代文论研究中的一些问题做一些剖析。

一、文学研究与经学研究的《诗经》

首先就涉及《诗经》在古代文论研究中的地位如何。为什么强调在古代文论的视域范围之内来讨论《诗经》的问题？首先，《诗经》研究，或者就说成是诗经学，会带来一个误解，传统的《诗经》研究属于经学，而现代人研究《诗经》时，它属于文学。似乎《诗经》以前没属于过文学，当然我们也就不太愿意让这样的研究属于文论研究的范畴了。那么带来的问题是什么？经学又是什么？这就涉及第一个问题，即文学研究与经学研究的《诗经》及其在古代文论研究中的情况。

经学在现有的古代文学研究领域、古代文化研究领域，沉寂了相当长的一段时间。每一个讨论经学的人，对经学的定位都不太一样。比如，范文澜认为经学就是统治阶级意识形态的范畴，属于政治伦理。后来，朱维铮认为这个代表着传统文化或者文化传统表现的保守力量。他在《中国经史学十讲》的第二讲"中国经学与中国文化"中提出：

> （经学）它特指中国中世纪的统治学说。具体地说，它特指西汉以后，作为中世纪诸王朝的理论基础和行为准则的学说。因而，倘称经学，必须满足三个条件：一、它曾经支配中国中世纪的思想文化领域；二、它以当时政府所承认并颁行标准解说的"五经"或其他经典，作为理论依据；三、它具有国定宗教的特征，即在实践领域中，只许信仰，不许怀疑。

这个是朱先生的说法。当然还有更加平和一点的，比如朱先生的老师周予同，则是从学术史的角度来说的，就比较平和了。还有冯友兰。他们认为经学跟子学的不同就是它是从汉代一直延续到民国的封建时代的学说。它主要指的是封建时代的学术、学问。当然，对于学术的问题，朱先生也有过一个讨论：经学和经术。他从学术和思想两个方面来理解经学。对经学有了一个概括性的理解之后，我们接着再看所谓的"经"包含哪些，经学之首是什么？是《易》，《易经》属于哲学。然后是《诗》《书》《礼》。《诗》就是我们讲的《诗经》。《书》是《尚书》，《尚书》实际上是对上古事迹言论的记录，这是历史。《礼》是什么？"三礼"中间有制度、风俗、文化、社会，但是总括起来仍然是归入历史。《春秋》是什么？《春秋》当然是历史、国别史。我们什么时候怀疑过《春秋》属于经学了就不属于历史？我们不会有这种想法。那么，为什么说《诗经》属于了经学就不属于文学？很重要的一点就是，《诗经》在汉代时被非常强烈地"撕裂"开来了，当它被列为五经之一的时候，封建统治阶级就用统治意识观念来阐释这样一个文学文本了，这种阐释方法是进行教育的最重要的方法，就是用政治伦理去解释文学文本。用政治伦理解释文本，被强化以后，它不像文学文本了。而用政治伦理解释历史文本，用政治伦理解释诸子文本，我们从来没有认为它不像历史与诸子。比如十三经，孔孟在里面，而且《论语》《孟子》可以说是古代考试的重要内容。经学靠什么来巩固其权威思想地位，靠什么来维护？靠教育。这个要考，就像现在必读书考试。但是，为什么《论语》属于经学？我们讲诸子、讲子部的时候，从来不会把《论语》排除在子部之外。讲诸子学，《论语》《孟子》总归是在的。所以，这是要澄清的第一个问题，实际上对《诗经》有着一个误解：《诗经》属于经学似乎就不属于文学了。

从汉代开始，一直到1905年科举考试结束，《诗经》当然属于经学，属于考试范畴。但同时，它仍然属于文学。所以，对于《诗经》的研究，单纯地只认为它是经学研究，而否认它是文学研究，是不符合《诗经》研究实际的。在20多年前，北京大学有两名同年的博士，一名是韩国全南大学（好像是）的吴万钟，还有一名是山西大学的刘毓庆。吴万钟的博士论文就是汉代诗经学中研究《毛诗》的，题目是《从诗到经》。刘毓庆的博士论文是《从经学到文学——明代〈诗经〉学史论》，他们是褚斌杰、费振刚两位先生指导的博士。按这样的表述，在汉代以前，"诗三百"是文学的。到了汉代，变成经学了。到了明代，又回归文学了。那么沿着这样往下推，到了现在，就都是文学了。现在，用传统意义上的经学研究方法来研究《诗经》的人很少了。于是，可以夸大点说，20世纪50年代之后，研究《诗经》的学者绝大部分是从文学的视角来研究的。

2007年，毛宣国的博士论文就叫《汉代〈诗经〉阐释的诗学研究》，文中指出，汉代经学研究就已经把《诗经》从文学抬高到经学了，抬高到了国家层面。也就是说，本来它只是一个"选修教材"，在汉代变成"必考课程"了。但即便在这个过程中，对它的阐述仍然有"文学"在其中。所以，他提出《诗经》学史上汉代的《诗经》研究仍然是文学批评很重要的一个部分，这个观点基本成立。这就是我们要讲的第一个问题，即《诗经》从它被研究的历史来看，几乎没有完全成为过在经学等政治伦理解读的桎梏中被牢笼起来的文本，它始终有着文学研究的传统。这是第一个问题，就是它是两属的，而不是非此即彼的。

所以，不妨反过来想，研究史学的从来没有不把《春秋》作为史学研究；研究经学的，从来没有说《易经》不是经学的。《春秋》两属于经学与史学，《易经》两属于哲学与经学……所以，经学范畴中的经典文本于现代学科分类为"两属"的情况是一个基本特征。

二、《诗经》中的古代文论文献

《诗经》本身有着可以开掘的古代文论研究的空间。郭绍虞先生、钱仲联先生合编的《中国历代文论选》，钱先生做了大量工作。第一卷先秦部分，先选了《尚书》中的《尧典》，然后选了《诗经》，《诗经》一共选了十一例：

纠纠葛屦，可以履霜。掺掺女手，可以缝裳。要之襋之，好人服之。好人提提，宛然左辟，佩其象揥。维是褊心，是以为刺。（《魏风·葛屦》）

墓门有梅，有鸮萃止。夫也不良，歌以讯之。讯予不顾，颠倒思予。（《陈风·墓门》）

家父作诵，以究王讻。式讹尔心，以畜万邦。（《小雅·节南山》）

为鬼为蜮，则不可得。有靦面目，视人罔极。作此好歌，以极反侧。（《小雅·何人斯》）

彼谮人者，谁适与谋？取彼谮人，投畀豺虎。豺虎不食，投畀有北。有北不受，投畀有昊。杨园之道，猗于亩丘。寺人孟子，作为此诗。凡百君子，敬而听之。（《小雅·巷伯》）

匪鹑匪鸢，翰飞戾天。匪鳣匪鲔，潜逃于渊。山有蕨薇，隰有杞桋。君子作歌，维以告哀。（《小雅·四月》）

君子之车，既庶且多。君子之马，既闲且驰。矢诗不多，维以遂歌。（《大雅·卷阿》）

民亦劳止，汔可小安。惠此中国，国无有残。无纵诡随，以谨缱绻。式遏寇虐，无俾正反。王欲玉女，是用大谏。（《大雅·民劳》）

民之未戾，职盗为寇。凉曰不可，覆背善詈。虽曰匪予，既作尔歌。（《大雅·桑柔》）

申伯番番，既入于谢。徒御啴啴。周邦咸喜：戎有良翰。不显申伯，王之元舅，文武是宪。申伯之德，柔惠且直。揉此万邦，闻于四国。吉甫作诵，其诗孔硕，其风肆好，以赠申伯。（《大雅·崧高》）

四牡骙骙，八鸾喈喈。仲山甫徂齐，式遄其归。吉甫作诵，穆如清风。仲山甫永怀，以慰其心。（《大雅·烝民》）

所录《诗经》多是"变风变雅"的篇什，有讽喻功能。"说明"中解释：

在这三百〇五篇诗歌里，有少数作品已经谈到了作诗的目的。在比较明确的十一条中，八例为讽，三例为颂。但不论是讽是颂，实际上都是"诗言志"的具体发展和运用。这些例证表明，在当时社会矛盾加剧的情况下，人们已经把诗歌创作和政治紧密联系起来，运用诗歌积极干预生活，或者讽刺丑恶的事物，或者赞颂美好的事物。

十一例中，讽占多数，绝非偶然。这不仅反映了《诗经》的实际情况，而且有其深刻的社会根源。如把颂美的三例（《卷阿》《崧高》《烝民》）稍加分析，则还可以发现，这三例实际上也多少带有讽的意味。总之，在阶级社会里，由于美好的事物常常受到损害，不合理的现象大量存在，讽乃是人们对于诗歌的社会作用的主要认识。

将这十一例《诗经》中的诗句选在古代文论选里，其实是因为《诗经》本身就是古代文论的一个重要的源头文献。同时，"说明"部分很重要，对《诗经》进行解释之后提出了一个诗歌创作功能的观点：讽喻。这十一例选来作为古代文论的文献，体现了对先秦时文学创作的一种理解、一种观念，诗歌创作很重要的社会功能就是讽喻。当然这个"说明"带有一定的时代性，因为编在20世纪60年代，当时，文学创作要为人民大众服务的意识是比较强烈的。强调《诗经》里这十一例，其实就是古代文论中要研讨的诗歌创作功能和风格的问题。如《陈风》中的《墓门》、《小雅》中的《节南山》《何人斯》这样的篇章，都是古代文论本身要去研究的文献，只不过现在我们研究古代文论很少将目光聚焦到这些最早的文学文本上，只是把它当作文学创作的作品——文学文本来研究其文学价值，而没有把它当作文学批评（文论）的范畴、对象——理论文本来研究其文论价值。如前所说，《诗经》既属于经学，也属于文学，从来没有说《诗经》成了经学就不是文学，这不符合《诗经》研究的实际。那么，可以说《诗经》也是文学批评或文论研究的文本对象，所以文论选中第二篇就选了《诗经》十一例作为文论的文献，这就说明研究古代文论，《诗经》本身就是对象。

在古代文学的研究中间，文本的形态有很多，文本的不同形态会引导讨论问题的方向。怎么定位一个文本，就关乎怎么研究它。其实这几类文本还是需要有所区别的。一类是文学文本，这是最常见的。文学文本绝大多数指的是什么？就是文学作品。比如说，李白的诗《静夜思》就是文学作品。此外，还要关注什么样的文本？理论文本。理论文本指的是讨论理论问题的那些著作，如巴赫金的文学理论著作、亚里士多德的哲学著作，再如王水照先生整理的《历代文话》、黄霖教授整理的《历代小说话》。各种诗话、词话、曲话等话体文本和各种文学理论著述，也都属于理论文本。

还有一类不是文学理论文本，而完全属于哲学，带有极强的思辨性，是所谓"究天人之际"的"形而上"的理论文本。或者用现在最普遍的话来说，就是讲大问题的，我们称之为哲学文本。这些哲学文本是现在文学研究中很重要的一类。比如，在中文系老师写论文引用的书里，热门的常常会有黑格尔的《美学》，还有亚里士多德、康德、尼采、海德格尔的著作。这些著作都是哲学文本，能提供更广阔领域的视野，是跨越学科的视野。所以，对于这一类文本，我们在研究中要予以关注。

再有一类就是史学文本。这类文本只提供事实，有《史记》这样的正史文本，还有笔记这样的个人史文本。当然还有另外一类野史、逸史文本。这些个人史叙说中的小人物的记忆，尤其是小人物对大事件的记忆类的著述越来越多地得到整理出版。历史文本为文论研究提供了丰富的文献，所以我们要关注。笔记也好，方志也好，对于这一类史学文本，在研究中也是要关注的。

当然文本形态还有很多，不一一列举。讲完这些文本形态之后，我们还要说清楚的是什么？那就是很多具体的文本，兼具了两类或者两类以上的性质。比如《史记》，中文系的人讲《史记》，把它当作文学文本来讲，讲它写战争写得多好，写人写得多好。中文系的人讲《左传》，一般不去考订僖公元年具体的史实。历史系的人讲《史记》，会研究司马迁讲这些事的源头在哪里。所以，用什么方式"打开"一个文本，是研究这个文本的定位。《诗经》这个文本性质如何？用文学的方式打开它，它就是文学的文本；用经学的方式打开它，它就是经学的文本。而像傅斯年先生所说的那样，《诗经》是一个非常重要的历史文本。傅先生是历史系教授，他用历史的方式打开《诗经》，它就是个历史文本。他说：

> 我们去研究《诗经》应当有三个态度：一、欣赏它的文辞；二、拿它当一堆极有价值的历史材料去整理；三、拿它当一部极有价值的古代言语学材料书。

由此，傅斯年先生提出十个研究方向，其中最后一个是"抄出《诗》三百五篇中史料"："《书经》是史而多诬，《诗经》非史而包含史之真材料，如尽抄出之，必可资考订。"傅斯年、胡适、顾颉刚他们都比较反对传统诗经学，说传统诗经学把《诗经》弄坏掉了，是《诗经》的厄运。现在要让《诗经》幸运起来。用政治伦理的方式去打开它，让《诗经》成为经学文本是《诗经》的厄运，现在我们要用文学的方式打开它，用史学的方式打开它，让它成为文学文本，成为史学文本。顾颉刚连载于1923年《小说月报》第三、四、五期上的大文《诗经的厄运与幸运》中明确指出："《诗经》是一部文学书。""《诗经》好像一座矗立于荒野的高碑，被葛藤盘满"，这是它的"厄运"。"然而历经险境，流传了下来，有真相大明于世的希望"，这又是它的"幸运"。具体是这么说的：

> 《诗经》是一部文学书，这句话对现在人说，自然是没有一个人不承认的。我们既知道它是一部文学书，就应该用文学的眼光去批评它，用文学书的惯例去注释它，才是正办。但我们要说"《诗经》是一部文学书"一句话很容易，而要实做批评和注释的事却难之又难。这为什么？因为二千年来的诗学专家闹得太不成样子了，它的真相全给这一辈人弄糊涂了。譬如一座高碑矗立在野里，日子久了，蔓草和葛藤盘满了。在蔓草和葛藤的感觉里，只知道它是一件可以附着蔓延的东西，决不知道是一座碑。我们从远处看见，就知道它是一座碑；走到近处，看着它的形式和周围的遗迹，猜测它的年代，又知道它是一座有价值的古碑。我们既知道它是一座有价值的古碑，自然就要走得更近，去看碑上的文字；不幸蔓草和葛藤满满的攀着，挡住了我们的视线；只在空隙里看见几个字，知道上面刻的是些什么字体罢了。我们若是讲金石学的，一定求知的欲望更迫切了，想立刻

把这些纠缠不清的藤萝斩除了去。但这些藤萝已经经过了很久的岁月，要斩除它真是费事得很。等到斩除的工作做完了，这座碑的真面目就透露出来了。

如果这个问题理解了，就知道《诗经》不仅是文学文本，还是闪烁着文学理论光芒的碎片化理论文本，而且这个理论文本带着文学色彩的呈现。这就是为什么《中国历代文论选》选出来十一则《诗经》原文，而且只是用讽喻的文学功能这个标准去选这十一则。如果用现在古代文论研究的范畴，于三百零五篇中再去选，还可以选出更多。也就是说，《诗经》本身就具有文论研究的原始文献性质，不仅是文学应该研究的，还是文论应该研究的。这是我们要讲的第二个问题：《诗经》本体研究与古代文论。

三、"诗三百篇"是后代文学的"标准"

《诗经》的作品成为后来古代文论研究中，无论是文学还是美学，作为标准的不二之选。这就涉及古代文论对文学源头的描述，一般来说，《诗经》就是古代文学的源头。所以，基于这一点，《诗经》不可能仅仅就是经学。洪湛侯先生在《诗经学史》里，说过这么一段话：

> 如果《诗经》只是经学，没有文学的性质，那么怎么说《诗经》是中国文学的源头？又怎么理解风雅比兴的文学优良传统？为什么人们谈到文学就会把《诗经》和《楚辞》并称诗骚？为什么屈原的《橘颂》和曹操、阮籍四言诗被誉为《诗经》的遗风遗韵？……刘勰、钟嵘为什么高度评价《诗经》在文学艺术上的辉煌成就？唐代的陈子昂、李杜、元白这些大诗人都效法《诗经》？……效法《诗经》的主要是他的现实精神，他要发扬风雅比兴的优良传统，而写下那么多反映社会现实的不朽佳作。

这段话里面，我们要关注的问题是对于中国文学源头的说法。在诗的问题上，中国文学的源头是《诗经》。但是也有两个源头论。另外一个源头是《楚辞》。其实，在我看来，只有《诗经》是当得起的，是源；《楚辞》是《诗经》的流变，是流。《楚辞》以后，我们用"代"这个说法，即一代、二代，《诗经》是源头，然后出现一个时代的偏盛文学，楚辞是"第一代"，汉赋是"第二代"，六朝骈文是"第三代"……这是一个代际问题。所以，王国维讲一代之文学，有没有讲到《诗经》？没有，打头来就是"楚之骚"，"楚之骚"成了一代之文学，他没有讨论《诗经》。为什么？因为《诗经》是比一代之文学更加有渊源性质的一个作品集。它非成于一代，也非存于一代，所以它不是一代之文学，是源头文学，是文学的源头。

那么，《楚辞》对《诗经》的继承也是非常清晰显见的。《橘颂》是屈原年轻时候的作品，读《橘颂》能感觉到他有多美好的理想和自我期许，朝气蓬勃地看待这个世界。所有人的文学创作都是从对前代作品的传承来的，而能成为文学史上的某一位名家的，他一定是在传承中有所创新的，屈原是中国文学史上绕不过的人。而他的传承在哪里？就在《橘颂》，就在《天问》。所以，从青年到壮年，屈原都是以《诗经》

的文体样式在创作。《天问》是壮年，《离骚》是中年。《天问》就是他对一切都怀疑，只有壮年的人才会这样。干一番事业从怀疑这个世界和曾经流传的"历史"开始。所以，从《橘颂》到《天问》，可以明显看到屈原的创作是对《诗经》有所传承的。这是四言的《诗经》体式，但是又比《诗经》篇幅长得多，这是屈原的创新。后来诗歌的句式上字数增加了，成了五言、六言、七言、杂言，这是体式的另一纬度的突破。后代很多诗话在讨论诗歌时也就将源头上溯到《诗经》，甚至认为《诗经》是中国文学的源头，如研究戏曲时要追溯到"三颂"。因此，它就必然成为我们文论研究的"重要目标"。

当然，文学批评的很重要的一个任务就是对作品进行评点，论其高下优劣：这首诗好不好？怎么写这样的诗？也就是读诗写诗，而读诗写诗在后代的标准中，无一例外都将《诗经》作为最高标准、首要标准。后代人讨论这首诗好不好，标准是什么？看看《诗经》。所以，它被作为文学作品的标准、大家公认的标准。后来诗歌发展到宋代以后，流派出现了，到了清代，流派更多了。清诗很重要的一个特点是流派纷呈，不同的流派主张不同，沈德潜的主张和赵执信不同，与王渔洋也不同。但是，他们在诗歌理论的立场上，无论怎么不同，都会拉出《诗经》来撑场面，都会以《诗经》为标准。哪怕是不一样的，甚至是矛盾的、理论对立的流派的诗歌主张，也都是追溯到《诗经》，以《诗经》为审美标准。所以，《诗经》成了评定作品的标准是后代诗人和文论著作的共识。

基于以上问题，我们说文论研究最为重要的一个文本就是《诗经》，所以诗经研究应该包括古代文论的视域。

四、诗经学的古代文论命题

第四个问题就是由诗经学衍生的命题，成了古代文论最重要的源头文献。

这个问题很重要，就是：古代文论的源头文献有哪些？这些源头文献与《诗经》密切关联，很多都是直接由《诗经》衍生而来的。所以，古代文论研究中涉及的非常重要的问题就是《诗经》的衍生文本。我们看看《中国古代文论选》第一篇《尧典》：

> 帝曰：夔！命女典乐，教胄子。直而温，宽而栗，刚而无虐，简而无傲。诗言志，歌永言，声依永，律和声。八音克谐，无相夺伦，神人以和。夔曰：於！予击石拊石，百兽率舞。

《尧典》里所讲的这些，与诗相关，与乐相关："诗言志，歌永言，声依永，律和声。""诗言志"后来就成了重要命题，这是我后面一个问题要讲的。所以，打头的这篇《尧典》作为古代文论研究的文本，实际上就是由《诗经》衍生而来的。我们研究古代文论，《尧典》是很重要的，《尚书》里的文献当然就是源头文献，而里面最重要的这一篇其实有着《诗经》的"影响因子"。第二篇选了《诗经》就不必说了。第三篇选了《论语》。《论语》里选了十五则，几乎都与《诗经》有关。讲孔子与《诗经》，现在又发现了一个出土竹简文献，叫《孔子诗论》，讨论了数十篇《诗经》

作品。先秦的源头文献《尚书》《论语》以及新发现的《孔子诗论》，它们都与《诗经》有关。这些文本其实是古代文学研究的源头文本。有一次，我去给其他老师代课，讲了三次，就讲了论语十五则。第一则讲到子贡引"如切如磋"。孔子跟子贡讨论一个问题后，子贡突然用《诗经》里的句子来回答，孔子很高兴，说我后面可以跟你聊聊《诗》了。第二个很著名的便是："《诗》三百，一言以蔽之，曰：思无邪。"还有更重要的一个文献，就是《毛诗序》。由《诗经》衍生出来的最为直接的文献就是《毛诗序》，它是古代文论源头文献中至关重要的一篇。它关涉了很重要的古代文论研究的范畴，如创作的、阅读的、审美的、文学基本问题的、文学与社会的、文学功能的。这些问题在《毛诗序》中都可以找到。所以，我只列举这四篇。《尧典》一篇，文论选的《论语》，还有孔子的诗论，还有《毛诗序》。中文系学生要关注一些出土文献。就竹简文献而言，就有清华简、安师大简、上博简等，还有其他相关联的出土文献。如果有展览，要多去看看。多去看看博物馆，这对研究会有很多启发，有利于打开视野。

那么，这一篇《毛诗序》和出土的《孔子诗论》及先秦以至两汉从《诗经》衍生出来的这些古代文论的源头文献，都表明《诗经》应该成为古代文论研究的一个重要部分。读《毛诗序》，不读《毛诗正义》（《孔疏》），那么就没有办法搞明白《毛诗序》。如果是古代文学专业的研究生，《毛诗正义》是必读的，本科生读程俊英和蒋见元先生的《诗经注析》，研究生应该读读《毛诗正义》。也就是说把《毛诗正义》读了，毛传、郑笺、孔疏是合在一起的，《诗经》才算是"正经"读了。不讲《诗经》文本，因为《诗经》文本是《诗经》研究的一个领域。这里还要讲的是古代文论的问题，也就不讲《诗经》的几种文本形态。毛郑孔合在一起的这个《毛诗正义》还是要读的，还要读阮元校的、孔颖达疏的《十三经注疏》这个本子。那么，这些衍生出来的文献又成为后来的研究古代文论的源头。两汉之前的文献，都可以被看作源头文献。两汉以后，唐再往后的文献越来越丰富，尤其像诗话一类专门的古代文学理论文献大量出现。而《诗经》所衍生出的文论文本、源头文献要得到关注。这是我们研究《诗经》，在古代文论视域中看待《诗经》绕不过的文献。这是我提出的三个与《诗经》相关的源头文献。

同时，古代文论的很多重要命题，都是从《诗经》生发出来的。这个和前面源头文献的问题论述密切相关。由《诗经》生发出来的古代文论的源头文献中，就产生了很多古代文论的重要命题。这些重要命题与后来的古代文论的发展和古代文学的发展都是密切相关的。从文体发展的角度看，诗的源头是《诗经》。《楚辞》其实在文体发展的过程中，有一个兼有的特征，即兼有诗和文的特征。比如，讲韵文诗，屈赋是重要的一章。讲散文辞，郭预衡的《中国散文史》上册"余论"也有一部分是讲屈赋对散文的影响，说明《楚辞》实际在文体上是诗文兼具的，然后向文的方向发展，到了汉代是汉赋，向诗的方向发展，就成了汉魏古诗。《诗经》在文人写作上向《楚辞》发展，在民间写作上向汉魏乐府发展，这是非常清晰的。在乐府发展过程中，《乐府诗集》有时候一名多调。《诗经》里就有，而且这种情况也是很清晰的，比如

《扬之水》。这就相当于《乐府诗集》中讲的曲名，一种名而多种曲词。实际上是《诗经》向民间创作延续了，这是文学的一个消散的过程，也是文体消散、转变的过程。同样，由《诗经》生发出来的重要文献所形成的一些重要命题，又演化成了后来的文学批评，是古代文论发展非常重要的命题。比如"诗言志"，"在心为志，发言为诗"。这个"志"就是"持"。"志"上面那个"士"实际上是寺庙的"寺"。寺庙的"寺"就是这个坚持的"持"。"寺"下面是一个"寸"，这个"寸"是"手"。那么，边上再来一个提手旁，就是古今字。内心坚持的那些东西，用嘴巴把它说出来就是诗，而这个地方的诗实际上是文学，不仅仅是诗歌，所以"诗言志"所指的"诗"是非常宽泛的，大可以将它泛化为文学，就是带着艺术性的文学文本。这个传统，用朱自清的话来说，是最具有中国特色的传统。朱自清认为"诗言志"是中国文论的开山纲领。这个诗就是被讨论的《诗经》，但是后来它就泛化成了文学作品。西方有一个词叫"诗学"，当然我们也有这个词，这个词很早就有了，有些诗话作品前面就有诗学这个观念。那这个诗学指的是什么？主要讲诗歌的创作方法，和西方的诗学不一样。作为中国文论的开山纲领的"诗言志"是从哪里来的？由《诗经》衍生出来的，《尧典》里的这个命题代表着中国的文论传统。就是说，这个诗要表达个体内心的"志"，即情志。"诗言志"在中国诗歌批评中的不同解释代表着中国诗歌发展的一个个非常重要的审美变化。志有大小，不是说内心有一个小的志向就不叫志，也不是说由小的志向写出来的诗就不成为好诗。所以，后面再衍生出来的相对的一个概念叫"诗缘情"。这两个概念相对来看，一个是叙述的，一个是抒情的。这讲的是一回事，无非就是你怎么看这个"情"字。这种内心的志，它有一个中介，就是情，有了这个情之后，就能够发声为词。所以，"言志缘情"说的是诗成为诗之前的阶段。比如，你内心有个志向，不是把这个志向写出来就叫诗，而是这个志向要形成一种情感，当这种情感外显为富于志而饱含情的文字时，那个东西才叫诗，才叫文学。所以，文学一个是文字所包含的思想，另一个是文字所带着的情感，这两个命题都是从诗经学里生发出来的。

还有《论语》里面，"思无邪"也是一个重要命题。"《诗》三百，一言以蔽之，曰：思无邪。"这个命题很有趣，不断被经学化。《诗》作为经的《诗》，《论语》作为经的《论语》。作为经的《诗》衍生到《论语》中，作为经的《论语》又一言以蔽之，概括《诗经》为"思无邪"。于是，"思无邪"就被认为是说《诗经》是思想纯正的。而事实上，在孔子那个时代是不是这么说的，一直是存疑的。"思无邪"在孔子那里有意义的转变，有多义性。所以，孔子是一个非常"狡猾"的老师，是"狐狸教授"。他有时候"狡猾"起来很"狡猾"，故意断章取义，往"错"里说，也未可知。

于省吾先生《泽螺居诗经新证》中"思无疆"条说：

"思无邪"之邪应读作圉，圉通围，从牙从吾古字通……"圉，边垂（陲）也"。然则无邪即无圉，无圉犹言无边，无边指牧马之繁多言之。

综上所述，则"思无疆"犹言无已，"思无期"犹言无算，"思无斁"犹言无数,"思无邪"犹言无边。无已、无算、无数、无边,词异而义同。此诗四章,系赞扬牧养得人,马匹蕃殖,并非直接就鲁僖公而言。郑笺不仅把思字误训为思念……附会之至。《论语·为政》:"诗三百一言以蔽之,曰,思无邪。"以思为思念之思,邪为邪正之邪。凡东周典籍之引诗,多系断章取义,不独此诗为然。

我们把"思无邪"放到《诗经》里,孔子所读到的《诗经·鲁颂·駉》中的"思无邪",指的是马匹太多了,有无边无际的马。伯禽(鲁僖公)养了很多马,属于有军事实力的一个标志,当年的马就相当于现在的尖端武器。看到养了很多马,赞扬伯禽或僖公。鲁国是最高贵的,是同姓诸侯之首。齐国最富,楚国地广,秦国军事实力强。在伯禽或僖公时代,鲁国很强,善马政,马很多,一眼看过去,多到像天上的星星。所以,诗中颂扬:"思无邪。"孔子读到"思无邪",显然知道它赞扬的是马匹众多,延伸的意思大概是博大、广阔。赞颂《诗经》,用现在的话来说,是赞叹这三百零五篇诗就像中国最早的百科全书那样博大,讲的是《诗经》内容丰富。但是,到了孔子的时候,"思"究竟是不是语气词?是孔子把"思"变成思想,把"耶"变成"邪",还是孔子的后人们、弟子们这样做的?用朱维铮先生的话来说,孔子死了以后,他的弟子分成了八个派别,基本上讲得跟孔子不一样,他的再传弟子孟子与孔子讲得更不一样。所以,每一个时代的解读都是不同的。"思无邪"什么时候变成文学作品中思想要纯正,这是文论中很重要的命题,从评价《诗经》中来。它怎么从讲《诗经》内容的博大,无所不包——《诗经》就是春秋中期之前的中国社会的全景写照,有讲战争、家庭生活、个人、爱情等——变成了讲思想端正的呢?这需要细致考释。所以,在孔子的时代,"思无邪"讲《诗经》的内容是最说得过去的。之后进一步推进,讲作品的思想情感。思想要正,情感要纯:纯正之词,无邪之诗。这才是文论中讨论的问题。

再比如说从《诗经》生发出来的"兴观群怨",强调教化。由赋比兴的手法和风雅颂类别,到诗歌的功能,再到兴观群怨。而兴又是中国文论最为重要的核心概念之一。诗歌脱离了兴,我们在分析它的艺术的时候,总觉得少了一点什么。诗一定要经过兴这样一种文学的创作手法,兴就相当于一个文学殿堂的第一道门槛。要成为文学作品,有没有兴很重要。兴其实是将外在的客观事物附着上情感的过程。赵沛霖先生研究兴,就是从原始崇拜、图腾文化等,从最原始的生活中去打开兴。创作一个文学作品,不是对客观进行一成不变的叙说。加了兴以后,就有了人的主观色彩、人的主观意识。物象有了人文,有了情感,才能成为文学作品。只有字和思想,没有创作时候的艺术的情感表达,就不是文学作品。我们讲哲理诗,一定要是诗,否则就是哲学文本,不是文学文本。所以,兴有两个很重要的方面:一是要加上人的情感,二是要有人的表达。兴是非常重要的古代文论的命题,叶嘉莹先生讲诗词极为重视这个问题,讲诗也好,词也好,都是兴在其间。她到苏州大学做过一个演讲,题目就是《词之雅郑,在神不在貌》,雅郑的"郑"不是端正的"正",是郑风的"郑"。

那么又有一个问题了,就是正与变。正风正雅,变风变雅,与此关联的还有美刺。正就为美吗?变就为刺吗?可以大概这样去讲,但不是这么简单。《毛诗序》虽

没有说正风正雅,但说变风变雅时,就有个正风正雅潜在对照。《毛诗序》是这样说的:

> 至于王道衰,礼义废,政教失,国异政,家殊俗,而变风、变雅作矣。国史明乎得失之迹,伤人伦之废,哀刑政之苛,吟咏性情,以风其上,达于事变而怀其旧俗者也。故变风发乎性情,止乎礼义。发乎情,民之性也;止乎礼义,先王之泽也。

另外,正与变不仅讲文学的内容,还讲文学的形式,以至讲文学这两种相对的社会功能的互动关系使得文学向前发展的现象。正与变,又衍生出正体变体的命题,正与变同时也就成为文学内部的一种力量,正是文学内部的这种力量才使得文学的形式向前推进变化。当形式与内容固定时,基于文学的社会功能的需要,必然有一方要开始挣扎而出,大多数是先从内容开始。比如说词的出现,首先是内容,即抒发内心世界私密情感的内容出现变化。这个情感是从六朝就明显出现了的,如宫体诗的题材,当这样一种东西无法在现有的文学形式中找到合适的表达途径时,它就会寻找另一种形式,这就需要变。这种形式一旦出现了,如西域的乐曲进来了,这样的一种思想情感跟它一拍即合。内容和形式接上头以后,就成了新的文学样式,这又成了新的正。新的正再发展之后,形式逐渐定型,内容和形式的搭配定型固化,又产生了更新的变。

这就是《诗经》为什么是源头,它跟《楚辞》不一样,《楚辞》是一代,而《诗经》作为源头是多代的结合。我们现在讲到的《诗经》是从西周初年到春秋中叶,实际上远不止如此。西周初年,《诗经》的文字和音乐慢慢稳定。在这个稳定的过程中,孔子做了工作,让正乐雅颂各得其所。正乐指的是把诗(文)和乐合在一起。乐固定下来的是雅和颂,不能乱来。风是自由调,是民歌。为什么各个地方同样的曲调的唱法不一样?《扬之水》有三个,《羔裘》有三个。比如最早唱《南泥湾》的,是新疆解放军。后来摇滚歌手唱了,其他歌手也唱了。他们唱的都是同样的词,但是唱法不同,形成的美学特征也不同。在孔子的时候,诗和乐合在一起,雅颂是最重要的。颂不涉及正与变问题,它是国家层面礼制的领域。雅是涉及的,有表扬的,有批评的。风更涉及,因为它是从民间采集的。诗歌在功能上有正与变,在形式上同样如此。而这种正变交互所产生的力量就是文学慢慢向前发展的内在力量。如果没有这种力量,文学不会向前发展,只会按照既定的、大家认同的内容和形式不断重复,只不过个人化的情感表达在艺术性上各有不同而已,它不会产生新的文学样式。正变问题是由《诗经》来的,既关乎内容也关乎形式。

当然还有像"郑声淫"这些古代文论不大关注的问题。"郑声淫"还是"郑诗淫"?"淫"究竟是什么?是现代的不好的淫荡的情感的表述吗?显然不是,郑声实际上是郑国的音乐。在诗乐合体的《诗经》时代,音乐的审美非常重要。音乐的好听程度,对人的吸引程度,远胜于文字。于是,我就想到现在的流行歌曲,曲调很好听,但歌词读不下去,我现在是不听了。我印象特别深的,大学刚毕业的时候,流行江珊唱的《梦里水乡》,非常好听。但是,把歌词拿出来一看,话都不成话,这其实就是对音乐的审美远远超过文字。现在文论的命题，还有很多可以重新考量的地方。比如"不学诗，无以言"，是说你不学诗歌，思想就不能表达了，还是说你不学诗歌，就没有办法认识客观世界，没有办法在这个客观世界中跟别人交流？

这样一系列古代文论的重要命题，都与《诗经》有关，而这些命题一直到现在仍有讨论的必要，仍有研究的生命力。讨论"诗三百"，讨论文学与社会，讨论文学与人本身，还有很多可开掘的空间。比如，美刺的问题仅仅是经学问题吗？同一首诗，在不同的流派中，美刺是不一样的。比如，《诗经》第一篇《关雎》，古文经认为是赞美的，美后妃之德，美文王。而今文经认为是批评的，而且批评还是非常清楚的，刺时或刺人，还指名道姓，无论是康王还是纣王，都指名道姓，说这个人做皇帝，可是娶了太太，早上"上班"就会迟到了。这种问题仅仅是文学的功能问题吗？实际上不是，它涉及文学思想的一些核心问题。作品揭露社会不好的一面，还是表扬社会好的一面？它用什么样的题材来批评？用什么样的题材来表扬？对于同一个题材、同一个作品，如何理解是在批评还是在表扬？这很重要。

总之，在古代文论范畴研究中，这些重要命题都与《诗经》密切相关，《诗经》所衍生出来的一些源头文献对后来的文论发展产生了极大的影响。

五、《诗经》与后代文学的发展

《诗经》三百零五篇跟后代的文学始终存在着不可割裂的关联，后代文学的发展有一个很重要的底色就是《诗经》。无论哪一个时代的文学，对《诗经》都有或多或少的接受。所以，研究诗经学，仅仅从学术史的角度远远不够，必须把它扩大到文学和文论研究的视野。而经学研究的角度、学术史研究的角度、文学研究的角度和文论研究的角度、文论史研究的角度，是不矛盾的。我做清代诗经学研究的时候，在整个《清代诗经学研究》的下编，对《诗经》与清代文学之间的关联进行了研究，看另一种形态的《诗经》在清代文学中的被接受情况。现在的学生这三百零五篇读得不太熟了，1905年以前，创作古体诗的人，这三百零五篇是读得很熟的。这些人都参加过国家考试，或者说至少都是潜在的考生，都是想去考科举的。那么，《诗经》就像什么？《诗经》就是一到学校就要学的一门基本课程，就像语文，高考是要考的，所以他们读得很熟。杜甫在《兵车行》《丽人行》中都有对《诗经》的接受，他批评穷兵黩武，直接把《诗经》的意思拿到自己的诗歌上来。还有情感上的接受，比如不想认真考试的柳永，他最有名的词《雨霖铃》中的"执手相看泪眼，竟无语凝噎"，看上去是写实：手拉手不愿意分别，眼泪在眼眶中打转。但"执手"是从《诗经》中来的，用在这个地方，基本上就是"血淋淋的一刀"。"执手"是《诗经》里的话，但是在宋代，写"执手"的人和读"执手"的人都知道这是从《诗经》来的。"执子之手，与子偕老"是什么意思？就是你讲好的要和我一起白头到老，怎么你现在就分手了，这是多么伤痛而残酷。你看像这样的一种文学接受，不要说唐诗了，就是宋词，就是连考试都不认真的柳永的词都有如此无痕的接受。后面有名句："今宵酒醒何处？杨柳岸，晓风残月。"他为什么不写桃花岸？也许固然写实，但这就是《诗经》里的杨柳，就是《诗经》里的"昔我往矣，杨柳依依。今我来思，雨雪霏霏"。可见在我们的文学作品中，始终有一个《诗经》在，所以研究文学理论就脱不开《诗经》，至少有一个是必须关注的领域，那就是《诗经》在后代的接受。不仅仅在诗，散文甚至小说有各种各样的接受。

《诗经》在后代的呈现方式，还有很重要的一个方面便是抒情方式。你们可以去看梁任公的《中国韵文里头所表现的情感》，这是他的一篇演讲。他抓住了中国文学极为重要的一条，叫抒情方式。有什么样的抒情方式？迂回式的，等等。对于这些抒情方式，梁任公都把它们归源为《诗经》，即这些抒情方式都是从《诗经》来的。一直延续到汉魏古诗，延续到汉乐府，延续到魏晋五七言，延续到唐律诗，延续到宋词，延续到元曲，延续到小说。梁任公的文学作品储存量大，所以他一条一条往下说。他的演讲非常好，如讲"奔迸的表情法"：

（中国韵文）向来写情感的，多半是以含蓄蕴藉为原则。像那弹琴的弦外之音，像吃橄榄的那点回甘味儿，是我们中国文学家所最乐道。但是有一类的情感，是要忽然奔迸一泻无余的。我们可以给这类文学起一个名，叫作"奔迸的表情法"。例如碰着意外的过度的刺激，大叫一声或大哭一场或大跳一阵，在这种时候，含蓄蕴藉是一点用不着。例如《诗经》：

蓼蓼者莪，匪莪伊蒿。哀哀父母，生我劬劳。（《蓼莪》）

彼苍者天，歼我良人！如可赎兮，人百其身。（《黄鸟》）

前一章是父母死了，悲痛到极处。"哀哀……劬劳"八个字，连泪带血迸出来。后一章是秦穆公用人来殉葬，看的人哀痛怜悯的情感，迸在这四句里头，成了群众心理的表现。

风萧萧兮易水寒，壮士一去兮不复还！

这是荆轲行刺秦始皇临动身时，他的朋友高渐离歌来送他，只用两句话，一点扭捏也没有，却是对于国家、对于朋友的万斛情感，都全盘表出了。

古乐府里头有一首《箜篌引》，不知何人所作：据说是有一个狂夫，当冬天早上，在河边"被发乱流而渡"，他的妻子从后面赶上来要拦他，拦不住，溺死了。他妻子作了一首"引"，是：

公无渡河！公竟渡河！堕河而死，将奈公何！

又有一首《陇头歌》，也不知谁人所作，大约是一位身世很可怜的独客。那歌有两叠，是：

陇头流水，流离四下；念吾一身，飘然旷野。

陇头流水，鸣声呜咽；遥望秦川，肝肠断绝。

这些都是用极简单的语句，把极真的情感尽量表出，真所谓"一声《河满子》，双泪落君前"。你若要多著些话，或是说得委婉些，那么真面目完全丧掉了。

力拔山兮气盖世！时不利兮骓不逝！骓不逝兮可奈何！虞兮虞兮奈若何！（《虞兮歌》）

大风起兮云飞扬！威加海内兮归故乡！安得猛士兮守四方！（《大风歌》）

前一首是项羽在垓下临死时对着他爱妾虞姬唱的；把英雄末路的无限情感都涌现了。后一首是汉高祖做了皇帝过后，回到故乡，对那些父老唱的，一种得意气概尽情流露。

陟彼北芒兮，噫！顾瞻帝京兮，噫！宫阙崔巍兮，噫！民之劬劳兮，噫！辽辽未央兮，噫！（《五噫歌》）

这一首是后汉时梁鸿作的，满肚子伤世忧民的热情，叹了五口大气，尽情发泄，极文章之能事。

上邪！我欲与君相知，长命无绝衰。山无陵，江水为竭，冬雷震震夏雨雪，天地合，乃敢与君绝。（《上邪曲》）

这类一泻无余的表情法，所表的十有九是哀痛一路。这首歌却是写爱情，像这样斩钉截铁的赌咒，正表示他们的恋爱到"白热度"。

正式的五七言诗，用这类表情法的很少，因为多少总受些格律的束缚，不能自由了。要我在各名家诗集里头举例，几乎一个也举不出（也许是我记不起）。独有表情老手的杜工部，有一首最为怪诞。

剑外忽传收蓟北，初闻涕泪满衣裳。却看妻子愁何在，漫卷诗书喜欲狂。
白日放歌须纵酒，青春结伴好还乡。即从巴峡穿巫峡，便下襄阳向洛阳。

凡诗写哀痛、愤恨、忧愁、悦乐、爱恋，都还容易，写欢喜真是难。即在长短句和古体里头也不易得。这首诗是近体，个个字受"声病"的束缚，他却作得如此淋漓尽致！那一种手舞足蹈的情形，读了令人发怔。据我看过去的诗没有第二首比得上了。

此外这种表情法，我能举得出的很少。近代人吴梅村，诗格本不算高，但他的集中却有一首，确能用这种表情法。那题目我记不真，像是《送吴季子出塞》。他劈空来恁么几句：

人生千里与万里，黯然消魂别而已！君独何为至于此？生非生兮死非死，山非山兮水非水。……

他送的人叫作吴汉槎，是前清康熙间一位名士，因不相干的事充军到黑龙江，许多人替他叫冤，都有诗送他，梅村这首算是最好，好处是把无穷的冤抑，用几句极粗重的话表尽了。

词里头这种表情法也很少，因为词家最讲究缠绵悱恻，也不是写这种情感的好工具。若勉强要我举个例，那么辛稼轩的《菩萨蛮》上半阕：

郁孤台下清江水，中间多少行人泪。西北是长安，可怜无数山。……

这首词是在徽、钦二宗北行所经过的地方题壁的，稼轩是比岳飞稍为晚辈的一位爱国军人，带着兵驻在边界，常常想要恢复中原。但那时小朝廷的君臣都不许他。到了这个地方，忽然受很大的刺激，由不得把那满腔热泪都喷出来了。

吴梅村临死的时候，有一首《贺新郎》，也是写这一类的情感，那下半阕是：

故人慷慨多奇节，恨当年沉吟不断，草间偷活。艾炙眉头瓜喷鼻，今日须难决绝，早患苦重来千叠。脱屣妻孥非易事，竟一钱不值何须说。……

第二讲 中国古代文论研究中的《诗经》

梅村因为被清廷强奸了当"贰臣",心里又恨又愧,到临死时才尽情发泄出来,所以很能动人。

曲本写这种情感,应该容易些,但好的也不多。以我所记得的独《桃花扇》里头,有几段很见力量。那《哭主》一出,写左良玉在黄鹤楼开宴,正饮得热闹时,忽然接到崇祯帝殉国的急报,唱道:

高皇帝,在九京,不管亡家破鼎。那知你圣子神孙,反不如飘蓬断梗!十七年忧国如病,呼不应天灵祖灵,调不来亲兵救兵。白练无情,送君王一命!……

官车出,庙社倾,破碎中原费整。养文臣帷幄无谋,豢武夫疆场不猛。到今日山残水剩,对大江月明浪明,满楼头呼声哭声。这恨怎平,有皇天作证。……

那《沉江》一出,写清兵破了扬州,史可法从围城里跑出,要到南京,听见福王已经投降,哀痛到极,迸出来几句话:

抛下俺断蓬船,撇下俺无家犬!呼天叫地千百遍,归无路进又难前!……累死英雄,到此日看江山换主,无可留恋。

唱完了这一段,就跳下水里死了。跟着有一位志士赶来,已经救他不及,便唱道:

……谁知歌罢剩空筵?长江一线,吴头楚尾路三千,尽归别姓,雨翻云变!寒涛东卷,万事付空烟!……

这几段,我小时候读他,不知淌了几多眼泪。别人我不知道,我自己对于满清的革命思想,最少也有一部分受这类文学的影响。它感人最深处,是一个个字,都带着鲜红的血呕出来。虽然比前头所举那几个例说话多些,但在这种文体不得不然,我们也不觉得它话多。

大家读文章,也要找一些好玩的文章。这是一篇好玩的文章,不妨找来读读,里面就讲《诗经》的抒情方式对后代作者创作的作品的影响脉络。

再比如说一唱三叹,为什么我们认为这是中国最传统的抒情方式?你唱到第四遍再重复的时候,大家就觉得有点累了,不要听了。重复两次,大家觉得你好像没完。就唱一遍,大家觉得印象不深。所以,无论是从抒情方式还是从结构格式,《诗经》在后世文学的接受中都是重要的,这是文论不该忽视的。除了在平仄的要求上外,《诗经》似乎没有给后代文学很强的一种影响,当然古音的平仄韵脚很复杂,现在无法透彻看出影响而已,除此之外,诗所有的东西在《诗经》中都有,如表达方式、创作方法、诗格的要求、韵的处理等。平仄处理,要到六朝沈谢,才开始慢慢摸索出一个规则。这是一种发现,是从《诗经》及其以后的诗句怎么读得好听,然后分析这些读得好听的句子的平仄,发现了规律,让规律成为规则,然后以此规则进行新的诗歌创作。不是说《诗经》没有平仄,没有格律,只是那个时候格律尚在孕育之中,是作者无意识的一种创作,还没有出现六朝以后的格律平仄分析后的要求。此外,诗歌所具有的其他要素在《诗经》中都有,在后世文学接受中,我们自然就应该予以重视。这是我讲的第五个问题。《诗经》在后世文学创作中始终成为底色,除了我前面讲到它成为标准外,后世文学或多或少,在每一个时代都在继承,也在发展,更在改变,而这些继承、发展和改变都赋予了它在另一个时代的新的生命力和新的意义。

六、文论研究视域中与《诗经》关联的一些问题

第六个问题是在古代文论研究的范畴中，有很多有关《诗经》的特殊问题，值得我们去关注。

比如，在诗话研究中，台静农先生他们最早的时候就辑过诗话中的《诗经》和《楚辞》，现在各种诗话的全集出来以后，历代诗话的整理慢慢丰富起来。这为我们提供了诗话研究中《诗经》这样一个命题，它是《诗经》研究中一个独特的领域，也成了诗话研究中一个独特的命题。古代文论研究要关注《诗经》诗话，比如有一本《春秋诗话》。此外还有论诗绝句中所论《诗经》的篇章，有人专门写了几十首论《诗经》，如虞景璜写了42首。论诗绝句中有相当一部分是清代的，如《万首论诗绝句》就有五十多首是清代的。比如再扩大一点，像清人论诗诗中的《诗经》。像这样的一些研究是文论中独特的题目。当然在诗话、论诗绝句、论诗诗这样的一些古代文论研究的重要范畴中，《诗经》的独特性是显而易见的。

当然，文话里面也有，王水照先生的《历代文话》、黄霖老师的《历代小说话》，"曲话"，都会有对《诗经》的论述。还有一些专门的用诗话的形式，但是又不像诗话，类乎笔记，但又是很重要的文论的文献。1999年发现的《文木山房诗说》，就是介乎于笔记和诗话之间的。我的师兄周兴陆教授就写了《〈文木山房诗说〉纂成时间考》，后来又写了一本专著研究它。周延良先生也写了一本专著，像这样的一些文论研究的文献，就专门研究了《诗经》，但是他又是一个文学家，他在这些文本中表现出文学主张，我们从这些文学主张中，从文学创作中得以验证。所以，在古代文论的研究中，《诗经》成了独特的领域。不光是诗话、论诗绝句、文论的笔记，还有一些文集中的论诗的单篇文章。这些文章收在文集里，有些是从文学的角度去讨论《诗经》，不是单纯的训诂、考订、文字、音韵、史学，更多的收在文集里的讨论《诗经》的文献，基本上是一个时代中诗歌理论的一个方面，它们都是文学理论、文学主张的显现。

现在这方面的基本文献的收集，还远远不够。诗话中的《诗经》有关文献现在慢慢地清晰起来了，也有人做基本文献。山西大学郭万金教授的一个学生彭一平，做的是《金元时期诗话中的〈诗经〉教化与文学传播》，吴文治先生编的《辽金元诗话全编》，把讨论《诗经》问题的都辑出来。但是，散落在各种文集里的文论文献很少。我做了一些清代的，我做清代文献的时候，只要涉及《诗经》的，都辑出来。当然还有研究《诗经》著作的序跋，这些也是文论研究中很重要的文献，现在对这一类的研究不足。清代有人辑出来，也做清代诗经学，但量也是少的，空间还有很多。为什么说这一类的序跋也很重要？它不仅是经学的问题，还涉及当时文学思潮的变化。很重要的两部分，一个是《诗经》著作中的序跋，一个是文献中讨论《诗经》的单篇文章，这两个的探究空间还是非常大的。文论研究的《诗经》作为一个特殊的领域，这个空间还是非常大。

最后附带说一下诗经学史这个问题，诗经学史与古代文论在发展轨迹上有很多的

互动性。诗经学史的很多研究命题，如"采诗""删诗"的问题，和文论中当时的文学思潮的变化是有关系的。

比如说"采诗"的问题，它就涉及诗从哪里来。20世纪20年代北京大学发起的文学研究的口号叫"真诗在民间"，这和当时疑古派对《诗经》的研究构成了一个互动的关系，一个是文论的，一个是诗经学的。他们倡导好的诗就是像国风那样在民间的真诚表达。他们反对经学，反对得有没有道理姑且不论，有很多反对，我也不赞同。比如对《关雎》的绝对理解，我是不赞成的。好像新的诗经学出来，新的文论出来以后，《诗经》爱情诗一下子被发现了。好像从前人家都不知道这首诗是写爱情的，我觉得这个是"外星人"的说法。爱情诗不是一夜之间被发现的，爱情诗是在现代诗经学和现代文论的发展过程中被强调起来的。因为爱情所有的人都有，不是说那个人做了皇帝就不能有爱情。不是说美后妃之德，那个后和妃就不能有爱情。你歌颂他他的爱情或者表扬他他的爱情，或者批评他们的爱情过头了，出了问题，这都是可以的。其实，这样的对爱情诗的看法是不对的。所以，《诗经》研究的这些问题，跟文论发展是密切关联的。我只是举这个例子。因为我们讲现代诗经学和传统诗经学的不同，很重要的就是现代诗经学突显了文学性，其实爱情诗这个问题，从来没有被否定过。我们不能一味地反对或否定经学的"思维"，只不过从哪个角度来讨论爱情则是另一个问题了。为什么《诗经》三百零五篇一开头是《关雎》，不是其他？《诗经》的开篇是《关雎》，它代表中国诗歌的一个基本立场，是一个更本质的文学与客观世界的最基本问题的表达。对美后妃之德，只是从政治伦理的角度去做了强调，而后来现代诗经学认为这是一首情诗，则是从爱情诗的角度进行强调，这两者都只强调了一个方面。

同样，《毛诗序》的废和存，《毛诗序》究竟是谁写的，大序和小序的关系是什么，这些诗经学的问题其实都是文论的问题，始终跟文论密切关联。所以，诗经学的问题，古代文论的问题，它们有着互动。甚至包括古代文论的转型，其中很重要的话语方式的转型就是研究《诗经》作为对象的文论的话语方式的转变，因为《诗经》在文论的话语方式中已经形成了一个核心问题，它的转型很重要。《诗经》研究话语方式，或者说我们讲诗经文论，它的转变也是古代文论转型的一个重要节点。因为它有传统文论的经学的话语方式的转型问题。萧华荣先生在《中国诗学思想史》里说汉代的这种话语方式既有经学的旨归，又有文学的因素，由此才形成了文学的原理和原则。而这些原理和原则构成了古代文论独特的《诗经》话语模式，这种转变对于古代文论的转型有着重要的作用。比如在美学方面，朱光潜、宗白华、李泽厚三位先生的著述我都读过，李泽厚是我们念大学的时候特别迷的。"中国古代文艺理论大半围绕《诗经》而作的评论和总结"，这是朱光潜在《中国古代美学简史》里的一句话。宗白华也说过类似的话，在古代美学史专题里，把《诗经》用《荷马史诗》中的《伊利亚特》来讲，还有一篇很重要的叫《中国美学史专题研究：〈诗经〉与中国古代诗说简论（初稿）》，在《宗白华全集》第三卷第480-500页。所以，研究古代文论转型的一个很重要的方向，其实就是从美学的角度重新让古代文论有新的话语方式。那么在这个过程中，朱光潜也好，宗白华也好，他们都将目光聚焦到了《诗经》上。所以，古代文论的转型以及古代文论之前的发展，跟诗经学史诸多的问题产生了互动，这是我们需要关注的。

以上基本梳理了古代文论研究视域中的《诗经》，最后我再具体推荐一些题目，供大家参考。我在研究诗经学问题时，发现其实有很多有意思的题目，我们还没有好好去做。比如历代名家，现在有一些硕士论文做李白诗歌中的《诗》三百，李白对《诗》三百的接受，以及杜甫对《诗》三百的接受。但我更愿意看到的是研究同一个时期不同的作者在接受《诗经》时的异同。李白、杜甫、白居易，也就是盛唐和中唐著名的作家，他们对《诗经》接受的异同，诸如此类的视角。同样，比如词，宋词中的《楚辞》有很多人做，宋词中的《诗经》也有人做了，但还是基本文献的梳理，还不够。这个方面大家可以留意一下，甚至可以写小一点"切口"的文章。研究生选论文的题目不要太大，把小题目做大，但不要把大题目做小。还有诗经学研究名家的文学主张，也就是从古代文论的角度去看一看一个人在研究《诗经》和对待文学时，有哪些不同。前面是讲在不同的人身上《诗经》研究有怎样的异同，现在是讲在同一个人身上《诗经》与文学有怎样的不同。他在做《诗经》研究的时候，他怎么看待文学？他在写作的时候，《诗经》又是怎样进入他的文学作品的？他在讨论文学问题，也就是文学理论、诗学主张的时候，《诗经》又是怎样的？尤其清代以后的很多诗经学的研究者，本身就是著名的诗人、词人。所以，清代诗歌中的学人之诗、诗人之诗、词人之诗，诗人之词、词人之词、学人之词，在这个人的身上《诗经》是怎样？还有古代文论的这些重要命题的源流考订和现代意义的重新阐述。我前面举了"思无邪"的例子，有一个老师指导的硕士论文就是近一百年赋比兴的研究。这些都是从学术史、文论史、文学史的角度去反观与《诗经》相关联的命题，研究生在选题的时候不妨做类似的研究。还可以从一些新型的文本和《诗经》的文学派研究中找论题，比如《诗经原始》《诗经通论》，也就是明代以后，评点兴起、文学派研究《诗经》兴起后，在古代文论研究中，应该怎么去认同这些著作、理解这些著作，是不是一味地叫好呢？我们也可以做一些这方面的选题。因为现在的研究大部分还是从诗经学史的角度去讲文论研究的这些问题。其实从文论研究的角度，该怎么去看这个诗经学的著作呢？换个视角，我们可能有不一样的感受。

【参考阅读文献】

洪湛侯《诗经学史》，中华书局 2002 年版。
夏传才《诗经研究史概要（增订本）》，清华大学出版社 2007 年版。

【思考题】

1. 请谈谈"诗六义"在文学批评史上的影响。
2. 请论述"兴观群怨"的现代意义。
3. 请列举三个与诗经学相关的文学批评论题。

第三讲
《论语》"文学性"探源

顾 迁

> ☞【主讲人介绍】
>
> 顾迁，文学博士，研究方向为经学、先秦两汉文学。硕士、博士毕业于南京大学文学院，师从徐兴无教授治经学文献、学术思想史。本讲从现代文论"文学性"概念出发，探讨《论语》被誉为伟大文学书写的思想背景及深层根源。从中国古代文学批评来看，《论语》成为"文之极则"，很大程度上缘于宋代理学的兴盛，更与孔子真诚、自然的修辞观密不可分。苏格拉底关于讲话与书写的看法，与孔子的述作思想颇可印证；孔子的言说始终保持对人内在心灵的关注，这种"善"正是《论语》最终被书写并赋予永恒文学意义的根源。

这一讲我们探讨《论语》的"文学性"，从四个角度进行分析。

一、成为文学

"文学"是什么？古往今来已经有了无数定义，但并未达成最终结论。相反，随着文学形式的发展、文学观念的演变，对文学本质的追问越来越深刻多样了，"文学性"成了现代文学理论的重要概念。

相当数量的理论著述告诉我们，所谓"文学性"即某文本成为文学的因素，尤其指向艺术性或审美特征，如虚构、想象等。这些观念逐渐被证明不能适用于复杂的现实情况，诸多批判与反思也应运而生。如保罗·德曼（Paul de Man）认为，"文学性"不是文学的审美属性，而是语言的修辞功能，应当在语言科学的意义上去理解。（李龙《解构与"文学性"问题：论保罗·德曼的"文学性"理论》，《当代外国文学》2008年第1期）勒内·韦勒克（René Wellek）认为："艺术品中通常被称为'内容'或'思想'的东西，作为作品的形象化意义的世界的一部分，是融合在艺术品结构之中的。……唯一正确的概念是一个断然'整体论'的概念，它视艺术品为一个多样统一的整体、一个符号结构，但却是一个有含义和价值，并且需要用意义和价值去充实的结构。"（韦勒克《比较文学的危机》，沈于译，载于《比较文学基础读本》，北京大学出版社2017年版，第100页）强调文学是一个符号与意义的多层结构。特里·伊格尔顿（Terry Eagleton）则更清晰地指明："一部文稿可能开始时作为历史或哲学，以后又归入文学；或开始时可能作为文学，以后却因其在考古学方面的重要性而受到重视。某些文本生来就是文学的，某些文本是后天获得文学性的，还有一些文本是将文学性强加于自己的。从这一点讲，后天远比先天更为重要。重要的可能不是你来自何处，而是人们如何看待你。"（特里·伊格尔顿《文学原理引论》引言，文化艺术出版社1987年版，第11页）熟悉中国文学的人对这样的判断应有一种特别的会心。

中国古代文学批评对"文学"有着极为丰富的表述，形成了复杂而悠久的传统。在这个传统中，文学的内涵不仅关乎文采与情志，还和道德伦理、政教社会密不可分。而较之"文"，"诗"更具有现代意义上的文学意味，诗歌批评代表了传统文学性论述中最为纯粹的部分。进入近代，受西方观念影响，国人接受了"纯文学""杂文学"等概念，诗文有别观念的流行也是一个深层原因。伴随着古代文学内部古今、骈散之争逐渐为中西、文白之争所替代，对文学内涵、本质的追问到了一个新的高度。章太炎的《国故论衡》发表于1910年，中卷《文学总略》一篇说："文学者，以有文字著于竹帛，故谓之文；论其法式，谓之文学。"又谓："凡云文者，包络一切著于竹帛者而为言，故有成句读文，有不成句读文。"（《国故论衡》，上海古籍出版社2003年版，第49、52页）意谓，凡是落于纸面（书写下来）的都属"文学"，探讨这些作品的方法与形式，即为文学研究。章氏对文学的定义，看似悬置甚至剥落了古代作品中我们习以为常的某类"文学性"，实际上却真正解放了传统文学观念，释放了汉语文字的创造力，极有助于中西文论资源的重新梳理与对话。张伯伟教授评价："他的这种极为宽泛的文学定义，看似一种没有定义的定义，竟然合上了最近50年欧美文学界对文学范围的理解。……在今天看来，章太炎的文学定义具有两大'异彩'：第一是打破了狭隘的文学天地，其在当时的意义是有助于挣脱'纯文学'观念的作茧自缚，而在今天的意义则是可以与近50年来欧美的文学概念对话；第二是将文学研究纳入文学范围，其意义不仅结合了'什么是文学'和'怎样研究文学'，而且引申出文学活动不是由作者和作品垄断，'研究'也不是'创作'的附庸的意涵。"［《重审中国的"文学"概念》，《中山大学学报（社会科学版）》2021年第4期，第15-16页］所论十分精当。

联想到文学之外的艺术形式，如音乐在现代的发展，似乎也印证了类似的道理。所谓"音乐"，实际上绝不等同于作曲家的乐谱手稿，也非演奏家的绝妙音响所能定义，更非理论家的精密分析所可替代，自然也不可任由听众的喜怒哀乐来描述，而理应包括（但不限于）以上所有方面以及它们之间的复杂互动。音乐在不断阐释中拓展了内涵，文学亦然。作品的经典化，往往并非缘于初始书写中的某种文学特性，而恰恰得益于文本的其他元素与后世人文思想的激荡。如《周易》原为占卜之书，孔子自言"观其德义"（马王堆帛书《要》），发掘有关德行、仁义之内涵，为之诠释，著为《文言》一篇。《文言》虽是发挥《周易》大义之作，但竟被后世争骈散文正宗者尊为"千古文章之祖"（阮元《揅经室三集》卷二《文言说》，《揅经室集》下册，中华书局1993年版，第605页），恐非孔子所能想见。我们熟悉的《论语》，从一部对话录成为文章经典，实际上与唐宋以降儒学之兴盛密切相关，其间思想互动与升降颇多耐人寻味之处。

二、文章典范

《论语》中已经有了"文""文学""文章"等名义，但和后世理解的文学含义尚有较大区别。如《学而》"行有余力，则以学文"，《雍也》《颜渊》皆言"博学于文"，其中的"文"指的是《诗》《书》等典籍；《八佾》"郁郁乎文哉"，则是形容美盛之貌。《公冶长》篇"夫子之文章，可得而闻也"中的"文章"指的是孔子对《诗》《书》与六艺之道的阐述。《先进》篇列孔门四科，"文学：子游、子夏"，此"文学"乃是博学典章文献之意。可以说，在孔子心中，六艺之道就是"文"的代名词。

至少到魏晋时代，"文"和"文章"的概念才接近我们今天的一般理解。当时的风气，特别注重语言、文字的组织原理，以及韵律、辞采等形式上的审美。影响所及，直至唐初。到了韩愈，则力排浮艳之风，期望在孔孟道统的高度上赋予"文"更高的承载。值得注意的是，韩愈不仅重视文章的道德本源，对于情采、技巧也不忽略。其所取法，六经之外，亦有子史骚赋，实际上是一种"文道合一"的态度。韩愈《进学解》说："上规姚姒，浑浑无涯；《周诰》《殷盘》，佶屈聱牙；《春秋》谨严，《左氏》浮夸，《易》奇而法，《诗》正而葩；下逮《庄》《骚》，太史所录，子云相如，同工异曲。"（马其昶《韩昌黎文集校注》卷一，上海古籍出版社1986年版，第46页）柳宗元《答韦中立论师道书》自言为文之道："本之《书》以求其质，本之《诗》以求其恒，本之《礼》以求其宜，本之《春秋》以求其断，本之《易》以求其动，此吾所以取道之原也。参之榖梁氏以厉其气，参之《孟》《荀》以畅其支，参之《庄》《老》以肆其端，参之《国语》以博其趣，参之《离骚》以致其幽，参之太史公以著其洁，此吾所以旁推交通而以为之文也。"（《柳宗元集》卷三十四，中华书局1979年版，第三册，第873页）有趣的是，《论语》在韩、柳这两段话中都未出现，同为语录体的《孟子》却在其中。揆其原因，应是《孟子》篇章较长，议论叙事较为完备之故。《论语》的文章意义在这一阶段并未得到关注，除了篇幅与文风外，乃因其所录为孔子之言，其思想涵容远过于文章资粮的价值。

进入宋代，儒学的地位更加崇高，追摹孔孟之道成为士大夫之最高理想。南渡之后，宋室所处环境与春秋时期亦复类似，夷夏观念与历史意识空前增强，无疑进一步促进了文士对孔子与《论语》的重视。《四书》义理体系的奠定，也进一步提高了《论语》的地位。除了作为孔子行状外，《论语》被视作义理言说的最高境界。所谓"半部《论语》治天下"，看似功利主义，实则正是《论语》思想广大悉备的映射。在理学家身体力行的阐释下，作为语录的《论语》，其义理场域得到了前所未有的深化和丰富。理学家虽不注重文学，但客观上增强了《论语》作为义理言说的典范性。在这个典范的影响上，文章不再也不应只体现为审美角度的雕虫之艺，而应兼括政教、伦理，成为无所不包的"道"的呈现。南宋罗大经《鹤林玉露》所载堪为写照："赵普再相，人言普山东人，所读者止《论语》……太宗尝以此语问普，普略不隐，对曰：'臣平生所知，诚不出此。昔以其半辅太祖定天下，今欲以其半辅陛下致太平。'普之相业，固未能无愧于《论语》，而其言则天下之至言也。朱文公曰：'某少时读《论语》便知爱，自后求一书似此者卒无有。'"（《鹤林玉露》乙编卷一"论语"条，中华书局1983年版，第128页）在后世文学家看来，《论语》可与"五经"并驾，是义理、考据、辞章兼备的文章极则。方苞代允礼所作《古文约选序例》云："《易》《诗》《书》《春秋》及《四书》，一字不可增减，文之极则也。"（《古文约选评文》，王水照编《历代文话》，复旦大学出版社2007年版，第四册，第3954页）方宗诚《论文章本原》更是列专卷详论《论语》，他说："《论语》之文，浑然天地之元气。含蓄，全不肯发扬，而实则包罗万象；质实，全不露精采，而实则光辉常新。"（《论文章本原》卷二，《历代文话》第六册，第5651-5652页）可谓宋代以降"六经皆文"传统的精彩表述。

在此背景下，《论语》的文章学意义被反复揭示。南宋陈骙《文则》从体裁、辞章等角度对《论语》加以例释，称《乡党》篇"文婉而易观"（《文则》戊，《历代文话》第一册，第159页）。元代王构《修辞鉴衡评文》引吕居仁《童蒙训》："《论语》文字，简淡不厌，非《左氏》所可及。"（《历代文话》第二册，第1196页）明代杜浚从"造语"的角度列举《论语》有"问答语""歇后语""助语""隐语""婉语"等，又从"取谕"角度列举《论语》有"直谕""诘喻""虚谕"等手法。（《杜氏文谱》卷二，《历代文话》第三册，第2457、2460页）明代李贽评《乡党》"入公门"节："一幅入公门图。笔法亦变。神品！神品！"（《四书评·论语》卷之五，《四书评》，中华书局1975年版，第87页）评"执圭"节："又一幅出使图。运笔亦复神品！"（《四书评·论语》卷之五，第89页）评"君赐食"节："一部《礼记》。"（《四书评·论语》卷之五，第90页）评《微子》篇"大师挚适齐，亚饭干适楚，三饭缭适蔡，四饭缺适秦，鼓方叔入于河，播鼗武入于汉，少师阳、击磬襄入于海。平平叙去，而有无限感慨，文品亦高古。"（《四书评·论语》卷之九，第155页）于《微子》篇总批："读此一篇，如读稗官小说、野史、国乘，令人不寐。其亦经中之史乎？"（《四书评·论语》卷之九，第156页）从文体角度指出《论语》的史传文特色，以及由此引发的历史感怀。方宗诚也注意到了《论语》体裁与叙事之丰富："《论语》于伤时之文，极有含蓄。……《论语》形容体道之文，只是指点咏叹，不多著言语。……《论语》论学之文，无一字不有力。……《论语》论治之文，无一字不通达。……《论语》记事之文，真善传神，有化工之妙。"（《论文章本原》卷二，《历代文话》第六册，第5652页）他与李贽一样，极赞《乡党》篇，认为胜于太史公之史笔："《乡党》篇直是一幅化工之文，将夫子之居乡居朝、为摈出使、衣服饮食、辞受取与、居常处变、造次颠沛，无一不详记之。……此篇乃止借孔子之赞雌雉'时哉时哉'一语，记于篇末，以作指点，而记者不著一字，神理活泼。画龙点睛不足以喻之，可谓神乎文者也。此即孔子行状列传，观太史公之《世家》所记，直如天渊之隔。"（《论文章本原》卷二，《历代文话》第六册，第5655页）今人研究《论语》文学意义的著作，也多从以上修辞、叙事艺术入手。（如阳清《〈论语〉文学研

究》，中华书局 2012 年版；杨机红《〈论语〉的文学艺术新诠》，中国书籍出版社 2019 年版）

此外，古人还注意到孔子之言蕴含一种特别的"诗性"。明代郝敬说："圣人气象温厚，言语有风人之致。尝曰：'不学《诗》，无以言。'故其辞不烦而意远。"（《谈经》卷八，《续修四库全书》影印本，上海古籍出版社 2002 年版，第 171 册，第 736 页）"风人""意远"，皆是强调其语言的诗化。孔子很多话，今日读来，极类散文诗的格调。

如《子罕》篇，子曰："岁寒，然后知松柏之后凋也。"语气温和从容，意象生动，以松柏的自然本性隐喻君子之人格，极富人文意蕴，言虽至简，却有深沉的道德情感洋溢其间。同篇，子在川上曰："逝者如斯夫！不舍昼夜。"孔子以奔腾不息的江河为喻，流露出一种深沉的时空意识。艾兰（Sarah Allan）评价："这段文字用江河的形象表示时间流逝，正如与孔子同时代的古希腊哲学家赫拉克利特（Heraclitus）所说：'人不能两次踏入同一条河流。'"（《水之道与德之端：中国早期哲学思想的本喻》，上海人民出版社 2002 年版，张海晏，译，第 12 页）我想，在中国人心中，除了时间飞逝带来的哲思外，可能还会生出流水生生不息，涤荡陈旧，奔向未来的期待感。这是流水（"逝者"）的历史文化意象所赋予的丰富意义。以上两例都从某个意象淡淡说来，却有种超然象外、引人遐思的魅力。

再以《乡党》篇末章为例："色斯举矣，翔而后集。曰：'山梁雌雉，时哉时哉！'子路共之，三嗅而作。"大意是，见人脸色一变，雌雉即举身高飞，空中回翔审视，方乃下落停集。孔子感叹雌雉有得时、知时之象。子路张开手臂佯装捕捉，雌雉惊顾不已，又振翅而去。《乡党》记载孔子日常礼仪，小到饮食衣服之细，却并无琐碎之感。尤其此最末一章，全以四言为句，精致生动，孔子之情志，子路之性格，跃然其间，其深趣更有溢出言外者。所谓"时中之圣"，因此诗化之语言栩栩如生。竹添光鸿《论语会笺》解释此章，认为"色斯举矣，翔而后集"二句是古《诗》的逸句（《论语会笺》卷十，凤凰出版社影印本，2012 年版，第二册，第 704 页），不管是否，恰可作为《论语》语言诗化的旁证。

《论语》中孔子对答弟子与时人，常给人完全随机应变的感觉，呈现出一种"无可无不可"（《微子》）的灵活潇洒。孔子喜欢用譬喻、反问等方式激发弟子的主体性，绝无大言炎炎之态，三言两语，含蓄简洁，所谓"《论语》气平"（李淦《文章精义》，《历代文话》第二册，第 1179 页），正是孔子智性、诗性的体现，也是孔子真诚、自然修辞观的写照。

三、立言之道

在孔子的思想中，行动高于言说，言必须是内在德行的自然流露。《宪问》篇"有德者必有言，有言者不必有德"，《卫灵公》篇"巧言乱德"，《先进》篇"夫人不言，言必有中"，《为政》篇"思无邪"，孔子期待的是表里如一、真诚美好的言说。清代崔纪说："《论语》多就事上说，不言其所以然之理。然反复寻味，其理却无穷无尽，所谓'言近而旨远'也。"(《论语温知录》，《四库全书存目丛书》影印本，齐鲁书社1997年版，第176册，第107页)"言近而旨远"，出自《孟子》。《尽心下》篇，孟子曰："言近而指远者，善言也；守约而施博者，善道也。君子之言也，不下带而道存焉；君子之守，修其身而天下平。"孟子之意，君子出言，往往语若平常而含义深远，就近取譬却能阐明大道，此谓"善言"。孟子之论，正可视作孔子立言之宗旨。

《周易·乾卦·文言》，子曰："君子进德修业。忠信，所以进德也；修辞立其诚，所以居业也。"这里的"修辞"即为立言之道，"诚"当指真诚、真实。《卫灵公》篇，子曰："辞达而已矣。"意谓言语辞令，无过与不及，能恰到好处地达意。这里的"辞"可以是使臣的外交辞令，也可兼指日常言语。孔子十分清楚并重视文辞的表意、沟通功用。《左传》襄公二十五年："仲尼曰：志有之：'言以足志，文以足言。'不言，谁知其志？言之无文，行而不远。晋为伯，郑入陈，非文辞不为功。慎辞哉！"不知修辞立言之道，也无法真正理解他人。《尧曰》篇，孔子曰："不知言，无以知人也。"对于文辞表达的分寸与指向，孔子有极为精到的理解。《雍也》篇，子曰："质胜文则野，文胜质则史。文质彬彬，然后君子。"黄式三指出："此为修辞者发也。"(《论语后案》，凤凰出版社2008年版，第154页)孔子之意，过于质朴，伤于鄙野；文饰太甚，则有类策祝。只有两者相兼，才能恰到好处，此为君子立言之道。

孔子的修辞观虽多针对口说，却深刻影响了后世文学创作，并成为中国文学批评的本源性话语。方宗诚评价："孔子曰'修辞立其诚'，是文章之本也。'辞达而已矣'，是文章之用也。"(《论文章本原》卷二，《历代文话》第六册，第5650页)苏轼《与谢民师推官书》："所示书教及诗赋杂文，观之熟矣。大略如行云流水，初无定质，但常行于所当行，常止于所不可不止，文理自然，姿态横生。孔子曰：'言之不文，行而不远。'又曰：'辞达而已矣。'夫言止于达意，即疑若不文，是大不然。求物之妙，如系风捕影，能使是物了然于心者，盖千万人而不一遇也。而况能使了然于口与手者乎？是之谓'辞达'。辞至于能达，则文不可胜用矣。"(《苏轼文集》卷四十九，中华书局1986年版，第四册，第1418页)苏轼深知孔子"辞达"之标准，在于平实自然中见波澜姿态。这方面，孔子也做出了最高的实践典范，他对六经的整理与阐释本身就是一种创造性文学活动。明代何良俊《四友斋丛说·论文》引杨升庵曰："孔子云：'辞达而已矣。'恐人之溺于修词而忘躬行也。今世浅陋者往往借此以为说。如《易传》《春秋》，孔子之特笔，其言玩之若近，寻之益远，陈之若肆，研之益深，天下之至文也。岂止达而已哉！"(《历代文话》第二册，第1751页)孔子修《春秋》，婉而成章，"文约而事丰"(《史通·叙事》)，不仅为史家叙事之圭臬，也是后世古文家"义法"说之来源。桐城派始祖方苞《又书货殖传后》说："《春秋》之制义法，自太史公发之，而后之深于文者亦具焉。'义'即《易》之所谓'言有物'也，'法'即《易》之所谓'言有序'也。义以为经而法纬之，然后为成体之文。"(《方苞集》卷二，上海古籍出版社1983年版，第58页)作为桐城后劲，方宗诚亦谓："孔子系《易》曰：'言有物。'又曰：'言有序。'二语千古立言之法。……

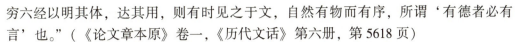

穷六经以明其体,达其用,则有时见之于文,自然有物而有序,所谓'有德者必有言'也。"(《论文章本原》卷一,《历代文话》第六册,第5618页)

以上可见,孔子深通"立言之道",对待言说与书写皆有高度自觉意识,更具备不朽的实践,可谓整全意义上的"文学"大师。

四、讲话与书写

最后,我们回到《论语》产生之初,思考孔子言说的真正目的与意味。《汉书·艺文志》说:"《论语》者,孔子应答弟子、时人,及弟子相与言而接闻于夫子之语也。"因为时代遥远,语境缺失,《论语》中的很多对话并不容易理解。傅斯年《战国文籍中之篇式书体》即谓:"《论语》的体裁现在看了未免奇怪,除很少的几段记得较丰充以外,每一段话,只记几句,前无因,后无果。……记言记到没头没尾,不附带口说便使人不懂得,而一经辗转,便生误会,决然不是一种妥当的记言法。再试看《论语》中的言,每段常含蓄很多的意思,有时显出语长而所记者短的样子。……这样看来,《论语》成书时代,文书之物质尚难得,一段话只能写下个纲目,以备忘记,而详细处则凭口说。"(《史学方法导论》,中国人民大学出版社2004年版,第184页)此说注意到春秋时书写习惯与物质载体,认为书写下来的文本主要是备忘功能,颇具启发。傅氏并质疑《论语》的记言法不甚合理,其中对话也难被真正理解。我们认为,《论语》不是纯粹的史传行状,其中充溢着孔子言说的智慧,语境的缺失和言语的简约恰恰可以启发我们跳脱出文本,尝试默会孔子言说的目的与真意。这是《论语》文学性的体现,甚至也可以说是其"文学性"的来源。孔子深知"书不尽言,言不尽意"之理:一方面,个体经验难以言说甚至不可言说;另一方面,言有尽而意无穷,言说、对话不仅仅是信息交流,也指向当时与谈者目击道存的历史情境,蕴含着超越言辞的整体意义。通过书写试图再现孔门对话的整体意义,无疑是伟大的文学行为。《论语》记言、叙事的"文学性"应当在此解释学意义上得到认识。

以《论语》首章为例,子曰:"学而时习之,不亦说乎?有朋自远方来,不亦乐乎?人不知而不愠,不亦君子乎?"(《学而》)此三句并非指点弟子之语,更像自言己志。司马迁《孔子世家》载,鲁定公时期,"鲁自大夫以下皆僭离于正道,故孔子不仕,退而修《诗》、《书》、礼乐,弟子弥众,至自远方,莫不受业焉"。时当孔子中年,不仕乱邦,此章即其独白,连续三次反诘,带有一种实践自性的自由,引人遐思。安身立命之道,只能自处,难以教人。如解为指点他人之语,则有违孔子立言之道。观孔子和弟子、时人的对话,也多见孔子平等、开放的态度。《子罕》篇,子曰:"吾有知乎哉?无知也。有鄙夫问于我,空空如也,我叩其两端而竭焉。"承人之问,虚心以待,绝不以己见先入为主。《述而》篇,子曰:"不愤不启,不悱不发,举一隅不以三隅反,则不复也。"个人成长离不开自发性,绝非任何权威意见、理论指导所能代劳,这种方法本质上是要促成最终的自我教育。

孔子独特的言说智慧让我们想起苏格拉底的对话形式,他们都侧重启发和引导,并以追问、认识"善"为最终目的。在《斐德罗篇》中,苏格拉底针对当时知识传播的新媒介——手写文字，和斐德罗讨论了何为"好"的讲话与书写。苏格拉底坦陈自己讲话的目的是要将真善美种植到听众的灵魂中，引导他们成为有智慧的人。苏格拉底说："只有那些为了理智和学习、真正地写在灵魂上的、关于什么是正义、什么是高尚、什么是善良的讲话，才值得认真关注。"[《柏拉图全集》（增订版），人民出版社2018年版，上卷，第692页]又说："对复杂的灵魂提供综合的和精致的讲话，对单纯的灵魂提供简洁的讲话。"（上卷，第691页）相信这样的讲话在《论语》中可以找到很多印证。苏格拉底对写作也有着强烈的伦理思考，认为好的修辞应考虑到正义与善良，尤其忧虑文字在政治生活中被滥用。这和孔子谨言慎辞的态度一致。苏格拉底说："假如有一位聪明的农夫得到一些种子，想要让它们结出果实来，他会在夏天把它们认真地种在阿多尼斯的花园里，乐意用七天就看到它生长茂盛，结出果实来吗？或者说，他这样做只是为了在假日里消磨时间呢？他难道不会使用他的农业知识，把这些种子在恰当的时候播下去，然后满足于到第七个月再去看它是否结果吗？……在写作的时候，他更像是要在文字的花园里播种，为了自己消遣，为他自己储存提醒物，'当年老健忘的时候'使用，也备后来同路人借鉴，他会怡然自得地看着自己播下的种子抽枝发芽。"（上卷，第690页）这和孔子修《春秋》的立场几乎不谋而合。

苏格拉底口中"阿多尼斯的花园"，不禁让人联想到樊迟与孔子的一场对话。《子路》篇，樊迟请学稼。子曰："吾不如老农。"请学为圃。曰："吾不如老圃。"孔子拒绝了樊迟对于农稼和花草的兴趣，暗示弟子须胸怀大道，不可局限于一艺。有趣的是，孔子对待弟子的态度不正像老农对庄稼、老圃对花草般的态度吗？遵从了自然的规律，并给予足够的耐心，引导他们独立成长，弘扬大道。借用苏格拉底的话，孔子无疑是灵魂的播种者。我想，正是在这个意义上，《论语》的记录者希望保存、再现孔子的言说。

今天读《论语》，除了从文本中感受、想象孔子的神采外，还面临着历代诠释形成的文化记忆。如果能意识到这些遗产也属于《论语》的一部分，那么也就意味着我们已经接受了《论语》现代意义上的"文学性"。

【参考阅读文献】

朱熹《四书章句集注》，中华书局1983年版。
章太炎撰《国故论衡》，上海古籍出版社2003年版。
柏拉图《斐德罗篇》，《柏拉图全集》（增订版）上卷，人民出版社2018年版。
赫伯特·芬格莱特《孔子：即凡而圣》，江苏人民出版社2002年版。

【思考题】

1. 文学对你产生过真正意义上的影响吗？这些影响是如何体现的？
2. 你觉得古典文学的思想资源与现代性是否存在冲突？试加阐述。
3. 试论孔子与苏格拉底言说方式的差异及对后世思想的影响。

第四讲
并称探源

张 珊

☞【主讲人介绍】

张珊，文学博士，研究方向为先秦汉魏晋南北朝文学、中国古代文学批评史。硕士师从南京大学张伯伟教授，学位论文的题目是《中国古代文学并称现象研究》，对并称这一中国古代文学批评中的常见现象进行研究。本讲对并称现象进行探源，从语言、文学、文化等多个角度分析归纳这一现象的起源，并探讨并称在文学批评中的作用。原文发表于《中国社会科学》2009年第5期。

古代文史中有一种常见现象，即人物常常不以单独的形式出现，而是几人一组，并列而出，这种现象就是所谓的"并称"，又叫"合称""连称"等。它通过或连接姓、氏、名、号中的某一字，或以人物之数目加上相应端语，或将人物嵌入成语、谣谚的方式，将并列人物以一个总名冠之，形式多样。在古代，与"并称"意义相关的词语很多，"齐名""齐称""同称""并名""齐号"等都可表述此类现象，而宋代以来，以"并称"一词来表述的用例为最多。

并称是各个领域都存在的称谓和表达方式，用之文学，更为突出。然而，若是惯于使用便易习焉不察，长久以来，人们对并称的研究总体来说较为薄弱。具体言之，自六朝以来，并称是称述文人的重要方式，见诸文字，则史传类、诗文评类文献多有涉及，也出现了《群辅录》《小学绀珠》《广群辅录》《补续群辅录》《群书拾唾》《读书纪数略》等汇集特定语词的类书，其中收录了相当数量的人物并称。古人常对人物并称进行存疑、原始、轩轾、排序、坐实，在一定程度上具备传统学术研究的色彩。近代以来，受新的学术研究方法影响，语言学界多把它作为汉语的缩略现象看待，文学界多侧重具体条目的考证或总结形式与命名的规律，对其作为文学现象以及文学批评意义的总体研究则不多。尤其是涉及并称现象的成因时，过去常从风格、流派相近或成就相当的角度去考虑，比如明代邓云霄《冷邸小言》曾设问："词人间出，何为定为一双？"认为是"同声相应，同气相求"之故，清初的贺贻孙《诗筏》也认为"同时齐名者，往往同调"，乃是"不独习尚切劘使然，而气运所致，并有不期同而同者"，但此类说法并没有论及这种现象的起源。刘跃进主编的《中国古代文学通论·魏晋南北朝卷》论及并称的起源问题，认为：

两个或多个作家并称，是从魏晋开始的，而其滥觞则始于汉末政治斗争中志同道合者的相互标榜和月旦人物时的简称。……早期的并称，包括竹林七友、贾谧二十四友之类在内，其意义主要是政治层面上的，而随后出现的一些并称，其意义就渐渐地指向了文学层面。……总之，这是一种有中国特色的文学批评方式，它是从世族人物品藻中流转而来的。

　　上文用言简意赅的语言对文学并称的确立及意义进行了概括，惜乎未再对它的具体产生、演变过程加以详细论述，对汉末标榜之前零散出现的并称也未做说明。其实，并称是汉语言乃至汉语文化圈中独特的人物表述方式，以一个词语来统括多人的称述法在先秦即出现。汉魏之际，则是当世人物并称的正式形成阶段，南北朝时，并称这种称谓方式已经完成了由概括政治人物向指称普通文士的扩展。本讲即以汉魏六朝为论述中心，探讨并称的起源及其在文学领域的确立、发展过程和文学批评意义，希望能引发学界对此问题进行更为深入的思考。

一、语言简省与早期汉语中的错杂称谓

　　语言简省是并称的一个重要来源。并称形式虽多样，但其构词原理主要有二：一是并列姓、氏、名、号等的某一项；二是由数目词引领表示人物共同点的词语。前者适用于二到四个人，后者则不限人数多少。这两种形式的并称起源略有不同，但都是为了简便之需。

　　早在甲骨文中，人们就尝试了省写人物全名，比如"武丁"，有时省称"武"，又可省为"丁"。受书写材料、工具等的限制，在表述清楚的前提下，用尽量少的字表示人名，是不得已的好办法，故在汉语中，将每个人名简化为一个字是简写人名的独特方法，《日知录》卷二十三称之为"古人二名止用一字"，这种简化其实早在周密《浩然斋雅谈评文》、谢肇淛《文海披沙》中即有提及，但被顾炎武总结之后，得到了清代以来多位学者如周亮工、王棠、汪师韩、梁绍壬、吴曾祺、杨树达等人的发挥和补充。在先秦典籍中，处处可见这种简省的痕迹，比如《左传》定公四年称晋文公重耳为"晋重"，昭公元年称莒展舆为"莒展"，《国语·晋语》称曹叔振铎为"叔振"，等等。在这种称述习惯的基础上，当需要表示并列的两个或多个人时，将每个人的名字都用一个能区分意义的字来表示，做到不影响理解的部分省略，这种简省可谓并称的最初来源。

　　然而，先秦人物的称谓非常复杂，姓、氏、名、谥等都还处于不停的分化、发展与交会中，所以当行文中要表述两个或两个以上的人名时，问题就出现了，既然语言中没有约定该去统一称呼姓、氏、名、字、谥号、职官、封爵、封地、亲称、美称等之中的具体哪一项为好，就只好将这些成分排列组合。排列组合的结果是，称呼多人时，经常出现混杂而称的状况，甚至称谓相对固定的汉代人物也时常被混杂而称。对早期汉语中多人相连称呼的特点，学者多有发现，比如《日知录》之"古人二名止用一字"条，特别指出二人并称时的一氏一名的"变体"，并举例《淮南子》中的"殖、华"（杞殖与华还），《新书》中的"曹、勃"（曹参与周勃），《史记·孟子荀

卿传》中的"管、婴"（管仲与晏婴）等，这样的例子不胜枚举。

至于产生混杂称呼的原因，杨树达先生认为，是"古人行文参错，不尚整齐如此"（《古书疑义举例续补》，俞樾等《古书疑义举例五种》，中华书局1956年版，第238页）。这是从行文不拘一例的角度来解释的。郭绍虞先生在论述"语词分合例"时则分析道："此亦本《文选》修辞之例，而任意割裂，巧为组合。可知分合的作用，也因有伸缩的作用故。"（郭绍虞《照隅室语言文字论集》，上海古籍出版社1985年版，第93-94页）指出割裂合称是语言的分合与伸缩，这是从语词的灵活与弹性的角度所做的分析。进而言之，从汉魏六朝直至隋唐五代，这种称谓的混杂都是普遍存在的。随着声律的发现，对字音的调配也越发讲究，混杂而称有时便也是出于对韵律、对偶等的考虑。俞正燮指出古文中割取姓氏名字的现象乃是"诗赋遣辞安句，自有其例"，"古人文章，孙弘、方朔、马迁、马相如、松子、杨意、班婕、葛亮、刘牢，或以就对偶，或竟省举"（俞正燮《癸巳存稿》，《俞正燮全集》第二册，黄山书社2005年版，第506页）。这虽然也是说明人名省称的问题，却是从后世诗文创作习惯角度所做的分析，二名同称时同样如此。以上三种意见，可谓对古人行文法则的理论升华，除了从对偶、韵律角度的考虑较为后起外，早期汉语中的并列称人实际上是没有统一规范的，尤其是在汉晋人的文章中，常常为行文的方便而随意选取名字中的某个成分。

然而，这种称呼多人时的混杂称谓法，也在渐趋规范，只要它的使用频率不断增加，就会最终约定俗成；而被并列称述的条件就是人物之间有共同点，可以类比。周法高先生《中国古代语法：构词编》曾对《孟子》中两个专名组成的平行的二字组合进行统计，其中表示人名（包括谥号）的有"桓文""尧舜""汤武""杨墨""桀纣"等，这些称号在现在人看来很多可以算作稳定的并列称述词，但在当时"都只能算是平行的仂语，而不能算作复词"。也就是说，在《孟子》成书的时代，这些并联名号可能只是暂时连属。其实，判断词语是否变为复词，一直是语言学中的难点问题，由于语料的缺失，人们只能根据自己的理解各抒己见。周法高先生又说到"二字平行组合中的成分结合的强弱是有等第的，而不是截然划分得很清楚的"，这是基本符合实际的，而且同样适合于其他典籍。当时文献中平行的二字结构很多，经过人们的不断称述，最早确立的相对固定的并列称呼多是名号简单的圣王或贤臣，比如"尧舜"，除了全名罗列外，没有其他表示方法，它渐渐变为较稳定的搭配；又如"黄老"，就是运用了二名省称一字的组合，在汉代时就很常用了，完全可以认为已是复词。所以，对于这些并列的词语何时变为复词，尚待逐一分析。但以二名省称一字作为并称构词的基本方式，是权舆先秦的，汉代以来，这种构词方式仍被袭用，许多二字甚至多字的表示人名的平行组合，都处在逐渐经典化与固定化的过程之中。

并称是称谓法的简省，语言学家把它看作汉语的缩略现象。当然，这种简省的用途非常广，官名、地名、器物、年号等生活中的各个方面，都有缩略语词的痕迹。而我们要讨论的人物并称，只是其中的一种。

二、姓氏相连的并称方式

前文提到，将每个人的名字都用一个能区分意义的字来表示，再任意选取而连接，是并称最重要的构词方式之一。而连接其中的哪一种元素，在最初，常无固定规律，比如在《史记》《汉书》等汉代文献中，时见名字连举时的混杂，高祖功臣"萧曹"便与"绛灌"同列。然而，后世的并称词语，却是以选取姓氏为最重要的法则，如"李杜"，虽然诗文评中也有称之为"甫白"的，但毕竟没有固定并流传开来。

那么，如何从混杂而称到连接姓氏而称呢？这要从汉代的姓氏说起。姓氏是非常复杂的文化现象，它的产生、形成、演变，甚至界定等，至今还在讨论之中。在先秦，"姓"与"氏"的含义很多，但汉代以来，人们对"姓""氏"二字已生混淆，都视作家族名称，但从严格意义上讲，杨希枚先生的《论先秦姓族和氏族》一文指出："古所谓姓既是姓族，则今所谓姓氏之姓自是姓或姓族名号的泛称，而应称之为'姓号'。"并称就是采用了家族的称号作为选取的依据。这首先当与汉代全民姓氏的确立及姓氏在社会生活中日渐重要的地位有着密切关系。经过春秋战国以来的赐姓、命氏、封爵邑、分部族，姓与氏日渐增多，那时的人物称谓之所以混杂，其实也与姓、氏处于分化发展阶段、人物名称多有关。到了汉代，对中国历史影响很大的一件事情就是全民姓氏的确立。从此，人们的称谓方式规范化，有姓，有名，有字，名字相比先秦变得稳定、规范和整齐，连姓相称有了基础，开始慢慢确定下来。

另外，西汉中期以来，随着世家大族的不断兴起，姓氏的重要性日渐突出。稳固地表示家族姓氏的并列称呼开始出现，如金张、许史、三王（卬成侯及商、凤三家）、丁傅、四姓、梁窦等贵族或外戚之家，两《汉书》中多次出现，可见当时已经约定俗成。值得注意的是，这些都是家族的称呼，类似于先秦的三桓、七穆，并非专指某几个人，它们不属于人物的并称，但无疑对人物并称具有重要的影响。因为二者虽然指代对象不同，但在形式上并无二致，它的广泛流传与称述习惯的确立，自然会扩大到具体人物的称谓。

除了家族的并列称呼外，在西汉中后期的一些歌谣语谚中，也出现了一些连接姓氏的词语，如长安语曰："萧朱结绶，王贡弹冠"（《汉书·萧望之传》），又京师称曰："前有赵张，后有三王"（《汉书·王贡两龚鲍传》），这种歌谣语谚里的姓，已经是具体指代某个人了。由于歌谣语谚流播广泛，人们自然也就对其内容及称述的人物耳熟能详。所有这些，都可以看作在连接姓氏的人物并称正式确立之前的萌芽过程。

在上述几方面影响的基础上，从汉末党锢之祸开始，以选取姓氏的方式连接现实人物，成了并称的基本法则。当时一些志趣、行为有共同点的士人，往往被并列称述，如李固、杜乔被称为"李杜"，此后杜密"与李膺俱坐，而名行相次"，时人亦称"李杜"（《后汉书·党锢列传》）。又"天下言拔士者，咸称许郭"（《后汉书·许劭传》），也是并连姓氏。这几例突出了是时人所"称"、所"言"，考虑到当时党锢标榜正在盛行，而这些人物对汉末政局影响甚巨，这种以连接姓氏而称人的法则便随之确立。虽然将两个姓氏不同的人物罗列,选择姓氏看似平常、简单,但事实上,此时的连姓并称,已不再是随意的列举,而是具有了层级更高的含义,成为一种叙述或称扬的方式,一种表示名行相类的人物的标号,并作为固定组合出现,不可随意分割。魏晋之时,这种形式更为固定。比如曹魏时赵俨"与同郡辛毗、陈群、杜袭并知名,号曰辛陈杜赵云"(《三国志·魏志·赵俨传》)。以四姓相连作为称号,人物增多,而且已经确定了读音的规律,恰似《世说新语·排调》中"王葛""葛王"的争族姓。之后又有"何邓丁,乱京城"(《晋书·宣帝纪》),又称蜀汉将领为"前有王句,后有张廖"(《三国志·蜀志·王平传》裴松之注引《华阳国志》),晋惠帝时称参权的贾谧与郭彰为"贾郭"(《晋书·贾充传附郭彰传》),等等。它们有些仍以歌谣语谚为载体,也有些是当时人的普遍称呼,即"世谓""世人称为""时称""号曰"等,说明已具有稳定性。这种稳定性体现了连接姓氏的方式成为并称构词的基本法则,从此,二人甚至三人、四人同被称述时,以称姓氏来连接的方式逐渐替代混杂而称,变成文法、评论中的通例。

可见连接姓氏而并称人物,从作为表述的倾向到成为定式,经历了一个较长的过程,最终在汉末党锢标榜之时被确立下来。采用连姓式样进行并称,一方面固然是因为名、字、号等并列称呼易重复或混淆;另一方面则是因为古人以称名为不敬,称姓则显示了正式与尊重,特别是晋唐门阀社会,以姓称之,恰可以体现其宗族。《大唐传载》里讲了个笑话:"元和十五年,辛邱度、邱纾、杜元颖同时为拾遗,令使分直。故事,但举其姓,曰:'辛、邱、杜'当入。"三人之姓与"辛邱度"之姓名谐音,遂为当时公卿间谈谑,可谓称姓惯例的影响所及。

三、数目词与端语相连的并称方式

并称的第二种形式即由数目词加上端语组合而成的称人法。早在战国文献中,"四维""五谷""六艺"等由数字引领的词语已出现频繁,这被称为"以数为纪"。它同样与汉语的简省密切相关,因为运用数字联系比一一说来简约,便于概括总结,从而使表述更清楚严密。当然,由于早期汉语中各种表达不够成熟、完善,没有完备的量词系统,所以,在上古汉语里,表示事物数量的最常见方式是数目词放在名词前面直接和名词结合,而不用单位词,同理,后世的并称词语仍沿用了早期的表述系统而不加量词。

先秦时期以数目词统系人物的称呼很多,主要有以下三种:第一,古史传说中的人物,比如"五帝""三王""八元""八恺""五霸"等,或是后人追述古史时所造,或是对某种理念的表达,许多是虚指,常被施安姓字。第二,以一个词语统系较为随意的无固定性的几个人,这种随文产生的并列人物,最常见的是"×子",如《庄子·盗跖》中"此六子者,世之所高也",成玄英疏云"六子者,谓黄帝、尧、舜、禹、汤、文王也",均为前文所举。第三,有具体指代对象的数字加姓氏或名字的并列称呼,如《左传》庄公二十八年称梁五与关东五为"二五",《国语·晋语》中有"三郤""八郤"之称,这些词语虽然指代对象明确,甚至个别词语也许在人物所生活的时代即已有之，但是否约定俗成则很难确定。

这些先秦典籍的相关记载，就是数目词与端语相连并称方式的滥觞。旧题陶潜的《四八目》对其做了最早收录，因其中以辅臣居多，故该书后来又名《圣贤群辅录》，"群辅"一词，很好地概括了这些人物的政治性质。从其所收词条可见，由于所有的异世人物并称必定为后人所追加，它们是后人在阅读前代典籍时对其进行的概括，并寄托了某种理想，如《论语》中所言："微子去之，箕子为之奴，比干谏而死，孔子曰：'殷有三仁焉。'""三仁"是孔子的评定，后人以之为成语。

上述以数目词连属的历史人物，是在"以数为纪"传统下生成的被追加的捆绑式名号或不固定的随文组合，它们既非主动出现，其相互伴匹之意亦属其次，与后世较为成熟的人物并称有所区别。但以数目词直接加名词、形容词等来表示多个人物的方法，却成了汉语中表示人物组合的常见用法，为后来的人物并称提供了词形的范式。在汉代，这种以数目词加端语的人物并称形式使用已有多例，比如：以姓氏相同而称者。《汉书·王贡两龚鲍传》记载，龚胜与龚舍"二人相友，并著名节，故世谓之'楚两龚'"。又同卷及《何武王嘉师丹传》都提到了"两唐"，指唐林、唐尊。又光武帝称鲍宣、鲍恢为"二鲍"（《后汉书·鲍永传》）。以爵位相同而称者。成帝时外戚有"五侯"，《元后传》称："五人同日封，故世谓之'五侯'。"以号相同而称者。《王莽传》称："莽拜将军九人，皆以虎为号，号曰'九虎'。"以字相同而称者。如光武帝与明帝时期，孙堪字子稚，周泽字稚都，而"堪行类于泽，故京师号曰'二稚'"（《后汉书·儒林传》）。又马严字威卿，其弟马敦字孺卿，马援卒后，二人"俱归安陵，居钜下，三辅称其义行，号曰'钜下二卿'"（《后汉书·马援传附马严传》）。又邓彪字智伯，"与同郡宗武伯、翟敬伯、陈绥伯、张弟伯同志好，齐名，南阳号曰'五伯'"（《后汉书·邓彪传》章怀注引《东观记》）。

以上是史书中出现的西汉及东汉前期带有数目词的表述并列人物的部分词语，从中可见，在西汉，虽然数字可以与人物姓、名、字、号联系，但基本限于人名有共同之处这一点，即使到了东汉前期，也同样如此，比如上述南阳"五伯"之例，以字并称，而非随意名之以"五龙""五俊"之流，在命名并称上，相当中规中矩，不会乱造新词。这些词语可以被视为最早的表示具体人物的并称。

数目词式样的并称还有另外一种形式，即以数字加上表示人物特点或美好寄托的形容词或名词，它对人物特点的总结不仅限于人名的字面含义。这种形式，最难以区分的就是它与偶尔连属的多个人物的区别。如《史记·季布栾布列传》中，丁公逐窘刘邦，短兵相接之际，刘邦曰："两贤岂相戹哉！"又《汉书·蒯伍江息夫传》班固赞有"蒯通一说而丧三俊"之语，"两贤""三俊"都是暂时组合。除了暂时组合的词语外，从汉末党锢标榜起，数目词与形容词或名词联系的表示具体人物的并列称呼也大量出现。由于此前并列人物多选取姓名字号或官职等共同字眼进行连接，所以，大量选用美好辞藻作为标号是汉末才出现的新风尚。顺帝时，曾有"八使"巡行风俗，号曰"八俊"（《后汉书·周举传》），紧接着桓灵之时，"正直废放，邪枉炽结，海内希风之流，遂共相摽榜，指天下名士，为之称号"（《后汉书·党锢列传》），

"三君""八俊""八顾""八及""八厨"等一时冒出。这些词语与先秦的群辅用词相比，有了几个质的转变：第一，人物实在化，以实际人数为原则，所称人物皆可一一落实人名。第二，都是当世之人，而非后人称述前人。第三，在一时之间大量涌现，只需被其创造者有意提出，便作为固定的新词而被接受与确立，它不再需要较长时间的经典化过程，这也正是"标榜"的含义。

在标榜风潮下，人物的并列称号急剧增多，比如段颎与皇甫规、张奂因字同而被称为"凉州三明"；贾彪兄弟被称为"贾氏三虎，伟节最怒"；荀淑八子谓之"八龙"。三国时曹魏夏侯玄、诸葛诞、邓飏之徒，共相题表，有"四聪""八达""三豫"等称号，蜀以诸葛亮等为"四英"，吴有"五俊""三俊"，等等。

这场熙熙攘攘的名号标榜之风，是称谓发展史上的重要一页。如果说西汉及东汉前期具有并称形式的词语，或为后人称述前人时的追加，或为贵戚世家的连称姓氏，或为书面行文中的省略称法，或为中规中矩的联系人物名字中的相同部分，那么，到了桓灵之际，党人对古史人物名号的重新利用，使全面意义上的并称正式形成。所谓全面，应当是以姓氏名号相连或以数目词与端语相连为基本形式，既可以通过经典化的过程逐步确立，又可以在当世即能快速产生，并产生相当重要的作用与效果。有了这些条件，并称作为文化现象才更加丰富与完善。至此，数目词加上端语与连接姓氏而并列的词语一起，成为并称最主要的两种构词方式。而并称当世即可产生这一特点，对汉代以后的人物称号产生了深远的影响。

四、并称与"号""语"及品评人物之风气

上文所讨论的，多侧重并称的构成规则如何确立，以及两种最重要的并称形式分别的发展过程，而实际上，"号""语"的流行与品评人物的风气及在此影响下对声名的重视，也是并称的重要促成因素。在汉代，有两种习尚值得注意，那就是与并称的形式有着亲缘关系的"号"与"语"，它们的流行对并称的出现有着积极的促进作用。

1. 并称与"号"

号的起源甚早，汉代人认为上古人物已经有号。《汉书·律历志》引刘歆《世经》即有太昊帝号炮牺氏、炎帝号神农氏这一类的叫法了，不过，汉人对帝系与指称也是持论不一，到了近代尤其受到古史辨派的质疑。章学诚《文史通义·繁称》则说到"号之原起，不始于宋也。春秋、战国，盖已兆其端矣"。并举例陶朱、鸱夷子皮、鹖冠、鬼谷诸子，这是春秋战国时期的号。降及秦汉，个人的号非常多，或系尊称，或系别称、戏称，比如晁错号"智囊"，严延年号"屠伯"，冯异号"大树将军"，董宣号"卧虎"，还有很多以"君""征君""万石""神父""圣童""先生"为号者。

在称人以号屡见不鲜的习俗之下，再给多个人以称号，亦是自然而然之事，所以，"楚两龚"、南阳"五伯"等零散出现的合称，就是多个人有了统称的号。与单个人的号一样，其提出与表述话语皆用"谓之/称为/号曰/呼为××"，且都带有尊称、外号等意味，只是人数多少有差别。但是，经过标榜之后而形成的并列称号与之前的

单人称号及多人统称相比，开始带上附加的含义，具有结党标识的意义或有意以名号引起世人的注意，这是二者之间的最大差别。

2. 并称与"语"

在汉代，相当一部分并称存在于歌谣语谚之中。郭绍虞先生认为，谚语可以是古语，可以是传世的常言，也可以是一时民风土著的论议，这是谚语的含义。值得注意的是，东汉时七言句式的"语"突然增多，郭先生指出，谚语与时代密切相关，"有一时代的背景即成一时代的思想，而发为一时代的谚语。有汉季臧否人物的风气，即发生清议式的谚语，如'万事不理问伯始，天下中庸有胡公'，'车如鸡栖马如狗，嫉恶如风朱伯厚'等，此于后汉时最为流行。"（郭绍虞《照隅室古典文学论集》上编《谚语的研究》，上海古籍出版社1983年版，第25页）七言句式的"语"属于"清议式的谚语"，它渐渐演变为人物品评的一种套话，其核心就是人物。

由于"语"中镶嵌着人物，它与并称便有了关联，这表现在"语"中的并列人物，不外乎全称、全称、简称混杂、简称三种。而并称都是简称，于是除了全称外，其他两类带有简称的人物并列与并称在形式上类似甚至相同，所以，这两种样式的"语"也可看作并称的一种形态。况且，表示对举、比较、先后等样式的"语"，实际也是将人物并列称述，与并称的原理共通。由于广为传颂，较早的一批约定俗成的并称多包含在"语"之中，比如前文提到的西汉时的"赵张""三王"等。"语"不仅成为人物称号非常重要的载体，而且也是并称发展过程中的重要形态。汉代之后，并称仍可嵌入其中，如："马氏五常，白眉最良"；"洛中雅雅有三嘏"；等等。

无论是"号"还是"语"，在形式上甚至在性质上与并称的确有相似之处，并称亦在"号"与"语"的发展中逐步形成了自己的独特形式。除了"号"与"语"外，并称的出现还与清谈、清议或谈论的时代风气密切相关。正如唐长孺先生所说："东汉以征辟察举之制选拔统治者所需要的人才，而乡闾清议乃是征辟察举的根据；于是人物批评为当时政治上极为重要的事情。"（唐长孺《魏晋南北朝史论丛》，三联书店1955年版，第290页）由于关涉选举与仕进，评议的结果自然为人们所重视。而并称，就可以作为批评的内容，在清议中产生。这从一些称号的表述可以看出，除了"时人称之曰"外，还有"乡里称之曰""三辅号曰""京师称为""颍川为之语曰""汝南人称"等，虽然不能明确其作者，但可以想见，它们都是乡闾评议的结果。

具体说来，与并称相关的首先是"齐名"。划分"齐名"者，是人物品评的重要内容。按照今天的理解，齐名与并称，可以作为同义词，在汉魏时却非如此。虽然齐名的观念古已有之，但在《史记》《汉书》中，尚无"齐名"一词，而从《三国志》《后汉书》开始，"齐名"者就不绝于史了。可见这一词语广泛使用在清议、品评盛行的东汉以后。当时的"齐名"，与时辈有关，刘增贵先生指出："年辈相当的同乡士人称为'时辈'，史书中'齐名'的地方人士，即是品辈相当者。"汉代之齐名同辈，实际是"指其品行、辈分相当，在当时的乡里评论（'人伦'）中等列"。（刘增贵《汉魏士人同乡关系考论》，《大陆杂志》，1992年第84卷第1、2期。又参周一良《魏晋南北朝史札记》，中华书局1985年版，第51页）齐名的时辈常常结友，故史传中常说"与××齐名友善",又多是同郡年少者,所以称"年少齐名""弱冠齐名",甚至"总角齐名"。齐名是一种人物的等列划分,如三国时徐邈的同郡韩观,"有鉴识器干,与邈齐名,而在孙礼、卢毓先"(《三国志·徐邈传》),又顾邵"少与舅陆绩齐名,而陆逊、张敦、卜静等皆亚焉"(《三国志·顾雍传附顾邵传》),这些都说明"齐"可将人物划分为不同的等次。与"齐名"类似的人物品评方式为"比伦",所谓"拟人必于其伦","以××比之××""以××方××"的例子比比皆是。如东汉的杜诗,"时人方于召信臣"(《后汉书·杜诗传》),正始中,"以五荀方五陈","以八裴方八王"(《世说新语·品藻》)。这种比伦使得当代人物与前代名贤一一对应,或者同时代的几个人互相参比,从而并列称述。几个人处于相同位次,若常被同时提起,便具有了并列而称的可能,"齐名"与"比伦"成为并称的条件。

在清议、品评的影响下,就士风而言,东汉以来,尤重声名。虽然西汉尚质实,但王莽对官制的改革导致了重名号、繁称多的弊端。及至汉末,因清议、品评而致士人求名之风更盛,称人"知名""有才名/盛名/高名/重誉/时誉"之类的说法屡见于史。为此,曹魏统治者斥之为浮华,深恶痛绝。卢毓曾答魏明帝曰:"名不足以致异人,而可以得常士。常士畏教慕善,然后有名,非所当疾也。"(《三国志·卢毓传》)这段话也许有助于理解人们求名与统治者选拔人才之间的微妙关系。

文化、风俗的变迁是个渐进的过程,而政治的狂飙也会使风气发生巨变。遵循语言发展的自身规律,经历了西汉与东汉前期的长期酝酿,并称构词的规则逐渐确立。降及汉末,风云突变,正如范晔所言:"逮桓灵之间,主荒政缪,国命委于阉寺,士子羞与为伍,故匹夫抗愤,处士横议,遂乃激扬名声,互相题拂,品核公卿,裁量执政,婞直之风,于斯行矣。"(《后汉书·党锢列传》)这是政治急遽变动之时,并称正式登场的直接原因。而称号的传统、谚语的流行、评议的风气、求名的愿望,是并称确立更为深层的原因。

五、并称进入文学

以上从几个方面谈到了并称的出现过程。早期也就是魏晋之际的并称,多与政治有关,主要有以下类别:第一,政治组合,比如"三杨";第二,家族成员的并称,比如司马氏"八达";第三,俊彦齐名,比如孙吴的"五俊";第四,因共同志趣、行为而并称,比如"竹林七贤"。而文士的并列称呼并不突出。尽管如此,人们还是希望将文学的并称追溯得尽量早一点。那么,文学并称从何而始呢?清代田雯《古欢堂集杂著》卷一认为始于"苏李",他说:"自苏、李以来,古之诗人各有匹耦。"这就将连接姓氏形式的"苏李"作为最早的有"匹耦"的文士,但它究竟产生于何时则尚待考索。另外一种说法为"建安七子",《四库全书总目提要》在介绍清初宋荦所编《江左十五子诗选》时说:

考自古类举数人,共为标目,四八之所载,其来久矣。然文士则无是名也。文士之有是名,实胚胎于建安之七子。历代沿波,至明代而前后七子、广续五子之类,或分垒交攻,或置棋不定,而泛滥斯极。往往以声气之标榜,酿为朋党之倾轧，覆辙可历历数也。

文中指出文士并称是后起现象，"建安七子"是最早的文士群体的并称，可谓灼见。但是，"七子"最早见于《典论·论文》"斯七子者，于学无所遗，于辞无所假，咸自以骋骥䮭于千里，仰齐足而并驰"，实际运用了战国秦汉以来"斯/此/是/彼×子者"的常见句式，"×子"是根据上文人数而定，并非专门术语。即使在六朝时期，运用这种构词法作为并称的例子也少见。所以，无论是"苏李"还是"七子"，都是经历经典化之后产生的词语，而非当世即已产生的文学并称。因此，对文学并称最早起源的探究，只能是仁者见仁、智者见智了。

汉魏以来，虽然并称已经兴起，但它进入文学领域，需要以文学的发展、文士的增多、时人的认可等因素为条件，而这个过程是渐次进行的。首先是一些称号，因其成员多有擅长文学者，而具备了一定的文学色彩，比如，"二十四友"是因附会贾谧而组合的政治团体，但又有共同的文学活动。《晋书》提到陆云"少与兄机齐名，虽文章不及机，而持论过之，号曰'二陆'"。（《晋书·陆云传》）又"时人谓载、协、亢，陆机、云曰'二陆三张'"。（《晋书·张载传附张亢传》）《前秦录》记载时人称梁谠、梁熙兄弟为"关东堂堂，二申两房；未若二梁，瑰文绮章"。（《太平御览》卷495引崔鸿《前秦录》）"二陆"等并称兼具昆弟与文学两重性质，这些都是并称逐渐向文士渗透的体现。

魏晋南北朝是文学批评初兴的时代，许多谈文论艺的篇章中都借用了这种新兴的词汇来称呼文士。风格近似的前代或近代作家常被并列称述，尤其是并连姓氏的表达法，得到了较为广泛的运用，如二字的"屈贾""扬马""班马""曹刘"，乃至四字的"扬班崔蔡""张蔡曹王""王徐应刘"，用例不胜枚举，组合方式也多样。不过，在现实中，称呼文士就得慎重了。《晋书·文苑·袁宏传》载，袁宏与伏滔同在桓温府，以文才并重，府中呼为"袁、伏"，袁宏心耻而叹息曰："与滔比肩，何辱之甚。""袁、伏"并称仅为小范围的称法，但从其感叹可见人们对当代人物的并列称号非常重视，认为不可轻易施加。所以，到了南朝，称当下人物若用了并称，就表示是隆重的赞美，只有成就斐然的文学家才能以此称呼。比如，刘宋时"议者以延之、灵运自潘岳、陆机之后，文士莫及，江右称'潘、陆'，江左称'颜、谢'焉"。（《南史·颜延之传》）萧梁时何逊"文章与刘孝绰并见重于世，世谓之'何、刘'"。（《梁书·文学上·何逊传》）北齐邢劭与温子昇"为文士之冠，世论谓之'温、邢'"。魏收"虽天才艳发，而年事在二人之后，故子昇死后，方称'邢、魏'焉"。（《北史·邢峦传附邢劭传》）上述史料中明确标明的"世谓""世论谓"等，证明了并称的稳定性。可见到南北朝时，并称的使用范围已经完成了向文学家的扩展，而且使用起来相当严肃不苟。

连接姓氏的并称之外，带有数目词的文士并称此时也出现了。魏晋时，带有数目词的文士并称往往包含在昆弟、亲族、俊彦的范围之中，到了南北朝，文学成就越来越成为并称的主要原因。比如齐梁何思澄"与宗人逊及子朗俱擅文名，时人语曰：'东海三何，子朗最多'"（《梁书·文学下·何思澄传》），北齐陆宽兄弟"并有才品，议者称为'三武'"（《北史·陆俟传附陆恭之传》），"文名"与"才品"是他们并列的直接原因。以常见的"×友"式并称为例，从早期的文王"四友"开始，"友"及"友"官一般为王、帝或王子身边具有政治辅佐之意的辅弼性人物，经过"二十四友"向文士的扩展，仍摆脱不了政治上的依附，但及至东晋谢灵运"四友"与南齐竟陵王"八友"，皆因"文章赏会"及"招文学"而聚集，文学意味大大增强。不过，总体而言，此时并称纯粹以文学得名者仍不多见，而或多或少地兼具其他性质。因六朝门阀社会中宗族佳子弟或地域俊才最为时人看重，故有关同族、同辈俊彦的并称最多。相对来说，连接姓氏并称较之带数目词的并称，是文士并称中更为严肃的表达方法。

总之，并称经历了一个由群辅到俊彦再到文士的转变过程，其使用范围在不断改变与扩大。魏晋南北朝时期，一方面，文士的并称逐步确立，而且被有意地标举，是人物品藻影响扩大至文学的体现；另一方面，前代或当代的文士并称处于持续的经典化过程中，我们只能根据传世文献中的相关资料大致判断其固定化的时间。

文学并称的最终确立，其根本原因在于文学自身的发展。因为只有在文学地位提高、批评兴盛、文士辈出、创作自觉并受崇尚的条件下，文士才能获得与群辅、俊彦相匹敌的地位，文士之名方受重视，文士并称也才能应运而生。在魏晋南北朝，这几方面的条件都具备了。虽然对于"魏晋文学自觉说"，学界尚有不同的意见，但魏晋南北朝时期文学的发展与文学理论的丰富都是前代不可比拟的。从曹魏开始，集体创作繁荣，"建安七子"一般被视为文士群体并称之始。两晋时，三张二陆两潘一左，叠相争艳，庾阐、曹毗、孙绰、许询，常被并列提及。南北朝右文之风更盛于前，在某种程度上齐梁时期甚至被认为是文学史中唯一的"为艺术而艺术"的时代，谢灵运、颜延之、鲍照、江淹、谢朓、沈约、何逊、吴均、刘孝绰、王褒、庾信、徐陵、阴铿等优秀作家辈出，这些都为并列称述提供了条件。随着"颜谢""何刘"等纯粹以文士命名的并称形式的确立，并称真正进入文学领域并逐渐具有了文学评价的意义。

六、并称的文学批评意义

并称进入文学领域之后，其文学批评作用得到了充分彰显。它不仅是作家的称谓法则，而且在作家文学地位的确立、成就、特色的衡量，以及见证不同时代的风气与文学取向，丰富古代文学批评的方法，理解文体与风格，评量文学流派等方面，都有重要作用。

人物并称因人而起，因而它的文学批评意义首先体现在人的层面，即并称可被视为一种简要的作家论。一方面，作家的文学地位可以通过并称体现。无论是唐代的李杜、王孟、韩柳、元白，还是宋元以来的"×大家"，皆是文学史上最优秀的代表。就稍次作家而言，得以与名家并称，则为文名宣扬的有效途径。这种称誉方式往往采用含蓄间接的"堪与××比肩/并驱""有类××""可比××""方驾××"等描述、比较性短语，比单纯表彰才华更为形象与有效。相对来说，"×子""×友"是人皆可用的普通词语，而"南×北×""×大家"等则指称范围更大、经历时段更长、经典化程度更高，只有成就特别突出的文学家方可使用。在这种由并称而确立文学地位的过程中，茅坤《唐宋八大家文钞》、钟惺《八大家文选》、储欣《唐宋十大家全集录》等选本，对作家的选择与评价起了重要作用。

另一方面，作家的成就与特色也在并称中得到体现。比如在班马异同、李杜优劣、韩柳高低这样的论题中，并称以其凝练概括的优势，参与到对作家的评量中。人们常说的"马工枚速""潘江陆海""元轻白俗""郊寒岛瘦"等，也是由寥寥数字对作家特点做的精要概括和高下比对。所以，并称因其精练短小，易于传播，既对作家成就的推广起到重要作用，又为人们提供了质疑、批评、讨论的目标。除了后人比较、评价前代作家，有不同的看法外，即使就当世并称而言，亦有可质疑之处。如"初唐四杰"之一的杨炯曾言"愧在卢前，耻居王后"（《旧唐书·文苑传上·杨炯传》），被誉为"五言长城"的刘长卿曾自言"李嘉祐、郎士元，焉得与予齐称也"（范摅《云溪友议》卷上《四背篇》，古典文学出版社1957年版，第13页），这是并称者自身对于并称的不同评价。对于并称者"虽两人并称，皆有不能强同处"（钟惺《唐诗归》卷12）的现象，清人方世举感慨而言："诗之有齐名者，幸也，亦大不幸也。凡事与其同能，不如独胜。"（方世举《兰丛诗话》，《清诗话续编》，第779页）"诗无达诂"，这本身即体现文学评价难有定论的特点。

其次，并称的变化折射了不同时代风气的变迁。从宏观层面来看，历代并称的连贯与排列可被视为一部简明的文学史，观并称便知一代文坛的状况。魏晋与唐宋的才士，佳号与风流、辞采互相映衬；而明代的并称却成为党同伐异、门派攻击的工具，同时也是扬名的手段和派别的标识；清代并称虽多，但矫正明人轻佻习气，多平和朴素与自赏之趣，这正是不同的时代风气使然。从微观的层面来看，通过具体并称的流传与改变，可以看出一时的文学好尚。以陶渊明为例，在不同时期，就有"寻阳三隐""陶谢""陶李""陶杜"等多种并称。见于《宋书》和《南史》的最初并称"寻阳三隐"，是隐士的面貌，随着对其文学成就的逐渐认可，"陶谢"并称方才出现，杜甫诗中数次提及，如"陶谢不枝梧，风骚共推激"（《夜听许十损诵诗爱而有作》）、"焉得思如陶谢手，令渠述作与同游"（《江上值水如海势聊短述》）。随后还有将陶渊明与李白、杜甫并列者，代表了后世之人对于文学典范的认识。从隐士到跻身六朝最优秀的作家之列，再到与唐代诗人李杜并列，其地位不断提高，这种并称的改变恰好就是陶渊明在不同时期的接受史。再以谢灵运为例，在不同时期，有"二谢""三谢""颜谢""陶谢""鲍谢"等不同称号。《南齐书》称"颜谢"，将谢灵运与颜延之并重，体现了六朝人对华丽诗风的推崇。唐代时则将谢灵运与其族人并列，杜诗即称"孰知二谢将能事，颇学阴何苦用心"（《解闷十二首》之七）。又有人集谢灵运、谢惠连、谢朓诗为《三谢诗》，体现了对谢氏家族诗歌成就的认可。杜诗中还常将"鲍谢"连称，如"忍待江山丽，还披鲍谢文"（《戏寄崔评事表侄、苏五表弟、韦大少府诸侄》），又称孟浩然"赋诗何必多，往往凌鲍谢"（《遣兴五首》之五），便是喜欢其清新俊逸。给前代诗人冠以并称，在重视师法前贤的杜甫那里屡次用到，这正是后人在接受的过程中，对前代作家淘汰选择、再度评判的表现之一。从陶谢二人并称的变化可以看出同一作家在文学史上的地位转换及其文学特质的不断被挖掘，这种历程同时也见证了时代文风的变迁。

再次，并称为文学研究提供了更为丰富的视角，它是古代文学批评方法之一种。品评者参以己意，用并称的方式来归类作家；或对已有的名目变换组合，再次胪列，一个术语就此产生，一种文学观念也随之体现。它看似不成体系，实则是程式化的批评法，充分体现了传统品评含蓄、简约而意义深远的特点，是具有中国特色的批评方式。诗话和笔记中常见以某个并称为题而进行溯源与讨论的内容，如某并称首见何书、应为何人、历代有多少重复与异说等，"七李杜""四苏李""两元白"之类的条目屡见于杂谈。值得注意的是，同时代的并称者未必曾经有密切交往，而历来论家有种习惯思维，就是喜欢找寻并称者共聚一处的踪迹，以证明其首出有因，实际上并称只是一种称号而已，不代表一定在一起活动。至于并称的人物确定及先后次序，亦是人们张扬学问、炫耀广博的乐道之事。总之，存疑、原始、排序、坐实以及评骘参比，是传统文论中针对并称作家进行的系列研究，也是古代文学批评与研究中的常见思路。

另外，并称还可以作为理解文体、风格的依据。由几位作家到一种风格，再到一个派别，甚至一个时代，是由并称而扩展的与文学的深层关系。如果对并称进行分类，除了某些成就相当者可能风格迥异外，因主张类似、侍从文学、社团流派、师承关系等而并称者的共性是文体或文学取向上有趋同之处。创作总是由人来体现的，于是并称超越其字面含义，不单指称作家，还进而升格为某种文学风格的代名词，且都带有他们所处时代的特色。比如，严羽《沧浪诗话》在论述诗体时说，以人而论，则有苏李体、曹刘体、徐庾体、沈宋体、王杨卢骆体、韦柳体、元白体等多种，即是以并称的形式归纳为诗之体。在这种风格的总结之中，并称作为历史筛选、淘汰的结果，已具备了经典意义。因此，借助并称来指代风格，是简便而易得到认可的做法。

并称还可作为研究文学群体、文学社团的切入点。随着宋元之后文人结社之风的盛行，并称现象亦趋增多。郭绍虞先生认为："大抵既有文人集团，则'七子''四杰'之称自会随之以兴；而一方面有了这称'七子''四杰'的名号，也自会促进集团的发展。所以用此测量文学风气与集团组织之盛衰，即是比较正确而便捷的尺度。"（郭绍虞《照隅室古典文学论集》上编《明代的文人社团》，第 518 页）指出了文人集团与其称号的互相促进，并称在某种程度上成为文人集团的一种标志。当然，这种标志作用仅为外在的，并称与文人集团之间的关系因时、因事而异。比如建安时期文士荟萃，但当时可能并无"七子"之称，很多早期文学集团的形成都与并称没有关系。确定文人集团形成的指标不仅是其相互交往、倡和以及共同文学主张等因素，出现伊始即大多带有名号也是宋明以来的文学社团的特点之一。故而迨至晚期，尤其在明代流为党同伐异的工具，或自创旗号，标榜门庭，或借彼炫此，有滥用之嫌，这体现了并称的负面作用。许多文人集团之名与作家并称之名相合为一，当并称作为文人集团的名号使用时，文人们可以借此更有效地传播声名而集体流芳。因为在共同的文学活动参与、相似的文学理想追求过程中，合力的作用被突出，个人水平的参差则可被相对忽略。这也是愈到后来，结社之风愈盛、并称愈多的原因。

并称在文学中的作用，尤其是在批评中的意义，是随着文学的发展而不断丰富的，尤其是宋元明清以来，各种批评方法与形式更趋完善，作为文学评量指标的并称的作用也得以充分展现。

七、并称的文化心理之源

并称最终成为一种贯穿古今、具有持久生命力的普遍现象，是多方面合力的结果。汉语的构词规律为并称提供了词形范例，社会变迁为人物并称演进提供了历史动因，文学的繁荣发展为并称的多样化、经典化推波助澜，而中华民族独特的文化心理则是并称得以广泛传播的深层原因。具体说来，文化心理因素主要有如下几点：

首先是类比的思维。取象比类是人类共有的思维方法，而"中国人的语言、推理中已习惯于采用这种方式，使它成为传统思维的一种特征或定势"（张岱年、成中英等《中国思维偏向》，中国社会科学出版社1991年版，第109页）。形之于文学，即为比兴手法的运用；用之于人物，即为同类并称的流行。通过类比选取人物进行并列，是并称思维的基本原理。而类比的结果就是分类，列维-施特劳斯《野性的思维》指出："任何一种分类都比混乱优越。甚至在感观属性水平上的分类也是通向理性秩序的第一步。"（商务印书馆1987年版，第28页）所以，运用并称的方式对作家进行分类，是文学理性思维的一种显现。

其次是对称、骈偶及数字因缘。中华文化讲究骈偶，喜欢事物成双成对。对称是很有趣味的现象，德国数学家魏尔有《对称》一书，陈原先生由此感发谈到了对称在汉语中的意义，那就是"匀称"与"协调"（尘元《在语词的密林里》，生活·读书·新知三联书店2005年版，第16页）是语言美感的体现。并称也体现了这种对称的美感，作家联袂而出，成双成对或成群，犹如天平的两端、对称的四角。无论是"王孟""高岑""尤杨范陆""关马郑白"等连姓并称，还是"任笔沈诗""韩潮苏海"等嵌入式并称，匀称与协调都得到了体现。甚至作家群体彼此之间也求匹配，如明初"广中四杰"相配"吴中四杰"，晚清女性并称"吴中十子"也要媲美男性"西泠十子"。除了使用偶数外，其他数字在并称中也屡见不鲜。在汉语言长期发展过程中，每个数字都具有了自己独特的象征和含义。虽然并称所用数字理论上应与组成人物数目一致，但在实际运用时，人们喜欢用某些成数，比如对"七"的偏好，如"建安七子""竹林七贤""前后七子""吴中七子""燕台七子""粤东七子""蕉园七子""毗陵七子""宝应七子"等，同样，"四"和"八"也是并称中常见的数字。

最后是世代因袭与仿古意识。王力先生在《汉语史稿》中分析新创词语时曾讲到："所谓新创词语，严格说来，是不存在的。一切新词都有它的历史继承性；所谓新词，实际上无非是旧词的转化、组合，或者向其它语言的借词，等等。"并称即是如此，它的各种形式是在不断重复使用的过程中经典化的。经典的形成需要人们从古远的历史中寻找典范，强调今人"犹古之'八元''八凯'也"（《后汉书·党锢列传》），"盖拟古之'八隽'也……盖拟古之'四凶'"（《晋书·羊曼传》），即是这种体现。典范的树立以及之后漫长历史过程中的反复流播，成就了并称的经典化地位，进而引发更多并称的产生。

经过反复使用，并称已成为一种论述、评说的传统，是文学中的习俗与惯例。它的范围逐渐扩大，由贵族到平民，由大家到小家，由闺秀到妓女，甚至涉及受汉文化影响的东方诸国。世易时移，名号也在不断的套用中更新，以新人换旧人。虽然时至今日，这种文化现象随着文言使用范围的缩小而渐趋衰落，但是它在历史中的作用以及至今仍存活于人们观念中的众多经典并称，已内化为我们每个人的知识构成与精神素养，成为中华民族宝贵的文化遗产。

【参考阅读文献】

张伯伟《中国古代文学批评方法研究》，中华书局2002年版。
张珊《中国古代文学并称现象研究》，科学出版社2016年版。

【思考题】

1. 结合文学史的学习，谈谈你最熟悉的古代文学家所拥有的并称，并分析这些称呼出现的原因。
2. 不同历史时期文学并称有何特点？
3. 并称在中国古代文学批评中有何作用？

第五讲
论《太霞新奏》的散曲批评价值

艾立中

> 【主讲人介绍】
> 艾立中，文学博士，苏州大学文学院古代文学专业教授，主要研究方向是明清词曲演变、中国戏曲史。其博士论文是《明末清初的散曲研究》，主要论述明末清初的散曲创作流派、散曲体制的演变，另有一章是专门论述明末清初的散曲选本，重点从《南词韵选》《太霞新奏》《吴骚合编》三个散曲选本来探讨明末清初散曲选本的特色，由此观照明末清初的散曲批评和审美风尚的演变。本讲通过作品数据分析了《太霞新奏》的编选意图和散曲学的意义，论述了《太霞新奏》和吴江派散曲家的密切关系。

晚明以后，散曲、戏曲选本大量刊刻出版，如臧懋循《元曲选》、凌濛初《南音三籁》、毛晋《六十种曲》、沈泰《盛明杂剧》等，这些选本能反映明代曲学的批评方式、审美风尚。就散曲选本来说，《南北宫词纪》《吴骚集》《彩笔情辞》《吴骚合编》等在散曲的传播和理论创建上具有积极的意义。明天启七年（1627），著名文学家冯梦龙编的十四卷的散曲选本《太霞新奏》问世。在晚明的散曲选本中，这个选本数量最多，共套数165套、小令154首，其编选上有着很多独特之处，提出了不少极富价值的理论。

吴江派在晚明的戏曲舞台上占有举足轻重的地位，特别是因汤显祖《牡丹亭》引发的"汤、沈之争"更让吴江派名噪一时，因此人们在看待吴江派时仅仅把它当作戏曲创作的一派，而忽视了吴江派在散曲创作上的成就和意义。

《太霞新奏》的编辑宗旨在其序言中有比较明确的说明：

> 文之善达性情者无如诗。《三百篇》之可以兴人者，唯其发于中情，自然而然故也。自唐人用以取士，而诗入于套，六朝用以见才，而诗入于艰。宋人用以讲学，而诗入于腐，而从来性情之郁，不得不变而之词曲。胜国尚北，皇明专尚南，盖易弦索而箫管，陶激烈于和柔，令听者解烦释滞，油然觉化日之悠长，此亦太平鸣豫之一征矣……然传奇就事敷演，易于转换；散套推陈致新，夐夐乎难之。当行也，语或近于学究；本色也，腔或近于打油；又或运笔不灵，而故事填塞，侈多闻以示博；章法不讲，而饾饤拾凑，摘片语以夸工，此皆世俗之通病

也。作者不能歌，每袭前人之舛谬，而莫察其腔之忤合；歌者不能作，但尊世俗之流传，而孰辨其词之美丑。自非知音人，亟为提其耳而开其瞍，则今日之曲又将为昔日之诗。词肤调乱，而不足以达人之性情，势必再变而之《粉红莲》《打枣干》矣，不亦伤乎？余扼揽此道，间取近日名家散曲，择其娴于词而复不诡于律者如干，题曰"新奏"。而冠以"太霞"者，太极真人命青童所歌曲名也……呜呼！此曲应从天上有，人间能得几回闻，世有知音者，亦或知余苦心哉！

这个序言是一篇分量很重的曲学大作。作者表达的意思主要有以下几点：

首先是论述曲之演变。这种论调并不新鲜，在晚明以来各种曲学论著里常常可见，不过是为了推尊曲体。

其次将散套和传奇进行比较，凸显散套的创作特色，反映了晚明散曲作家的文体意识在增强。自晚明以来兴起了一股推尊套数的风气，如王骥德等常感慨："金在衡谓古散套无佳者，仅北调《万种闲愁》一曲。……余谓北曲尚有佳者，惟南曲最不易得。"因此晚明以来的南曲作家极为重视套数的写法。冯梦龙在序言里也强调套数之难难在"当行"，这和王骥德的意见是一致的，不同的是王氏和凌氏主要从语言文辞来谈"当行"本色。冯梦龙从几个方面具体地批判了世俗的通病："当行也，语或近于学究；本色也，腔或近于打油"批判了语言上迂腐木讷和油滑俗气的毛病；"运笔不灵，而故事填塞，侈多闻以示博；章法不讲，而饾饤拾凑，摘片语以夸工"批判了套数结构臃肿混乱的弊病；"作者不能歌，每袭前人之舛谬，而莫察其腔之忤合；歌者不能作，但尊世俗之流传，而孰辨其词之美丑"则批判了作者和歌者在知识结构上的缺陷，作者不能演唱，不懂音乐则造成舞台和案头脱节，词曲失律，歌者文化水平低下则造成对文辞选择上的盲目；"自非知音人，亟为提其耳而开其瞍，则今日之曲又将为昔日之诗"批评了那种不懂音律和舞台实践的人，认为他们只能把活生生的可唱之曲变成僵死的案头之作，如同诗一样。这句话正如王骥德所指出的那样："词之异于诗也，曲之异于词也，道迥不侔也。诗人而以诗为曲也，文人而以词为曲也，误矣，必不可言曲也"，"曲与诗原是两肠，故近时才士辈出，而一搦管作曲，便非当家"。冯梦龙还认为，如果散曲调乱，不守音律，那只能沦为民歌小调。不难看出，冯梦龙对文人散曲和民歌小调是区别对待的，尽管冯梦龙编过《山歌》，但他对民歌小调持一种轻视的态度，这也是一个文人的本色流露。

在序言的最后，冯梦龙还特别解释了"太霞新奏"的含义，其中"间取近日名家散曲，择其娴于词而复不诡于律者"是理解该选本的选录标准的一把钥匙。在"发凡"中，冯氏还进一步说明："散曲如往时所传诸套，习闻易厌，兹选取名'新奏'。大都名家新制，未经人耳目者。间采一二古调，或拂下里之尘蒙，或显高人之玉琢，要令遗珠早获，残璧再完。匪云借才，实谐公好尔。"因此，《太霞新奏》除了选录以往一些名家之作外，更多选了同时代的作家，以此作为南曲曲律的样板。表5.1是《太霞新奏》选录的名家之作统计结果。

表 5.1 《太霞新奏》选录的名家之作情况

作者	套数/套	小令/首	杂调/首	作者	套数/套	小令/首	杂调/首
王骥德	34	19	5	凌濛初	4	0	0
沈璟	34	11	1	史槃	2	0	1
冯梦龙	18	6	0	陈铎	1	3	0
卜大荒	11	8	2	袁晋	1	0	0
沈自晋	4	0	2	沈青门	1	6	0
陈荩卿	5	12	0	冯惟敏	0	4	0
沈瓒	7	1	0	王九思	0	3	0
梁辰鱼	3	2	0				

从表 5.1 可以看出，编选者已经让沈璟、王骥德等吴江派散曲家占有主要地位了，其他成员像冯梦龙、卜大荒、沈瓒跟随其后。明中叶的散曲名家陈铎、梁辰鱼、沈青门、王九思本来都是晚明各选本中的重点作家，备受推崇，而在《太霞新奏》中都退居次要地位了，至于明中叶杨慎、元末明初高明等名家则一首都没入选。沈璟虽然是曲律大家，在"汤、沈之争"中名气远扬，且《南词韵选》影响深远，但创作成就并不突出，在晚明几个散曲选本中都未被重视，在包括自己编选的《南词韵选》以及陈荩卿《南北宫词纪》中是以无名氏入选的。沈璟的散曲，除了《彩笔情辞》选了四首和《吴歈萃雅》选了一首外，《词林逸响》《南音三籁》一首都没选，而其中有一首被误当成钱鹤滩的入选《南音三籁》。冯梦龙说："此套刻《情痴寐语》，乃词隐先生自制新体也，《萃雅》借作［钱鹤滩］；《三籁》因之列上乘，《三籁》于词中不甚推敲伯英，而独以冒名见赏，何此词之有幸而伯英之不幸也。噫！"除了沈璟有过偶尔的露面外，只有史槃的散曲在一些选本如《彩笔情辞》中被收录。吴江派其他成员像王骥德、沈自晋、袁晋，包括冯梦龙自己虽然在戏曲创作上已有一定的声誉，特别是袁晋的《西楼记》更是蜚声海内，但他们的散曲创作从未引起选家的关注。

《太霞新奏》的编选和刊行反映了两个事实：一是明万历至天启时期散曲的发展已经到了一个新阶段，明中叶那些散曲名家的作品已不能满足明末以来新的审美需求；二是吴江派散曲家创作成就非凡，不应该也不可能被埋没，这一成就需要有人来彰显。然而，在明万历至天启时期，不少吴江派骨干相继去世，如沈璟于万历三十八年（1610）去世，卜大荒和沈璟在世时间相当；吕天成于万历四十六年（1618）早逝；王骥德于天启三年（1623）去世；其他吴江派年轻成员沈自晋、沈自征、袁晋和范文若在万历至天启时期主要从事传奇和杂剧创作，显然编选散曲的担子落在了冯梦龙肩上，《太霞新奏》编刊那年冯氏五十三岁，精力充沛，同年还编刊《醒世恒言》。此外，冯梦龙不仅是个文学家，还是一位杰出的通俗文学出版家，一直热心于小说、戏曲等的编选和刊刻，熟悉刊刻出版工作，这是其他吴江派成员所不具备的。冯氏这一出版家身份为其刊刻散曲选本提供了方便，从而为吴江派散曲家的崛起提供了有利的传播载体。冯氏也成为吴江派最合适的鼓吹者。

要特别说明的是，冯梦龙推崇沈璟除了因为沈璟是吴江派领袖外，还有一层师生之情在内。冯梦龙曾动情地说："余早岁曾以《双雄》戏笔，售知于词隐先生。先生丹头秘诀，倾怀指授。"还要特别提出的是，冯梦龙大量选入沈璟的作品并不等于对他评价很高，冯氏经常批评沈璟的格律上的错误。如卷二评沈氏《偎情》[四季花]云："[四时花]即[四季花]，亦即[金凤钗]，宜以和'风扇柳荡烟'一曲为法，时曲'愁煞闷人天'稍异，不知何本，决非出知音者之手。末句'奈天远地远山远水远人远'那有此句法，特好奇者为之耳，词隐不知驳正而复效颦，何也？"又如卷三评沈氏《咏红裈》云："[白练序]与[醉太平]全是几个短韵，难押。近来咏柳，咏芙蓉诸作多于此脱韵，大非体矣；又咏物亦有次第，如此套《咏红裈》先曰含苞，次及潮动，方及才郎调笑之语，他咏用事未免错杂重复，虽有一二俊语难称作者。"

与对沈璟态度差不多，冯梦龙也相当推崇王骥德，个中原因我认为主要有以下几点：首先两人都是吴江派的骨干，受业于沈璟，虽然两人没什么正面交往，但冯梦龙一直私淑王骥德，他还提到："（沈璟）更谆谆为余言王伯良也。"可见沈的极力推荐让冯对王产生了崇敬之情，而且王的辈分比冯大。同时冯、王二人曲学观点近似，对沈璟的曲学思想既有继承，又在不断反思，提出修改意见，比如他们都反对沈以《中原音韵》来指导南曲写作，反对南曲"入派三声"。冯梦龙编《太霞新奏》前，还编过一部《墨憨斋新谱》，对四声用韵问题进行了专门探讨，但该谱已不传。其次，王的曲学理论和创作成就本身让冯钦佩。冯梦龙赞誉王骥德《曲律》道："而伯良《曲律》一书，近镌于毛允遂氏，法尤密，论尤苛——厘韵则德清蒙讥，评辞则东嘉领罚。字栉句比，则盈床无合作；敲今击古，则积世少全才。虽有奇颖宿学之士，三复斯编，亦将咋舌而不敢轻谈，韬笔而不敢漫试，洵矣攻词之针砭，几于按曲之申、韩。然自此律设，而天下始知度曲之难；天下知度曲之难，而后之芜词可以勿制。"虽不免有过誉之辞，但《曲律》在一定程度上影响了《太霞新奏》的编选是事实。如《太霞新奏》发凡中第三款就提到："调韵之病如方诸馆所禁曰重韵，曰借韵，曰犯韵，曰平头，曰合脚，曰上去叠用，曰上去去上倒用，曰入声三用，曰阴阳杂用，曰闭口叠用，曰韵脚以入代平押，其法甚密，操此程词，酷于商君矣。"又如卷一在无名氏《咏柳》中评曰："王伯良论咏物体最忌骂题，妙在不即不离，如灯传影方妙，如古曲《窥青眼》云云，首句便知咏柳，殊少蕴藉。"

冯梦龙对于王骥德的创作成就评价甚高，所收录的王氏作品总数在沈璟之上，对王氏的赞词在选本中也多于沈璟。如卷三评王骥德[倾杯玉芙蓉]云："雅艳不减《西厢》，其叶律处真是熟能生巧。"卷十评《寄方姬》[二郎神]云："伯良之词由烂熟中来，故水到渠成，瓜熟蒂脱，手口和调处自有一种秀色，不似小家子以字句争奇已也。"卷十二评《越王台吊古》[夜行船序]云："伯良此曲绝不借北韵一字，可以为法。"王骥德曾有《方诸馆乐府》一书，很多尚未刊刻，后来失传，绝大部分多亏

《太霞新奏》保存下来，《太霞新奏》也因此成为了解《方诸馆乐府》基本内容的重要文献。

除了沈璟和王骥德外，冯梦龙自己的作品入选数量位居第三，如此之多，显示了冯梦龙作为吴江派元老及骨干的身份，在一定程度上也有自我扬名之意。诸如吴江派沈瓒、沈自晋、沈君庸、沈君善、卜大荒、史槃、顾大典等人也相应入选《太霞新奏》，据此我们可以说，《太霞新奏》虽不是第一部由吴江派作家编的散曲集（第一部是《南词韵选》），但它是第一部比较集中地展示吴江派散曲创作成就的散曲集，从而把吴江派散曲家群体推向历史舞台，而我们也可以明白，冯梦龙所谓的"名家新制"最主要指吴江派的新作。

作为吴江派的骨干，冯梦龙对音律要求非常严格，甚至过于沈璟，他将沈璟论曲的［二郎神］套曲作为《太霞新奏》又一序，在这个著名的论曲套数中，沈璟比较全面地阐述了自己的曲学主张，即严守宫调和四声："词中上声还细讲，比平声更觉微茫，去声正与分天壤，休混把仄声字填腔。析阴辨阳，却只有平声分党。细商量，阴与阳，还须趁调低昂。"他强调以中原音韵和元代南戏为作曲的准绳："《中州韵》，分类详，《正韵》也因他为草创。今不守《正韵》填词，又不遵中土宫商。制词不将《琵琶》仿，却驾言韵依东嘉样。这病膏肓，东嘉已误，安可袭为常？"当然沈璟的曲学理论受何元朗影响很大，也正如他自己在套曲第一句所说的。沈璟关于"宁使时人不鉴赏，无使人挠喉捩嗓"就来自何元朗的"夫既为之辞，宁声叶而辞不工，无宁辞工而声不叶"。冯梦龙在此套曲加上眉批云："此套系词隐先生论曲，韵律之法略备，因刻以为序。"显示了冯梦龙对沈璟曲学理论的继承和弘扬。不过前面也提到，对于沈璟的南曲中"入派三声"的主张，他和王骥德并不赞同。

在选本中，冯梦龙对沈璟、王骥德等人的散曲格律都做了大量细心的校正和批评，他继承了沈璟的做法，运用推源溯流法，参照南戏中的剧曲进行校正评点，严遵古调。如卷十二评王骥德［惜奴娇］《惜别》云："此［惜奴娇］本体与《荆钗记》'家道贫穷'、同《琵琶记》'杏脸桃腮'亦是此调，而中间缺两字，句不可训也。时曲皆以［夜行船序］误作此调，不可不辨。"卷十四评冯梦龙［月云高］《代赠青衣》云："四字起句仿《琵琶记》。"当然，冯梦龙复古并非泥古，批评沈璟的泥古观念，如卷三评点王骥德［梁州序］《春怀》曰："'无聊常殢酒，病难胜'亦仿《琵琶》句法，查古曲此句止该七字。然先辈亦多有作八字二句者，疑原有二体也。词隐先生于《琵琶记》必欲去'也'字一板，近固矣。"确实，南曲在兴起时民间气息很浓，字声和乐曲往往搭配随意，故体式也相对灵活。除此之外，冯梦龙有时还借用沈、王的理论主张来核实他们的创作，略带讽刺性地批评他们的失误之处。如对于［巫山十二峰］这个曲牌，冯梦龙在卷十三评沈璟［巫山十二峰］《代武陵友人悼吴姬》云："此曲仿梁少白'院落清明左右'作。词隐先生评云：'三换头前二句是［五韵美］，中二句是［腊梅花］，今用于此，是［巫山十三峰］，非十二峰矣。须用南吕别曲几句以代之方得。'先生既驳少白而躬自蹈之，吾所不解。大抵作套数者，每多因袭之病，总为旧曲已经行世，若改用必置弗歌。夫因陋仍弊，以求不废于俗，此亦作者之羞也。"卷十三评王骥德［巫山十二峰］《代金陵周姬寄朱生》云："得字伯良制《曲律》自云宜用韵，此亦失检。"当然，冯梦龙有些地方的批评校正也有错误。如前面他批评沈璟［四时花］，尽管批评得正确，但他对这个问题的解释也不对。《九宫正始》册十"羽调"援引宋元戏文《芙蓉仙》中［金凤钗］"和风扇柳荡烟"曰："又名［锦添花］与［四时花］句格不同。《九宫正始》认为［四时花］属于［仙吕宫］，并注明'俗名［四季花］'，而且是犯调。"

对于吴江派作家中盛行的将词和北曲翻改为南曲的做法，冯梦龙十分关注其用韵的转换。如卷八评［降黄龙］《秋思》曰："宋人不讲韵学，唯作诗宗沈韵，其诗余率皆出入，但取谐音而已。自《中原音韵》既定，北剧奉之唯谨，南音从北而来，调可变而韵不可乱也。沈伯英谱诗余为曲，共百余章，然未能尽更其韵"。又如卷十指出沈瓒［集贤宾］《闺情》的问题所在："翻北曲故每借北韵，然非南曲之体也。"对于有些律法不严格的作家，冯梦龙不多选，如卷一对史槃评论道："每篇多秀句，恨于律法尚未深考，故不能多选。"

冯梦龙在卷十三专门设立一节"杂犯宫调"，这沿袭了《雍熙乐府》和《南音三籁》的做法。南曲犯调在晚明大量出现，且绝大多数是出现在吴江派作家手中。犯调兴起时主要出于作家的创新目的，但后来成了曲牌的文字游戏，越犯越多，如［九疑山］［十样锦］［巫山十二峰］［十二红］等，还有很多别出心裁、稀奇古怪的犯调名字，对此冯梦龙特别反感，他尖锐地批判了晚明散曲中的这一习气，这在当时非常突出，而作为吴江派骨干有这一认识也是难能可贵的。他对王骥德喜作犯调诟病最多，如卷十三评点王骥德［白乐天九歌］《丽情》曰："此调用正宫、南吕、仙吕错杂而成，亦未必协。只取曲名五字为巧，偶一为之，不可学也。"评王氏［半面二郎神］《答寄》曰："曲名亦方诸生自创，每减一二句，何所取义，此亦好奇之过。既可减，何不可增，遂有［两条江儿水］［双声猫儿坠］，并尾声亦添句，如近日《蕉帕》所刻者。文人作俑，不可不慎重。"冯梦龙在设立"杂宫调曲"时没有沿袭凌濛初把联章体当作套数的错误做法，所收录的作品都是严格意义上有尾声的套数。

冯梦龙除了重视音律外，还很注意散曲的文学性，这对沈璟所谓的"宁使时人不鉴赏，无使人挠喉捩嗓"的唯音律至上的偏激理论来说是一种纠正。冯梦龙在选本中所体现的文学主张主要有两点：第一点是强调文学的真情实感，提倡本色当行；第二点是重视散曲套数的结构性。先说第一点。在卷一，他评［八声甘州］云："且人生而情死非人，人死情生非鬼。"这段话和汤显祖《牡丹亭题词》中的"情不知所起，一往而深。生者可以死，死可以生。生而不可与死，死而不可复生者，皆非情之至也"的主旨极为相似，且很可能是受到汤显祖的影响。重情是晚明至明末的主流思潮，冯梦龙特别反对虚情假意，在卷一评秦复庵《暮春初会少华于谯词以纪之》时曰："法律未必尽纯，而铺叙丽情俱真色动人，大有北西厢风味，自是古作家，非近日后学可及。按曲品秦大夫亳州人最工情语，然每带北路《粉红莲》腔，然北之《粉红莲》、南之《挂枝词》，其佳者语多真至，政自难得，彼以腐套填塞为词者，视此何如？"冯梦龙尽管对民歌小调的音律及文采不屑一顾，但高度赞美它们的真情实意，以此对当时文人为文造情、忸怩作态之风进行抨击。在冯梦龙之前，凌濛初在《南音三籁》中也提到过"真"，但力度远不如冯梦龙来得大。冯梦龙在卷十评自己的［集贤宾］《有怀》云："子犹诸曲绝无文彩，然有一字过人，曰真。"极为鲜明地道出了自己的审美理想和特色。又如在卷十一，他还引用吴江派中的袁于令评自己的［黄莺儿］《端二忆别》曰："而一段真情郁勃，绝不见使事之迹，是白描高手。"冯梦龙也特别讲究本色当行，如在卷十二评沈璟［步步娇］《离情》曰："词家有当行、本色二种。当行者，组织藻绘而不涉于诗赋；本色者，常谈口语而不涉于粗俗，若子勺（沈璟的字）'别凤离鸾'一套可谓当行矣。"本色当行在明代曲论中是一个常见术语，各家说法不一而足，但多数和冯梦龙意见相近，此处不多展开。

关于套数的结构章法，冯梦龙在《太霞新奏》中配合正反两种例子发表了相当多的意见，这在明末散曲学中是极为突出的。如在卷六评明中叶的常伦［梁州新郎］《途雨怀家》云："首曲言昼雨，二曲言暮雨，三曲以下言逆旅阻雨，不堪景况，井井有条，且韵严调协而文彩亦斐然，此等古曲，尽是难得，不知何以埋没不传也……鸣呼，此长套之未易作也。"在卷七评沈璟［绣带引］《题情》曰："词隐于尾声多不着意，亦是一病。"不过，对冯梦龙的散套论的过度评价往往导致论点的偏颇。如当代学者杨栋认为"在散曲学史上，从文学结构的角度对散套进行专门研究，冯梦龙则是第一人，他的《太霞新奏》也是第一本以收散套为主的曲选"（《中国散曲学史研究》，高等教育出版社1998年版，第138页）。这段话放在曲学史上缺乏根据。在冯梦龙之前，王骥德在《曲律》"论套数""论章法"中就已经谈到结构问题，冯梦龙不过是在选本中予以发挥，并结合具体作品做分析讨论。至于《太霞新奏》是第一本以收散套为主的曲选的论断更是站不住脚，此前《雍熙乐府》《南北宫词纪》《彩笔情辞》都是以收套数为主的散曲选本。

冯梦龙《太霞新奏》还有两个特色值得我们注意。

首先，冯梦龙收录了不少自己对别人散曲的改作，如卷一无名氏［八声甘州］《训妓》，卷三史槃［锦缠道］《舟中怀清源胡姬》、陆包山［渔灯儿］《闺怨》，卷六梁辰鱼［香遍满］《酬妓王桂父》，卷七高濂［太师引］《郊行见丽人》，卷九祝枝山［祝英台］《咏花间四友》、唐伯虎［亭前柳］《夜思》，卷十高濂［二郎神］《代伎送友》、方氏［集贤宾］《秋闺晓思》，卷十一无名氏［金梧桐］《春思》、冯千秋［金梧桐］《携孙娘绣鞋归戏赋》，卷十二无名氏［步步娇］《思情》、沈璟［步步娇］《秋思》，卷十四张伯起［石榴花］《寄情》、秦复庵［山坡羊］《思情》，还有卷十四所谓"稍改"的王厚之［桂枝香］《赠伎》、费胜之［桂枝香］《寄帕》，这些统称"墨憨斋改本"，总共有17套曲子，数量应该是相当多的。改动的理由主要是文法和音律不合冯梦龙的欣赏口味，但多半也是有道理的，如卷一对无名氏［八声甘州］《训妓》评道："旧刻［解三酲］其二便用妓答，欠妙。今只用作尾法老而有余韵，词比旧刻亦雅净，可观此墨憨斋改本也"；卷六评梁辰鱼［香遍满］《酬妓王桂父》云："全套皆南吕，插入商调一曲，非体也。诸公效（陈大声）'因他消瘦一套'作者甚多，皆为所误，详见词隐先生谱中，此套经子犹改定，韵调俱精，可以为法。"

此外还收录了别人的改本，如卷八有沈璟改秦复庵《触目书怀》，卷十有张伯起改沈青门［集贤宾］《愁怨》。还收录了一类是后来作者在前人作品的基础上再创作的，如冯梦龙［朝元歌］《别思》和沈子平［朝元歌］《寄情》都是改自俞君宣的。

从作者的所有权角度看，改动别人作品是好为人师的表现，是对原作者的不尊重；从保存文献的角度看，如果原作失传，则改作会破坏文献原貌，即使改动得有理。晚明以来的散曲作家中较早且较多改动别人散曲的是梁辰鱼，之后是吴江派，吴江派中又数冯梦龙最喜欢改动，他的《墨憨斋定本传奇》就是典型，《太霞新奏》中的散曲改作再次证明了这个现象。

其次，《太霞新奏》除了收录艳情之作外，还收录了吴江派作家很多非艳情的散曲，题材广泛，如史槃的［小措大］《旅思》、顾应里［念奴娇序］《塞上咏雪》、王骥德［榴花泣］《哭吕劝之》、沈自晋［三学士］《吊古》、沈君善［宜春令］《自题祝发小像》等，这些作品感情真实，风格清新刚健，对于当时大量充斥着艳情相思之作的南散曲选本来说，无疑向世人展示了吴江派健康的审美观。

【参考阅读文献】

王国维《宋元戏曲史》，上海古籍出版社 2019 年版。
吴梅《中国戏曲概论》，岳麓书社 1998 年版。
吴梅《顾曲麈谈》，岳麓书社 1998 年版。
李昌集《中国古代曲学史》，华东师范大学出版社 1997 年版。

【思考题】

1. 《太霞新奏》序言的主要观点是什么？
2. 《太霞新奏》与吴江派的关系是什么？
3. 冯梦龙在《太霞新奏》中表达了哪些曲学主张？

第六讲
"博物"观念下的古代小说创作

周瑾锋

> **【主讲人介绍】**
>
> 周瑾锋，文学博士，研究方向为中国古代小说史、小说批评与小说文体研究。硕士、博士就读于华东师范大学，师从谭帆教授，参与编撰《明清才子传笺证》，参与国家社科基金重大项目"中国古代小说文体发展史"与"中国小说评点史及相关文献整理与研究"。本讲据作者的博士论文《唐宋笔记小说研究》第一章、第二章部分内容修改补充而成。

这一讲的题目是《"博物"观念下的古代小说创作》。我过去的研究方向主要集中在古代文言小说领域，特别是笔记小说，而在研究笔记小说的过程中，我发现有一些观念或者说概念特别重要，"博物"观念就是其中之一。认识和把握"博物"观念的内涵以及"博物"观念与古代小说之间的关系，对于我们正确认识中国古代小说的特性，包括文体特征、创作意图、评价机制、美学观念等都具有十分重要的意义。

从宏观来看，"博物"观念并不只存在于古代小说领域，它一直存在于中国传统文化（包括文学和学术）中，对古代文人的价值观念、学术趣味产生了深远的影响，在不同的著述形式中都有所体现。而在众多的文学体裁中，小说在观念和内容上都与"博物"传统高度契合，是最能体现"博物"观念的文体之一。这种看法渊源甚早，最晚到唐代便已经成为小说文体的重要观念之一，到了明清时期就成为十分普遍的认识了，比如明代著名学者胡应麟就是其中一位，他写过一部很重要的笔记著作叫《少室山房笔丛》，这本书里面有不少地方谈到了小说，其中很多观点对后世影响很大，鲁迅先生的《中国小说史略》中有不少观点就是继承自它的。我们来看《少室山房笔丛》里面的一段话：

> 子之为类，略有十家，昔人所取凡九，而其一小说弗与焉。然古今著述，小说家特盛；而古今书籍，小说家独传，何以故哉？怪、力、乱、神，俗流喜道，而亦博物所珍也；玄虚、广莫，好事偏攻，而亦洽闻所昵也。谈虎者矜夸以示剧，而雕龙者闲掇之以为奇；辩鼠者证据以成名，而扪虱类资之以送日。至于大雅君子心知其妄而口竞传之，旦斥其非而暮引用之，犹之淫声丽色，恶之而弗能弗好也。夫好者弥多，传者弥众，传者日众则作者日繁，夫何怪焉？

胡应麟注意到小说之所以在不入流的不利地位下"特盛",跟人们的好奇尚怪、博物洽闻的趣味是分不开的。那些"大雅君子"们虽心知其妄,但口竞传之,道出了自古以来儒家学者们的矛盾心理。这一看似矛盾的现象其实并不矛盾,其原因也很简单,这是人类自古以来的普遍心理所导致的,那就是好奇心,具体说来就是对未知事物的求知欲。这种好奇心、求知欲伴随着人类发展的漫长历程,无论何种性别、职业、阶级的人,都有好奇心和求知欲,特别是在人类力量还很渺小,生产力低下,认识范围有限的时期,这种好奇心和求知欲是非常旺盛的。随着人类社会向前发展,人们对各种知识的积累逐渐增加,这些知识被记录下来,形成了各种典籍,从某个层面上看,小说也是在这一过程中产生的。这些典籍用传统的文献学术语来说就是"经史子集"。其中,"小说"历来归入"子部",是"九流十家"中的一家,但是不入流,这种归类表明了古人对于小说的一种看法和定位,这对后世小说的发展影响很大。小说因其不入流,所以地位不高,但是也不能弃之不顾,形容这种态度有一个词叫"小道可观",这是影响小说发展最大的一种价值观念,一方面指出小说是"小道",即地位低下;另一方面也指出其"可观",即有一定的价值。而何谓"可观",其内涵可以有多种解读,有价值上的,也有内容上的,也就是说,只要在价值和内容上符合"可观"的要求,都可以纳入小说的范围内。上面所引胡应麟的话谈到那些"怪、力、乱、神"等之所以被称为"小说",原因也在于其"可观"。胡应麟在《少室山房笔丛》里还有另外一段话:

> 小说者流,或骚人墨客游戏笔端,或奇士洽人搜罗宇外,纪述见闻无所回忌,覃研理道务极幽深,其善者足以备经解之异同、存史官之讨核,总之有补于世,无害于时。

这段话一方面指出小说来源广泛、内容广博的特色,另一方面也肯定了小说的价值,所谓"有补于世,无害于时",正是"可观"的另一种表达。将这两层意思结合起来看,这段话特别强调了小说内容广博的价值,这恰恰证明了"博物"观念对古代小说创作的影响。

一、博物、博物传统与博物学

我们先来谈一下"博物"的具体内涵。上海辞书出版社1986年版《汉语大词典》中"博物"的意思主要有四个:通晓众物;指通晓各种事物的人;指万物;旧时对动物、植物、矿物、生理等学科的统称。综合这几种意思,我们可以得出以下认识:从"博"的角度看,"博"主要指某些人知识广博、见识不凡,兼及博物之人及其博物的行为和对象。从"物"的角度看,"物"不仅仅限于自然界的事物,而是包括了世间万物,除自然物外,还有人造物,甚至包括人文社会科学的知识;"物"还可引申为"事";"物"有时还包括抽象的事件,就连"传说见闻"也可作为"物"。这里面对"物"的认识十分重要,它规定了小说内容所涉及的对象和范围。

接着谈中国的博物传统。上面说到了由于受好奇心、求知欲的驱使,"博物"的传统在任何时代、区域都是存在的，在中国古代也是如此，可以说中国的博物传统是十分悠久的。所谓"博物传统"，具体说来是指人们对知识学问的渴求，泛览博取、好学敏求，以博识多闻、博古通今为崇高的追求。当然，知识的获取并非对所有人都轻而易举，而须具备一些条件。由于受能力、精力、经验或职业的限制，人们的知识往往限于一隅，而无法做到广博，见多才能识广，读万卷书还要行万里路，想要真正成为一个博学的人是很难的。古代传说中以博学著称的人，比如说黄帝，还有神农氏、燧人氏、仓颉，都经历过长期的实践，总结经验才做出了伟大的贡献，流传下像"神农尝百草""钻木取火""仓颉造字"这类的传说。随着时代的发展，知识累积得越来越多，要成为博学的人，除了得之于直接经验外，还需要间接经验，而间接经验的获得除了依靠口耳相传外，那就是读书了。而且时代越向前推进，人类获取知识越倚重书籍。中国古代影响最大的学派即儒家学派就是十分注重学习书本知识的，儒家学派的创始人孔子就是个好学求知的博学者。我们看《论语》里孔子一再说自己的优点就是好学，他很早就成了孤儿，生活很艰苦，他自称"吾少也贱，故多能鄙事"，因为出身不好，为了生存得多学点本事，穷人的孩子早当家。孔子的成就全是靠自己努力好学取得的，他也要求学生好学，要"博学于文"，而且哪怕已经很有学问了，也得不断向人请教。比如《论语》里写他"入太庙，每事问"，他要求学生读《诗经》，其中一个原因是读《诗经》可以"多识于鸟兽草木之名"。一些史书比如《国语》中也记载了不少显示孔子博学的故事，可以说孔子是古代最有名的一个博学者。当然，孔子并不是唯一的博学者，在他之前也有不少，比如子产和季札，史书中都称他们为"博物君子"。子产的记载见于《左传·昭公元年》，季札的记载见于《史记·吴太伯世家》，其中关于子产的记载开头写晋侯生病了，大臣叔向问子产道："寡君之疾病，卜人曰'实沈、台骀为祟'，史莫之知。敢问此何神也？"接着子产凭借广博的历史知识追溯了实沈、台骀的来历，指出二者分别为参神、汾神，乃山川、日月之神，认为此二者"不及君身"，且可通过祭祀之法禳之。子产认为晋侯之病在于"出入、饮食、哀乐之事"，又加以一番解释，最终指出晋侯得病的原因：一是昼夜昏乱，一是娶同姓之女。子产的阐述涉及历史传说、地理天文、饮食养生、生育病理等方面的知识，充分显示了他的博学多闻，因此最后晋侯称赞子产为"博物君子"。此后，"博物君子"的称呼固定了下来，专门用于指称见多识广、博学多闻的人，历朝历代都有所谓的"博物君子"，比如汉代的史书里就记载了很多。汉代是"独尊儒术"的时代，儒学大兴，而儒家学术的特点之一就是"博"，司马迁的父亲司马谈在《论六家要旨》中就说过儒家"博而寡要，劳而少功"。他还进一步解释原因，说儒家学术以六艺经传为法，埋首故纸堆，日积月累，最后博是博了，但不能融会贯通，不得要领。司马谈是信奉道家学术的，因此对儒家语出讥讽，然而从汉武帝开始儒家逐渐兴盛，在朝廷设立"五经博士"，这就大大促成了尚博的风气，博物洽闻之士纷纷涌现，被冠以"通儒""大儒""鸿儒"的名号。我们读《汉书》《后汉书》中的人物传记，以博著称的比比皆是，大家比较熟悉的有董仲舒、司马迁、刘向、扬雄、司马相如、桑弘羊、伏无忌、贾逵、孟光等。王充在《论衡》中对此有一句总结性的话："自孟子以下至刘子政，鸿儒博生，闻见多矣。"可见博物传统与儒家之间的关系是十分密切的。

再来谈中国古代的"博物学"。"博物学"作为一门学科最先出现在欧洲，是自然科学发展的产物。中国古代并没有专门的"博物学"，而关于"博物学"的知识却散布于各种学问中，可以说中国古代没有"博物学"之名，而有"博物学"之实。当代一些学者对古代的"博物学"做了仔细的研究，对"博物学"有如下定义："它是中国传统文化中的一门学问，是儒家'博物'观念的产物，常用来形容人们所见所闻的各种知识的总汇。它既包括自然世界的知识，也包括社会生活的人文知识。"（周远方《中国传统博物学的变迁及其特征》，《科学技术哲学研究》2011年第5期，第81页）可见"博物学"与儒家传统关系很密切，而中国古代的"博物学"与西方的"博物学"也有所区别，突出表现在其浓厚的"人文性"上。所谓的"人文性"一是表现在博物的内容涵盖人文知识，二是表现在博物的目的是服务于人，实用性较为突出。中国传统"博物学"具有综合性、经验性、实用性等特征，因其涉及各方面的知识，故而"博物学"方面的著作也较为丰富，据归纳可分为以下七类：《博物志》系列；地方志系列；异物志系列；诗人"多识之学"与"雅学"；本草与农学著作；类书与江海赋、植物赋等；动植物谱录。这七类都属于"博物学"的分支之一，代表了"博物学"的某一类知识，或某一种类型的著述，各类之间不是封闭的，而是一直处于互动流通状态，比如《博物志》系列、地方志系列、异物志系列都涉及地理博物学，三者有重合之处。本草与农学著作、动植物谱录都涉及动植物、矿物知识，且与地理博物学密切相关，而类书更是搜罗广泛，涉及其他各类。七类著作在历代史志目录的分布主要是子部和史部，"多识之学"和"雅学"因涉及《诗经》《楚辞》而归入经部或集部，赋因属于文学也归入集部。其他几类以归于史部"地理类"和子部"杂家类""农家类""杂艺术类""小说家类"为主，兼及其他各类。由于各类之间互动流通的关系，一些著作在相关部类会有互见、流动的情况，以"小说（家）"为例，唐宋时期的目录经常将名物训诂、谱录图谱、家规家诫、方志异物志等著作混入其中，此后这一情况在公私目录中一直延续，直到清代《四库全书总目》将非叙事类作品清理出"小说家"，眉目才稍显清晰。

二、"博物学"与小说

下面我们来探讨"博物学"与小说之间的关系。上面谈到唐宋时期的书目中"小说（家）"经常混入博物类的作品，反映了唐宋时期"博物学"对小说的渗透。先举一些例子来看：

《隋书·经籍志》"小说家类"：《辨林》《琼林》《古今艺术》《杂书钞》《座右方》《座右法》《鲁史欹器图》《器准图》《水饰》。

《旧唐书·经籍志》"小说家类"：《释俗语》《辨林》《酒孝经》《座右方》。

《崇文总目》"小说类"：《辨疑志》《演义》《刊误》《忠烈图》《五经评刊》《续论衡》《颜氏家训》《家范》《释常谈》《事始》《平泉山居草木记》《感应类

从谱》《造化权舆》《岭表录异》《岭南异物志》《八骏图》《古今刀剑录》《古今鼎录》《古鉴记》《铜剑讃》《欹器图》《异鱼图》《竹谱》《笋谱》《竹经》《茶记》《煎茶水记》《采茶录》《茶谱》《北苑茶录》《花木录》《花品》《漆经》《钱神论》《钱谱》《续钱谱》《海潮记》《海潮论》《海潮会最》《正元饮略》《醉乡日月》《醉乡小略》《令圃芝兰集》《庭萱谱》)。

《新唐书·艺文志》"小说类"：《开元御集诫子书》《狄仁杰家范》《卢公家范》《六诫》《事始》《续事始》《造化权舆》《十物志》《两同书》《刊误》《柳氏家学要录》《茶经》《煎茶水记》《续钱谱》。

《宋史·艺文志》"小说家类"：《禽经》《古今刀剑录》《铜剑讃》《钱谱》《花木录》《花品》《荔枝谱》《古今鼎录》《欹器图》《八骏图》《异鱼图》《松漠纪闻》《会稽新录》《晋安海物异名记》《南方异物志》。

尤袤《遂初堂书目》"小说类"：《荆楚岁时记》《海物异名记》。

这些著录的作品现在当然已不被视作小说了，但是当时之所以被著录到小说类，其原因一方面是古代小说文体的容受性比较大，这涉及古今小说概念与观念的差异；另一方面也是所著录的作品内容性质较杂，难以归类，才会出现一部作品被著录到不同类目的情况。总之，我们从唐宋的目录著录情况已经能看出"博物学"与小说的密切关系了。

如果我们将视线从唐宋再往前拉，会发现"博物学"影响小说的时间早很多，具体来说，最初是与地理学的结合，出现了所谓的"地理博物体"小说。什么是"地理博物体"小说呢？"地理博物体"小说一般被视为志怪小说中之一体，比如刘叶秋的《古典小说论丛》将魏晋志怪分为三类，其中"兼叙山川、地理、异物、奇境、神话、杂事等，而着重宣扬神仙方术，以西晋张华的《博物志》为代表，乃《山海经》系统的延续"，即为地理博物体志怪小说。侯忠义的《汉魏六朝小说史》将汉魏六朝小说分为记怪类、博物类、神仙类，对"博物类"的定义为："它不是单纯的'记怪'，而是兼有'博物'（即对事物的博识多知）的特点。"李剑国的《唐前志怪小说史》将唐前志怪小说分为杂史杂传体、杂记体、地理博物体三类，对地理博物体的定义为："专门记载山川动植及远国异民传说。"潘建国的《中国古代小说书目研究》将汉魏六朝小说按题材类型分为地理博物、杂史杂传、神仙方术三类。

后世追溯早期的小说作品，如《山海经》《神异经》《十洲记》等，发现其都与地理学知识关系密切，这几部作品在《隋书·经籍志》中都被著录在"史部·地理类"。大家对《山海经》比较熟悉，一般认为这部书是战国时期的作品，《神异经》和《十洲记》都托名东方朔，东方朔当时即以博学知名。地理博物体小说的内容，大多是殊方绝域、远国异民、草木鸟兽之类，以《山海经》为例，其所载内容为："内别五方之山，外分八方之海，纪其珍宝奇物，异方之所生，水土、草木、禽兽、昆虫、麟凤之所止，祯祥之所隐，及四海之外，绝域之国，殊类之人。"《山海经》在汉代影响很大，郭璞《山海经序》称其"显于汉"，刘歆《上山海经表》称"（朝士）多奇《山海经》者，文学大儒皆读学，以为奇可以考祯祥变怪之物，见远国异人之谣俗"。在《山海经》的影响下出现了一批同类性质的书,即《括地图》《神异经》《玄黄经》《洞冥记》《十洲记》。由前面所谈可知,《山海经》的流行和地理博物类书籍的大量出现,跟汉代尚博的学术风气是分不开的。到了西晋张华的《博物志》,首次出现了以"博物"为名的作品,此书《隋志》入"杂家类",至两《唐志》改入"小说家类",此后书目大多入"小说(家)类",可见最晚在晚唐五代时,目录学家已目其为小说。《博物志》明显受到《山海经》以来的地理博物类书籍的影响,其书卷一载张华自序:

> 余视《山海经》及《禹贡》《尔雅》《说文》、地志,虽曰悉备,各有所不载者,作略说。出所不见,粗言远方,陈山川位象,吉凶有征。诸国境界,犬牙相入。春秋之后,并相侵伐。其土地不可具详,其山川地泽,略而言之,正国十二。博物之士,览而鉴焉。

据李剑国考证,此序不是全书总序,仅为《地理略》之小序。《地理略》当包括前三卷,此从类目可知:卷一为"地""山""水""山水总论""五方人民""物产",卷二为"外国""异人""异俗""异产",卷三为"异兽""异鸟""异虫""异鱼""异草木",内容全是地理方国、物产动植草木等。从小序可知是在前代典籍基础上作拾遗补阙,很多材料取自旧籍。卷四涉及各种生物异化、物理性质、药物饮食等,卷五记方士、方术,卷六记考证,卷七为"异闻",卷八为"史补",卷九、十为"杂说"。《博物志》各卷内容,涉及广泛而驳杂,除了地理博物类的内容外,还包括方士、方术、考证、异闻、历史、传说等,较《山海经》等书更为广博,也更为芜杂。

三、"博物"观念对小说创作的影响

魏晋以后,"博物"观念对小说观念的延续和发展影响依然持续,对小说的创作也发挥着十分重要的作用,综合来看表现在以下几个方面。

1. 小说观念中具有较多的"博物"元素

我们知道,"小说"一词最早出现于《庄子》的《外物》篇,此后对"小说"概念内涵的谈论持续不断,其中最重要的就是《汉书·艺文志》所确立的"小道可观"说,其影响前面已经谈到过,这里就不细说了,总之这是一种价值判断,为小说在今后的发展提供了理论基础。这里我们要对"可观"的内涵做进一步分析,最早对"可观"的内涵做具体阐释的是两汉之际的桓谭,他在《新论》中说:"若其小说家,合丛残小语,近取譬论,以作短书,治身理家,有可观之辞。"桓谭指出小说家撰写的"短书"之所以"可观",是因为其具有"治身理家"的功能,此"治身理家"具有明显的道德内涵,同儒家思想中的"修身齐家"基本一致。可见在桓谭的心目中,小说"可观"的内涵还局限在道德修养、维持家庭和睦方面,延续至后世遂发展为"资治体""助名教"的教化功能。这种教化功能在《汉书·艺文志》"小说家"的序中被进一步确定下来,下面这段话十分有名:

> 小说家者流，盖出于稗官。街谈巷语，道听途说者之所造也。孔子曰："虽小道，必有可观者焉，致远恐泥，是以君子弗为也。"然亦弗灭也。闾里小知者之所及，亦使缀而不忘。如或一言可采，此亦刍荛狂夫之议也。

这里所谓"一言可采""刍荛狂夫之议"仍然是就"小说"的政治道德层面而言的，"可观"还局限于"资治体""助名教"的范围内，与桓谭所论"可观"的内涵是一致的。

"小道可观"在传统小说观念中占据了核心地位，但也不是一成不变的，到了唐宋时期，对小说的价值功能有了新的认识，融入了新的内涵，主要表现在"广见闻"成为小说重要的价值功能之一。其实在唐代以前对小说具有"广见闻"的功能已经有了零星的说法，比如《文心雕龙·谐隐》说过"九流之有小说，盖稗官所采，以广视听"，只不过被广泛提出并被普遍认定为小说的价值功能，则迟至唐代。唐以后的小说观念总体上不脱"小道可观"说，而"可观"的内涵已有所发展。举几个例子来说明：

一个是著名史学家刘知几的说法，他写了一部重要的史学著作《史通》，这部书里不少地方谈到小说，最大的特点是他把小说视为史书的一部分，这部分被称为"偏纪小说"，细分为十类：偏纪、小录、逸事、琐言、郡书、家史、别传、杂记、地理书、都邑薄，这十类都是"史之杂名"，是对国史、正史之外各种不同"杂史"的统称。刘知几还指出《志怪》《搜神记》《幽明录》《异苑》这些小说"求其怪物，有广异闻"，还要求作者"博闻旧事，多识其物"，他虽批评晋代史书及子书采撷小说之失，但也指出它们"务多为美，聚博为功"的特点，承认这些著作"实广见闻"，将小说与增广见闻联系在一起，并在理论上肯定小说"广见闻"的功能。

另外一个例子来自目录学家，《隋书·经籍志》"小说家"序对小说之内涵有如下描述："小说者，街说巷语之说也……道听途说，靡不毕纪。"此处"街说巷语""道听途说"继承自《汉志》，而"靡不毕纪"则突出了小说内容的广博性。当然，如果直接看目录中"小说（家）"类的著录就更为明显了，这个前面已经详细罗列过，就不重复了。需要指出的一点是，从《新唐志》开始将志怪小说著录到"小说（家）"类中，到宋代目录学家晁公武在其《郡斋读书志》的"小说类"序中将小说分为"志梦卜、纪谲怪、记谈谐"三类，表明鬼神怪异之事已经成为小说的重要组成部分。唐宋学者已认识到小说中的志怪内容有助于扩充见闻，如宋人晁载之指出《汉武内传》《西京杂记》《王子年拾遗录》《汉武故事》等作品"并操觚凿空，恣情迂诞，而学者耽阅以广闻见，亦各其志"。（丁锡根《中国历代小说序跋集》，人民文学出版社1996年版，第34-35页。）目录学家将小说的范围扩大到"鬼神怪异"之事，显然也是"广见闻"观念影响下的结果。

第三个例子来自小说家本人。在唐宋小说家那里，"广见闻"是撰写小说的主要目的之一。首先，这从他们以"广""博""杂"等字眼来命名自己的作品即可看出，这些书名使人一眼就能了解作品内容的广博和驳杂，通过阅读可以获得广泛的知识，增广见闻。以增广见闻为目的且以"广"命名之集大成者当为宋代的《太平广记》，

《太平广记》作为大型小说类书，收录范围极广，几乎涵盖了经史子集诸部，以历代的志怪传奇杂记小说为主，而兼及野史杂传、佛道仙传、诸子杂家、文集碑传等。《太平广记》以"广"为名，一方面是为了显示其广博浩繁，另一方面有"以广异闻""增广见闻"之意。唐宋小说家撰写小说以"广见闻"在序跋中也可看出，如牛僧孺"博物好奇，尤善语古今异事"，他认为将这些异事记录下来"亦足以资于闻见"；李冗撰写《独异志》"记世事之独异"，"神仙鬼怪，并所撰录"，其目的是"愿传博达，所贵解颜"；李绰撰写《尚书故实》"必异寻常，足广后生"；杜光庭撰写《录异记》的目的是"庶好事者无忘于披绎"；佚名撰写《述异记》的目的是"以资后学"；石京称《茅亭客话》"足使览者益夫耳闻目见之广识"；曾慥"集百家之说，采摭事实"编成《类说》，在自序中指出小说的功能为"资治体、助名教、供谈笑、广见闻"，其中"广见闻"已经与教化、娱乐功能并列。唐宋笔记小说中考订辩证类的内容逐渐增多，也是"广见闻"观念影响下的结果，在"广见闻"的基础上，融入作者理性客观的著述态度，即产生了小说"资考证"的价值功能，所谓"可以稽典故，可以广闻见，可以证讹谬，可以膏笔端"，在通常情况下"资考证"同"广见闻"是相通的，"资考证"的最终目的还是"广见闻"。

2. "小说家"与"博物君子"身份合一

小说家们通常泛览群籍、知识广博，博物学知识常常影响或支配了他们的小说编纂或创作，小说家往往也是博物家。对此，明代胡应麟有过说明："怪、力、乱、神，俗流喜道，而亦博物所珍也；玄虚、广莫，好事偏攻，而亦洽闻所昵也。"可见小说之所以繁盛是跟文人好奇尚怪、博物洽闻的趣味分不开的。唐宋两代文化高度繁荣，出现了大量"博物君子"，他们以自己渊博的知识从事小说创作，故其作品也带有"博物"色彩。唐前以"博物"闻名并从事小说创作的代表人物是张华，而到了唐宋时期，在藏书丰富、博学多闻上能与张华媲美，且从事小说创作的作家数量大为增加。大量"博物君子"从事小说创作，使得小说家同博物家合二为一，成为唐宋笔记小说"博物"特性的重要体现。在唐代，《酉阳杂俎》的作者段成式、《洽闻记》的作者郑常、《广异记》的作者戴孚、《干𦠆子》的作者温庭筠、《北户录》的作者段公路、《杜阳杂编》的作者苏鹗都是"博物君子"的代表人物；五代至宋，以博学知名的小说家更多，如《云仙散录》的作者冯贽、《录异记》的作者杜光庭、《清异录》的作者陶谷、《稽神录》的作者徐铉、《梦溪笔谈》的作者沈括、《夷坚志》的作者洪迈等。

段成式曾谓"君子耻一物而不知"，史称其"研精苦学，秘阁书籍，披阅皆遍"，论博学多闻，涉猎之广，唐代无出其右者，这在其《酉阳杂俎》一书中得到充分展现。温庭筠与段成式为儿女亲家，故能志趣相投，这从二人小说书名可知，温庭筠命其书为《干𦠆子》，有与《酉阳杂俎》争胜之意，胡应麟曾指出："庭筠著《甘𦠆子》（按："甘"当为"干"），序谓'语怪悦宾，犹甘𦠆悦口'，与《杂俎》义正同，然前人无此说也，非庭筠自序，至今不知何谓，亦以为《天㕑》《贝编》矣。"足见二书的紧密关系。《北户录》"载岭南风土，颇为赅备，而于物产为尤详，其征引亦极博洽",其作者段公路为段成式之侄,故应受到其叔父博物之影响,陆希声在此书序中称其自小好学,"强力不罢",且"其学尤长仄僻,人所不能知者,薰乎群籍之中,忔忔然有余力",可见其博学多闻较其叔父也不遑多让,而《北户录》一书正是其亲自游历之后,将其所闻见的奇物异事与奇书异说相参验的产物。

杜光庭是五代著名道士,入蜀后以"博学善属文"受到优待,致力于道教著述整理以及道教小说的编纂,其中道教小说六种,达九十四卷之多。陶谷《宋史》本传称其"强记嗜学,博通经史,诸子佛老,咸所总览",《玉壶清话》卷二称其"明博该敏,尤工历象"。徐铉著述宏富,以博学知名,李昉称其"以博信天下",岳珂《桯史》卷一中写道:"国初三徐,名著江左,皆以博洽闻中朝,而骑省铉,又其白眉者也。"他入宋后曾参与编纂《太平御览》《太平广记》《文苑英华》等大型类书。沈括是宋代著名的博物学家,清代四库馆臣称其"在北宋学问最为博洽",尤其在自然科学方面造诣颇高,《宋史》本传称其"博学善文,于天文、方志、律历、音乐、医药、卜算,无所不通,皆有所论著。又纪平日与宾客言者为《笔谈》,多载朝廷故实、耆旧出处,传于世"。《梦溪笔谈》内容广博,不止于朝廷故实、耆旧出处,本传所载其天文等方面的知识在此书中亦有展现,可谓博物之翘楚。洪迈也以博洽知名,《宋史》本传载其"幼读书日数千言,一过目辄不忘,博极载籍,虽稗官虞初,释老傍行,靡不涉猎。……尤以博洽受知孝宗,谓其文备众体。迈考阅典故,渔猎经史,极鬼神事物之变,手书《资治通鉴》凡三。有《容斋五笔》《夷坚志》行于世,其他著述尤多"。有宋一代,以博物家的身份而致力于小说编创者属洪迈最为突出,成就也最大。

3. 志怪小说与"博物"观念密不可分

志怪小说在古代小说中具有十分重要的地位,是古代小说的主要类型之一。而志怪风气的形成和壮大与"博物"观念有着密不可分的联系,可以说博物洽闻与好奇尚怪是紧密相关的,小说家撰写志怪小说跟他们博物的嗜好是分不开的。传统儒家与鬼神始终保持一定的距离,孔子"不语怪力乱神""敬鬼神而远之",他说过"未知生,焉知死",正统的儒家学者对鬼神怪异通常持回避甚至批判态度。这种情况在后世并未被完全贯彻,从汉代到魏晋六朝,志怪小说大盛,不少作品的作者就是儒家的信徒,这表明在以博物为好尚的儒家学者那里,鬼神怪异之事非但不受嗤笑,反而大受欢迎,所谓"俗皆爱奇,莫顾实理",表面的一本正经并不能掩盖私底下的好奇尚怪。刘知几对这种情况有过批评,他在《史通》中这样说:

> 晋世杂书,谅非一族,若《语林》《世说》《幽明录》《搜神记》之徒,其所载或诙谐小辩,或鬼神怪物。其事非圣,扬雄所不观;其言乱神,宣尼所不语。皇朝新撰《晋史》,多采以为书。夫以干、邓之所粪除,王、虞之所糠秕,持为逸史,用补前传,此何异魏朝之撰《皇览》,梁世之修《遍略》?务多为美,聚博为功,虽取悦于小人,终见嗤于君子矣。

其实,这种批评正好从反面证明了"鬼神怪物"成了尚博的作者们热衷于记录书写的内容。自古以来,神鬼之事因其神秘玄虚、变幻莫测,常人难以知晓,本就是

"博物君子"津津乐道的对象，理所当然成了小说中不可缺少的部分。刘知几对此也不得不承认，他说："自古探穴藏山之士，怀铅握椠之客，何尝不征求异说，采摭群言，然后能成一家，传诸不朽。"胡应麟也有类似的观点，他指出汉魏以来以博识著称的学者，如公孙弘、东方朔、刘向、张华、郭璞等，都是兴趣广泛的淹通之士，涉猎的学问涵盖术数、方技、三辰七曜、四气五行、九章六律等领域，并不限于某家某学。鲁迅先生曾指出汉魏六朝时期的志怪小说中有不少出自方士和宗教信徒之手，志怪小说与宗教如道教、佛教的关系特别密切，鬼神之说常常成为方士、道教徒、佛教徒自神其说、炫奇称博的手段，这在所谓的"辅教小说"中表现得最为明显。正因为如此，"博物"常常表现为"博鬼"，鬼神之事成为博物的重要内容，唐代的谷神子在为《博异志》写的序中说："夫习谶谭妖，其来久矣。非博闻强识，何以知之！"足以说明这一点。唐宋时期著名的小说作者如李德裕、牛僧孺、段成式、温庭筠、苏鹗、乐史、徐铉、陶谷、苏轼、沈括、洪迈等，同时也是博物家，不约而同以志鬼神怪异之事为爱好，宋代大诗人陆游写过"不识狐书那是博？"这样的诗句，更是可见一斑。

4. "博物"观念促成了小说中对"考订辨证"内容的吸收

考订辨证之学源自经学，其内容包括文字音韵、名物制度、经史诗文、地理动植等，极为广博，与博物学有密切关系，而博物体著作对考订辨证类笔记小说的产生也起了重要作用。笔记小说中有考订辨证的内容，在唐前就已出现，唐以后逐渐增多，至宋代而大兴。周勋初先生在《唐人笔记小说考索》中指出唐代出现了所谓的"考订辨证类的笔记小说"：

> 唐代小说中，比之前代又增加了一种新的类型，例如韦绚从刘禹锡问学，成《刘公嘉话录》一书，唐兰指出："韦绚此书，在当时实为创作，盖杂记之书，大抵述故事，陈怪异，而此书或讨论经传，或评骘诗文，前所未有也。"

这里引用唐兰的话指出《刘公嘉话录》除了述故事、陈怪异外，多出讨论经传、评骘诗文的内容，是一种创新。《刘公嘉话录》这部作品是韦绚跟随刘禹锡问学，记录其谈论而成的，内容较为广泛，除了以往小说所有的内容外，还涉及解释经史的内容。我们看今本《嘉话录》，其中就有解说经史诗文如《毛诗》《山海经》《春秋》《南都赋》《八哀诗》等内容，大多是解释其中名物或相关本事，这里举考证《毛诗》《南都赋》的两则为例：

> 刘禹锡云：与柳八韩七诣施士丐听《毛诗》，说"维鹈在梁"，"梁"人取鱼之梁也。言鹈自合求鱼，不合于人梁上取其鱼，譬之人自无善事，攘人之美者，如鹈在人之梁，毛注失之矣。又说"山无草木曰岵"，所以言"陟彼岵兮"，言无可怙也。以岵之无草木，故以譬之。
>
> 《南都赋》"春卵"音子卯之卯也，而公孙罗云"茆鸟卵"，非也。且皆言菜也，何卵忽无言。

除了《嘉话录》外，《酉阳杂俎》和《封氏闻见记》也有考订辨证内容，《酉阳杂俎》有《贬误》一门，专门考辨俗说、书史中讹误，《封氏闻见记》除了记录见闻杂事外，"且辨俗说讹谬"。《资暇集》《刊误》也是同类性质的作品，在撰写宗旨、内容方面较为接近，属于专门考订辨证类作品，相较于《嘉话录》《酉阳杂俎》《封氏闻见记》更为纯粹，故周勋初认为"这是别出于志人小说与志怪小说之外的另一种小说"。宋人往往将含有考证内容的笔记视作小说，以《郡斋读书志》《直斋书录解题》为例，前者"小说类"著录的有《景文笔录》《春明退朝录》《笔谈》《缃素杂记》《冷斋夜话》《师友谈记》，后者"小说家类"著录的有《梦溪笔谈》《麈史》、《东坡手泽》(《东坡志林》)、《师友闲谈》(《师友谈记》)、《冷斋夜话》《石林燕语》《曲洧旧闻》《春渚纪闻》《岩下放言》《却扫编》《老学庵笔记》《云麓漫钞》《游宦纪闻》《避暑录话》《鼠璞》《能改斋漫录》等，它们都容纳了大量的考订辨证内容，这种倾向一直延续到明清的笔记小说。

5. 小说内容的"博物"性质

"博物"观念对小说创作的影响最为直观的表现就是小说内容呈现出的"博物"性质。上面已经提到唐前具有"博物"性质的小说以"地理博物体"志怪小说最为典型，代表作有《山海经》《括地图》《神异经》《玄黄经》《洞冥记》《十洲记》《博物志》等。唐宋时期的小说作品在广博的程度上超越了唐前作品，显示出更为强烈的"博物"特性。这可从两方面来证明：从总体上看，具有"博物"特性的作品数量超过了前代，且涵盖的知识门类也有大幅度拓展。从单个作品来看，以《酉阳杂俎》为代表的博物体小说也在知识覆盖的广度上超过了唐前的代表作品《博物志》。前一点从上面所列唐宋目录中所著录的小说作品可知，这里不再重复。后一点除了《酉阳杂俎》最具代表性外，还有些作品如《杜阳杂编》《刘宾客嘉话录》《戎幕闲谈》《因话录》《开元天宝遗事》《北梦琐言》《云麓漫钞》《挥麈录》《投辖录》《吴船录》等，也杂录地理动植、远国异民、奇风异俗、名物制度等内容，具有明显的博物倾向。《酉阳杂俎》被后人称为"小说之渊薮""小说之翘楚"，其广博超过了《博物志》，其内容包含佛、道、数术、天文、地理、生物、医药、文学、法律、历史、语言、绘画、书法、音乐、建筑、魔术、杂技、烹饪、民俗等，抵得上一部小型百科全书。其他一些作品虽然在内容涉及的广度和规模上不如《酉阳杂俎》，但也有其自身特色，如五代著名道士杜光庭所撰《录异记》从内容上看显示出鲜明的道教色彩，此书八卷，每卷列若干类，具体类目如下：

卷一	卷二	卷三	卷四	卷五	卷六	卷七	卷八
仙	异人	忠	鬼神	龙	洞	异水	墓
		孝		异虎		异石	
		感应		异龟			
		异梦		异鼋			
				异蛇			
				异鱼			

从类目的设置可以看出作者的知识谱系，将"仙""异人"放在"忠""孝"之前，显示出道家的立场，也表明其融合三教的企图。卷五以下杂记自然界的动物、洞穴、河流、岩石等，其中"异石"首载帝尧时五星陨石，分别为"土之精""岁星之精""火星之精""金星之精""水星之精"，虽事涉荒诞，但对研究古代陨石有所帮助。北宋陶谷所编《清异录》采撷群书，分类编纂成三十七门（类），其类目按天、地、君、臣、民的顺序依次排列，接着是佛、道，接着是草、木、果、蔬、药、禽、兽、虫、鱼，接着是有关人之衣食住行各类杂目，如居室、衣服、陈设、器具、酒浆、馔羞等，最后是鬼、神、妖，这一类目的编排显示出与杜光庭道家立场的不同，具有明显的儒家等级观念。随着生产力的发展、疆域的拓展、中外交流的频繁，唐宋时期在知识的广度、深度上较过去有了较大的提升，这在唐宋笔记小说中也有所反映。以《杜阳杂编》为例，此书多载各地供奉的奇珍异宝，卷上异国所献"软玉鞭"，日林国所献"灵光豆""龙角钗"，新罗国所献"五彩氍毹"，南方所献"朱来鸟"，蜀地所献"瑞鞭"，吴明国所献"常燃鼎""鸾蜂蜜"；卷中拘弭国所献"却火雀""履水珠""常坚冰""变昼草"，南海所献"奇女卢眉娘"，大轸国所献"重明枕""神锦衾""碧麦""紫米"，南昌国所献"玳瑁盆""浮光裘""夜明犀"，浙东国所献舞女二人"飞鸾""轻凤"；卷下夫余国所献"火玉""松风石""澄明酒"，他国（亡其国名）所献"玳瑁帐""火齐床""龙火香""无忧酒"，渤海所献"马脑柜""紫瓷盆"，日本国所献"宝器音乐"等。从这些炫人眼目的国名和物品可以看到当时人们所能了解的地域是多么广阔，所能掌握的知识是多么丰富多彩。

6. "博物"观念影响了小说的取材与成书

与西方"博物学"著作相比，中国古代具有"博物"性质的小说在知识的获取上具有明显的间接性和第二性，即更依赖前人的经验和已有的记载，这在唐宋笔记小说的成书方式上有充分的体现。小说家们广泛阅读历代典籍，不断累积小说材料，将符合自己兴趣或目的的素材摘录、抄撮，编纂成新的小说作品，规模越大的作品越是如此。综合考察古代笔记小说的作者，可以发现他们有些共同点：大部分是上层文人，自小泛观博览，具备深厚的学识和知识储备，其中有相当一部分担任过校书郎、史官等职务，且喜好藏书，使他们有机会饱览各种奇书秘籍，占有丰富的小说素材。

首先，担任校书郎等文官能够获取广泛的见闻经历，在人事交游往来中接触各种人物，听闻各种见闻故实、逸闻轶事，这些成为小说的最佳材料。此外，文馆能够提供丰富的藏书和宽松的环境，担任馆职可以有大量闲暇时间阅读书籍。史馆、秘书省、著作局、集贤院等部门是朝廷藏书之地，此诸处文化氛围最浓、环境最清净，有利于阅读书籍、搜集材料。以唐五代为例，这时期的小说作者中担任过校书郎的有戴孚、钟辂、郑处诲、赵璘、李商隐、段成式、陆勋、李隐、康骈、徐铉、吴淑、史虚白等，担任过著作郎（佐郎）的有郎余令、崔令钦、卢肇等，担任过史官的有张大素、刘䗻、张荐、牛僧孺、裴廷裕、柳璨、尉迟偓等，担任过秘书、博士、学士等其他文官的有赵自勤、李繁、李德裕、郑还古、韦绚、李肇、温庭筠、郑遂、袁郊、段安节、张读、孙棨、李绰、郑繁、杜光庭、皮光业、韩偓、王毂、刘崇远、王仁裕、孙光宪等。这些小说作者的博学洽闻，往往跟其在文馆中任职有很大关系，具体例子这里就略过不举了。

其次，小说家"博物"的主要原因当然是博览群书，而前提则是拥有大量的藏书，因此小说家、博物家往往也是藏书家。自唐至宋，出版业逐渐繁荣，藏书之风日盛，出现了众多私人藏书家，其中不少是小说创作者。唐五代较为有名的小说家兼藏书家有段成式、孙光宪、徐铉等，其中段成式"家多书史，用以自娱，尤深于佛书"，且"多奇篇秘籍"；又冯贽《云仙杂记》自序称其"九世所蓄典籍，经史子集二十万八千一百二十卷，六千九百余帙"，如若属实，则其藏书之巨在整个唐宋期间亦当首屈一指。私家藏书之风，至宋代而大盛，《宋代藏书家考》写道："宋初承五代抢攘之后，公家藏书零落，反有赖于私人之藏。加以雕版流行，得书较易，藏书之家，指不胜屈，士大夫以藏书相夸尚，实开后世学者聚书之风。"可见藏书风气在宋初时已经十分兴盛。宋代藏书家远超前代，《宋代藏书家考》介绍五代至宋的著名藏书家超过一百二十八人，《中国藏书家辞典》著录宋元藏书家一百九十六人，其中宋代藏书家占绝大部分。宋代藏书家兼小说作者（包括撰写、编纂）也有不少，其中较为有名的有李昉、张君房、文莹、欧阳修、宋敏求、晁说之、叶梦得、张邦基、王铚、周辉、王明清、周密等，藏书皆在数万卷甚至十万卷以上。藏书家广泛搜罗奇书秘籍，其藏书固然以经史诸子文集为主，然各类释道野史、小说杂记之书也当占有一定比例。藏书家往往嗜读小说，如余靖"自少博学强记，至于历代史记、杂家、小说、阴阳、律历，外暨浮屠、老子之书，无所不通"；王安石"自百家诸子之书至于《难经》《素问》《本草》、诸小说，无所不读"；张淏"虽阴阳方伎种植医卜之法，辎轩、稗官、黄老、浮图之书，可以娱闲暇而资闻见者，悉读而不厌"；王明清"齐谐志怪，由古至今无虑千帙，仆少年时，惟所耆读"；等等。小说已是文人书案常备之书，对形成"尚博""好奇"的学术氛围有重要的推动作用。纵观南北宋三百余年，藏书之风未曾断绝，有力支撑了宋代的学术文化，藏书对于保存前代小说功劳亦甚大，同时也促进了当代小说的传播和创作。

【参考阅读文献】

张乡里《唐前博物类小说研究》，上海古籍出版社2016年版。
罗欣《汉唐博物杂记类小说研究》，中国社会科学出版社2016年版。
李剑国《唐前志怪小说史》，天津教育出版社2005年版。

【思考题】

1. 中国古代"博物学"有怎样的特点？
2. "博物"观念对古代小说的创作有哪些影响？
3. "博物"观念与古代小说作者有怎样的关系？

第七讲
"重光后身"说与清初词学演进

陈昌强

> 【主讲人介绍】
> 　　陈昌强，文学博士，研究方向为词学、明清文学、文献学。硕士、博士师从南京大学张宏生教授，参与编纂《全清词》等。本讲为作者博士论文《南北宋之争与清代词学建构》修订稿之一章。南北宋之争指清代词学发展过程中，基于宗尚异同而形成的宗尚南宋词或宗尚北宋词的争论，有类于诗歌史上的唐宋诗之争。南北宋之争是清代词学的核心议题，作家、群体、流派基于这一议题延展出较为丰富的词学理论。本讲以"重光后身"说为例，探讨清初词学建构过程中令词统序的生成与演化问题。

　　这一讲的题目是《"重光后身"说与清初词学演进》。我们这本教材的撰写目的是向研究生提供中国古代文学批评研究的视野、理念与方法。其他讲有的是关于某一个文体的批评研究，有的是关于整个古代文学批评研究中某些现象的研究。这一讲则通过一个具体的例证来探讨词学研究的方法。

　　中国古代的文学批评，包括词学批评在内，是比较少有体系性的，不像国外的文学批评，往往存在着非常严密的逻辑关系。中国古代的文学批评，往往是比较散的，比较有兴象的，需要我们从大量的批评话语中逐渐地将它提炼出来，形成一个个的问题。词学批评中的很多概念，也需要通过这样的方式得到凝练、研讨，看看古人是如何使用它们的，以及在使用过程中，如何逐步增加、转换这些概念的内涵。有趣的是，中国词学经历过一个比较晚起却比较快速发展的过程。真正出现"词学"这个词语，是在南宋初年，那时的词已经有了两三百年比较成熟的发展历史；而真正意义上的古典词学开始出现，可能要更晚。但是，在中国的分体文学批评领域，词学可能是最令人瞩目的。因为词学的很多命题，从其他领域有所借鉴，然后逐渐形成了一套自己的话语批评体系。词学论题，可以从各个领域去借鉴它们相应的概念，然后运用到词学批评中，以丰富词学批评的框架和体系。词学对其他领域概念的借鉴，至少有三种：

　　第一种是从诗学中借鉴。如"正变"观念，本来是汉儒对《诗经》的一种阐释，借用到词学领域，主要探讨的是风格，大多以婉约为正、豪放为变，当然也有一些不同意见。又比如"南北宋之争"，则是对诗学概念"唐宋诗之争"的一种借鉴，唐诗重在兴象玲珑，宋诗重在筋骨思理，唐宋诗给人的观感是不一样的，后世在推崇两个时代的诗风时会有不同的选择，这种选择成为诗学不断向前发展的助推力。"南北宋之争"则是在探讨到底是尊崇北宋的词风还是尊崇南宋的词风，进而形成一种争论。此外，词的雅俗概念，也是从诗学借鉴而来的。甚至一些具体的批评方式，词对诗也有所借鉴。大家都很熟悉的古代文学批评名著《二十四诗品》，根据一些学者的考证，应该是明代中期某个文人的作品，但在历史上相当长的时间内被认为是唐代末年的司空图撰写的。这本书影响很大，以至于清代乾隆年间，一位叫郭麐的词人，借鉴、模仿它撰写了《词品》，后来又有一位叫杨夔生的词人，在嘉庆、道光年间完成了《续词品》。《词品》有十二则，《续词品》也有十二则，两个合起来，恰好相当于伪托的司空图《二十四诗品》的体量。当然，《词品》与《二十四诗品》还是不完全相同的，二者的差异也反映了诗词两种文体的细微差别。

　　第二种是从宗教中借鉴。比如"南北宗之争"，禅宗发展到初唐，逐渐形成了"南顿北渐"两个宗派，词学批评后来也借用这个概念，来对"南北宋之争"的概念进行补充和修正，比如厉鹗，用南宗来指代词学里比较婉约、本色的那个部分，而用北宗来指代词学里比较豪放的那个部分。其他如佛教的"大小乘"概念，以及禅学中的一些术语也被借鉴来批评词中的艳体等。

　　第三种是从艺术中借鉴。比如词的篇章布局如何营建，以及词的内容间有一种比较细致的逻辑架构关系，这种描述词的书写细节的概念叫作"勾勒"，是来自书法的，而书法讲究的勾勒，原来是指在写字时如何运笔。另外，如"潜气内转"这个概念，借鉴于歌唱，歌唱之前，胸中要蓄气，这个气要随着歌唱自行运转，不然就容易出现中气不足的窘境。词，特别是长篇慢词，营建其内在的结构，就需要有气。中山大学彭玉平教授的《词学史上的"潜气内转"说》一文将这个问题讲得非常深入。

　　由此可知，词学批评善于借鉴其他领域的批评资源，进而形成丰厚的词学批评体系。我们今天要讲的"重光后身"说，就是借鉴其他领域的资源形成的一个新的词学命题。这个命题本来很小，开始时就是一个简单的附会，但后来逐渐增加了其他的内容，变得异常丰富起来。我们可以透过这个命题，管中窥豹式地看见某一个时期词学的特别重要的现象。

　　古人有姓有名，有字有号，"重光"是南唐后主李煜的字。"后身"则可能来自佛教传说，或更早的中国传统信仰。我国上古先民的信仰中本来便存在着较为朴素的人与自然界其他生物转生转化的观念，比如盘古开天辟地、女娲抟土造人，这两位大神死后，肉身都转化成了自然界的万事万物。这种转生的神话对我们的先民的信仰有着非常强烈的影响，在佛教传入之前，这种影响就已经有了。到了后来，本土转生神话更有一些比较精彩的小故事，比如夸父追日、精卫填海，又比如"一军尽化"。

　　夸父追日，累了，就想找些水喝，先是吸干了黄河，后来又吸干了渭河，还是觉得渴，就想到北方去寻找一个"大泽"，就是大湖。但他一直向北走，没有找到就渴死了。有人考证说，夸父想找的"大泽"就是现在的贝加尔湖。可见我们上古先民的精神和意志是在一个相当大的地理空间之内存续的。而夸父失败之后，他手中的木杖转化成了桃林。再如精卫填海的故事：

> 发鸠之山，其上多柘木。有鸟焉，其状如乌，文首、白喙、赤足，名曰"精卫"，其鸣自詨。是炎帝之少女，名曰女娃。女娃游于东海，溺而不返，故为精卫，常衔西山之木石，以堙于东海。（《山海经·北山经》）

这个故事大家应该很熟悉。女娃的精灵转生成一只鸟，经常叫自己"精卫"，所以就被命名了，因为非常恨淹死自己的大海，就想衔着树枝和沙石去填海。再如《抱朴子》记载的故事，"周穆王南征，一军尽化。君子为猿为鹤，小人为虫为沙"。周穆王南征楚国，全军覆没，都死了，转生成了异物。在佛教传入之前，转生、转世本来就是我们本土信仰的重要方面。但有的是肉体的转化，有的涉及精灵（或者灵魂）的转化，其间还有些细微的差别。相较而下就很有趣，西方的一神教是不讲转世的，不管哪个派别，都认为生命只有一次，死后或者上天堂，或者下地狱，一些不好不坏的人，可能还要经过炼狱。这跟我们中国上古的本土信仰，以及后来的道教、佛教信仰是有着相当的差距的，这也带来了东西方人处世和认知上的一些比较细微的差异。那么，佛教与因果轮回有什么关系呢？当然关系很大。佛教最讲因果，万物有因必有果，世间万象皆在因果之间盘旋。佛教因果轮回的故事也有很多，比如《佛本生经》就记载了佛祖释迦牟尼经历了多少世的轮回修炼，每一世都有一个大功德，最后才证成佛果。

这些转生、转世的故事构筑起的前世今生恩怨情仇的强大叙事，非常强烈地、显明地参与了中国文学史中古代小说、传奇等文学体式的篇章构建，推动了叙事文学的发展。比如唐传奇中的一个故事，"三生石上旧精魂"（出自袁郊《甘泽谣·圆观》）。又比如韦皋的两世姻缘故事，甚至包括我们的四大名著，都有前世今生的因果纠缠。比如《西游记》，孙悟空，前生是女娲补天遗漏下来的石头，日积月累，生成灵气；猪八戒，前生是天蓬元帅；沙和尚，前生是卷帘大将；唐僧，前生是佛祖的二弟子金蝉子。这一系列有关前世的故事构建起非常强大的叙事框架，让叙事文学特别是章回体小说在其中取得无限的资源。再如《水浒传》中有前世的一百零八位天罡地煞魔星，和后生的梁山泊一百零八将；《红楼梦》中有仙境中的神瑛侍者与绛珠仙草，以及后来世俗中的贾宝玉、林黛玉。四大名著中对前世今生讲得较少的是《三国演义》，因为是取材于历史，不太容易加入前世今生的因果报应内容。但随着历史演义小说的演化，很多历史小说后来也逐渐加入了这些因果轮回，比如《隋唐英雄传》里关于李隆基、杨贵妃两世姻缘的描写，《说岳全传》里关于岳飞、秦桧前世恩仇的记录都是这样的。可以说，在中国古代章回体小说中，大多数有这样"三生石上旧精魂"的叙事，它们共同构成了小说的大框架，在人物此生的功过、善恶、因果之外，还有一种更大的时间、空间维度，来对之进行价值判断。甚至有一些现当代小说也借鉴了这种叙述模式，比如莫言的《生死疲劳》。

转生、转世的故事，在中国叙事文学中大放异彩，但在抒情文学中有没有呢？有的，比如"重光后身"就是。我们花了这么大的功夫，做了这么大的一个引子，要是回答没有，当然是不可能的。除了"重光后身"外，还有什么呢？在抒情文学中，其实也有不少"某某后身"的例证。有很多重要的诗人、文人仿佛都曾转世投胎，有后身标志着这位诗人、文人不仅在文学史上站住了脚跟，而且在后面的文学批评史，甚至是民俗信仰里都站住了脚跟。当然，这样的诗人一定要有独特的个人魅力，而且有被细说的空间。最典型的就是苏轼，林语堂在《苏东坡传》里曾经说过，只要是中国人，只要懂汉字，不管认不认识苏轼，有没有看过他的诗，只要一提到苏轼，大家的嘴角"都会泛起一抹会心的微笑"。苏轼的前生、后身，在文学史、民俗信仰史上都讨论得太多了。关于苏轼的前生，有的说他是四川眉山的山神转世，有的说他是天上文曲星的转世，甚至还有的说苏轼是一个破戒的和尚即五戒和尚的转世，大家可以去看《喻世明言》里的一篇：《明悟禅师赶五戒》。苏轼是真的"不惮"被后世"大话"、戏说的，前些时候，《光明日报》上有专门的一篇文章介绍苏轼的前生、后身，它的结论很简单：为什么苏轼会有这么多前生、后身的故事？因为苏轼特别受人喜欢。这个结论很直白，看起来也没什么值得深入探讨的地方，但事实上它也说明了一个非常显眼的道理，就是苏轼很受人喜欢。

除此之外，苏轼的前生、后身还有另外一个尺度：苏轼认为自己是什么人转世的？这就涉及文学史的批评。这里有两个答案：一个是白居易，还有一个是陶渊明。相关的材料形成了一些批评话语，比如苏轼的幕僚李之仪，就曾在《跋东坡诸公追和渊明归去来引后》这篇文章中说过：

> 东坡平日自谓渊明后身，且将尽和其诗乃已。自知杭州以后，时时如所约。

李之仪说苏轼认为自己是陶渊明的后身，因为苏轼特别喜欢陶渊明，而且想将陶渊明的诗全部唱和一遍。我们知道，苏轼晚年被贬到海南岛，"饱吃惠州饭，细和渊明诗"（出自黄庭坚《跋子瞻和陶诗》），真的就将陶渊明的诗全部和了一遍。关于苏轼是陶渊明的后身，来自他的幕僚转述的夫子自道；那么，关于他是白居易的后身，则来自后人的一种追认，清代一位叫谢堃的诗人，在他的《春草堂诗话》里举了很多例证，来证明苏轼与白居易的密切关联：

> 人传苏东坡是白香山后身，然观二公诗集，亦奇矣。东坡在黄州，《赠写真李道士》云："他时要指集贤人，知是香山老居士。"《赠相士陈杰》云："我似乐天君记取，华颠赏遍洛阳春。"《去杭州》云："出处依稀似乐天，敢将衰朽较前贤。"白公在忠州，有《东坡种花》云："持钱买花树，城东坡上栽。"又曰："东坡春向暮，树木今何如。"又有《别东坡花树诗》云："何处殷勤重回首，东坡桃李种新成。"东坡慕香山，有意也。香山言东坡，无意也。无意有意，皆造化使之耳。（《春草堂诗话》卷四）

谢堃找了不少例句证明苏轼对白居易的仰慕，以及白居易对"东坡"的认定，特别值得一提的是，苏轼的号"东坡"就来自白居易的诗。当然，宋人特别喜欢从白居易的诗中取号，比如欧阳修的"醉翁"、司马光的"迂叟"都来自白居易的诗，苏轼的"东坡"也只是一个例证罢了。但基于此将苏轼而不是欧阳修、司马光作为白居易的后身，也是有目的的，预示着批评的一种可能的向度，虽然从目前的资料来看，这个向度还没能完全展开。

综上所说，不同时代的两个人的相似性的比较，不仅是传统的章回小说、拟话本小说的足以取资的叙事资源，还是抒情文学中文学批评的重要取径。在中国古代文学批评中，关于转生、后身，其实是关于某几个非常有关联的人的记忆、他们个人的命运、他们在某一方面的成就，以及他们相互之间的历史因缘和果报的纠缠。

"重光后身"说也是关于几位著名词人的记忆、命运、成就、因缘与果报的纠缠，这个命题在词学领域已发展得较为成熟，具有丰富的词学内涵。但这个命题并不是一蹴而就的，它的形成以及内涵的拓展，都经历了较为漫长的过程。

我们先来看一下"重光"其人的生平：

> 李煜（937—978），初名从嘉，字重光，号钟隐、钟峰白莲居士等。徐州人。中主李璟第六子。初封安定郡公、郑王，徙封吴王，以尚书令知政事。宋建隆二年（961）立为太子，留金陵监国，是年嗣位，在位凡十五年。开宝八年（975）宋军破金陵，肉袒出降，被封为右千牛卫上将军、违命侯。宋太宗即位，徙封陇西公，加检校太尉。太平兴国三年（978）七月七日服太宗所赐牵机药，卒。（详参欧阳修《新五代史》卷六二）

这边首先要解释一下"重光"，重光是李煜的字，这个字的来历，据说是因为李煜出生时，外表有异相，一只眼睛里有两个瞳仁，所以叫"重光"。我们现在知道，一只眼睛里有两个瞳仁是一种病，但在古代，这被认为是重要人物甚至是圣人在外表上的一种特征，比如帝舜是"重瞳子"，项羽"一目重瞳"。有了这个相貌特征，预示着李煜一出生便是不平凡的，后来他确实也深刻地影响了中国的历史，他不仅是五代宋初的著名历史人物，也是中国文学史、艺术史上的杰出人物。但历史上对他的评价比较有争议：一方面重在斥责他缺乏治国之策；另一方面又夸赞他的艺术才能，尤其是在词方面的出色才能。历史上这两个方面的评价也并不是"平分秋色"的，而是随着时间的推移，各有侧重。最初，宋人因为李煜在政治方面的庸懦无能，对他所写的词有颇多贬义的评论：

> 后主既为樊若水所卖，举国与人，故当恸哭于九庙之外，谢其民而后行，顾乃挥泪宫娥，听教坊离曲哉！（苏轼《书李主词》）
>
> 五代干戈，四海瓜分豆剖，斯文道熄，独江南李氏君臣尚文雅，故有"小楼吹彻玉笙寒""吹皱一池春水"之词。语虽奇甚，所谓"亡国之音哀以思"也。（李清照《词论》）
>
> 五季之末，若江南李后主、西川孟蜀王，号称雅制，观其忧幽隐恨、触物寓情，亡国之音，哀思极矣。（朱晞颜《瓢泉吟稿》卷五）

从这三则材料可以看出，宋人品评李煜政治功过的兴趣，都是大于品评其词的。苏轼站在儒者的角度，对李煜亡国之际的一些行为非常不满；李清照和朱晞颜虽然在一定程度上赞扬李煜等人（包括李煜的父亲李璟）的词极有"哀思"的特色，但也更明确地从诗教角度，认定李煜等人的词是亡国之音，远非堂皇正大的盛世之音。在宋代，李煜基本是以失败者的形象出现的，但他极高的才华和悲惨的命运也引起世人的同情，并演化为口耳相传的附会和传说，在宋人中大量传播，其中便包括"重光后身"说的最初的话头：

> 徽宗即江南李主。神祖幸秘书省，阅江南李主像，见其人物俨雅，再三叹讶。而徽宗生时，梦李主来谒，所以文采风流过李主百倍。及北狩，女真用江南李主见艺祖故事。（赵溍《养疴漫笔》）

类似的记载，也见于南宋张端义的《贵耳集》。艺祖是宋人对赵匡胤的通常称呼，神祖就是宋神宗，他是宋徽宗的父亲。宋人特别遵信转世轮回，现存宋人笔记中大量载录了宋代诸帝的本生轮回故事。南京大学周勋初先生主编的《宋人轶事汇编》，收录了宋人不少的本生故事、后身故事，上至帝王将相，下到普通士人、僧人、尼姑、道士、妓女等。宋徽宗的人生遭际、个人命运以及文艺成就多与李煜有很大的相似处，无怪乎宋人将他二人联系起来。更有趣的是，后来北宋灭亡，继之而起的金朝，又出了一位"徽宗后身"，这就是金章宗完颜璟。金章宗是金朝著名的明君金世宗的儿子，与李后主、宋徽宗比较，金章宗的政绩还是有的，但根据清朝乾隆皇帝的评价，金章宗也是金朝衰落的起源。而金章宗在文化方面特别有贡献，他不仅热爱汉文化，对书画、诗词都很有研究，特别对宋徽宗的瘦金体临摹得很逼真，也会写词，会绘制一些文人画色彩较为浓重的作品。这样一来，人们就容易将金章宗与宋徽宗附会起来，变成一种前世后身的关系。联系起来看，我们可以说，"千古词帝"李煜其实也是"三生石上旧精魂"了，第一世是李后主，第二世是宋徽宗，第三世是金章宗。不过，无论是在宋人眼里还是在金人眼中，这种程度的"重光后身"还只是命运的比附，尚未纯化为一种文学批评。

"重光后身"概念的纯化，或者说"重光后身"概念在文学批评方面的扩容，是伴随着李煜词在后世的接受，以及其经典化的深入而展开的。

明代嘉靖以后，随着词坛力量的重新复苏，李煜的词史地位逐渐抬升，人们在寻找词的师法统序的过程中，逐渐注意到李煜，甚至把他列到词学宗尚谱系中去了。从现存的材料来看，明人在这方面的作为是有目的、有意识的：

> 后主一目重瞳子，乐府为宋人一代开山祖。盖温、韦虽藻丽，而气颇伤促，意不胜辞。至此君方是当行作家，清便宛转，词家王、孟。（胡应麟《诗薮》杂编卷四）

> 《花间》犹伤促碎，至南唐李王父子而妙矣。（王世贞《艺苑卮言》）

> 后主、易安直是词中之妖，恨二李不相遇。（卓人月《古今词统》卷四引徐士俊）

> 男中李后主，女中李易安，极是当行本色。……予尝谓李后主拙于治国，在词中犹不失为南面王，觉张郎中、宋尚书，直衙官耳。（沈谦《填词杂说》）

胡应麟应该是最早用极高的标准来评价李煜词的评论者，而且特别地将他列为开启宋词全盛局面的人物，不仅完全忽视了他的"亡国之音"，而且点明了他的词比《花间集》词人的高明之处。王世贞的看法可以说与胡应麟正好相合。词从明代嘉靖以后，逐渐开启了复兴的格局，这种复兴首先表现在小令的创作繁盛方面。明人在追求师范的过程中，最初是选择将《草堂诗余》作为效法对象，其后对《草堂诗余》稍有些不满意，又开始着眼于《花间集》，后来对风靡一时的"花草"词风（包括《花间集》和《草堂诗余》）又稍嫌厌烦，终于也开始将李煜当成一个重要的师法对象，而且有以他来取代"花草"宗尚的倾向。自此以后，清人接过明人的话头，在评价李煜时基本将他当成词风的最高标准，徐士俊和沈谦的看法正是这种倾向的代表。

基于这样的时代背景，"重光后身"说才逐渐有了比较丰富的词学指涉。当然，即便是在清代，"重光后身"说也仍然有仅仅基于身世比附的例证：

> 会稽金煜，字子藏，一目有重瞳子。其母弟马玉超挟粤东一扶乩客来，见煜，惊曰："此南唐李后主后身也。后主见马太君词而喜之，愿为之儿，其遭逢不能远过后主，得乎戌，失乎戌，识之识之。"乃呼玉起，命缚乩以笔书一词去。煜祖太常公笑曰："彼知后主亦名煜，故妄言耳。"及阅陆游《南唐书》曰"煜一目重瞳子"，乃大惊。后煜年十九，中顺治戊戌进士，授郯城知县，康熙庚戌罢官，甲戌死。考后主于南唐建隆三年壬戌即位，至开宝七年甲戌，而国亡身殒，得失果皆同。（陈琰《旷园杂志》）

金煜一生的行迹，与李煜有强烈的相似性，所以清人也就有了这样的联想和比附。在众声喧哗的"重光后身"概念的构建中，金煜的故事显得非常特别，但也提醒了我们这才是这一概念诞生之初的逻辑和状貌。当然，在清代，关于"重光后身"概念，更多是对其内涵的不断丰富建构。

从现存资料来看，"重光后身"说最早指涉的对象似乎是清初著名的满族词人纳兰性德。与纳兰性德同时的词坛宗主陈维崧曾说："《饮水词》哀感顽艳，得南唐二主之遗。"（江顺诒《词学集成》卷五）《饮水词》是纳兰性德的词集，陈维崧从风格特质的角度直接将纳兰性德与李煜联系起来，但尚未直接提出"重光后身"这一概念。大约在同时或者稍后，明末清初云间派词人陈子龙也被当时人拿来与李煜相比较，胡应宸在评价陈子龙《小重山·忆旧》时说："先生词凄恻徘徊，可方李后主感旧诸作。然以彼之流泪洗面，视先生之洒血埋魂，犹应颜赭。"（《兰皋明词汇选》卷三）胡应宸认为，陈子龙的词，特别是甲申国变之后的词作，在情感表达上很像李煜，但若论面对国变之时的出处大节，李煜却明显不如陈子龙，从这一点讲，胡应宸虽然注意到了陈子龙与李煜的相似性，但应该不会将陈子龙作为李煜的后身，毕竟二人的出处大节有较大的差异。

但陈子龙、纳兰性德先后成了可与李煜比拟的词学典范，这是毋庸置疑的。此后，清人围绕两人进行探讨并形成了一系列争论，在清代漫长的词史中，究竟谁是"重光后身"，其实答案也是因时代而异的。

清代中期是纳兰性德被接受和经典化的低谷，因此关于纳兰性德是不是"重光后身"，嘉庆年间的周之琦给出了非常明确的否定答案：

> 曩在京师，与友人论词。或言，纳兰容若，南唐李重光后身也。余谓重光天籁也，恐非人力所及。（周之琦《饮水词识》）

周之琦将李煜设为一个无人企及的高标，就是所谓的"天籁"，而认为纳兰性德无法达到这样的标准。"天籁"的说法来自《庄子·齐物论》，与"人籁""地籁"相对。在周之琦的眼中，纳兰性德应该是"人籁""地籁"一类，其作品仍然显示出人工琢磨的痕迹，而不像李煜那样"元音偶发""天机始成"，能夺天地造化之工。此后，常州词派第三代宗师谭献在周之琦的基础上，另推陈子龙作为"重光后身"的人选："周稚圭有言：'成容若，欧、晏之流，未足以当李重光。'然则重光后身，惟卧子足以当之。"并语气截然地对二人分了优劣："词自南宋之季，几成绝响。元之张仲举，稍存比兴。明则卧子，直接唐人，为天才。""有明以来，词家断推湘真第一，饮水次之。"（谭献《复堂词话》）"卧子""湘真"是陈子龙的字号，谭献标举其为"天才"，他的说法与周之琦还是有相当程度的相似性的。

此后的词论家，针对"重光后身"说的两个说法，分别作左右袒。推尊陈子龙的，主要是同属常州词派的陈廷焯：

> 陈卧子《山花子》云："杨柳凄迷晓雾中。杏花零落五更钟。寂寂景阳宫外月，照残红。　蝶化彩衣金缕尽，虫衔画粉玉楼空。惟有无情双燕子，舞东风。"凄丽近南唐二主，词意亦哀以思矣。（陈廷焯《白雨斋词话》卷三）

陈廷焯对李煜、陈子龙二人的比附，仍然建立在面对国变时作品中的时代抒情及其风格的角度，与前代的词论家并没有本质的不同。

而赞成纳兰性德为"重光后身"的说法则获得了更多的支持，特别是在民国以后，获得了近乎一致的认同：

> 《侧帽》《饮水》之篇……倚声家直夺为李煜后一人，虽《阳春》、小山不能到。（莫友芝《跋成容若书昌谷集后》）

> 寒酸语不可作，即愁苦之音，亦以华贵书之。饮水词人，所以为重光后身也。（况周颐《蕙风词话》卷一）

> （纳兰容若）门第才华，直越北宋之晏小山而上之。其词缠绵婉约，能极其致，南唐坠绪，绝而复续。（徐珂《清代词学概论》）

> 容若小词，直追李主。（梁启超《渌水亭杂识跋》）

> 容若小令，凄婉不可卒读。……究其所诣，洵足追美南唐二主。……或谓容若是李煜转生，殆专论其词也。（吴梅《词学通论》）

> 纳兰词小令凄婉处，于南唐二主非惟貌近，抑亦神似。（徐兴业《凝寒室词话》）

> 成容若雍容华贵，而吐属哀怨欲绝，论者以为重光后身，似不为过。（唐圭璋《词学论丛》）

词论家们主要从家世门第、风格内容等方面对李煜、纳兰性德二人的相似性进行比附。至此，"重光后身"的具体指涉，在陈子龙和纳兰性德之间终于发生了位移，这与一系列因素有关,当然,清代后期纳兰词接受热潮的出现,最终给这个命题做出了确定的回答。不过,从上述探讨中我们也可以知道,在清人心目中,李煜、陈子龙、纳兰性德三人,虽或有成就高低之分,但其特色是非常相似的,特别在以下两点:一是身份华贵,词语哀婉;二是擅写小令,格韵俱高。

跳出一层来看,其实无论是支持陈子龙还是纳兰性德,在"重光后身"的议题上,后世的词论家们都只是借题发挥,掺杂了自己对词的体认,反映了他们对明末至康熙中期词坛的独特认知,即陈子龙和纳兰性德分别在某些方面达到与李煜可以并驾齐驱的高度。这样的探讨,不仅有利于我们更清晰地理解明末清初词坛状况,也有利于我们了解陈子龙乃至纳兰性德等人作为经典的生成和演绎,更有利于明晰清初"词学复兴"中自陈子龙至纳兰性德这一脉的脉络。那么,陈子龙和纳兰性德词及词学中的哪些内容,分别与处于不同时代、有不同主张的词论家们心目中的李煜词这样的高标有了暗合呢?更须追问的是,作为李煜的两位"后身",他们之间又究竟有哪些联系?从陈子龙到纳兰性德,他们的词学实绩在明末清初的词学复兴运动中的位置如何,并带给我们什么样的启示?

有关李煜、陈子龙、纳兰性德三人或者两两之间的比较,学界已有了较为充分的探讨。刘大杰在《中国文学发展史》中通过对李煜和纳兰性德人生阅历和性情的比较和探讨,推导了他们词作相似的原因;孙康宜则在《情与忠:陈子龙、柳如是诗词因缘》中着眼于李、陈二人词中所见忧乐、今昔关系的对比,认为他们的词在表达相同内容时,在修辞和风格方面亦有很大的相似之处;陈水云、陈敏的《纳兰性德文学接受述论》通过纳兰词对李煜词中语辞、典故、表现手法的借鉴,说明二者之间的传承;张洪海的《李煜、陈子龙、纳兰性德三家词比较》则通过对三者词章感兴和欣赏角度以及美感特色的比较,探讨三者的异同。这些成果,都从某一方面探讨了三人词的异同,给我们以有益的借鉴,但都有尚须完善之处。大家可以细细地去体味一下,但我们也要强调,我们的目的并不是为"重光后身"说确定具体的指涉,而是通过探讨,发掘此一说法在批评和阐释方面的深层根源。因此,我们对三人的联系与差别的探讨,首先须集中在其创作的内涵和成就方面,具体而言,大概有四个方面:

其一是词史位置。陈子龙、纳兰性德在词学发展过程中的位置与李煜有很大的相似之处。李煜的时代,正当五代末期,此前的词坛基本被《花间集》作者群体执掌,"则有绮筵公子,绣幌佳人,递叶叶之花笺,文抽丽锦;举纤纤之玉指,拍案香檀。不无清绝之辞,用助妖娆之态"(欧阳炯《花间集序》),词风绮靡艳丽,适合于宴嬉酣乐,很少有表达个人情感的内容。而李煜的词,则在《花间集》的基础上,一方面继承其艳丽词风,但在语言、修辞方面则趋向清丽;另一方面又加强对个人情感的抒发,且通过白描和艺术概括来表达,最终形成了"哀感顽艳"的风格特征,对宋词影响更为巨大,即如清初词人王时翔所谓"五季之末,李后主以哀艳之辞倡于上,而下皆靡然从之"(王时翔《莫荆琰词序》)。陈子龙的时代,正是词学中兴的开端,明代词坛对《草堂诗余》和《花间集》的尊崇,带来了绮靡浮艳而破碎空虚的词风,而陈子龙对于明代词坛,正具有类似的廓清作用:"明初诸家,尚不失正宗。所可议者，气度之间，终不如两宋。降至升庵辈，句琢字炼，枝枝叶叶为之，益难语于大雅。自马浩澜、施闰仙辈，淫词秽语，无足置喙。词至于此，风雅扫地矣。迨季世陈卧子出，能以秾丽之笔，传凄婉之神，始可当一代高手。"（吴梅《词学通论》）如果说在廓清浮艳词风方面，陈子龙为清初词坛开了个好头，那么纳兰性德就以自己的努力为陈子龙开创的局面做了一个阶段的总结：

  近世词学之盛，颉颃古人。然其卑者，掇拾《花间》《草堂》数卷之书，便以骚坛自命，每叹江河日下。今梁汾、容若两君权衡是选，主于铲削浮艳，舒写性灵，采四方名作，积成卷轴，遂为本朝三十年填词之准的。（毛先舒《今词初集跋》）

毛先舒特别关注到纳兰性德等人编选的《今词初集》是要在《花间集》《草堂诗余》之外另寻一种词学典范。选词方面是如此，创作方面更是如此，陈维崧评价道："《饮水词》哀感顽艳，得南唐二主之遗。"（《词苑萃编》卷八引）梁佩兰说："（容若）所为诗词，绪幽以远。落叶哀蝉，动人凄怨。"（梁佩兰《祭纳兰容若文》）顾贞观谓："容若……所为乐府小令，婉丽凄清，使读者哀乐不知所主。"（顾贞观《饮水词序》）这些正是同时代人对纳兰词风格特色的定评。

  其二是艳词体认。李煜、陈子龙、纳兰性德三人都有大量的艳词创作。李煜的艳词主要集中于其创作生涯的前期，表现宫廷生活的雍容华贵及与后妃生活的情真意笃。唐末五代的艳词，流于佐宴清欢，多是代言体，并无实际情事，或者多写类型化的歌楼妓馆中的情事。李煜的艳词，则有实际的描写对象，而且不惮用细节来刻画和书写，如《菩萨蛮》（花明月暗笼轻雾）写其与小周后的偷情，艳入骨髓，但两人的真挚情感亦洋溢于词中。陈子龙的艳词，主要保存在他前期的作品集《江蓠槛》（载《幽兰草》卷中）中，多是写他与柳如是的爱恋与相思。孙康宜认为，陈子龙在诗词中皆曾书写其与柳如是的感情，只不过在诗中，柳如是是不食人间烟火的仙女形象，而在词中则被还原成可亲可爱的少女形象。（《情与忠：陈子龙、柳如是诗词因缘》）这证明因为文体的不同设定，陈子龙的词反而比诗在表达感情方面更具有真实性，而且这样的真实性也基于陈子龙自己对艳词的独特体认："吾等方少年，绮罗香泽之态，绸缪婉恋之情，当不能免。若芳心花梦，不于斗词游戏时发露而倾泄之，则短长诸调与近体相混，才人之致不得尽展，必至滥觞于格律之间。……故少年有才，宜大作词。"（彭宾《二宋倡和春词序》引）纳兰性德也同样是重要的艳词作手，他的艳词不仅包括对婚后旖旎生活的烂漫书写，还包括悼亡后的刻骨追思，同样基于真情来感动人心。清代后期的词人谢章铤总结："竹垞以学胜，迦陵以才胜，容若以情胜。"（谢章铤《赌棋山庄词话》卷十二）正是看到了这一点。而且，李、陈、纳兰三人艳词的遣词造句，既不涉淫邪，也不雕绘以典故，在艳词的传统中一脉相承，与此后津津于体物写艳、雕绘辞藻典故以成章的浙派《沁园春》系列艳词也迥然有别。

  其三是家国认同。易代之际，以词来书写兴亡之感和家国之思，李煜和陈子龙在这方面的相似性，要远较纳兰性德高。甲申国变之后的陈子龙词，主要存于《湘真阁存稿》(此书收入吴伟业编的同人唱和集《倡和诗余》)中。不过,苏州大学文学院已故教授王英志先生认为,陈子龙在甲申国变以前,便已经对词的内蕴有着更深广的理解。陈子龙在《三子诗余序》中认为"夫并刀吴盐,美成所以被贬;琼楼玉宇,子瞻遂称爱君。端人丽而不淫,荒才刺而实诶,其旨殊也。三子者,托贞心于妍貌,隐挚念于佻言",他提到了周邦彦和苏轼的词学典故,便已表明他对词的内蕴的理解已由单纯的男女之情扩展到君臣大义的层面,有着较为鲜明的诗教倾向;而陈子龙的后期词作,其中所蕴含的对朝代兴亡和民族盛衰的沉痛,深得比兴寄托的神髓。(王英志《陈子龙词学观初论》)不过,陈子龙词中以比兴寄托而抒发的家国之感,和李煜词中用铺陈的方式而写出的词有所不同。

此外,有学者认为,纳兰词对家国兴亡之感也有所书写。陈水云等以纳兰性德《好事近》(何路向家园)一词为例,认为这种兴亡之感"已褪去了后主词那种浓郁的情感色彩,更多的是一种深沉的历史感慨,确切地说它实际上是一种富有哲理性的兴衰之感"(陈水云、陈敏《纳兰性德文学接受述论》)。生于清廷入关之后的纳兰性德,本没有对明清易代的深沉记忆,他的兴亡之感只能是一种程式化的怀古之辞。

其四是令词体格。根据《南唐二主词》统计,李煜词,现存34首,全部为小令和中调词;根据《陈子龙诗集》统计,陈子龙词,现存79首,除7首长调外,其余皆为小令和中调;根据《饮水词笺校》统计,纳兰性德词,共存348首,其中小令272首、中调25首、长调51首。在李煜那个时代,慢词长调尚未真正形成;陈子龙的慢词,则皆是作于甲申国变之后,风格也"渐近沉着"(赵尊岳《惜阴堂汇刻明词提要·陈忠裕公词一卷》),与其前后期的小令不同,算是他词作中的变调;纳兰性德词亦以小令为主,根据陈水云等人的分析,是因为"小令体制短小,但须言简意长,含蓄隽永,意在言外,方为上乘。因为体制短小,令词不能包含大容量的内容,多是用来抒发一瞬间的情绪,或描写一个局部的画面和镜头。……纳兰性德生长华阀之家,年纪尚幼,没有太多的人生阅历,更多是自己简单的读书生活和少年的遐思(对爱情的憧憬,对未来前途充满希望,也有青年人天生的伤感和科场失利偶尔的失意等),这些情绪没有太强烈的爆发力,只宜采用小令的方式表现之"(陈水云、陈敏《纳兰性德文学接受述论》)。这样的分析有一定的道理,不过正是因为这样的巧合,在清初的南北宋之争中,陈子龙和纳兰性德被划归为同一阵营,他们的创作以及词学主张,与以朱彝尊为首的浙派词人们推尊南宋、重视慢词完全不同。周之琦认为:"填词家自南宋以来,专工慢词,不复措意令曲。其作令曲,仍与慢词音节无异,盖《花间》遗响,久成广陵散矣。容若长调多不协律,小调则格高韵远,极缠绵婉约之致,能使南唐坠绪绝而复续。"(周之琦《饮水词识》)正是在体格方面,推崇纳兰性德专工小令的词史之功。

此外,在词学观念及理论渊源方面,李煜、陈子龙、纳兰性德三人既存在着若合符契,又有着大相径庭的微妙关系。

三人之词的共同之处,在于真情,刚才讲过了,就不再多说。三人之词的差异之处,则在于真情的抒发方式已有所不同。

李煜的词，是其真性情的直接书写。夏承焘先生说："千古真情一钟隐，肯抛心力写词经。"（《瞿髯论词绝句》）唐圭璋先生说："后主晚期，自抒真情，直用赋体白描，不用典，不雕琢，血泪凝成，感人至深。"（《南唐二主词总评》）李煜那些感人至深的词作，情景交融，情随景而深，景随情而化，已达到浑融无痕的境地，因此王国维才会以"主观诗人""不失其赤子之心者""以血书者""神秀"等语赞赏之。（《人间词话》）在《人间词话》里，李煜词是词的最高典范。陈子龙词同样也具有情景相生的特点，清初的邹祗谟说："弇州谓'清真能作景语，不能作情'语，至大樽而情景相生，令人有后来之叹。"（邹祗谟评陈子龙《诉衷情·春游》语，《倚声初集》卷四）不过，陈子龙词中的情景相生，并非白描和赋体，而是由深厚的诗学、诗教底蕴转化而成的。

陈子龙词学中的深情观念，来自明代后期复古诗学的性情说，而对于如何在词章之中达到这种性情之美，他有非常复杂的看法：

> 盖以沉至之思，而出之必浅近，使读之者骤遇，如在耳目之表；久诵，而得沉永之趣，则用意难也。以嫒利之词，而制之实工练，使篇无累句，句无累字，圆润明密，言如贯珠，则铸调难也。其为体也纤弱，所谓明珠翠羽，尚嫌其重，何况龙鸾，必有鲜妍之姿，而不藉粉泽，则设色难也。其为境也婉媚，虽以警露取妍，实贵含蓄，有余不尽，时在低回唱叹之际，则命篇难也。（陈子龙《王介人诗余序》）

尽管后人称赞"秦黄佳处，有句可摘，大樽觉无句可摘，总由天才神逸，不许他人掎摭也"（王士禛评陈子龙《阮郎归·题画》语），陈子龙在词章谋篇布局、立意炼字、选调设色方面的苦心孤诣，还是可以从他的夫子自道中看出的。

与陈子龙相仿佛，纳兰性德的作品也常被认为是自然清丽、不事雕琢的，王国维曾说："纳兰容若以自然之眼观物，以自然之舌言情。此由初入中原，未染汉人风气，故能真切如此。"（《人间词话》）甚至有些学者还因此而否定纳兰性德的词学成就："容若《饮水词》，在国初亦推作手……然意境不深厚，措词亦浅显。"又说："容若《饮水词》，才力不足，合者得五代人凄婉之意。"（《白雨斋词话》卷三、卷六）而事实却是，纳兰性德的雕琢功夫以及其词中对前代诗人、词人的语词和典故的各种形式的化用，都已经达到炉火纯青的地步。例如，纳兰性德对王次回诗句的各种化用，可以参看张宏生先生《情感体验与字面经营：纳兰词与王次回诗》一文中的论述；又如纳兰词中对《花间集》、李煜、晏几道等人语词的接受，则可参见陈水云、陈敏《纳兰性德文学接受述论》一文中的论述。

纳兰词的自然之风，正从追琢中得来；陈子龙词的性情特色，同样来自苦心孤诣的艺术追求。但两者之间还是有所区别的，这也正是嘉庆以后常州词派抬高陈子龙、贬低纳兰性德的重要原因，即陈子龙词中性情来自对诗教以及寄托说的转化，"词至云间，《幽兰》《湘真》诸集，言内意外，已无遗议。柴虎臣所谓华亭肠断，宋玉魂消，称诸妙合，谓欲专诣"（邹祗谟《远志斋词衷》），"《湘真》于新警中，仍留蕴藉"（沈雄《古今词话·词评》卷下）。常州词派崇尚寄托说、美人香草之喻，正可以从陈子龙词中获得共鸣，甚至他在甲申国变之前的一些词作，也被附会为感慨国家兴亡之作，如陈子龙的《山花子·春恨》（杨柳迷离晓雾中）、宋徵舆的《蝶恋花》（宝枕轻风秋梦薄）皆收录在《幽兰草》中，创作于明亡以前，但后世词家仍多以"故国之思"论之。而纳兰性德拘束于一己情感的清丽哀怨之作，未免就真有"容若词，天分殊胜而学力甚歉"（李慈铭《越缦堂读书记》）之评了。

不过，虽然评价存在很大的不同，但常州词派的理论家们还是承认纳兰性德与陈子龙之间的内在联系的：

> 有明以来，词家断推《湘真》第一，《饮水》次之。（谭献《复堂词话》）
>
> 明乃有陈卧子《湘真词》，上追六一，下开纳兰，实为有明一代生色。（沈惟贤《片玉山庄词存词略序》）

就此而言，常州词人对陈子龙、纳兰性德成就的强调，或许真就揭示了明末清初词坛一个久被忽视的现象，且听我细细讲来：

在对纳兰性德的研究中，除了其词外，学界最为乐道的，还是以纳兰性德为中心的所谓"饮水词派"。陈铭最早揭橥"饮水词派"之说，认为其特色是宗尚唐五代，倡导言情入微。（陈铭《清词的中兴与衰微》）此后，严迪昌通过对纳兰性德居处"花间草堂"词唱和的细致梳理，再次提出了若非纳兰性德过早去世，该派确实有成立的可能性。（严迪昌《一日心期千劫在——纳兰早逝与一个词派之夭折》）闵丰则通过对纳兰性德与顾贞观合选的《今词初集》选心的考察，认为围绕在纳兰性德身边的词人群体，实在是"无派之派"。（闵丰《清初清词选本考论》）葛恒刚更细致地梳理了纳兰性德词学观念、纳兰性德身边词人群体的构成以及《今词初集》的选词特色，正式确认了该词派的成立。（葛恒刚《〈今词初集〉与饮水词派》）学界有关"饮水词派"的这些探讨，文献俱在，此处不拟重复这些论述，而是想在此基础上，对清初三十余年的词坛状况以及纳兰性德等人当时的努力做出进一步的推论。

作为当时辐辏京师的辇下词人群体的事实上的核心，纳兰性德既具有领袖词坛，与并世词人争胜的资源与实力，也具有这样的意愿和行动。我们前面说过，他的一大表现，便是操持选阵。除了选录三十年来"今词"的《今词初集》外，纳兰性德还曾着手选录古词，他的老师徐乾学说他"尤工于词，自唐五代以来诸名家词皆有选本"（徐乾学《通议大夫一等侍卫进士纳兰君墓志铭》）。这本词选现已不存，好在康熙二十三年（1864）时，纳兰性德曾致信梁佩兰，大致介绍了这本尚在构想中词选的概貌：

> 仆少知操觚，即爱《花间》致语，以其言情入微，且音调铿锵，自然协律。……从来苦无善选，惟《花间》与《中兴绝妙词》差能蕴藉。自《草堂》、《词统》诸选出，为世脍炙，便陈陈相因，不意铜仙金掌中，竟有尘羹涂饭，而俗人动以当行本色诩之，能不齿冷哉？近得朱锡鬯《词综》一选，可称善本。闻锡鬯所收词集凡百六十余种，网罗之博，鉴别之精，真不易及。然愚意以为，吾人选书，不必务博，专取精诣杰出之彦，尽其所长，使其精神风致涌现于楮墨之

间。……仆意欲有选，如北宋之周清真、苏子瞻、晏叔原、张子野、柳耆卿、秦少游、贺方回，南宋之姜尧章、辛幼安、史邦卿、高宾王、程钜夫、陆务观、吴君特、王圣与、张叔夏诸人，多取其词，汇为一集。余则取其词之妙者附之，不必人人有见也。不知足下乐与我同事否？（纳兰性德《通志堂集》）

这封信中纳兰性德对明词崇奉《草堂诗余》的反思与朱彝尊有很大的相似性，不过，他也表达了对《词综》专门宗尚南宋典雅的微词，反映了在康熙二十三年（1864）后，朱彝尊及浙西词派的词坛地位已有所稳固之后，纳兰性德仍有相当大的保留意见，那么，刊刻于康熙十七年（1858）的《今词初集》，又代表着纳兰性德怎样的选心呢？

相较而言，《今词初集》是一本精致而有特色的词选，有学者认为，此选"对以陈子龙为代表的云间词派在清词复兴中的作用，尤有特别的强调。同时，它也对当时京师词坛的状况作了反映，尤其对龚鼎孳给予了突出的位置……目的并不仅仅是要以人存词，而是有审美要求，即对抒发性灵的追求。……即使如朱彝尊这样的已经体现出开创风气气度的词人，他们也往往特别突出其独抒性灵的一面。至于陈维崧，他们当然非常欣赏其创作，只是从审美的角度，他们也提出了其流于粗豪的不足之处"（张宏生《〈今词初集〉与清初词坛》）。所论正点明了《今词初集》在清初众多今词选本中的独到价值。不过，该选真正的选心，可能还是隐藏在毛际可那句略显简单的话中：

> 今梁汾、容若两君权衡是选，主于铲削浮艳，舒写性灵，采四方名作，积成卷轴，遂为本朝三十年填词之准的。（毛际可《今词初集跋》）

为何要强调"三十年"以及"准的"？其实已标明了《今词初集》对当下词坛的廓清作用，也就是说，它并非作为一种集成式的反映词坛现实生态的词选，而是具有独特选心的，代表一种宗尚倾向。对照龙榆生所谓"便歌""传人""开宗""尊体"四种选词标准（龙榆生《选词标准论》），它明显属于"开宗"一系。问题是，它开了什么宗？范围如何？具体的操作手法又是怎样的？

《今词初集》篇幅相对精严：选词人184家，词作615首（上卷313首、下卷302首）。未分体，且无批语，只大致以词人年代为序（次序稍有错杂）。因此，我们对它的细致考察，不得不从其选阵开始，并参照《倚声初集》《瑶华集》的选阵，列出三选入选词数为前十余位的词人，如表7.1所示。

表7.1 《今词初集》《倚声初集》《瑶华集》选词情况

序次	《今词初集》		《倚声初集》		《瑶华集》		备注
	词人	词数/首	词人	词数/首	词人	词数/首	
1	陈子龙	29	邹祗谟	196	陈维崧	148	参考闵丰《清初清词选本考论》制表
2	龚鼎孳	27	董以宁	120	朱彝尊	111	
3	顾贞观	24	王士禛	113	蒋景祁	95	
4	吴　绮	23	陈子龙	68	钱芳标	48	

续表

序次	《今词初集》		《倚声初集》		《瑶华集》		备注
	词人	词数/首	词人	词数/首	词人	词数/首	
5	朱彝尊	22	宋徵舆	60	史惟圆	45	
6	宋徵舆	21	龚鼎孳	60	曹溶	43	
7	丁澎	19	曹尔堪	60	沈谦	41	
8	李雯	18	彭孙遹	50	龚鼎孳	41	参考闵丰《清初清词选本考论》制表
9	纳兰性德	17	陈维崧	38	陈枋	39	
10	严绳孙	17	贺裳	35	纳兰性德	37	
11	曹溶	16	计南阳	33	曹贞吉	35	
12	吴伟业	13	俞彦	33	梁清标	34	
13	王士禛	13	李雯	32	吴伟业	33	
14	陈维崧	11			吴绮	32	

我们仔细地看这个表格，至少会发现这些观点：

其一，在对当世名家的推举方面，《今词初集》的选域相对于《倚声初集》《瑶华集》要宽，《倚声初集》基本局限在阳羡和云间，而《瑶华集》兼及浙西和京师，但仍较《今词初集》略窄，未能并举扬州、西泠等词人群体中的名家。

其二，云间三子皆位列《今词初集》选词前十强，陈子龙更是一骑绝尘，反映了该选对云间词派特别是陈子龙词坛地位的认定和推崇；三人创作，绝大部分是小令，这也从侧面反映了选者对令体词的重视，特别是印证了陈子龙与纳兰性德这两位"重光后身"之间，后者对前者的无限倾慕。《倚声初集》中陈子龙词数虽位列第四，但与前三已完全不能颉颃，只能退居词选中的第二等次。《瑶华集》中甚至根本无法在前列看到陈子龙，这种情况一方面反映了词坛讯息的消长变化，另一方面也显现了后两种词选的选心、选阵并不像《今词初集》那样有明确的云间词派统序。

其三，《今词初集》选阵重视对各地词人群体及流派的兼收并蓄，如吴绮、王士禛属于广陵词坛，丁澎属于西泠词坛，曹溶属于梅里词坛，吴伟业属于太仓词坛，龚鼎孳属于合肥词坛。这些地方性词坛多受到云间词派的影响，也多擅长创作饶有丰神的小令，因此也可以看作从云间词派到饮水词人群体的中间过渡力量。

其四，《今词初集》对朱彝尊和陈维崧的处理颇令人玩味。《今词初集》刊成时，陈维崧与朱彝尊是并世词名最重、词作最多的两大词人，且陈维崧正是即将过气的阳羡词派的魁首，而朱彝尊正是行将兴起的浙西词派的宗师，但该选中对二人的选录明显与其创作成就不相匹配。如果再考察朱、陈二人入选的具体词作，基本可知二人的小令、中调、长调在其入选词中三分天下，这也与二人在实际创作中重视长调、忽视小令在比例上看来并不完全一致，因此，有理由推定，二人存于《今词初集》中只是自别的流派而来的"客卿"，他们的部分词作符合纳兰性德的选词标准，因此便被

"楚才晋用"地挪移过来，被不动声色地收编为该选的两位羽翼。而从朱、陈二人在该选中的"命运"，也正可以看出纳兰性德在廓清词坛、高张己帜方面的努力。

其五，《今词初集》入选前列的词人，他们的创作主张多与纳兰性德有相似之处，如崇尚唐五代北宋，注重性灵书写，具体地反映了康熙初期"南北宋之争"中北宋一派的一次集体群像。

基于上述的分析，我们基本可以得出这样的结论：《今词初集》是纳兰性德等人的苦心孤诣之选，其目的是在自己选词标准和好恶的基础上，对清兴以来三十余年的词坛进行甄选和总结，并正式确立了一套自陈子龙到纳兰性德的令词统序，与当时词坛阳羡、浙西两大主流派别所推崇的南宋词风隐隐相抗。

就这一点而言，若是参照前贤对"饮水词派"的阐述，则纳兰性德对这个词派，可能便有了更高的期许，这一派的成员不仅包括他身边的饮水词人群体，还囊括了明末清初词学复兴的各种力量。只是确实很可惜，这一流派的主张尽有未若浙派的"合时宜"之处，再加上纳兰性德的早逝以及同人的星散，这一个尚在孕育之中的词派旋即消亡，只在词史上留下了诸如"重光后身"之类的痕迹，以供后人评述。至于纳兰性德对词坛力量的整合，究竟是个人行为，还是为迎合康熙帝"文治"意旨而进行的官方或半官方行动，则又是另一个话题了。

康熙十七年（1678）前后，词坛面临着一个重要的转捩点。此前研究者通常认为，这是阳羡消沉、浙西兴起的一个关键点。通过上述的分析，我们发现，事实尚不止如此，当时的"第三条道路"的词人们在纳兰性德的引领之下，也在积蓄力量，以待契机。那么，为什么这第三种力量最终没有风云际会，与浙西词派平分秋色呢？可能除了偶然的因素外，还有必然的因素，如时势和朝局对词学的选择和影响，以及词坛审美风会的变化，等等。除了这种无法抗拒的外在力量外，词体自身和其时的词人们，也在酝酿着选择。

朱彝尊曾说："世人言词，必称北宋。然词至南宋，始极其工，至宋季而始极其变。"（《词综·发凡》）《词综》刊成于康熙十七年（1678），对后世影响极为巨大。《发凡》中的这句话，也成了康熙年间"南北宋之争"的直接导火索。不过，在朱彝尊提出词学南宋之前，云间词派早已将词学北宋，并最终祖述唐五代当成自己的目标。因此，清初三十年的词坛，在宗尚方面，大致分成三种倾向：一是学习唐五代北宋，以云间词派及其羽翼为代表；二是宗尚南宋辛弃疾式词风，以遗民词人群体和阳羡词派等为代表；三是宗尚南宋典雅词风，以朱彝尊等浙西六家为代表。在这三种倾向中，后两种重在创作慢词，前者则以小令擅场。因此，从明末云间词派提起，至顺治十七年（1660）前后朱彝尊重提的"南北宋之争"，其实还涵括着小令和长调的体式之争。

有关小令和长调的体式之争，朱彝尊事后曾作调和之论："曩予与同里李十九武曾论词于京师之南泉僧舍，谓小令宜师北宋，慢词宜师南宋。武曾深然予言。是时，僧舍所作颇多。钱唐龚蘅圃，遂以吾两人所著，刻入《浙西六家词》。夫浙之词，岂得以六家限哉？十年以来，其年、容若、晸园相继奄逝，同调日寡，偶一间作，亦不

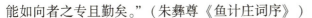

能如向者之专且勤矣。"（朱彝尊《鱼计庄词序》）

朱彝尊写下这段话时，其时陈维崧、纳兰性德、高层云（号旻园）等人已先后辞世，高层云卒于康熙二十九年（1690）四月，其生平可参见张云章《太常寺少卿高公神道碑》。高层云是诸人中去世最迟的，这也可以证明朱彝尊这段话写于康熙二十九年（1690）以后。但是，他回忆中与李良年（字武曾）京师谈词，却发生在康熙十七年（1678）夏，其时他和李良年因为应博学鸿儒考试，正寓居京师南泉寺。（张宗友《朱彝尊年谱》）这里朱彝尊的态度颇值得玩味，一方面他已经是成名已久的词坛大家，随他入京的，还有他一直秉承的宗尚南宋的词学主张；另一方面当时在京师词坛树帜的词家，基本尊崇北宋，除了纳兰性德外，还有顾贞观。顾、朱二人之间在康熙十七年（1678）前后，还曾因宗尚发生过一次有名的争执："予尝持论，谓小令当法汴京以前，慢词则取诸南渡，锡山顾典籍不以为然也。"（朱彝尊《水村琴趣序》）关于顾贞观的词学思想，其弟子杜诏的总结，虽有溢美，但大体符合事实："若《弹指》则极情之至，出入南北两宋，而奄有众长，词之集大成者也。"（杜诏《弹指词序》）不过，就宗尚而言，顾贞观是公认的宗北宋的代表，况周颐这样赞叹顾贞观："七百余年矣。溯词源，北宋谁嗣。……清才断推弹指。……指绝塞、笺传《金缕》，算第一、文章情至。"（况周颐《穆护砂·薇垣夜直书顾梁汾先生〈弹指词〉后》）因此，朱彝尊挑起的"南北宋之争"，虽似是对云间词派的清算，而实际针对的对象，却更该是纳兰词人群体，或者说，是明季清初词坛自陈子龙至纳兰性德一系的以宗尚北宋为核心的令词统序，这与我们此前对自云间至纳兰的词学脉络的梳理是一致的。朱彝尊所采取的策略颇足称道，一方面容其所长，对纳兰词人群体小令宗尚北宋非常赞赏和优容；另一方面则攻其未备，大力主张学习南宋慢词，而慢词创作正是云间词派、纳兰词人群体的短处。

虽然朱彝尊颇有优容，但是康熙至乾隆的词坛上，令词却很难再有发展和精进。那么，清初的令词统序，自云间词派发展至纳兰性德，此后便很少有专精于此的名家，这又是为什么呢？具体探讨起来，其原因大致包括：其一，随着康熙中后期文网逐渐细密起来，令词比兴寄托的抒情方式不再适合词坛；其二，深情婉转的表达方式需要与作者个人品性结合，相对较难，而浙西词派填词时以学问来补才、性之不足，则相对较易；其三，言愁寄慨的小令，在"盛世"宏音之下，显得细琐卑弱，远不足与浙西词派提倡的酣嬉逸乐、吟咏太平的词学意旨相抗衡；其四，与慢词相较，令词的书写内容较为逼仄，随着学人之词的兴起和士人词学审美观念的变化，令词逐渐沦落到从属的位置。

尽管如此，清代令体词仍在继续发展，并在合适的条件下另结硕果。需要说明的是，嘉庆以后，张惠言创立常州词派，特别推崇温庭筠词的"深美闳约"（张惠言《词选序》），正是在比兴寄托说的基础上，向令词统序致敬。而清末的王国维，则一变令词的寄托和深情，以哲理为词，为小令别开生面。后人在评价他的成就时，所对比参照的对象，仍然是自李煜至纳兰性德的令词传统：

> 词自南宋以还，蹶而不振也久矣。元明诸老，气困于雕琢；嘉道而还，意竭于模拟。其异军突出，独标一帜者，窃惟纳兰侍卫耳。侍卫之词，遥情逸韵，一

唱三叹，论者以"重光后身"称之。二百年来，无人与之颉颃，有之，其王静安先生乎？静安以文学革命巨子，揭橥"词以境界为主"之说，格高韵远，极缠绵婉约之致。能使宋人坠绪，绝而复续。（陈乃文《静安词序》）

在旧学商量与新知培养相结合的时代，"重光后身"所代表的令词统序又一次在文学批评中产生饶有意味的回响。

总而言之，"重光后身"是个内涵逐步丰富的词学命题，从最初基于轮回转世观念的比附，到具有明确指涉，经过了较长时间。词学史上对"重光后身"的探讨，基本集中在陈子龙与纳兰性德二人，尤以纳兰性德认同者为多，反映了词学界对令词统序的认识。基于这种认识，我们重新回顾词学史时，会根据纳兰性德等人的词选及其词学观念主张，发现他们对清初三十余年词学传统重新规划的努力，并发现其主张对当时词坛的廓清作用，从而对清初词学演进以及"南北宋之争"问题有更明确的认识。此外，透过这一命题，我们对清初词学演进的具体情况还会有以下三点更待深入的认识：

其一，清代词学演进，一直伴随着对前代典范的借鉴和师承。"重光后身"命题在清初的提出和探讨，其实也意味着李煜这一传统词学资源，已被加入清人词学师法序列之中。而晚清王国维在《人间词话》中对李煜做出的至高无上的评价和推崇，正是对清人词学师法序列中李煜一系的最终回应。

其二，"重光后身"说，既意味着李煜在后世的经典化，也意味着清人词学的自我经典化。清人推出两位词人作为"重光后身"并加以探讨，实际就是推出了两位词学典范并将之经典化。尽管这种经典化所借鉴的资源和过程略有不同，但从清代中后期的词学仍可看出陈子龙和纳兰性德作为典范的强大影响力。

其三，对"重光后身"的探讨，也有助于揭示清初词学中一些被忽略的现象。除了上述的令词统序外，清初令体词的创作实绩和成就也可得到重新估量和评价。在此基础上，我们对清词中兴局面及其内涵会有更清晰、准确的理解。

【参考阅读文献】

张宏生《清代词学的建构》，江苏古籍出版社1998年版。
张宏生《清词探微》，上海古籍出版社2008年版。
孙克强《清代词学批评史论》，上海古籍出版社2008年版。
彭玉平《王国维词学与学缘研究》，中华书局2015年版。
陈水云《中国词学的现代转型》，社会科学文献出版社2016年版。

【思考题】

1. 词论发生、发展的历史是怎样的？
2. 词学"南北宋之争"与诗学"唐宋诗之争"有什么联系和区别？
3. 清人词学师法序列中，除李煜外，还有哪些两宋词人？为什么？

第八讲
四声宽严：民国词学关键词检讨之一

薛玉坤

☞【主讲人介绍】

薛玉坤，文学博士，研究方向为历代词学、近代文学与文献学。主持国家社科基金重大项目子课题"近代词集提要"、教育部哲学社会科学项目"民国词人群体研究"、江苏省哲学社会科学项目"江苏词史"等。本讲为作者讨论民国词学关键词系列之一章，主要借由梳理民国"午社"词人关于填词严守四声与否的争论，揭示民国词学区别于传统词学的中心话题，进而引申出对民国"词界革命"经验和教训的探讨。

这一讲的题目是《四声宽严：民国词学关键词检讨之一》。我们写作论文时常常要提炼关键词，所谓关键词通常是对论文主题和内容最高度的概括。今天我想借用这个概念，将文学批评史上那些受到高度关注并引起广泛讨论的学术话题也称为关键词，比如古代文论中大家熟悉的诗言志、比兴、风骚、风骨、兴象等概念，又比如明代诗学中的复古运动，清代诗学中"唐宋诗之争"等文学批评现象。就词学批评而言，诸如"别是一家""正变""婉约""豪放"，或者如清代词学批评中的"南北宋之争"等，都是带有普遍意义、能够反映时人文学思想和批评兴趣的话题，也就是这里所说的文学批评史上的关键词。

我们今天要讨论的是民国词学关键词，虽然从时间归属上看，民国并不属于我们所说的"古代"范畴。但民国词学所讨论的对象——词，是在唐代就已经逐步兴起的古代文体。相对于"五四"以后兴起的新文学，今天有学者称民国时期的词为"旧体文学"。而在相当长的时间内，包括词、词学在内的民国旧体文学和文学批评一直处于被古代文学研究界和现代文学研究界双重遮蔽的尴尬境地。古代文学研究者研究的时代下限一般到辛亥时代鼎革之际，最多到1919年五四运动之前，而现代文学研究者过去关注的其实只是现代新文学。事实上，民国时期的旧体文学与旧体文学批评呈现出了文学和文学批评从古典向现代转型过程的复杂情形，我们不能因其发生在"现代"，也不能因其所谓的"旧"，就无视它。这是我们今天在这里讨论民国时期"四声宽严"这个词学关键词的学理基础。以下我们就进入正题。

大家都知道，词本是文学语言和音乐语言紧密结合的一种文体，但在词的音谱散佚、唱法失传之后，填词已渐渐由"音律之事变为吟咏之事"。后世有关词律的讨论，遂因无从关注词的"音律"而不得不向检讨词的"格律"转变。在此背景下，维护词体音乐性的努力，在用韵之外，则主要体现为对词中用字的平仄四声的考求。

在词学史上，李清照《词论》倡言"词别是一家"，已注意到词中韵字的四声清浊。至张炎《词源》更强调句中用字的四声清浊要详加斟酌。民国词学三大家之一的龙榆生曾说过："自张炎《词源》出，而填词家始有四声清浊之辨。"他还说过："自张炎言清浊四声，后人乃得藉以悬揣宋词之律。"给予了张炎《词源》很高评价。张炎之后，南宋末年的沈义父《乐府指迷》进一步细辨词中上、去之别，《四库总目提要》称赞其"剖析微芒，最为精核"。而清人万树《词律》严辨四声，实际奠定了词律由音律向格律转变的理论基础。近人陈匪石谓："万氏之书，虽不能谓绝无疏舛，然据所见之宋元以前词，参互考订，且未见《乐府指迷》，而辨别四声，暗合沈义父之说。……识见之卓，无与比伦，后人不得不奉为圭臬矣。"万树之后，讨论词律的人很多，对词律的要求也愈加严格，诚如龙榆生所说的，当时词坛"谈平仄之不足，进而论上、去；论上、去之不足，更进而言四声；言四声之不足，更进而言清浊阴阳"。到了清朝末年，朱祖谋、郑文焯、况周颐这些大家或弘扬清真，或标举梦窗，填词时主张严守四声，并成为一时风气。就像吴梅在《词学通论》中所言："近二十年中，如沤尹、夔笙辈，辄取宋人旧作，校定四声，通体不改易一音。"流风所及，民国词坛所谓"彊村派"词人填词多依宋人原句四声平仄，严辨平上去入，乃至一字不易。这种做派受到来自新文化阵营如胡适等人的抨击，即便在传统"体制内派"词人中，也引起极大争议。抗战时期，夏敬观、龙榆生、冒鹤亭、夏承焘、吴庠等词人在上海结午社，社中诸人曾经就四声存废、宽严等问题各陈其说，争执不下。有的倡言支持，有的痛陈其弊，有的居间调和。甚至张尔田、施则敬等午社之外的词学名流，也纷纷加入关于词中四声的学术争鸣中，成为民国词坛引人注目的一大景观。以下我们就以午社词人为中心，详细梳理当时词坛有关四声问题的不同立场，从中可以看出民国词人从文字格律寻绎词体音乐属性的理论努力。

梳理的第一个问题是午社词人关于"词守四声"的不同声音。

第一位词人是冒广生（冒鹤亭）。

民国词坛中冒鹤亭对于作词墨守四声最为不满，对之抨击、批判也是最为激烈的。他在《四声钩沉》一文开篇便将矛头直指鼓吹四声最为有力的朱祖谋、郑文焯二人，他说：

> 吾所纳交老辈朋辈，若江蓉舫都转、张午桥太守、张韵梅大令、王幼遐给谏、文芸阁学士、曹君直阁读，皆未闻墨守四声之说。郑叔问舍人，是时选一调，制一题，皆摹仿白石。迨庚子后，始进而言清真，讲四声。朱古微侍郎填词最晚，起而张之；以其名德，海内翕然奉为金科玉律。

冒鹤亭认为，以四声论词之说，虽然盛行于时，其实方兴未久，他所结交往来的江人镜、张丙炎、张景祁、王鹏运、文廷式、曹元忠等"老辈朋辈"皆"未闻墨守四声之说"，而其得以大行于世，乃是由于晚清以来朱祖谋、郑文焯等人的大力倡导。

冒鹤亭对郑文焯等人墨守四声的态度，在夏承焘《天风阁学词日记》中也有记载：

> （冒鹤亭）又谓郑大鹤为词初学白石，继学清真，晚年讲四声，作《比竹余音》。古微正是时始为词，乃大倡依四声之说。郑之瘦碧、冷红二集犹不依四声。鹤翁二十余始见大鹤，从未闻其谈四声云。

在冒鹤亭看来，郑文焯早年学白石，自己在苏州期间曾与之有过交游，那个时候还没有听他谈过四声之说，况且郑文焯自己所作《瘦碧词》《冷红词》也并非全依四声；至于朱祖谋，据夏承焘日记所载，冒鹤亭曾"自谓填词早于朱古老，而所治不专，遂无成业"，他认为朱氏"填词最晚"，不过是"以其名德"，因为其德高望重，所以提倡的四声之说被奉为圭臬，海内遵从。

在对郑、朱二人提出疑问后，冒鹤亭又开始了对万树《词律》的批判。万树《词律》认为，周邦彦作词严谨，平仄有法，其后的方千里、吴梦窗等人和清真词也都四声尽依，一字不易。《词律·发凡》里称："美成造腔，其拗处乃其顺处，所用平仄岂慢然为之耶？倘是慢然为之者，何其第二首亦复如前，岂亦皆慢然为之至再、至三耶？方千里系美成同时，所和四声，无一字异者，岂方亦慢然为之耶？后复有吴梦窗所作，亦无一字异者，岂吴亦慢然为之耶？更历观诸名家，莫不绳尺森然者。"书中又多处说道："观方千里和词，平仄处无一字不同。""余尝谓千里和清真，四声一字不改。""词至千里而绳尺森然，纤毫无假借矣。四声确定，欲旁注而不可得矣。……千里之和清真，无一字声韵不合。"

这些言论表明，万树对方千里等人谨守四声的做法十分推崇和赞赏，这对后世词坛影响很大，正如夏承焘《唐宋词字声之演变》一文所言："万树《词律》及《四库全书词集提要》，皆谓方千里、吴梦窗和周清真词，尽依四声，不但遵其平仄。后来词家欲因难以见巧者，奉为准绳，不稍违越。"客观来看，四声之说大畅于晚清、民国之际，固然有朱祖谋、郑文焯等人的鼓吹之力，然而导其源流，实际上是发端于万树，而万氏津津乐道、引为模范的正是方千里等人对清真词亦步亦趋的和作。冒鹤亭对此也心知肚明，他在《四声钩沉》一文中指出："自万红友一言，误尽学子。郑叔问扬其波，朱古微承其绪，而天下尽受其桎梏矣。"又说："世人乃狃于万红友谓'千里一集，方氏和章，无一字而相违，更四声之尽合'之一言，而自汩其性灵，钻身鼠壤之中而不能出也。"

为了驳斥万树的四声理论，冒鹤亭细心校勘了周邦彦等宋人词集。首先，他将周邦彦同调之词四声平仄对勘。在《四声钩沉》中，他列举了《风流子》《早梅芳近》《荔枝香近》《红林檎近》《满路花》《归去难》《西河》《瑞鹤仙》《浪淘沙慢》《看花回》等十种词调，每种词调下列两词，一一对勘，发现没有一调四声完全相同；其次，他又将方千里、杨泽民、陈允平三家和词与周词对勘，同样没有一调四声尽合；此外，他还取吴梦窗和周邦彦《风流子》二词与周邦彦原词一一对勘，发现仍然没有四声全合。对于万树尤为称许的和清真"四声一字不改""无一字声韵不合"的方千里，冒鹤亭也特别做了统计，结果发现："《清真词》传世者一百九十四首，千里和者九十三首，未和者一百一首，其四声之不同者，凡一千一百十五字。"

对于冒鹤亭的校词经历，当时同在午社，并且经常与之来往的夏承焘先生也有相关记载，《天风阁学词日记》中说冒鹤亭"读词极细心，尝遍校方千里与清真词四声多不合，谓文小坡（郑文焯）、万红友谓其尽依四声，实等放屁。大抵反四声、反梦窗为此老论词宗旨"。

在批判了万树以来的四声观点后，冒鹤亭又阐述起自己的四声理论。他在继承吸收唐代段安节《乐府杂录》等著作观点的基础上，认为词中"四声"乃是指琵琶弦之宫、商、角、羽，而非文字的平、上、去、入，而所谓"清浊"乃是弦丝有巨细长短分音所致。

为了证明自己的观点，冒鹤亭对琵琶四弦之宫调各声做了详细考较，又分别列笛翻七调图与琵琶翻七调三图比照，说明琵琶旋宫与笛之翻调吻合。冒鹤亭对自己的《琵琶旋宫表》颇为自负，"自谓神悟"，又说："琵琶旋宫之法，非有师承。从上述《隋志》及《琵琶录》'临时移柱'一语悟入，因创为三表，则一一与今笛家翻调合，名称亦符。"

当然，冒鹤亭也并没有完全否定词中平仄四声。他以曲证词，认为正如曲中须辨别平煞、上煞、去煞，词中末句之四声平仄也须注意，《四声钩沉》中多次谈道："然则词中上、去之字，可乱填乎？是又不然。沈存中《补笔谈》于杀声，张玉田《词源》于结声，皆极注意。杀声、结声皆曲终之声，蔡季通所谓毕曲也。曲中之声为某字，则用某字调……此处却须依平、上、去，不得乱填。……词曲固无二理也。""审此则词中平、仄，所注重者乃末句，即沈存中所谓结声，亦即蔡季通所谓毕曲，又即姜白石所谓住声。"对于填词是否严守四声的问题，他最后的结论是："学者但能于词之末句平仄，悉依古人名作，遇仄、仄字更加注意，回避上上、去去，能事毕矣。"

第二个要介绍的午社词人是夏承焘。

夏承焘先生当时也加入了四声问题的争鸣中，而且专门著有《四声平亭》一文。对于当时词坛推尊梦窗、竞拈涩调的现状，夏承焘在《天风阁学词日记》中多次流露出不满，如"予素不好为拗调，尤厌梦窗涩体"，又如"俞感音《填词与选调》，当榆生作。分析词调声情甚详，颇不满近人好为涩调，适与予意合"。他在《稼轩词编年笺注序》中也说："今之词家，好标举梦窗。其下者幽暗弇闭，尤甚于郊、岛。"在这一点上，夏承焘与冒鹤亭是一致的。冒鹤亭在《四声钩沉》中就对这种艰深晦涩的词风多有批判：

> 于是闭门造车，以发泄其聪明才力，如梦窗诸公，谓为文章之美则可，谓为合乎词之原则，吾斯之未能信也。何也？填词之官，在心与手，歌词之官在口，听词之官在耳。今于者卿则曰俗，于清真则曰时不免俗。欲以用事下语艰晦之词，使人阅之犹不能了了者，歌者如何上口，听者如何能声入心通耶？
>
> 奈何为四声所束缚，开口清真，闭口梦窗，甚至非清真、梦窗集中所有之调不填，非清真、梦窗集中所有之难调亦不填，而小令及普通常填之调，若《念奴娇》《满江红》《摸鱼子》等，不几废耶？昔也曰辟国万里，今也曰蹙国百里，

第八讲 四声宽严：民国词学关键词检讨之一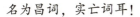

名为昌词，实亡词耳！

尽管夏承焘不满作词通篇尽守四声的做法，但他对冒鹤亭所谓的"作词只须注意词中末句平仄"，及其以宫、商、角、羽为四声的说法并不赞同。二人为此颇有争执，《天风阁学词日记》中多有记载：

> 过巨川处看疚翁《四声破迷》（按：即《四声钩沉》，发表时改名），只云结句四声须守。予意片中拗句亦须守，清真诸作可按也。

> 疚翁以其《四声破迷》一本假阅。予谓宋词除结句外，中间拗句中之一二字亦多严四声。古微以后诸词家通首严守者固非，谓除结句外皆可不守者亦未是。翁唯唯。

> 闻其《四声钩沉》将付印。予告以清真警句用上去者，彼终不信。

> 终日未出门，写《四声平亭》页余，天五谓恐与冒翁意见差池，劝勿发表。

> 彼于予《词四声平亭》颇不以为然，谓警之刑法，例不能通之于律。凡词一调必不止一谱，歌词者可以工尺就平仄。白石词一声一字，乃止有主腔而无花腔，凡主腔与词平仄不合者，歌者可以花腔斡旋之云云。此论歌曲自是，但与予书无涉。彼似不悦"平亭"二字。以予书于彼旧作《四声钩沉》略有评赞，故少拂其意。予请为举例驳之，彼谓近治《管子》，已无意于词。

> 鹤亭翁疑予《四声平亭》为彼与疆村先生而作，甚不以为然。

> 《三事吟·其二》后注：冒鹤翁作《四声钩沉》，予多献疑，作《四声平亭》诤之，鹤翁甚不满。

> 阅《学林杂志》冒疚翁《四声钩沉》，中有可商量者。

夏承焘认为，词中字声之演变，"由辨平仄而四声，而五声阴阳"，有一个从宽至严、由疏而密的变化过程。他在《唐宋词字声之演变》中说：

> 大抵自民间词入士夫手中之后，飞卿已分平仄，晏、柳渐辨上去，三变偶谨入声，清真益臻精密。惟其守四声者，犹仅限于警句及结拍。自南宋方、吴以还，拘墟过情，乃滋丛弊。逮乎宋季，守斋、寄闲之徒，高谈律吕，细剖阴阳，则守之者愈难，知之者益鲜矣。夫声音之道，后来加密，六代风诗，变为唐律；元人嘌唱，演作昆腔。持以喻词，理无二致。谓四声不能尽律，固是通言；而宋词之严三仄，亦多显例。明其嬗迁之迹，自无执一之累。

夏承焘认为，清真词四声用法富于变化，有宽有严，"严者固一声不苟，宽者往往二三合而四五离。是正由其（周邦彦）殚精律吕，故知其轻重缓急，不必如后来方、杨之一一拘泥也"。他批评了方千里等人亦步亦趋、谨守清真四声的做法："逮方千里、杨泽民、陈西麓诸家之和清真，于其四声，亦步亦趋，不敢逾越，则律吕亡而桎梏作矣。"又如："自万红友以来，知其严而不知其宽，致后人学步方、杨者，争去康衢而航乎断港。"但是，夏承焘也认为清真词于警句、结拍处辨四声甚严："……凡此在全词中，皆为警策之语，以其上下片相对，知其四声不容假借。"这与冒鹤亭所持的只需词中末句守四声的观点相左。

夏承焘在《唐宋词字声之演变》篇末总结了他对于词守四声的看法，对不守四声和尽守四声两种做法都提出了反对：

> 故吾人在今日论歌词，有须知者二义：一曰不破词体，一曰不诬词体。谓词可勿守四声，其拗句者可改为顺句，一如明人《啸余谱》之所为，此破词体也，万氏《词律》论之已详。谓词之字字四声不可通融，如方、杨诸家之和清真，此诬词体也。过犹不及，其弊且浮于前者。盖前者出于无识妄为，世已尽知其非；后者似乎谨严循法，而其弊必至以拘手禁足之格，来后人因噎废食之争。是名为崇律，实将亡词也。

要介绍的第三位午社词人叫吴庠。

吴庠，字眉孙，江苏丹徒（今镇江）人。清末优贡，曾任北京审计院编纂处处长、北京交通银行秘书。工诗词，曾入南社，加入午社的时间晚于冒鹤亭、夏承焘等。

在反对拗体涩调和墨守四声方面，吴眉孙与冒鹤亭立场一致，其批评言辞十分激烈。他在与夏承焘的日常交流中便时时流露出对于涩调四声的强烈不满，如《天风阁学词日记》所载："傍晚过吴眉老谈词，彼极以近人作梦窗者支离不通为病。""接眉孙长函，论予《四声平亭》，极以近人为词守四声为不然。"

在《致夏瞿禅书》中，吴眉孙更是力陈当时词坛竞填涩调、死守四声之弊端：

> 私心不喜，约有三端：当代词人，务填涩体，字荆句棘，性梏情囚，心力虚抛，语言鲜妙，此其一也。谓填创调，必依四声，本不能歌，乃矜合律。且四声之中，古有通变，入固可以代平，上亦可以代入。……乃彼迂拘，一声不易，如斯泥古，大可笑人，此其二也。吾家梦窗，足称隐秀，相皮可爱，学步最难。近代词坛，瓣香所奉，类皆涂抹脂粉，碎裂绮罗，字字饾饤，语语虋𧅁，土木之形骸略具，乾坤之清气毫无，作者先难其详，读者更莫名其妙，此其三也。

对于同社词人仇采填词多用涩调、谨守四声的做法，吴眉孙更是颇为不满，二人时有争执，夏承焘《天风阁学词日记》对此多有记载：

> 接吴眉翁函……彼于仇述翁之好用涩调，时有违言。
>
> 彼于仇述翁每词死守四声极不满。谓此期社课定西番，仇翁作三首，尽守飞卿四声，一字不易。不知飞卿词但有平仄而无四声。
>
> 早九时过眉孙翁。谓近以撰《午社词刊序》，隐讥社中死守四声者，仇述翁不以为然，坚欲其改，眉翁执不肯易，各甚愤愤。眉孙欲退社。
>
> 夕冒雨赴廖、夏二翁午社社集……述翁为论守四声事，与眉翁意见参商。席间颇多是非。

与冒鹤亭校词之法如出一辙，吴眉孙也曾将宋代词人同一作者的同调之词、南宋和北宋不同词人所填同调之词对勘，发现宋词四声不尽相同，有时甚至还出入较大，他在《与友人论填词四声书》中说：

按谱填词，必尽依其字之四声，此说不知起于何时何人，晚近词坛，持之颇力。间尝研索，疑窦滋多，姑举数端，就正大雅。两宋名手，一调两词，其四声并不尽同，有时且出入甚大。南宋词人，填北宋之调，亦不尽依其四声。此何说也？

针对这种矛盾现象，推尊四声的人进一步将依四声限定为依照特定词人的特定词调甚至限定至具体某一首词的四声，如《长亭怨》依白石四声，《瑞龙吟》依清真四声，《莺啼序》依梦窗四声。同一词调，依法对象不同，四声平仄也有不同，甚至同一词人的同一词调，词中四声也可能有多种情况。冒鹤亭在《四声钩沉》中对这种作茧自缚的做法曾有过很形象的批判：

作者依梦窗，则不合于清真；依清真，则不合于梦窗。羝羊触藩，进退失据，此非口舌所能争也。于是依清真者，自注云依清真体；依梦窗者，自注云依梦窗体。是父子一家而析其产也。甚而依清真、梦窗第一首者，自注云此清真、梦窗第一体；依清真、梦窗第二首者，自注云此清真、梦窗第二体。是前后一人，而分其尸也。吾未闻有国家者，其法令之棼若牛毛至此也。

吴眉孙则从押韵的角度揭示了这种做法的自相矛盾之处，在《与友人论填词四声书》中，他说：

或言依四声者，谓依某人某调某阕之四声，他可不具论。犀亦笑而许之。但押韵又生疑问。上去两韵，古今通押。假依或说，则古人押韵之处，今人当各依其上去方合。乃主张依四声者，其押韵处又时或变通。此又何说也？

冒、吴两人角度不同，但都有力驳斥了这种自我束缚的做法。不仅如此，与冒鹤亭解放词体、不做"词囚"的主张一致，吴眉孙也倾向于化繁为简，解除四声对作词者的禁锢，《四声说》一文称：

愚尝谓，按谱填词，参之《词律》《词谱》二书，解得某字可平可仄，某字宜仄，如作诗者，解得声调谱之例，能有当于吟讽，斯可矣。再如沈伯时说，于去声字加之意焉，斯亦精矣。若必逐字依声，不识有何精义。

吴眉孙论词主"理"和"气"，认为词须有"乾坤清气"，并须"言之成理"：

居恒于一切文艺，每以有无清气为衡量，于填词尤甚。记云："昔我有先正，其言明且清。"刘劭《人物志·九征篇》云："气清而朗者，谓之文理。"贯休云："乾坤有清气，散入人心脾。"元好问云："乾坤清气得来难。"千古名言，服之无斁。晚清词人学梦窗者，以沤尹年丈、述叔先生两家为眉目。读其晚年诸作，何尝不清气往来。……且意内言外谓之词。古所谓词，自非今之长短句，要其理可通。意之在内者，诚难尽语人；言之在外者，当先求成理。彼学梦窗者，偏以言不成理为佳，此则不佞所大惑不解者也。（《复夏瞿禅书》）

吴眉孙在夏承焘《四声平亭》"不破词体，不诬词体"两义外，又增加了"不蔑词理""不断词气"两个作词要求：

> 四声之说，得大著不破词体，不诬词体两义，就词言声，可称精善。不佞请就声言词，附以两说，为守四声、学梦窗者进一解。一曰不蔑词理。昔人论长吉诗，稍加以理，可奴仆命骚。愚谓学梦窗者，必能加以理，方许瓣香四稿，再谈四稿之守四声。一曰不断词气。有气则生，无气则死。……近今学梦窗者，彼谓能守四声，愚谓率多死语，直是无气，尚谈不到清浊。……以为填词者，但能如大著所谓不破词体，不诬词体，而归结于玉田所谓妥溜，足矣。(《致夏承焘》)

吴眉孙与冒鹤亭是民国词坛抨击四声最有力的代表，龙榆生《晚近词风之转变》在谈及当时词坛对四声不满意见时曾将二人并举，说："今沪上词流，如冒鹤亭（广生）、吴眉孙（庠）诸先生，已出而议其非矣。"但是，冒、吴二人之间观点亦多有龃龉。与夏承焘一样，吴眉孙也不认同冒鹤亭颠覆"平上去入"，而以"宫商角羽"为四声的理论，夏承焘《天风阁学词日记》称：

> 眉孙谓冒鹤翁以词不分四声平仄，只有高低声，此仅指吹弹而言，故只有高低。若论歌曲，则必有字句。有字句，则安能无平仄四声。

二人甚至由观点有异进而结怨，《天风阁学词日记》中也有记载：

> 心叔过眉孙……谓鹤亭翁疑予四声平亭为彼与彊村先生而作，甚不以为然。眉孙讽其学问公器，须受异己之言。眉孙极谦挚，殷殷向心叔问音韵，谓鹤亭不信反切之说。

> 眉翁于□□翁作《晏子春秋正义》及《四声钩沉》甚不满。

要介绍的第四位午社词人是龙榆生。

龙榆生作为朱祖谋的授砚弟子，受其四声之说熏陶颇深。他曾从创作的角度，对词中四声用法有过精妙的阐述，如《论平仄四声》一文，便有"论去声字在歌词上之特殊地位""论拗体涩调应该严守四声""论去声字在词中转折处之关系"等诸多论述。但是，龙氏对民国词坛竞拈僻调、死守四声的现状也多有不满。20世纪30年代时，他就曾撰有《词律质疑》一文，辨析四声与词律的关系，认为"协律为一事，四声清浊又为一事，虽二者有相通之点，究不可混为一谈"。在这篇文章中，龙氏考订出北宋时期尚无四声之说，当时所谓不协律，多为不合乐句，"初未以四声平仄，当曲中之音律也"，且认为况周颐等近代词人"以四声清浊当词律"的说法不可尽信。

与冒鹤亭几乎如出一辙，龙榆生也曾对柳永、周邦彦等宋人所撰同调之词加以对勘，比对其四声情况，得出的结论与冒鹤亭《四声钩沉》一致，如其对勘《乐章集》，得出的结论：

> 永所撰《乐章集》悉以宫调区分；则其词之尽付歌喉，无所违迕，殆可推见。试取同一曲名，并隶同一宫调之词，加以比勘，以证四声清浊，不足以赅声律之妙用，而在北宋固不以此言律也。如般涉调之《安公子》(两词略)，细按词中各字，其无关紧要处，平仄亦有出入，遑论四声？(《词律质疑》)

对勘《清真集》，得出的结论：

> 且举《清真集》中同用一曲之词，一为比勘。如商调《浪淘沙》……二词除四声多出入外，如前一首"玉手亲折"之"折"字叶，后一首"帘幕千家"之"家"字平声、不叶；前一首"翠尊未竭"句之"竭"字叶，后一首"岁华易老"句之"老"字不叶；前一首"罗带光销纹衾叠"句之"叠"字叶，后一首"飞散后风流人阻"句之"阻"字不叶；且前一首句法为上四下三，后一首乃为上三下四，于音拍为不合。……至于四声之拘守，纵方、杨和章，无一字相违，又何解于美成之自相刺谬？（《词律质疑》）

更巧的是，龙榆生还将方千里词、杨泽民词和清真词与周词对勘，与冒鹤亭一样，自然也发现了万树的谬误：

> 方、杨和作，即就此曲论，如第四、五句，杨乐民作"征鼓催人骤发，长亭渐觉宴阕"，方千里作"柔橹悲声顿发，骊歌恨曲未阕"，周词"陌"字入声，方、杨"橹"字、"鼓"字皆上声；周词"饮"字上声，方、杨"曲"字、"觉"字皆入声，固不如万氏所云"更四声之尽合"乎？（《词律质疑》）

龙氏在该文结论中称："必守一家之说，以为四声清浊，可以尽宋词音谱之妙，乃谨守勿失，而自诧为能契其微，则恒以偏概全，动多窒碍。"

如果说20世纪30年代的龙榆生还只是认为，以四声论词，不能"尽贬声律之妙用"，那么在20世纪40年代《晚近词风之转变》一文中，他对四声的看法无疑要严厉得多，乃至直接称之为"晚近词家之流弊"，批判的意味也较先前深刻了许多，如：

> 自周、吴之学大行，于是倚声填词者，往往避熟就生，竞拈僻调，而对宋贤习用之调，排摈不遗余力，以为不若是，不足以尊所学，而炫其所能也。又因精究声律之故，患习用词调之多所出入，漫无标准，而周、吴独创之调，则于四声配合，有辙可循，遂以为由是以求协律，虽不中亦不远，于是填词家有专选僻调，悉依其四声清浊，一字不敢移易者，虽以声害辞，以辞害意，有所不恤也。……然好事之徒乃复斤斤如此，于是填词必拈僻调，究律必守四声，以言宗尚所先，必惟梦窗是拟。其流弊所极，则一词之成，往往非重检词谱，作者亦几不能句读，四声虽合，而真性已漓。且其人倘非绝顶聪明，而专务挦扯字面，以资涂饰。则所填之词，往往语气不相贯注，又不仅"七宝楼台"，徒炫眼目而已！

当然，作为朱祖谋的衣钵传人，龙氏在文中也为朱祖谋辩护，称："往岁彊村先生虽有'律博士'之称，而晚年常用习见之调。尝叩以四声之说，亦谓可以不拘。""王、朱诸老不若是之隘且拘也。"朱祖谋晚年倾心东坡，以疏济密，可见对于四声之弊，无论是朱祖谋还是龙榆生，或多或少都有了一定的认识。

龙榆生在文中也肯定了冒鹤亭、吴眉孙等人对四声之弊的非议：

> 今沪上词流，如冒鹤亭（广生）、吴眉孙（庠）诸先生，已出而议其非矣。吴氏与张孟劬（张尔田）、夏瞿禅（夏承焘）两先生往复商讨，力言词以有无清

气为断,而深诋襞积堆砌者之失。孟劬先生亦然其说,而以情真景真,为词家之上乘,补偏救弊,此诚词家之药石也。

需要注意的是,虽然龙榆生对四声之弊颇有不满,但与冒鹤亭从根本上颠覆四声理论不同,他只是认为,以四声论词,固有其局限,且过犹不及,需要"补偏救弊",而不是像冒鹤亭那样,以"宫商角羽"代替"平上去入"。

对于四声问题,午社中除了以上四位词人有比较集中的论述外,其他一些词人也不同程度地表明了自己的立场。

夏敬观作为午社的发起人,对社中诸人所争论的四声问题,并未如冒鹤亭、夏承焘等撰有专文论述,但我们通过查稽资料,仍能获得相关线索。

在《忍古楼词话》中,夏敬观曾表明其词学宗尚,对于梦窗涩调并不热衷,且间有批评:"宋词少游、耆卿、清真、白石,皆余所宗尚。梦窗过涩,玉田稍滑,余不尽取。……近人词多极端趋向涩体,守律过严,病在沉晦。"又如,在评姚肇崧词时,称姚氏"平昔论词,墨守四声,不稍假借",并对其多有规谏:"尝与论乐工所谓律,不在四声,求词之佳,在人品学力,见解气概,务其细而遗其大,非士大夫之所为也。"在与夏承焘的往来通信中,夏敬观也曾阐述他对四声的看法。夏承焘《天风阁学词日记》记载云:

> 晚接映翁函,论四声。谓近人只知入声,而不知入声亦派入平上去三声。至宫调与腔调不同,守四声与宫调无关,不过文人好为其难耳。白石《长亭怨慢》谓初率意为长短句,然后协以律,即是文人填词毋庸光顾及宫调之理,自制曲岂复有守四声可言。今人以此自缚,何曾知宫调,言之过分,徒使无佳词佳句耳云云。所论皆极名通。

综上所述,夏敬观对死守四声的做法实多有不满。其观点与夏承焘、龙榆生等相近,认为守四声不过是文人"好为其难",想要"因难见巧"罢了。言之过分,只会走向极端,作茧自缚,导致"无佳词佳句"。

此外,夏敬观对于宋词中出现的同调而平仄不一等现象也给出了自己的解释,而对于冒鹤亭以曲证词颠覆平、上、去、入四声的论证逻辑则大为质疑,颇不赞同。对此,夏承焘《天风阁学词日记》多有记载:

> 得夏映翁书,论予《四声平亭》。谓文人作词,付乐工作谱,乐工编谱二十八调,有一调合者,即为合律,否则须改动字句。故宋词有二调句法平仄同而入二律者,或同调而句法平仄有更变者,皆是作成后迁就音律所致。此说甚新。又谓研求音律,四声阴阳皆不可抹杀。鹤亭以曲证词,似尤不可,嘱转请孟劬翁印可。

此外,午社词人吕贞白虽然也力主词不必守四声,但其创作和理论之间颇有距离,夏承焘称其"颇主词不守四声之说,而其自制又兢兢不敢逾越"。

以上就是午社代表词人对"四声宽严"的主要立场和观点。作为民国词坛的热门话题,填词"四声宽严"还引起了午社之外众多词人的争论。以下就介绍第二个问题：午社之外词人对词守四声的看法。将张尔田和施则敬作为代表。

张尔田，字孟劬，浙江钱塘（今杭州）人。父亲张上龢，曾从蒋春霖受词学，又与郑文焯为词画至交，著有《吴沤烟语》。张尔田早年官刑部，与冒鹤亭为同事。入民国，任清史馆编纂、北京大学教授等，晚年为燕京大学国学总导师。著有《遯庵乐府》一卷。

抗战期间，身在北京的张尔田与夏承焘、吴眉孙、龙榆生等午社中人书信往来，研讨词学，互通声气。夏承焘《天风阁学词日记》中记载了张尔田对四声源起的解释："宋小令多不被管弦，故多不讲四声。美成诸人长调，始以字声吻合管弦，而不必以管弦凑合字声，于是四声之说起。"他认为，"涩调欺人，四声弄巧"，而对当时词坛梦窗末流竞拈涩调、墨守四声，堆砌辞藻而无"真情真景"的词风甚为不满，对吴庠抨击涩调四声的言论表示赞同和欣赏，在《与龙榆生论词书》中说：

> 近瞿禅书来，转示吴眉孙论词一函，痛抉近人学梦窗者之敝，可谓先获我心。弟所以不欲人学梦窗者，以梦窗词实以清真为骨，以词藻掩过之，不使自露，此是技术上一种狡狯法，最不易学，亦不必学。……盖先有真情真景，然后求工于字面。近之学梦窗者，其胸中本无真情真景，而但摹仿其字面，那得不被有识者所笑乎？

张尔田还认为，词既然已与音乐剥离，大可不必谨守四声、斤斤计较："今词既不可歌，斤斤四声，亦属多事，按谱填词，但期大体无误足矣。"

这样看来，在反对梦窗涩调、墨守四声，以及主张解除四声对作词的束缚等方面，张尔田与冒鹤亭的观点大体一致。但和冒鹤亭与吴眉孙一样，他虽然在大方向上与冒鹤亭趋于一致，但在某些细节方面，仍有论争。譬如，张尔田认为，"宋词四声，须依调而定，有当严守者，有可通融者，恐非一律"。冒鹤亭对此则不以为然，称"一国不致有二令，同是词调，安得有守有不守"。而张尔田对冒鹤亭以宫商角羽为四声的说法也很不赞同，如《天风阁学词日记》所载：

> 孟劬翁来两函，不以鹤亭说四声为然。谓以字义论，声自声，音自音，律自律，声只一声，音不只一声，律则排比声音，所谓还商为宫，琵琶弦宫商角羽，音也，非声也，不得以当平上去入之四声。

> 又接孟劬翁四日、五日两函，谓昨函所论有未定者，又谓鹤亭谓四声琵琶弦之宫商角羽，出于《乐府杂录》，然不得谓宋词根本无四声。

> 接孟劬翁六日函，谓鹤亭以四声当琵琶之宫商角羽，其说本于段安节《琵琶录》。以宫商角羽分平上去入，琵琶弦无徵音，是四声分明少上平一部。且四声起于梁世，岂预知有唐之琵琶耶？

除张尔田外，午社诸人的四声之争还吸引了施则敬的加入。施则敬并不以词名世，但他对四声问题的看法在当时有一定的代表性。他在《与龙榆生论四声书》中阐述了自己对四声问题的认识过程：

> 弟曩阅宋人方千里、杨泽民、陈西麓、吴梦窗诸家之作，声依清真，一步一

趋，惟恐或失。晚清大家若王半塘、朱彊村诸公，亦皆断断不敢自放。……当时即怪其迂拘特甚，不惟无关声旨，抑且汩没性灵。虽以梦窗、彊村之才，犹或意为辞晦，字以声乖，况他人乎？民十七（1928年）春，以此质之吴瞿安先生。先生亦抗心希古，严于声律，告以古人之作，自具深心。吾人必依其声，方为合格。不然，难免不为红友所诮也，弟以先生精于词曲，妙解宫商，遂嘿然焉。近读吾兄论词之作，及吴眉孙、夏瞿禅、张孟劬诸公往来论四声书数通，所见与弟向之所疑者宛尔合符，历载疑团，一朝冰释，诚快事也。

与冒鹤亭相似，施则敬也主张放松四声对词体的束缚。但是，相对于冒鹤亭颠覆四声的激进理论，他更倾向于夏承焘、吴眉孙等人的观点。他不讲四声，只谈平仄，认为作词只要在"平仄之中，斟酌声调之美"即可：

吾人填词，于四声究应依前贤成作否乎？弟意但于平仄之中，斟酌声调之美，取便讽诵，斯亦可矣。同于古人，只是偶合，异于成作，亦非故违，一以吾之声情为主。……夏君瞿禅谓"不破词体，不诬词体"，吴君眉孙益以"不蔑词理，不断词气"，弟更拈"不违声律，不失词心"八字明之。

简单小结一下，自万树《词律》首倡填词尽依宋人四声，一字不易以来，经晚清朱祖谋、郑文焯、况周颐等人的大力鼓吹，清末民初的词坛出现了竞拈涩调、墨守四声的极端现象，对词学的发展产生了不利的影响，在当时即引起一些词人的反思。至20世纪三四十年代，以冒鹤亭为代表的午社词人开始了对四声问题的集中反思与批判。他们几乎都意识到了墨守四声的种种弊端，大多倾向于放松乃至解除四声对词体的束缚。虽然他们彼此之间存在诸多论争，甚至时至今日有的问题仍悬而未决，但正是他们激烈的学术争鸣使沉淀多年的四声积弊暴露无遗，为后世词坛提供了宝贵的参考和研究价值。

以上主要介绍了午社内外词人围绕填词四声问题展开的论争，对于这一论争，我以为不能孤立地去看，而是要放宽眼界，把它放到文学转型以及传统词体寻求新出路的背景下进行审视。所以，接下来我们谈最后一个问题：从"四声宽严"到词界革命。

有学者认为，当19世纪末有人打出"诗界革命"旗号，试图变革诗体的时候，词体并没有像此前的趋势那样，力图与诗歌同步发展，而是有所疏离，甚至是"缺席"。（张宏生《诗界革命：词体的"缺席"》）但进入20世纪以后，尤其是新文化运动以来，有关词体变革的思考从来没有断绝，出现了宣扬白话词、自由词、新体乐歌等各种声音，甚至曾今可等人在20世纪30年代曾大肆倡言"词的解放运动"。因此，无论是立场、观点还是创作实践，民国学人的种种努力无疑也可以视为一场"词界革命"。而其中主要潜衍着两条理路：一是从词的语言形式入手；二是从词体的音乐属性出发。

胡适是民国时期从语言入手变革词体的先驱，他在1917年《新青年》杂志上发表的《文学改良刍议》，大力提倡白话文，被认为是新文化运动的第一枪。而以此精神为指导，他提出词的产生是白话韵文发展到中晚唐时期的自然趋势，为其"白话词"的理念塑造了合理基础。胡适以白话为词，固然实现了词体的大解放，但其后来的创作，摆脱词律限制，走向了词的新诗化，从词体发展的角度来看，实际上模糊了词体变革的方向。

20世纪30年代初发生在上海的"词的解放运动"，是胡适的白话词之后，从语言入手变革词体的又一次尝试。"词的解放运动"最初是曾今可与柳亚子等人闲谈时产生的想法，后来被撰成《词的解放运动》一文，刊于1932年11月20日的《时事新报》的副刊《学灯》。

1933年年初，《新时代》月刊第4卷第1期以"词的解放运动"专号之名出版，曾今可、柳亚子、郁达夫、张资平、余慕陶、董每戡等均发表了关于词体解放的文章，由此引发了上海文坛的一场笔墨官司。身为《新时代》月刊主编的曾今可是"词的解放运动"的首倡者，也是这次论战中被攻击最多的对象。

曾今可，名国珍，号今可，笔名君荷、金凯荷，江西泰和人。1929年加入南社。1931年任新时代书局总编辑，主编新时代丛书及《新时代》月刊，巴金、沈从文、臧克家、何其芳、丽尼等都在《新时代》上发表过作品。

据曾今可云，"词的解放运动"是他与柳亚子散步闲谈时提出来的，随后二人各自成文，即柳亚子的《词的我见》和他的《词的解放运动》。曾文先刊发于1932年11月20日的《学灯》，后来引起了张凤等人的兴趣，他们纷纷撰文，于是就有了这一专号。专号上的文章分别代表了两类观点：一类是曾今可提倡的"三分之一五的解放"观点，得到柳亚子、董每戡、章石承等人的支持，主张仍保留词谱、平仄，语言上用白话或浅近文言，可称之为"半解放"；另一类是张双红、张凤、张资平主张的"全解放"观点，要求打破词谱的限制，另创可歌的新词。"词选"一栏且刊出了曾仲鸣、林庚白、柳亚子、刘大杰、王礼锡、曾今可、章衣萍等人的词作，作为"解放词"的创作样本，其中曾今可的《画堂春》一词成为引发论争的导火索：

当时东北已全境沦陷，上海也刚遭受了"一·二八"的炮火，词中"打打麻将""国家事管他娘"的句子触痛了国人神经。首先发难的是茅盾，他署名"阳秋"在《申报·自由谈》发文，对该专号极为轻蔑，并作打油诗嘲讽曾今可。随后《新时代》月刊发表《阳春答阳秋》一文，予以回应，为曾辩诬。鲁迅也卷入了争端，其《曲的解放》一文，开头即云："'词的解放'已经有过专号，词里可以骂娘，还可以'打打麻将'。曲为什么不能解放？也来混账混账。"表达了自己对"词的解放"的不满。曹聚仁、钱歌川等也纷纷加入论战，以《申报·自由谈》为阵地，相继撰文批判。

概括来说，在语言形式上，参与"词的解放运动"争论的众人多支持"摒弃一切深奥的不配称的字眼和典故，而代以现代的浅近文言和言语"（章石承《论词的解放运动》）。但"专号"刊载的曾今可《画堂春》一词，触痛了乱离时代国人的神经，引来当时左翼作家的激烈批判，且批判的焦点渐渐转向对曾今可人品的攻击。文学的论争最终演变成一场非文学的道德批判，偏离了词体变革的正途。

民国"词界革命"的另一条发展理路则着眼于词体的音乐属性。前面介绍的夏敬观、龙榆生、冒鹤亭、夏承焘、吴眉孙等午社词人关于四声存废、宽严问题的论争，可以看成是在固守"词谱"传统规制的前提下做出的探索，其本质充其量不过是一种内部的"改良"。而20世纪二三十年代，有另一批学人直溯诗乐合一的传统，提出新的时代需要新的音乐与新的歌词，试图打破旧有"词谱"的桎梏，创造一种全新的合乐"曲子词"，堪称是真正的"词界革命"。

1926年，任职暨南大学的考古学家张凤在该年《暨南周刊》第27期上发表了《能唱的诗——乐音化的诗句》一文（初稿撰于1920年），倡导诗乐合一，认为姜白石是作"能唱的诗"的前辈，其之所以作自度曲的词，是因为当时就已经觉得这些词牌"是欺人的东西，是扰人的东西，是束缚人的东西，所以要打破他，脱离他，不迁就他，而自家唱自家的调子"。在此基础上，张凤后来又提出"活体诗"（又称"或体诗"）的概念，并参加"词的解放运动"争鸣。其主要观点便是将词的音乐性"偷窃过来"（《关于活体诗的话》），但要摆脱词谱限制，做到词体的全解放。

1931年，龙榆生、萧友梅等人创立"歌社"，"谋文艺界音乐界之结合，以弥诸缺陷，而从事于新体歌词之创造，以蕲适应现代潮流"（《歌社成立宣言》）。后来萧友梅、龙榆生、黄自、易孺、叶恭绰等人又组织音乐艺文社，礼聘蔡元培担任社长，叶恭绰为副社长，致力于声、文的融合，创作新体歌词。叶恭绰希望"用文学之优点以激发新音乐，再以音乐之优点以激发新文学。倘若将来产生了这样的一个产物，我们可以给它一个名字叫做'歌'"（《歌之建立》）。龙榆生亦认为："一代有一代之乐章……居今日而言创作新体歌词，欲求其吻合国情，而又不违反文学进展之程序，则舍精研中西乐理，而又明于词曲递嬗之故，其道莫由。"（《词林逸响述要》）此类主张受到了不少词人和学者的呼应，如南社词人金松岑有自度曲《名园绿水》《醉溪山》《小西湖》之作，李冰若思考词体未来的四种去处，其一即为"假如通音乐之人，或有通音乐之友，于研求之余，采取名曲，自造伟词，连谱带字，公诸世人"（《中世纪我国的新文学》）。

不同于张凤、叶恭绰等人追求声文合一，创作"能歌的诗"或"新体歌词"，陈柱的"自由词"主张，虽然也是从音乐性出发，但着眼于打破词、乐共生关系，志在摒除音乐（包括音谱和词谱）对词的束缚。1936年，陈柱在其主办的《学术世界》第1卷第10期刊载《自由词序》并自由词三首（《饮酒乐》《懊恼歌》《醉后对月》），序中自称早在执教广西苍梧二中时（1916—1921年）就和冯振倡为此体。之后又在与叶恭绰、陈中凡的往来书信中不断阐述其主张，引起广泛关注。陈柱从探析词、乐关系入手，认为词本是诗之变体，而诗自"诗三百"始，虽莫不可歌，莫不可谱于乐，但是"先有诗而后有谱，非先有谱而后有诗也"。词体亦是如此："观夫最初之词，其平仄未尝一定，长短时或参差，则可知先有词而后有谱矣。"并认为宋代词人，凡知音者"皆自作词而自为谱"，而不知音者则不得已只能按昔人之谱填词，以便于伶人歌唱，于是先有词而后有谱变成了先有谱而后有词。元明以降，词之音谱失传，白石旁谱已无人能解，词人依谱所作并不能被之管弦，所以词谱成为"无谓的桎桔"，必须被打破。在《答学生萧莫寒论诗词书》中，陈柱又称："吾昔日尝为自由词、自由曲，盖取词曲长短之声调，随意为之，而不守其谱，亦不用其名也。"陈柱所论词的起源以及词与乐（谱）的关系，并不符合词学史的一般认知，且其所论词谱，实际上是混淆了音谱和格律谱的差异，但这确实构成了他"自由词"的理论基础。

撇开了词的附乐而行，陈柱的"自由词"并没有彻底无视词的音乐性，而是转而追求"徒歌"之美，力图在文本中保持传统词体音调自然优美、句式长短不拘等富有韵律美的形式要素。他在《自由词序》中说："词有律绝平仄声之协调，有古诗长短句之节奏，于徒歌尤美。今既不以之入乐，则取其所长，而解其桎梏，用其句调，而不守其律谱。"在《答陈斠玄教授论自由词书》中又说："今若只取其天然之音调，解其向来之束缚，则既不失词之体格，而又无向来之顾忌。则作者既可高举阔步，而知音者亦可按词制谱，似于最初创词之原意，乃或反有合也。"其见于报章的"自由词"之作，大多自作新题，不拘声律，随性挥洒，任意而歌，但题材、意境、审美，乃至语言，则依旧多从古人之词中来。如其《饮酒乐》云："落红看尽看新绿，绿已残时爱雪花。雪花没后赏春华。一年何事苦长嗟。酌美酒，吟岩茶。江南杨柳青于染，岭表荔枝灿若霞。人生何处不宜家。"对陈柱的这类"自由词"，时人多给予了充分的肯定。陈中凡在《与陈柱尊教授论自由词书》称赞说："兄以清丽俊爽之笔，抒旷放萧疏之怀，虽自为己律，或任意浩歌，无不优为。何必倚刻板之声，按不可知之谱，而后始谓之乐章哉？"

总之，除了午社词人在词学体制内部的努力之外，无论民国词学界是从词的语言形式入手还是着眼于词的音乐属性的辨析，所谓的"词界革命"最终走向的都是消弭诗（旧体诗和新诗）与词的界限。从文体本身的演变来看，这种以牺牲词体独立性为代价的"革命"，无论如何也算不得是一场成功的"革命"。但包括陈柱"自由词"在内的各种尝试，无疑为当代旧体诗词的革新提供了丰富的历史经验和借鉴。

【参考阅读文献】

田玉琪、陈水云、江合友主编《词体声律研究与词谱编纂》，河北人民出版社2017年版。

马大勇《晚清民国词史稿》，华中师范大学出版社2016年版。

【思考题】

1. 民国时期的词体观与传统词体观相比，有哪些新的变化？
2. 除了"四声宽严"外，民国词学还有哪些中心议题？

第九讲
王国维词学语境中的"格调"与"境界深浅"

李 晨

☞【主讲人介绍】

李晨，文学博士，研究方向为明清文学、近代文学，硕士、博士师从马卫中教授。王国维词学研究是近代文学研究的热点问题，长期以来，受到中国古代文学、文艺学乃至哲学、教育学等各研究方向学者的关注。2022年，在《文学遗产》上发表论文《"有无"与"深浅"：论〈人间词话〉的批评层次问题》，试图从王国维词学批评的角度入手，探究王国维的理论逻辑体系，并由此提出新的思考方向。

这一讲的题目是《王国维词学语境中的"格调"与"境界深浅"》。之所以选择王国维词学及《人间词话》相关文本作为话题，是因为这是我近期特别关注的话题。我在《文学遗产》上发表了一篇论文——《"有无"与"深浅"：论〈人间词话〉的批评层次问题》，这也是我围绕《人间词话》发表的第二篇论文。第一篇论文《〈人间词话〉中的"格调"范畴及其诗学意义》，发表于《盐城师范学院学报（人文社会科学版）》2016年第3期，写于2010年，当时我正读大三，知识储备严重欠缺，所以现在回看，那篇论文比较稚嫩。2011年，我的本科毕业论文也是围绕王国维词学展开的，题目是《诗词互动——论王国维"境界说"的生成》，同样也不够成熟。但是，这两次最初步的学术训练让我感到收获很大，其中一些想法直到现在我仍在坚持。读研以后，我主要从事近代文学研究。王国维的词学研究这一话题也属于近代文学研究范畴，所以这些年我没有放弃对这一话题的思考和继续探索，并且一直有个愿望，就是再用一篇论文把关于《人间词话》想说的话说完。或者换个有野心的说法，是不是可能用一篇论文"解决"掉《人间词话》？从此再也不去研究它了。我的主要研究方向在诗歌领域，原来也没有计划在王国维的词学这里多做停留。在论文写作愿望的驱动下，2021年我开始着手准备《"有无"与"深浅"：论〈人间词话〉的批评层次问题》一文，刚写一小部分，就离开苏州去西藏待了一年，所以论文的大部分完成于西藏。也正是因为有了西藏的因缘，这篇论文是我格外珍视的。在写完这篇论文以后，我推翻了之前那个轻狂的设想。因为，一来，这篇论文并没有把我想说的话说完，二来，在写作过程中我又产生了很多新的想法。所以，我还打算再来细读《王国维全集》，继续往下写，继续写作新的论文。这都是后话了。

第九讲　王国维词学语境中的"格调"与"境界深浅"

如何探究王国维的词学？我的核心思路是尝试梳理王国维词学的体系以及其中所包含的层次问题，而切入点就在于"诗学"。王国维提出"境界说"，自身有一个诗学史的期待视野，就是拿他的"境界"去对比严沧浪的"兴趣"、王渔洋的"神韵"。他说："然沧浪所谓'兴趣'，阮亭所谓'神韵'，犹不过道其面目，不若鄙人拈出'境界'二字，为探其本也。"也就是说，"境界"和"兴趣""神韵"是本与末的关系。在他的词论中，有很多诗词互动的表述，比如未刊手稿有这样两条："明季国初诸老之论词，大似袁简斋之论诗，其失也，纤小而轻薄。竹垞以降之论词者，大似沈归愚，其失也，枯槁而庸陋。""读朱竹垞《词综》，张皋文、董子远《词选》，令人回想沈德潜《三朝诗别裁集》。"这是拿浙西派、常州派的词学去类比沈德潜的诗学，沈德潜的诗学用今天的话说就是"格调说"；拿云间派和清初词论家的词学去类比袁枚的诗学，袁枚的诗学用今天的话说就是"性灵说"。本讲我们主要谈论"格调"范畴和"境界深浅"问题，这有助于理解王国维词学批评所做的层次安排。

先说"格调"范畴。先要把握三种"格调"：第一，王国维本人对"格调"的使用，他认为古今词人里以姜白石词"格调"最高，他又经常把"格"和"调"拆开，比如论品格、气格、体格、格律、声韵等。请大家注意，姜夔词批评与"格调"概念是深度绑定在一起的，这是接下来所有分析的一大前提。第二，前人对"格调"的使用，也存在"格调"两字合用和拆用的情况，其中"格"字的内涵尤其丰富，薛雪《一瓢诗话》说"格有品格之格，体格之格。体格，一定之章程；品格，自然之高迈"，在古代诗论、词论中，"格"可能连缀成气格、意格、品格、风格、格律、格致、格韵等词使用。第三，今天所说的"格调说"，这是来源于日本学者铃木虎雄的《中国诗论史》，其中有一章叫《论格调、神韵、性灵三诗说》，非常重要。当然，这三种"格调"是否可以杂烩在一起，组成一个"格调"范畴呢？其实关于"格调"范畴一说，汪涌豪先生在他的《中国文学批评范畴及体系》中已有讨论，他认为在明清两代，"格调"范畴占据古代文学批评的核心地位。"格调说"固然是对"格调"相关论说的归纳总结，至于王国维所谈"格调"，也不是王国维的发明。用姜白石词代言"格调"，常州派周济在他的词学论著中就已说出，周济以前也还有人说过。这里强调周济，是因为周济论词对王国维的影响很大。王国维说："介存《词辨》所选词，颇多不当人意，而其论词则多独到之语。"介存，就是常州词派的周济。

在明清诗学中，"格调说"是最重要的话题之一。关于"格调说"，我有个还没有完全成型的想法，就是认为"格调说"几乎笼罩了有清一代诗歌，直到近代王闿运、谭献、章太炎等人，他们的诗学本质上还是"明七子"那一套。袁枚倡导"性灵"，在袁枚所处的时代有很多人去批评他，但是对沈德潜诗学，后来批评声音就不算强烈。词学里面固然没有"格调说"，但周济、王国维也搭了梯子，比如周济说姜白石词像"明七子"诗，王国维说朱彝尊论词像沈德潜论诗。由于朱彝尊论词是推尊姜白石，沈德潜论诗是继承"明七子"，姜白石、朱彝尊、"明七子"、沈德潜便形成这样一个"格调"范畴的组织。这样一个组织还可以继续扩大，在诗学方面可以拓展到王渔洋，在词学方面可以拓展到常州派。关于"神韵"与"格调"、王渔洋与"明七子"的关系，翁方纲认为"神韵"即"格调"，郭绍虞先生的《照隅室古典文学论集》以及张健《清代诗学研究》各有论及，可供参考。王国维在《人间词话》中批评贺铸的词"少真味"，像李攀龙、王士禛的诗，就是把王渔洋与"明七子"并在一起说。至于常州派，前面已经提到，王国维用朱彝尊《词综》、张惠言《词选》来类比沈德潜的"别裁集"。张惠言的《词选》，本身便是常州词派产生的标志之一。

以上，我通过概念的迁移、归纳等方式，展示了王国维词学语境中的"格调"范畴，并且梳理了"格调"范畴下的这些作家、流派。大家可能有疑问：对于"明七子"、王士禛、沈德潜、浙西派、常州派这些可以视作明清诗词学主流的作家与流派，真的可以这样轻易地用一个"格调"范畴统合在王国维的词学语境中吗？我认为是可以的，因为"格调"范畴下的这些作家、流派有两点共性的美学内核，恰恰是王国维所关注甚至要去针对的。第一是复古。复古则尚模拟，复古则重体制，复古则需人力，这就与王国维看重天才的美学观念背道而驰了。姜白石词长于创调，重人力雕琢，王国维便认为姜白石词"无境界"。至于明清"格调说"一派反反复复申诉的要得古人意，在学古人的时候要关注形气神，最终要做到"神似"而不是局限在"形似"，古体诗要学汉魏，近体诗要宗盛唐，凡此种种的套路，自然不是王国维认同的诗学模式。王国维反对模拟，对于浙西派的"家白石而户玉田"、常州派的"宋四家"门径之论，王国维肯定也都是要反对的。王国维的词学观念首先便是要求"真"，尤其要有"真感情"，一旦强调模拟古人，则容易流于一个"伪"字。他对于"境界"的界定是"境非独谓景物也。喜怒哀乐，亦人心中之一境界。故能写真景物、真感情者，谓之有境界；否则谓之无境界"。"真"，是"有境界"的前提。他又说："'西风吹渭水，落日满长安。'美成以之入词，白仁甫以之入曲，此借古人之境界为我之境界者也。然非自有境界，古人亦不为我用。"严格来看，王国维不完全是复古主义的反对者，但他一定强调先"自有境界"，其路径与"格调"范畴下的诗词学路径即有差异。既有了这第一点，"格调"范畴在王国维的词学理论体系中无疑就处在了被打压的位置，所以王国维虽然也给过姜白石一些正面评价，但核心有一条，即姜白石词"无境界"，他的词就是多"隔"的。第二是雅正。雅正可以说是"格调"范畴的美学精神。因为清代官方倡导"雅正"，所以主流观念要主张温柔敦厚，排斥"艳诗""艳词"。所以，对于词这种通常被称为淫词艳曲的文体，浙西派主张要"醇雅"，常州派所谓"意内言外""词中有史"，也是要将词体雅化，无非有的更侧重于形式，有的更侧重于内容，但"雅"就是悬在那里的美学追求。对于这个"雅"，王国维又是什么态度呢？"复古"和"雅正"合在一起的"古雅"是王国维完全排斥的吗？这就要去读王国维的那篇非常重要的美学文章——《古雅之在美学上之位置》。《古雅之在美学上之位置》关于"古雅"的立论被称为"古雅说"，它好像和"境界说"遥相对立。其实，"古雅说"也好，"境界说"也好，这些名词都是后世的总结归纳，概念本身并不能成为论证的依据。我认为，《古雅之在美学上之位置》与《人间词话》的美学精神是呼应的，它们在一些思路上呈现了美学与词学的一体两面。《古雅之在美学上之位置》发表于1907年，而《人间词话》，据彭玉平先生考证，写作于1908年，当然王国维的词学思想在此之前就已经成型了，比如《人间词序》的写作时间就早得多，并且已经能够反映出王国维的词学思想，和《人间词话》传达的词学观多有契合。所以，"古雅说"和"境界说"在产生时间上可以说是同步的，要特别关注这两者之间的联系。我注意到，对于用《古雅之在美学上之位置》一文来解读《人间词话》，已经有学者做了相关的研究。比如张建军，笔名叫张郁乎，是中国社会科学院哲学研究所研究员，曾经写过一篇文章就叫《从〈古雅之在美学上之位置〉解〈人间词话〉》，发表于《哲学动态》2015年第10期。另外，《古雅之在美学上之位置》需要反复研读，而且近年相关研究论文有不少，甚至发表在一些权威刊物上，比如，《中国社会科学》2020年第12期，有一篇刘成纪的《释古雅》；《文艺研究》2021年第1期，有一篇冯庆的《从"古雅"到"美丽之心"——王国维学术转向的审美启蒙旨趣》；2022年有一篇吴寒的《残局之为开局：论王国维古雅说与美之第二形式》，同样发表在《文艺研究》上。这些论文也值得留意。

《古雅之在美学上之位置》中提出两个概念，即美之"第一形式"（包含"优美"和"宏壮"）与雅之"第二形式"，且有两段特别绕的话：

> 而一切形式之美，又不可无他形式以表之，惟经过此第二之形式，斯美者愈增其美，而吾人之所谓古雅，即此第二种之形式。即形式之无优美与宏壮之属性者，亦因此第二形式故，而得一种独立之价值，故古雅者，可谓之形式之美之形式之美也。

> 优美及宏壮必与古雅合，然后得显其固有之价值。不过优美及宏壮之原质愈显，则古雅之原质愈蔽。然吾人所以感如此之美且壮者，实以表出之之雅故，即以其美之第一形式，更以雅之第二形式表出之故也。

它包含两重意思：其一，美之"第一形式"的表现必须经由雅之"第二形式"；其二，雅之"第二形式"具有独立的价值，有雅之"第二形式"未必就有美之"第一形式"。类似的逻辑在《人间词话》中也有，王国维说"词以境界为最上。有境界则自成高格，自有名句"。有"境界"则必有"高格"，有"高格"就必有"境界"吗？当然不是，姜夔词就是例子。无独有偶，《古雅之在美学上之位置》这篇文章在论述古雅之独立价值时，在词这一文体上，给的例子也是姜夔。所以说，"格调"与"古雅"是对应的，打开"格调"范畴这张网，对于理解王国维的"境界说"如何布局、"落子"非常重要。那么，还有一个问题："格调"范畴亦即"古雅"，在王国维的语境中，价值究竟落在哪里？在《古雅之在美学上之位置》一文中，王国维指出了"古雅"的两方面价值，尤其是第二点价值，他说："至论其实践之方面，则以古雅之能力，能由修养而得之，故可为美育普及之津梁。虽中智以下之人，不能创造优美及宏壮之物者，亦得由修养而有古雅之创造力。……故古雅之价值，自美学上观之，诚不能及优美及宏壮，然自其教育众庶之效言之，则虽谓其范围较大、成效较著可也。"王国维肯定了其中的实践意义。对于清代诗词创作的繁盛，王国维没有否定这样的历史存在及其意义，他说"周介存谓'白石以诗法入词，门庭浅狭，如孙过庭书，但便后人模仿'。予谓近人所以崇拜玉田，亦由于此"。正因为"便后人模仿"，清代才会出现"家白石而户玉田"的现象。但是，王国维在这里对创作者有限定，即是"中智以下之人"，是"众庶"。他们局限在"古雅""格调"上努力，最终做不成王国维语境中的"诗人"，只能做"常人"。为什么？因为王国维在《古雅之在美学上之位置》开篇就说了："美术者天才之制作也。"换言之，"境界"是有高门槛的。所以，清代诗词创作是繁盛，但王国维欣赏的清代诗人、词人极少，其在《人间词话》中评价最高的清代词人是纳兰性德。另外，王国维还有一位特别欣赏的清代词人，就是他自己。

再来看《清真先生遗事》中也挺绕的一段话，说"诗人之境界"与"常人之境界"：

> 一切境界，无不为诗人设。世无诗人，即无此种境界。夫境界之呈于吾心而见于外物者，皆须臾之物。惟诗人能以此须臾之物，镌诸不朽之文字，使读者自得之。遂觉诗人之言，字字为我心中所欲言，而又非我之所能自言，此大诗人之秘妙也。境界有二：有诗人之境界，有常人之境界。诗人之境界，惟诗人能感之而能写之，故读其诗者，亦高举远慕，有遗世之意。而亦有得有不得，且得之者亦各有深浅焉。若夫悲欢离合、羁旅行役之感，常人皆能感之，而惟诗人能写之。故其入于人者至深，而行于世也尤广。（清真）先生之词，属于第二种为多。

这一段话对于理解王国维的"境界说"非常重要。王国维说了三种情形：一是诗人写"诗人之境界"；二是诗人写"常人之境界"；三是常人不能写"常人之境界"。"常人之境界"，常人能"感之"，却不能"写之"，就是说"常人"的创作无论如何也触碰不到"境界"的门槛。所以，整个"格调"范畴，再联系到"古雅"，代表着王国维词学及其背后美学体系的底层设计。毫无疑问，王国维词学的顶层设计是"境界"，但有时我们太过重视高悬在上的"境界"二字，而容易忽视掉王国维的底层设计。正是因为有了"格调""古雅"这些底层设计，王国维的词学理论才是完整的，才是有层次、有逻辑的。

在论文《"有无"与"深浅"：论〈人间词话〉的批评层次问题》中，我用一段话总结了这个问题：

> 在"境之有无"的视角下，姜夔词与"格调"的榫合，表示"境界说"与明清诗学（包括词学）并未脱榫。在《古雅之在美学上之位置》一文中，王国维对美之"第一形式"与古雅之"第二形式"的反复思辨，正是展现了"境界说"兼具包容性与个性的理论智慧。由"格调"而入，不难看出明清诗词理论与创作乃至于传承上都已生成较为严密的体系。面对十分成熟的历史积淀，王国维没有否认其价值，甚至在《人间词话》文本中，"境界"与"神韵"等核心概念亦存在一定程度上的审美相通处。此外，历来对《人间词话》文本的"注释"，也表明在具体论词表述上，王国维受到不少古代诗词学论著的影响。但即便如此，王国维用"古雅"一词几乎要将明清诗词学"整体"置入"第二形式"，就意味着"境界说"的理论基础不宜再从诗词学传统中搜寻。诗词学传统经常在体

制、神气、格韵等文本表层以及戴有复古主义镣铐的性情观中摇摆，而王国维要另辟蹊径，引入天才观，设置面向宇宙与人生的更高范畴，从而构成其理论个性。其词学批评表现得严苛，乃至经常被视为"偏颇"，原因正在于此处。探源"境界说"，关键仍在王国维本人关于西方哲学与宋代理学的阅读史与学术史。（有改动）

再看"境界深浅"问题，这是王国维词学的顶层设计。王国维在词学上重北轻南，他对南宋词几乎一笔抹杀，把南宋词归入"无境界"。他认为南宋词唯一"有境界"的是辛稼轩，对辛稼轩总体评价很高，但也说过："南宋词人之有意境者，唯一稼轩，然亦若不欲以意境胜。""辛、刘之词，其失也鄙。"挺耐人寻味。王国维词学语境中的"无境界"这个问题，我认为总体来看比较简单，只有"格调"那里需要转转弯。其他要素都是配套的，只要王国维说"隔""南宋""俗子""物质""游词""以文学为职业"，潜台词基本都是"无境界"。当然，"无境界"内部也有层次，格调高下、古雅与否便是层次，所以王国维对姜夔的评价与他对吴文英、张炎等人的评价又有不同。

比较麻烦一些的是"有境界"内部的层次。那么，这个层次是什么呢？王国维在《人间词话》中说："境界有大小，不以是而分优劣。"这个层次不是"大小"。当然王国维也给出了答案，那就是"深浅"。《人间词乙稿序》中有这样一句话："文学之工不工，亦视其意境之有无与其深浅而已。"我认为这句话是"境界说"体系的核心思想。需要说明的是，《人间词乙稿序》署名"樊志厚"，一般认为是王国维托名樊志厚。其实樊志厚是确有其人的，叫樊炳清，与王国维一样也是浙江人，所以《人间词序》（包括甲稿和乙稿）究竟是不是王国维本人手笔，还是可以再探讨的。但是有一点我认为毫无疑义，就是这两篇序呈现了王国维本人的词学思想。用"深""浅"来谈词乃至于谈美学，在王国维的著述中能举出不少例子。当然大家可能说，用"深浅"谈诗词，在古人那里本来就是寻常可见的。这地方尤其值得注意的是陈廷焯和他的《白雨斋词话》，大家可以去翻看《白雨斋词话》，《白雨斋词话》中论及词之"深浅"的话头特别多，而且陈廷焯已经引入"意境"的概念来评词了。这样来看，王国维应该受到了陈廷焯的影响。但是，我想说王国维所说的"深浅"不是停留在这个表面情况，它背后有一个西方哲学、美学的逻辑。对此话题不展开了，后面我只把"深浅"的情况简单梳理一下。

倒是很想说一个题外话，关于王国维的"境界说"，至今仍有一个巨大的争议，就是"境界说"究竟是"中体西用"还是"西体中用"？这话题在十来年前特别热闹，当时清华大学的罗钢先生抛出了一个极有争议的观点，说"境界说"是"德国美学的一种中国变体"，当时很多人写论文来讨论这件事，有拥护罗钢先生的，也有很多质疑的。当然不管大家是否赞成这个观点，我还是特别推荐大家去阅读罗钢先生的专著《传统的幻象：跨文化语境中的王国维诗学》。进入21世纪后的这20多年时间，《人间词话》研究发展很快，整体到了一个较高的水平，清华大学的罗钢先生、中山大学的彭玉平先生，他们所做的研究，都很有代表性。像彭玉平先生的《人间词话》

研究，大家可以去读他的专著《王国维词学与学缘研究》以及《人间词话疏证》，都是很棒的研究。《人间词话疏证》的底本是王国维手稿，这也是别具特色的。彭玉平先生研究《人间词话》，带有典型的古代文学研究的特征，认为"境界说"是"中体西用"的，一般多是古代文学学者。彭玉平先生2022年在《作品》上发表了一篇文章，叫《〈人间词话〉：中国渊源与西方话语》，文章指出："我认为这部《人间词话》不是中西美学理论结合的产物，而是以中国传统理论为基础，适当点缀一些西方话语而已。"同时也说："王国维的这部《人间词话》，就是因为对晚清词风不满而写的，带着明显的针砭时弊的意义。……按王国维当时良好的学术训练，王国维如果有意建构自己的词学理论和体系，应该用专著，至少是论文的方式来完成。"这当然也是"中体西用"的看法。不过，我本人是倾向于"西体中用"的。我不知道未来自己会不会调整这一看法，但就自己当下的研究体会来说，还是认为对"境界说"进行溯源的话，它更主要地来自西方哲学。这里面有一个关键，是把"境界说"最大限度地简化，它的核心是一个"真—美"的美学内核，而不是一个"善—美"的内核。这个"真—美"的结构与"天才观"配套后，大致可以照见"境界说"的西学底色。

王国维认为境界深的代表词人，主要是冯延巳、李煜、欧阳修、秦观等四位，另外他特别欣赏苏轼和纳兰性德。只是他对苏轼的欣赏早已溢出了"词"的文体范畴以外（见《文学小言》），而纳兰性德所处的时代十分靠后，所以在王国维推崇五代、北宋词的评价体系中，冯延巳、李煜、欧阳修、秦观占据了制高点。无独有偶，他对这四人的评价，均出现了"深"的字眼。他评价冯延巳是"深美闳约"，评价李煜是"词至李后主而眼界始大，感慨遂深"，评价欧阳修、秦观是"美成词深远之致不及欧、秦"。其他唐五代、北宋名家，又和这四人形成深、浅的阶梯。比如，和冯延巳、李煜比较的是温庭筠、韦庄，他认为温、韦不及冯、李，而韦庄又要高于温庭筠；和秦观比较的有晏几道和贺铸，他认为晏几道不及秦观又要稍胜于贺铸；至于欧阳修，可作参考的是晏殊和柳永，王国维认为晏殊不及欧阳修，但他对晏殊的总体评价仍较高，对柳永则评价较低，甚至认为"衣带渐宽终不悔，为伊消得人憔悴"这样的名句绝不可能出自柳永手笔。当然，"境界浅"不等于"无境界"，以上这些作者都能算是"有境界"的，区别只是在于境界有深有浅。王国维认为北宋词最次是贺铸，因为贺铸的词"少真味"。一旦在"真"这个标准上出问题，那就要滑落到"无境界"的边缘了。至于南宋词，主流便是"无境界"，是"隔"的，即便是南宋词"不隔"的地方，那也是"然南宋词虽有不隔处，比之前人，自有浅深厚薄之别"，南宋词绝对无法达到"境界深"的高度。所以，王国维的词学批评，层次是非常清晰的，关键在于批评层次背后有哪些理论问题，这也是我写作论文《"有无"与"深浅"：论〈人间词话〉的批评层次问题》想谈论的话题之一。把握住"有无"和"深浅"的问题，就可以理顺《人间词话》中的很多逻辑。比如，《人间词话》中有个看起来自相矛盾的地方，就是王国维一会儿不像一位文学道德主义者，他认为在淫词、鄙词和游词中，淫词和鄙词尚且可能由"真"而表现得"亲切动人"和"精力弥满"，游词则弊病最重；一会儿又像一位文学道德主义者，他说"词之雅郑，在神不在貌。永叔、少游虽作艳语,终有品格。方之美成,便有淑女与倡伎之别"。问题在哪里呢?就是前者的标准在于"真","真"是"有境界"的前提,这时候就是境界"有无"的问题;后者的标准在于"雅",那里是境界"深浅"的问题。这里我想再衍生说两个话题,一个是王国维对周邦彦的评价,非常游离。谈王国维评价周邦彦的论文有不少,而且好几篇发表在比较有影响的刊物上,说明这个问题引起了很多人的关注。我认为王国维《清真先生遗事》对周邦彦的评价包含了他的一个"最终"定位,就是说周邦彦主要写的是"常人之境界"而不是"诗人之境界",所以周邦彦的词属于"境界浅"的范畴。另外一个,王国维评价袁枚的话不多,但要是用"境界说"去衡量"性灵说",大概"性灵"也是属于"有境界"但"境界浅"的。

那么,"境界深"和"境界浅"的标准在哪里?答案就是《清真先生遗事》里那段关于"诗人之境界"与"常人之境界"的划分。"诗人之境界"对应"境界深","常人之境界"对应"境界浅"。当然这背后还有理论渊源,主要是来自西方的哲学、美学,这里就不再展开了。

最后,大家如果对20世纪初王国维留下的这些哲学、文学论著感兴趣的话,不妨认真研读浙江教育出版社出版的《王国维全集》,了解王国维如何在接纳新知和个人思想的矛盾冲突中,一步步从教育学到哲学再到文学,又如何在古代文论向现代文论转型的大时代背景下进行理论上的"突围"和改变。

【参考阅读文献】

谢维扬、房鑫亮主编《王国维全集》,浙江教育出版社2009年版。

王国维著,徐孚注,王幼安校订《人间词话》(与况周颐《蕙风词话》合刊),人民文学出版社1960年版。

王国维撰,黄霖等导读《人间词话》,上海古籍出版社2019年版。

王国维撰,彭玉平疏证《人间词话疏证》,中华书局2014年版。

夏中义《王国维:世纪苦魂》,北京大学出版社2006年版。

罗钢《传统的幻象:跨文化语境中的王国维诗学》,人民文学出版社2015年版。

【思考题】

1. 周济与王国维的词学主张有何异同?
2. 如何理解"古雅说"与"境界说"的关系?
3. 请探究20世纪头10年王国维在哲学与文学领域的阅读史。
4. 在《人间词话》以外,王国维做过哪些词学文献基础研究工作?

第十讲
同光体诗论述要

马卫中

> 【主讲人介绍】
>
> 马卫中，江苏常熟人。苏州大学文学院教授，中国古代文学专业博士生导师。曾师从苏州大学钱仲联教授，获博士学位。博士论文《光宣诗坛流派发展史论》，2000年由苏州大学出版社出版，2001年获江苏省哲学社会科学优秀成果奖。其中第四章"光宣诗坛坚持传统的主要诗歌流派：同光体"，是为研究生开设之"近代诗派研究"课程有关同光体部分最早的讲课依据。在以后的教学中，多有思考，多有收获，也多有更新，遂成今日之讲稿。其主体部分，曾以论文的形式发表，其中有《陈衍"三元说"与沈曾植"三关说"之理论差异》《陈衍"学人之言与诗人之言合"论》《同光体视野下的陈三立之"诗人之诗"》等。

这一讲的题目是《同光体诗论述要》。同光体研究是当前学界的一个热点。首先，研究同光体的文献资料成了出版社的"香饽饽"。譬如，陈衍的《石遗室诗话》，作为同光体最重要的理论著作，最近20年，我所见到的版本就有六种之多：福建人民出版社1999年出版的钱仲联先生编校的《陈衍诗论合集》，上海书店出版社2002年出版的张寅彭先生主编的《民国诗话丛编》，都收了《石遗室诗话》。而单行的版本则有辽宁教育出版社1998年"新世纪万有文库"版、人民文学出版社2004年"中国古典文学理论批评专著选辑"版，以及厦门大学出版社2021年"厦门大学百年学术论著选刊"版。还有一种，估计你们不太多见，2017年由朝华出版社出版，收入《清末民初文献丛刊》，是影印本。影印者介绍原版书影称："一九二七年涵芬楼石印本。"这句话犯了两个错误：第一个错误是搞错了时间，其影印的底本是民国十八年，也就是1929年由商务印书馆——当时也叫"涵芬楼"出版的。第二个错误是排印本说成了石印本。其实排印本和石印本，只要稍有版本学知识，分辨起来还是非常容易的。

同光体研究很热的另外一个标志，就是现在有关同光体，有很多论著。特别是博士、硕士的学位论文，做同光体的还真不少。就说苏州大学，最早是马亚中老师的博士论文《中国近代诗歌史》，第六章为"全面的历史反省中对新雅的追求——同光时期的同光体"。以后是涂小马老师的博士论文《"同光体"研究综述》，专写"同光体研究"。我所做的《光宣诗坛流派发展史论》，是将同光体作为"光宣诗坛坚持传统的主要诗歌流派",以专章的形式加以论述,而湖湘派、唐诗派、晚唐诗派等则为"光宣诗坛坚持传统的其他诗歌流派",合并一章进行讨论。我发表在《社会科学战线》1989年第1期的《中国古典诗歌的末路英雄——陈三立诗坛地位的重新评价》,是1949年以后第一篇专论陈三立诗歌的文章。后来,我指导的第一个博士生董俊钰以《陈三立评传》为题,通过了博士学位论文答辩。放眼全国,我们如果通过网络搜寻一下同光体或陈三立,最近30年相关的论文一定是汗牛充栋。

再简单介绍一下当下同光体研究的特点。我在本课程开场的时候谈到,文学研究者接触文学现象的先后顺序,由简而繁:首先是作品,然后是作家,接着是流派,最后是思潮。而今天研究同光体之文学现象的视角和方法,和以往相比,多有更新,多有进步。作品的解读,学界最早多停留在艺术鉴赏的层面,而现在流行所谓的综合分析,譬如"诗史互证",即以诗证史,又以史证诗,这就提升了作品分析的学术内涵。其实过去也说"文史不分家"。民国以来,有关这方面的典范,应该是陈寅恪先生。他的《柳如是别传》,原来的题目就是《钱柳因缘诗释证稿》,是"诗史互证"吧?当然,其研究的范畴不属于近代。但是,我们今天可以用"诗史互证"这样一种方式,去发掘同光体作品中的史料价值,同时去寻找其诗史意义。有关诗人的研究,过去局限于同光体几个重要诗人,像陈三立、陈衍、沈曾植、范当世等。在21世纪初,上海古籍出版社的聂世美、李保民先生,和我们一起策划过一套"中国近代文学丛书",其中就有陈三立、陈宝琛、郑孝胥、范当世、陈曾寿等同光体诗人的诗文集。当然,在同光体的重要诗人中,郑孝胥比较特殊,研究较少。大概20年前,福建有一位先生,就写过一本有关郑孝胥的著述,题目是《郑孝胥前半生评传》。当时我就想着,为什么郑孝胥的"后半生"就不能研究或者说不好研究了?是不是因为郑孝胥后来做汉奸了?我认为做了汉奸也可以研究,关键在于研究者的立场、角度和观点。读了此书以后,我感觉写得挺好。研究同光体,涉及郑孝胥,或许前半生更重要。今天对同光体作家的研究,已经扩散到常人不太听说的许多诗人,如沈瑜庆、何振岱、夏敬观、胡朝梁等。我有一名硕士研究生,毕业论文做的就是李宣龚研究。我想,研究生中有听说过李宣龚的,但不会很多。在同光体闽派中,李宣龚的诗写得非常有特点,在当时也是有一定影响的。再说诗派的研究。20世纪的前80年,把同光体作为流派进行专门研究的论文基本没有。汪辟疆先生的《近代诗派与地域》讨论了近代六个地域性诗派,其中有"闽赣派",汪辟疆说这就是陈衍所谓的同光派。但因为闽赣派只是其论文所讨论的一小部分,篇幅有限,既不全面,也不准确。汪氏此文最早是1934年在金陵大学中文系所作演讲的记录稿,后扩充重写,发表在中央大学《文艺丛刊》第2卷第2期。而钱仲联先生1981年刊载在《文学评论丛刊》第9期的《论同光体》,是大陆最早系统阐述同光体之形成过程、宗趣特点、内部派别和诗坛影响的论文,现在已经成为同光体研究最为经典之作,我们评价同光体诗人的标准,多肇始于此。但钱先生当时心有余悸,文章最后说"今天看来,'同光体'自然是历史的陈迹了"。不过,他老人家还是谈道:"怎样评价,不应用几句话骂倒的简单办法。"当然,在海外,曾克耑先生的《论同光体诗》,20世纪50年代完成于香港,要稍早。

可由于历史的原因，80年代之前海外学者的研究成果，当时在大陆是无法看到的。此文被邝健行、吴淑钿收入《香港中国古典文学研究论文选粹（1950—2000）·诗词曲篇》，并由江苏古籍出版社于2002年出版后，学界才能比较方便地阅读。同光体研究深入到一定阶段以后，现在有学者把同光体融入整个近代诗歌史的研究之中，注重在时间和空间方面与其他诗派进行比较，因为近代诗歌的流派很多，如湖湘派、唐诗派、晚唐诗派、诗界革命派等。这样的研究，既可以彰显同光体的特点，又能展现近代诗歌的整体风貌。我刚才谈到，我博士论文的题目就是《光宣诗坛流派发展史论》。我的初衷是比较全面地观照包括同光体在内的晚近诗歌流派的成就和不足，同时展现这些诗歌流派的特点和背景。至于同光体背景的研究，就是将其置于当时的文学思潮之中，对凡可能会对文学产生影响的因素，诸如历史、政治、哲学、经济等，进行关联的考察。过去往往只是就文学谈文学，现在是把它放到更广阔的层面上。总而言之，现在的同光体研究，更细致、更客观、更丰富。

当前的同光体研究，也有弱点和缺点，甚至盲点，主要就是诗学理论的研究相对薄弱。诗学理论在与诗歌相关的实践活动中非常重要，它是诗歌创作和诗歌批评的原则与方法，诗人用以创作出合乎自己理想的作品，而研究者则据此了解诗歌和诗人的特点，并揭示流派和思潮的发展规律。所以，研究同光体，一定要研究同光体的诗学理论。但是，诗学理论的研究非常枯燥。第一，书写形式多为古文，对今天的年轻人来说，在语言的解读方面就有很多的隔膜；第二，理论的阐述，往往是宏观的、抽象的、思辨的，不容易理解。因此，同光体诗学理论的研究，相比诗人作品的研究，目前做得不多，也不够深入。还有，对于同光体内部存在的理论差异，学界现在的关注和研究也还不够。这其实是造成诗风差异的一个重要原因。对诗学理论的认识不同，会影响到诗人的创作，钱仲联先生就将同光体分成闽派、江西派和浙派。后面我会重点介绍三派诗学观分歧，实质是同中有异。总而言之，研究诗论，目前多皮相之言，远没有达到鞭辟入里的境界。当然，文学理论研究的深入，有赖于文学现象研究的深入。理论研究是建立在作家、作品的研究基础之上的。只有对诗人有了比较全面的了解，对诗作也有了比较深刻的体会，我们研究诗学理论才能得心应手。这就是辩证法，也就是孟子所说的"知人论世"和"颂诗读书"之关系。

所以，我们今天讨论同光体的诗论，也是要从同光体的概述开始。

我们这门课，是面向中国语言文学一级学科的研究生所开设的。有些学生的二级学科就是中国古代文学，而其本身的研究方向又是古典诗歌，虽然不一定是近代，但和同光体多少有点关联，至少在知识的储备上会有所交集。中国的古代文化强调融会贯通，强调传承变化。我们今天研究汉魏六朝的诗歌，或者研究唐宋的诗歌，也要考察后世的接受状况。所以，对我所讲的题目和内容，不会感到非常陌生。如果二级学科是文艺学，或者比较文学，其从事的研究要涉及这一块的内容，是不言而喻的。钱锺书先生是比较文学的泰斗，他对同光体的稔熟，是年轻一辈的学者至今无法企及的。即使是现当代文学专业的学生，甚至是研究散文、小说和戏剧的，也应该了解同光体。从时间上讲，同光体一直延续到整个民国时期，是和新文学同时存在的，不过是两个道上跑的车，但也经常交会。再从空间上讲，戏剧、小说和散文，与诗歌虽然是不同的文学形式，但都姓文学，其内在也一定有互相交融、相互影响之处。况且，你的理想如果是做一位高校教师，你上文学史的课，也会涉及诗歌，是不可能只讲戏剧、小说，或者散文的。还有学生可能是语言学专业的，了解一下同光体也有好处。钱仲联先生《论同光体》虽然说"'同光体'自然是历史的陈迹了"，但还是强调"对我们今天怎样做到诗是精炼的语言这方面，还有可以借鉴的地方"。研究语言学的宗旨难道不是更好地使用语言吗？

刚才所说的，算是开场白。言归正传，下面讲三个问题：第一是同光体概述；第二是同光体内部之派别；第三是同光体代表诗人之理论分歧。

有关同光体概述，讲两点：一是同光体之诗坛影响；二是同光体之发轫时间。我们先说同光体之诗坛影响。

民国时期，同光体非常流行——popular。我跟你们举一个小说家之言的例子吧。钱锺书的《围城》，想必大家都读过。里面有一个狂傲到极点的人物，天王老子也看不起，叫董斜川，他曾经口出狂言：

> 我作的诗，路数跟家严不同。家严年轻时候的诗取径没有我现在这样高。他到如今还不脱黄仲则、龚定庵那些乾嘉习气，我一开笔就做的同光体。

钱锺书说董斜川是名父之子，你们看看，是不是自己的老子都不在董斜川眼里，厉害吧？所以，现在我们好多老师和学生都在写诗，我不敢写。因为同光体的诗我看的多了，我感觉如果我来写诗，写出来的所谓诗，和同光体相比，那简直就不能称为诗，那是一定要被董斜川之流嘲笑的。当然，如果你写诗只是记录自己的心声、自己的情感，皮藏家中是不给别人看的，那就无妨。其实，学会写诗对理解诗歌是有很大帮助的。董斜川在同光体诗人中，最佩服的就是大诗人陈三立了。当方鸿渐问董斜川当下诗人谁最了不起时，钱锺书笔下有这么一段惟妙惟肖的董、方二人的对话。这段对话始于董斜川对方鸿渐所提问题的回答：

> "当然是陈散原第一。这五六百年来，算他最高。我常说唐以后的大诗人可以把地理名词来包括，叫'陵谷山原'，三陵：杜少陵、王广陵——知道这个人吗？——梅宛陵；二谷：李昌谷、黄山谷；四山：李义山、王半山、陈后山、元遗山；可是只有一原：陈散原。"说时，翘着左手大拇指。鸿渐懦怯地问道："不能添个'坡'字么？""苏东坡，他差一点。"

我也问一下：知道王广陵这个人吗？王广陵就是王令，北宋的诗人。方鸿渐其实是有钱锺书的影子的。"方孔兄"就是"钱"。"方"和"钱"，就是这个关系。而董斜川的原型是冒效鲁，他是安徽大学外语系的教授。他生于1909年，卒于1988年。我见过，你们没见过。20世纪80年代初，钱仲联先生曾请冒效鲁先生来苏州大学讲课。他和钱锺书的关系真是不错，在课堂上告诉我们："钱锺书跟我说看见我是要'三跪九叩首'的。为什么呢？钱锺书不懂俄语，我懂俄语啊。"中华人民共和国成立前，他是国民政府驻苏联大使馆的工作人员，他的俄语的确非常好，在外语系也是教俄语。冒效鲁是民国时期的名士冒广生的儿子，也就是冒辟疆的后人。传说中冒辟疆和董小宛有关系，所以在《围城》里面，他就姓董了。董斜川的"董"，就是从这里来的。近代有一位诗人叫陈诗，安徽庐江人，1941年与冒广生唱和，有两句诗："于今耄耋藏人海，又见斜川侍子瞻。""斜川"后面有陈诗的自注："谓效鲁世兄"。世兄，是对世交晚辈的称谓。此诗前面一句，化用苏轼《病中闻子由得告不赴商州三首》诗句"万人如海一身藏"；后面一句中的"子瞻"，大家都知道是苏轼，而"斜川"，是苏轼第三个儿子苏过的号，这个可能大家不知道。陈诗和冒广生诗，把冒广生比作苏子瞻，所以这个冒效鲁呢，就是苏斜川。董斜川的"斜川"，出处在此。我借《围城》董斜川之口，只是想说明同光体在民国非常流行，而陈三立在当时的地位则非常崇高。钱仲联先生《论同光体》也说"陈三立被近代宋诗派诗人推为一代宗师，等同于宋代的黄庭坚"。

　　同光体在诗坛的影响，还有一点可以说明的，就是清末民初最有影响力的文学社团——南社，是把同光体作为对手的。要证明自己厉害，就要找个厉害的对手。柿子专挑软的捏的，一定不是厉害的角儿。柳亚子在1944年写过一篇文章，题目是《介绍一位现代的女诗人》，这位现代的女诗人叫林北丽，是南社的诗人。在这篇文章中，柳亚子说："从晚清末年到现在，四五十年间的旧诗坛，是比较保守的同光体诗人和比较进步的南社派诗人争霸的时代。"其实，南社是一个文学社团，同光体是一个诗歌流派，两者也不是在一个道上跑的车，没有可比性。我所参加的中国近代文学学会，就是一个社团，还是民政部批准成立的全国性的社团。但学会中大家研究的文学对象是不同的：或诗歌，或散文，或戏曲，或小说。如果写诗，有人写旧诗，有人写新诗。就是写旧诗的，各自也有不同的学习对象，以至也会有不同的创作风格。这就是社团。但是同一流派的诗人呢，他们的诗风肯定是有相近甚至相似之处的。所以，南社当中，有不少诗人倾向于同光体，比如诸宗元、黄节、胡先骕等。当然，还有林北丽的父亲林景行——上海滩非常著名的新闻工作者，以及她的丈夫林庚白，他们都是著名的南社诗人，但诗风都与同光体接近。柳亚子说争霸，我不晓得我刚才列举的这些倾向于同光体的南社诗人怎么争霸。除非是像练了《九阴真经》的周伯通，自己左手打右手。林景行民国初年在上海的时候死于车祸，是一个英国人开的汽车，可当时马路上真没有几辆汽车。而林庚白则在1941年太平洋战争爆发以后，在香港被日本人枪杀了，所以林北丽跟帝国主义侵略者有着深仇大恨。南社后来的分裂和消亡，也和同光体有关。当时，南社中有人公开吹捧陈三立、郑孝胥等同光体的大腕诗人，出头的是姚锡钧——我估计你们不一定知道姚锡钧，但知道他的大号姚鹓雏。上海古籍出版社出版的《姚鹓雏文集》，是苏州大学著名的前辈学者，我的老师范伯群先生整理的。还有闻宥，还有朱玺——他俩和姚锡钧都是江苏松江人。还有胡先骕——胡先骕是著名的植物学家，哈佛大学博士，但他热衷于旧文学，是学衡派的干将、同光体的拥趸。他们的所作所为，引起了柳亚子、吴虞等的强烈不满，于是在南社集会的时候双方吵架，可柳亚子一吵架就说不出话，只能在那里哭，哭到后来说要把他们几个开除掉。人家说你不能开除他们，我们这个社团就是喝喝酒、写写诗的，怎么好开除他们呢？就像今天你们来听课，你们如果不同意我的观点，我也是不可以赶你们走的，对吧？当然，我也不会在课堂里哇哇乱哭。其实，我更希望你们能够不同意我的观点，这说明你们在认真思考，而且是独立思考。所以，这个吵架吵得不行，南社就在他们的争吵声中衰落，并且就此散伙了。

接着讲同光体发轫的时间。

同光体始于什么时候？第一种说法是清末民初，根据是刚才我引的柳亚子的那段话，柳亚子说这四五十年间是南社与之争霸。但这话有问题：柳亚子这篇文章发表在1944年，上溯四五十年，就算四十年，也是1904年。那时南社还没有成立。南社初次雅集，是1909年的11月13日，在苏州虎丘附近山塘街上的张国维祠，共有17人参加，其中14人是同盟会会员，所以，基本上是一个政治团体。第二种说法是光绪九年（1883）到光绪十二年（1886）之间。陈衍的《沈乙庵诗叙》有云：

> 余与乙庵相见甚晚，戊戌五月，乙庵以部郎丁内艰，广雅督部招之武昌，掌教两湖书院史学，与余同住纺纱局西院。初投刺，乙庵张目视余曰："吾走琉璃厂肆，以朱提一流，购君《元诗纪事》者。"余曰："吾于癸未、丙戌间，闻可庄、苏戡诵君诗，相与叹赏，以为同光体之魁杰也。"同光体者，苏戡与余戏称同光以来诗人不墨守盛唐者。

沈乙庵就是沈曾植。这篇文章写于光绪二十七年，也就是1901年，是有关同光体最早的文字记载。所谓"余与乙庵相见甚晚，戊戌五月，乙庵以部郎丁内艰"，是言光绪二十四年（1898）沈曾植丁忧。丁忧就是父母亡故以后儿子守孝，一般是三年。据清制，丁忧期间是不能做官的，但后来有所变通，可以去教书，所以张之洞——当时是湖广总督，就"招之武昌，掌教两湖书院史学"，并和陈衍"同住纺纱局西院"。张之洞是洋务派，倡导"中学为体，西学为用"，还办实业：开工厂，有纺织局，还有制造毛瑟步枪的汉阳兵工厂。"初投刺"，刺是名片——name card，十几年前名片非常流行，最近好像不时兴了。现在碰到人要联系方式，微信扫一扫就行了。沈曾植接过名片，睁大眼睛盯着陈衍，然后说："吾走琉璃厂肆，以朱提一流，购君《元诗纪事》者。"这就开始了两个人的互相吹捧，陈衍说："吾于癸未、丙戌间，闻可庄、苏戡诵君诗，相与叹赏，以为同光体之魁杰也。同光体者，苏戡与余戏称同光以来诗人不墨守盛唐者。"癸未是光绪九年（1883），丙戌是光绪十二年（1886），可庄是王仁堪，苏戡是郑孝胥。据陈衍这里所述，同光体应该发轫于此时。

第三种说法就是晚清同治年间。如果不能上溯到同治，就不能称其为同光体。前面我们分析陈衍的话，得出同光体发轫于光绪九年（1883）到光绪十二年（1886）的结论。可同样依据这段话，有学者得出的结论是同光体起于同治年间。因为这里又说"同光体者，苏戡与余戏称同光以来不墨守盛唐者"。所以，马亚中老师会定位成"同光时期的同光体"。但是，钱仲联先生认为陈衍是在标榜。他在《论同光体》一文中谈到，同光体代表诗人的创作活动时期，是在光绪以后而不是同治年代，并说：

陈、郑举出"同光体"旗帜,"同"是没有着落的,显然出于标榜,以上承道咸以来何、郑、莫的宋诗传统自居。后来汪国垣著《光宣诗坛点将录》,不用"同光"划界,而改用"光宣"之称,便符合客观事实。汪氏《点将录》实际以宋诗运动为主,所以推陈三立为一百零八将的都头领。

点将之作,最早肇始于明朝末年。魏忠贤阉党为打击对手,编了一个《东林点将录》,诬陷东林党人结党营私。而文学方面的"点将录",最早可以追溯到清中叶舒位的《乾嘉诗坛点将录》。这是一种游戏文字:按照《水浒传》一百零八将排定的座次,选择某一时代或某一群体的诗人,按诗歌风格、创作成就,甚至人生经历予以对应,一一配置,并附上亦庄亦谐的评语。《光宣诗坛点将录》现在很容易找,上海大学的王培军教授作了笺证,变成厚厚两本。都头领宋江是陈三立,那卢俊义是谁呢?郑孝胥。

前面我们对同光体进行了概述,下面我们归纳一下:同光体是近代——主要是光绪到民国年间学宋的诗歌流派,代表人物有陈三立、郑孝胥、陈衍、沈曾植等。至于同光体学宋的特点,等会儿我会重点解释。顺便说一下,汪国垣《光宣诗坛点将录》所论诗人,与其《近代诗派与地域》是一致的。所以,在汪国垣那里,"近代"就是"光宣",光绪和宣统不是我们今天所说的从鸦片战争到五四运动的"近代"。历史的分段本身就是约定俗成的,没有像法律一样的硬性规定。如果你请台湾学者来跟你一起讨论"近代文学",他会跟你论到宋代文学。因为过去有一种观点:把文学史分成上古——秦以前、中古——汉到五代、近古——宋到清代。台湾学者把近古统统算作近代。可见文学史分期在概念方面,并不统一。刘师培的《中国中古文学史》讨论汉代至六朝文学,而钱基博的《现代中国文学史》讨论的内容,是清末民初,也不是我们今天所说的"现代"。我们今天所说的"现代",是1919年以后、1949年以前。而钱基博写作《现代中国文学史》的时候,还在民国。

下面我讲第二个问题:同光体内部之派别。

前面我已经介绍过,流派形成的重要原因,是诗学观的主流认同。而流派内部又产生不同的更小的派别,其原因则是人们在次要的诗学观方面的不认同。我前面谈到,中国文化注重传承变化,譬如书法、绘画、音乐,甚至武功,都是如此。讲到门派,基本有一个祖师爷,然后代代相生、相承、相变。中国文学也是一样,也是注重在对前人学习的基础上再进行创新。《文心雕龙》有《通变》一篇,强调"变则其久,通则不乏",并说要"望今制奇",还要"参古定法"。所以,我们在谈同光体内部之派别前,必须首先介绍一下同光体诗学宗趣的主流,也就是同光体诗人基本认同并加以学习的中国历史上某一时代的诗风,以及这个时代的代表诗人。

陈衍《沈乙庵诗序》在谈同光体发轫的时候,也介绍了同光体的诗学宗趣,这就是"不墨守盛唐"。有关同光体发轫和宗趣的相似论述,还可见于《石遗室诗话》。1912年,中华民国成立,万象更新,梁启超这时也从国外流亡归来,主编《庸言》杂志。这一年陈衍应梁氏之约,在《庸言》上连载《石遗室诗话》,而卷一开宗

明义就说:

> 丙戌在都门,苏戡告余,有嘉兴沈子培者,能为同光体。同光体者,余与苏戡戏目同光以来诗人不专宗盛唐者也。

你们可以比较一下《石遗室诗话》的说法跟《沈乙庵诗序》相比,有了多少变化。首先是时间,从"癸未、丙戌间"变成了"丙戌";还有人物,从"可庄、苏戡"变成了"苏戡";另外"同光体之魁杰"成了"能为同光体","不墨守盛唐"成了"不专宗盛唐",这种遣词和语气上的变化,表现出陈衍态度的变化——程度上的区别是一目了然的。到商务印书馆在民国十八年,也就是1929年排印《石遗室诗话》,陈衍又有改动:

> 丙戌在都门,始知有嘉兴沈子培者,能为同光体。同光体者,余戏目同光以来诗人不专宗盛唐者也。

说是"始知",怎么知道的?没有了"苏戡告余"。而同光体之称,其肇始于"余与苏堪戏目",变成了"余戏目"。大家一定想,是郑孝胥做汉奸了。那一定是你们想多了,因为1929年郑孝胥还没有做汉奸,他做汉奸是要在1931年的"九一八"事变以后——伪满洲国成立,郑孝胥出任总理。其实由此可见,民国时候的学术风气、文人的学术操守也不咋地:这同光体明明是几个人一起发明的,但陈衍最后是贪天之功为己有——一人独霸了。放到现在,有人是要打版权专利官司的。

这里请大家注意陈衍所说的"同光以来诗人不墨守盛唐"或者"不专宗盛唐"。钱仲联先生给我们上课的时候讲过,在唐以后的诗歌史上,好像没有诗人是"专宗"或"墨守"盛唐的。真正想"专宗"或"墨守",也不好办啊。《明史》说李梦阳"倡言'文必秦汉,诗必盛唐'",于是大家都认为"明七子"是鼓吹"诗必盛唐"的。但何景明《与李空同论诗书》,在进行批评和自我批评的时候,就说"近诗以盛唐为尚,宋人似苍老而实疏卤,元人似秀峻而实浅俗。今仆诗不免元习,而空同近作,间入于宋"。我有元诗习气,你李梦阳也不过和宋诗相近。有关同光体具体的诗学宗趣,《石遗室诗话》卷三有很详细的论述:

> 前清诗学,道光以来,一大关捩。略别两派:一派为清苍幽峭。自《古诗十九首》、苏、李、陶、谢、王、孟、韦、柳以下,逮贾岛、姚合,宋之陈师道、陈与义、陈傅良、赵师秀、徐照、徐玑、翁卷、严羽,元之范梈、揭傒斯,明之钟惺、谭元春之伦,洗练而熔铸之,体会渊微,出以精思健笔。蕲水陈太初《简学斋诗存》四卷、《白石山馆手稿》一卷,字皆人人能识之字,句皆人人能造之句,及积字成句,积句成韵,积韵成章,遂无前人已言之意、已写之景,又皆后人欲言之意、欲写之景。当时嗣响,颇乏其人。魏默深源之《清夜斋稿》,稍足羽翼,而才气所溢,时出入于他派。此一派近日以郑海藏为魁垒,其源合也;而五言佐以东野,七言佐以宛陵、荆公、遗山,斯其异矣。后来之秀,效海藏者,直效海藏,未必效海藏所自出也。其一派生涩奥衍,自《急就章》《鼓吹词》《铙歌十八曲》以下,逮韩愈、孟郊、樊宗师、卢仝、李贺、黄庭坚、薛季宣、

谢翱、杨维桢、倪元璐、黄道周之伦，皆所取法，语必惊人，字忌习见。郑子尹珍之《巢经巢诗钞》，为其弁冕，莫子偲足羽翼之。近日沈乙庵、陈散原，实其流派。而散原奇字，乙庵益以僻典，又少异焉，其全诗亦不尽然也。

这里把同光体分成两派：一派为清苍幽峭，一派为生涩奥衍。他列举了许多前代诗人的诗作作为同光体的渊源。"清苍幽峭"是从《古诗十九首》开始，里面属于盛唐的诗人只有两位——王维、孟浩然。其后的"韦"已经到大历了，而"柳"和韩愈齐名，已经是元和诗人了。"生涩奥衍"是从《急就章》开始的，压根就没有一个盛唐诗人，《铙歌十八曲》以下，就直接韩愈、孟郊了。所以，乍一看好像陈衍还不是"不专宗盛唐"，甚至是"不宗盛唐"的问题。当然，陈衍并不排斥唐诗，包括盛唐。后面我们会介绍陈衍的"三元说"——他在《石遗室诗话》卷一说"余谓诗莫盛于三元：上元开元、中元元和、下元元祐也"。开元就是盛唐，元和特指中晚唐，元祐则是陈衍诗学宗趣的落脚点——宋诗，特别是江西派的诗。因此，在陈衍的列举中，有没有盛唐并不重要：他是循着宋诗特别是江西派的诗之脚印走的，江西派说"一祖三宗"，陈衍他们自然也会学习杜甫。《石遗室诗话》接着上面的"三元"之说，还强调"宋人皆推本唐人诗法，力破余地耳"。有关同光体学宋，后人的认识没有歧义，"五四"新文学运动倡导者批判所谓"桐城谬种""江西余孽"，指的就是清末民初在文坛还占有重要位置乃至可以说是具有统治力的桐城派和同光体。汪国垣的《近代诗派与地域》也说"闽赣派或有径称为江西派者，亦即《石遗室诗话》所谓同光派也"。有关"同光派"的诗学宗趣，汪国垣的介绍是：

> 同光派者，陈石遗、郑太夷目近贤学三元体者之戏称。三元者，唐开元、元和、宋元祐也。此派以杜甫、韩愈、苏、黄为职志，而稍参以李白、王维、白居易、柳宗元、孟郊、梅尧臣、王安石、陈师道诸家，以其人并生三元前后，共拓疆宇，颇有西方探险家觅殖民地开埠头本领。沈子培诗所谓"开天启疆域，元和判州郡"，及"勃兴元祐贤，夺嫡西江祖"者，即指此也。

随后，汪国垣又强调"闽赣派诗家，实以宋人为借径"。讨论同光体总体的诗学宗趣，关键要记住这最后一句话——"实以宋人为借径"。

简单介绍完同光体总体的诗学宗趣，我们就可以介绍同光体内部之派别了。也就是在大的框架下，由于他们具体的诗学差异而形成的不同群体。

同光体内部的派别有几种说法，汪国垣认为就是一派，叫闽赣派。陈衍划分为两派："清苍幽峭"和"生涩奥衍"。"清苍幽峭"的代表诗人是郑孝胥，他没好意思把自己选上，其实可以也应该选上陈衍。"生涩奥衍"的代表诗人是沈曾植和陈三立。钱仲联先生把它分成三派：闽派、江西派和浙派。

汪国垣的诗派划分，是以地域为中心的。在交通不畅、资讯传播不发达的古代，特别是农耕时期，土地作为最重要的生产资料和家庭财富把人们囿于一域的时候，地域文化甚至家族文化彰显着极大的影响力。在中国文学史上，许多流派都是以地域命名的，譬如宋代的江西派，明代的茶陵派、公安派、竟陵派，清代的浙派、虞山派、秀水派、桐城派、阳湖派、湘乡派等，举不胜举。《近代诗派与地域》将光宣以后的诗派分为湖湘、闽赣、河北、江左、岭南、西蜀六派。其中有关闽赣派，汪国垣说：

> 闽赣派近代诗家，以闽县陈宝琛、郑孝胥、陈衍、义宁陈三立为领袖，而沈瑜庆、张元奇、林旭、李宣龚、叶大壮、何振岱、严复、江瀚、夏敬观、杨增荦、华焯、胡思敬、桂念祖、胡朝梁、陈衍恪羽翼之，袁昶、范当世、沈曾植、陈曾寿，则以他籍作桴鼓之应者也。

在汪国垣看来，这些诗人是可以归入同光体的骨干队伍的。其中"弢庵行辈最尊，诗名亦最著"，之所以认为陈宝琛最了不起，是因为他是溥仪的师傅。而"他籍作桴鼓之应者"，袁昶、沈曾植都是浙江人，范当世出生在江苏南通，陈曾寿的籍贯是湖北蕲水，其曾祖就是那位被陈衍认作近代宋诗运动的先驱、"当时嗣响，颇乏其人"的陈沆。

陈衍的两派，一派就是"清苍幽峭"，"此一派近日以郑海藏为魁垒"；还有一派是"生涩奥衍"，"近日沈乙庵、陈散原，实其流派"。有关"生涩奥衍"，他又说"散原奇字，乙庵益以僻典，又少异焉"，两个人不一样，一个是"奇字"，"奇"到什么样？刘成禺《世载堂杂忆》里面说，陈三立写诗，有一个换字的秘本，类似于我们今天的同义字词典。诗初步写好以后，他会专门挑大家很少见到的生僻字来替换同义的常见字，这样一来，看不懂了吧？生涩奥衍了吧？是不是这样，大家可以自己去求证。沈曾植的诗歌，确实好用僻典，他的《海日楼诗》，是钱仲联先生笺注的。钱先生跟我说，笺注沈曾植的诗真是不容易。他在20世纪三四十年代就开始笺注沈诗了，但到2001年也就是钱先生去世的前两年，《沈曾植集校注》才由中华书局出版。钱先生高寿，活到96岁。如果再晚一点印出来，老人家生前就见不到此书了。其实，沈曾植的学问非常好，譬如佛学，沈曾植研究得非常透彻，其诗里也大量引用释典。由云龙《定庵诗话》即言"沈乙庵深于内典，故诗中常见佛法，然多晦僻不可解者。不如钱牧斋、桂伯华之精富浑脱也"。陈衍所说的陈三立和沈曾植的"少异"，或许就是将同光体分为三派之最初的依据。而近代倡导"诗界革命"的后期巨擘金天羽也是赞成这样的"二分法"的，其《答樊山老人论诗书》讨论晚近诗歌，即称"西江杰异，瓯闽生峭，狷介之才，自成馨逸。纤文弱植，未工模写，而瓣香无已，标举宛陵，洎夫临篇搦翰，乃不中与钟、谭当隶圉。文质两敝，在乎偏霸。图霸不成，齐、晋分裂"。樊山为近代著名诗人樊增祥。据钱仲联先生解释，"西江杰异"是指陈三立，"瓯闽生峭"是指陈衍、郑孝胥。但金天羽对同光体评价不高，可能是"识得庐山真面目，只缘不在此山中"。

钱仲联先生《论同光体》将同光体分为三派，闽派以陈衍、郑孝胥、沈瑜庆、陈宝琛、林旭为首，最后则有李宣龚、何振岱诸位作为殿军。我去福州，游览"三坊七巷"，发现这些人基本住在那里，好像都是街坊邻居。当时没有微信，通信靠吼，哪家做了"佛跳墙"之类的好菜，站在家门口一声吆喝，大家都来了。喝酒、吟诗，好不快活。近代闽诗的成就，大概也与之有关，主要是能够经常在一起切磋。江西派的首领是陈三立，稍后一些有夏敬观，但钱先生认为他"却不学黄庭坚而学梅尧臣"，与陈三立还是有所不同的。钱先生还说"华焯、胡朝梁、王易、王浩诸人，都属三立一派"。浙派以沈曾植为代表，沈的同派是袁昶，继承者是金蓉镜。这里顺便说一下，同光体江西派之名最早得自汪国垣，也就是我刚才所引的"闽赣派或有径称为江西派者，亦即《石遗室诗话》所谓同光派也"。钱先生的这篇文章发表以后，有一次我跟钱先生闲聊，我说："您应该把江西派改成赣派，一个是闽派，一个是浙派，您再弄了一个江西派，就不像汽车车牌那样统一了。还有一个问题就是跟宋代的江西派容易混淆。"后来，上海古籍出版社的王镇远在1985年第2期的《文学遗产》发表了《同光体初探》。文章写得很好，但不能说是"初探"，钱先生他们已经探过了。王镇远划分同光体的内部派别，也是按照钱先生的三派，但他就已经改称"赣派"了。钱先生后来选编《近代诗钞》，前言先行发表在《社会科学战线》上，题目是《近代诗坛鸟瞰》。里面也称"赣派"了，这就比较统一。

那么，现在要跟大家探讨的是，同光体除了这三派外，还有没有其他派别？特别是有没有皖派？汪辟疆在《近代诗派与地域》中讨论闽赣派的时候，附了一个皖派，他说：

> 近代皖派诗家，以桐城吴汝纶行辈为早。吴氏习闻姬传姚氏之说，为诗以山谷为宗，辅以杜韩，故其诗平实稳顺，绝无俗韵。晚年与范当世唱和，益觉清苍。其乡人姚永概、方守彝皆能诗，姚氏简远朴茂，诗如其文，山水之作，工于刻镂。方氏体源山谷，瘦硬澹远，兼而有之。盖桐城文家，多以诗名。姚惜抱曾手批《山谷集》，宗风大启。

这一段话探讨了近代的皖中诗派。其实，陈衍提出同光体之名，是要承接前代诗风的，也就是道咸时期那批学宋的诗人。由于生活所处的年代，那批诗人我们不能称之为同光体，只能称其为道咸时期的宋诗派。其中最早的诗人，应该是程恩泽。但陈衍的《近代诗钞》没有收程恩泽。按照现在的标准，近代从鸦片战争爆发的1840年开始，此前去世的，就不能算近代诗人。龚自珍死于1841年，就可以列入近代诗人。钱仲联先生编纂的《近代诗钞》，就是依据这个标准。程恩泽是道光十七年，也就是1837年死的，所以钱仲联先生没有收程恩泽。而陈衍不是因为这个原因不收程恩泽的，陈衍的标准是在他出生的时候，也就是1856年诗人还活着，可以收进去。他生下来人家已经死了，他见不着的诗人，就不能收进去。但是，你今天生下来，人家明天死，你也还是没见着。即使见着了，你也没有印象。陈衍的标准太主观了，太以自我为中心了。程恩泽是道咸时期宋诗派的一代宗师，他就是安徽歙县人。陈衍《近代诗钞·石遗室诗话》列举"有清一代诗宗杜韩者"，就说"嘉、道以来则程春海侍郎、祁春圃相国"。当时学宋而形成宋诗派，还有一批非常重要的诗人，比如郑珍、莫友芝、何绍基，他们都是程恩泽的学生。及至清末民初，诗歌宗宋又与同光体诗人过从甚密的皖地诗人还有许多，著名者如许承尧、周达、陈诗等。当然，与同光体倡导的学宋有着千丝万缕关系的是桐城派。因为陈衍在说完程、祁之后，又称"益以莫子偲大令、曾涤生相国诸公,率以开元、天宝、元和、元祐诸大家为职志",而曾国藩是公认的桐城派之传人。

所以,我们再来梳理一下桐城派与同光体二者在诗学宗趣方面的传承。姚鼐过世的时候,曾国藩才虚龄5岁,且上辈与姚鼐并不相识。但曾国藩后来是认姚鼐为老师的。曾国藩曾经说过:"国藩之粗解文章,由姚先生启之也。"曾国藩称姚鼐为老师属于私淑,尽管你不知道我是谁,但我认你做老师没商量。我和钱仲联先生都是常熟人,我们常熟在清初有一位非常著名的诗人叫冯班,在常熟人的心目中,其诗坛地位仅次于钱谦益。《清诗话》收录了冯班的《钝吟杂录》。而赵执信是王士禛的甥婿,但是两人关系不好,诗论也不合。赵执信就曾跑到常熟,找到冯班的墓,行弟子礼,跪拜了一下,以后便自称是冯老师的私淑学生了。这件事情,见王应奎《柳南随笔》。王应奎说赵执信"以私淑门人刺焚于冢前",并言王士禛《夫于亭杂录》中"所谓'世人于冯定远,乃有皈依顶礼,不啻铸金呼佛'者",讽刺的就是赵执信。这样的情节今天看来更像小说家言。但古人看多了《世说新语》,是真做得出来的。而赵执信《谈龙录自序》也说"既而得常熟冯定远先生遗书,心爱慕之,学之,不复至于他人。新城王阮亭司寇,余妻党舅氏也,方以诗震动天下,天下士莫不趋风,余独不执弟子之礼"。你们可以更牛一点,去曲阜的大成殿对着孔子的像磕几个头,出门也可以自称是孔门弟子了,在文学方面就可以和子游、子夏平起平坐了。当然,《论语》是要背出来的。那曾国藩在诗学方面,从姚鼐那里学到了什么呢?姚鼐学黄庭坚,施山《望云楼诗话》就说"今曾相国酷嗜黄诗,诗亦类黄,风尚一变。大江南北,黄诗价重,部值千金"。钱仲联先生《梦苕庵诗话》也说"自姚姬传喜为山谷诗,而曾求阙祖其说,遂开清末西江一派"。钱先生认为,同光体的源头就在于此。具体而微的学习,则如徐世昌《晚晴簃诗汇》所说:"惜抱以古文名一世……作诗亦用古文之法,七律劲气盘折,独创一格,曾文正、吴挚甫皆效其体,奉为圭臬。"确实,吴汝纶是曾门四弟子中唯一的桐城人,诗歌创作却是追随曾国藩才回归桐城的。吴汝纶有学生范当世,继承了他的衣钵,并加以发扬光大。曾克耑《论同光体诗》就认为"真正这场运动的中心人物,那只有通州的范肯堂先生"。

同光体与皖派——实际上是与桐城派之间的纽带为范当世。我们现在经常读吴闿生的《晚清四十家诗钞》,这部书最早刊印是民国十三年,也就是1924年,2006年浙江古籍出版社重印过。吴闿生在此书自序中说:"先大夫垂教北方三十余年,文章之传则武强贺先生,诗则通州范先生。""先大夫"是吴汝纶,吴闿生的父亲;"贺先生"是贺涛,贺涛的诗集近年也出版过;"范先生"为范当世。由此可见,范当世就是吴汝纶在诗歌方面的传人。而吴闿生的学生曾克耑序《晚清四十家诗钞》,则说吴闿生"秉太夫子挚父先生之学,以古文诏后进,又尝问学于范先生,于诗所得尤深"。这说明吴闿生的古文功底是源自家学,诗学则更多是从范当世那里学习而继承所得。范当世跟陈三立的关系,不是一般的好,两个人是儿女亲家,范当世的女儿范孝嫦嫁给了陈三立的儿子陈衡恪。陈三立的儿子都很厉害,大家现在都知道陈寅恪,但陈衡恪是大儿子,陈寅恪最早是跟着大哥去日本留学的。陈衡恪是著名的画家,齐白石有今天的地位，与陈衡恪的推介有一定关系。不过，钱仲联先生《论同光体》则说"三立的儿子衡恪兄弟都能诗，但不是江西派诗"。陈三立有诗《肯堂为我录其甲午客天津中秋玩月之作，诵之叹绝，苏黄而下无此奇矣。用前韵奉报》，对范当世是推崇备至：

> 吾生恨晚生千岁，不与苏黄数子游。得有斯人力复古，公然高咏气横秋。深杯犹惜长谈地，大月难窥澈骨忧。旷望心期对江水，为君洒涕忆南楼。

在陈三立眼里，范当世已经是可以和苏、黄并驾齐驱的一代诗人了。范当世被汪国垣《近代诗派与地域》归入闽赣派，说他是"以他籍作桴鼓之应者"。而钱仲联先生《论同光体》也同样将其当作同光体的代表诗人，所以我也在想，仅仅再列一个皖派，好像还不够准确，因为范当世是江苏南通人。现在有一个著名的画家叫范曾，估计大家都知道，他就是范当世的曾孙。所以，皖派是否可以扩大一下，被称为"江左派"？为什么叫"江左派"呢？江左在明代是包括了江苏和安徽的，当时称直隶，那是因为安徽是朱元璋的老家，而南京又是明朝开国的首都，后来虽然迁都北京，但直隶没变，只是前面加了一个"南"字，以区别北京周边的北直隶。入清，改朝换代了，南直隶也不是龙兴之地了，就不能叫直隶了，就叫江南省。到康熙年间，又把江南分成两个省，西部有安庆府和徽州府，那就叫安徽吧，东部有江宁府和苏州府，那就叫江苏吧。江南就是江左，与江西称为江右相对。清初顾有孝、赵沄选编江苏钱谦益、吴伟业和安徽龚鼎孳诗，就名其为《江左三大家诗钞》。江苏诗人与同光体和桐城派的关系都比较密切者，大有人在。在清末，还有泰兴朱铭盘、南通张謇，他们和范当世交好。朱铭盘出自张裕钊之门，擅长桐城派古文，与张謇是挚友，俩人同为淮军吴长庆军幕，且一度与同光体诗人郑孝胥过从甚密，当时郑孝胥是李鸿章的幕僚。还有李详，苏北兴化的一位诗人，他的文章也写得非常好，得桐城派古文的真谛。而入民国，前面我们举到的加入南社又倾向于同光体的诗人姚锡钧、闻宥、朱玺等，都是松江人，松江当时隶属江苏省，新中国成立后划归上海市。如果同光体添加江左派，赣派可称江右派。

现在我讲第三个问题，也是重点要讲的一个问题：同光体代表诗人之理论分歧。前面两个问题，都是为了讲第三个问题做铺垫的。讲完了前面两个问题，我想大家对下面这个问题的理解，可能相对容易一些。第三个问题也讲两点：一是"三元说"与"三关说"；二是"学人之诗"与"诗人之诗"。这是同光体诗歌理论的关键和核心。

先说"三元说"与"三关说"。讲两个小问题：第一个是"三元说"创立者之争；第二个是"三元说"与"三关说"之本质差异。

"三元说"的创立者还存在争议？我们现在一般认为，"三元说"的创立者是陈衍，而沈曾植创立了一个"三关说"。但是，有关"三元说"的创立者，还是有不同的说法，所以叫作"之争"。"三元说"见诸文字，最早是在1912年，我在前面已经说过。陈衍在《庸言》上发表《石遗室诗话》，不惜版面，全文引录了沈曾植九十韵的长诗《寒雨闷甚杂书遣怀襞积成篇为石遗居士一笑》，并说："余与君论诗语，略具其中。"其后，又发表读诗感言：

> 余谓诗莫盛于三元：上元开元、中元元和、下元元祐也。君谓"三元皆外国探险家觅新世界、殖民政策、开埠头本领"，故有"开天启疆域"云云。余言"今人强分唐诗、宋诗，宋人皆推本唐人诗法，力破余地耳。庐陵、宛陵、东坡、临川、山谷、后山、放翁、诚斋、岑、高、李、杜、韩、孟、刘、白之变化也；简斋、止斋、沧浪、四灵、王、孟、韦、柳、贾岛、姚合之变化也。故开元、元和者，世所分唐宋人之枢干也。若墨守旧说，唐以后之书不读，有日蹙国百里而已"。故有"唐余逮宋兴"，及"强欲判唐宋"各云云。

正如我前面所言，这一段话的中心意思为"三元说"，和宋代江西派是一脉相承的：开元，主要是盛唐，关键在杜甫；元和，主要是中唐，关键是韩愈；元祐，主要是北宋，关键是黄庭坚。而"三关说"见诸文字，是沈曾植的《与金潜庐太守论诗书》："吾尝谓诗有元祐、元和、元嘉三关。公于前二关均已通过，但着意通过第三关，自有解脱月在。"金潜庐便是金蓉镜，曾经追随沈曾植学诗。这是1918年沈氏写给金蓉镜的一封信。这封信被金蓉镜奉为圭臬，刊载在他自己的诗集《滮湖遗老集》之首代序。金蓉镜以后也说："'三关'之说，始见《瀛奎律髓》，其说未凿。至师确指元嘉、元和、元祐三关。"

有关"三元说"创立者的权威定谳——第一版的《中国大百科全书·中国文学》认为，"三元说"是陈衍独创的。其"陈衍"条为钱仲联先生所撰写，其中写道：

> 他提倡"三元"之说，即"上元开元、中元元和、下元元祐"。他认为这是古近体诗的三个演变阶段，第一个高峰在唐玄宗开元年间，第二个高峰在唐宪宗元和年间，第三个高峰在宋哲宗元祐年间。而继承"三元"的就是清代同治、光绪间的"同光体"，也即他所倡导的诗风。

现在我们有些学生对百度百科的依赖性很强。但是，百度百科是大众娱乐性质的，仅作参考，所有材料都要核实，所有结论不可全信。和百度百科不一样，《中国大百科全书》，特别是第一版，其条目都是行内专家撰写的，又经权威专家审定，具有很高的学术性和严肃性。可对于"三元说"的创立者，学界还是有疑义的。

疑义出于异议。有异议者认为，"三元说"是沈曾植所创，至少是与陈衍、郑孝胥共创。许全胜《沈曾植年谱长编》就如此认为。许全胜是复旦大学的老师，《沈曾植年谱长编》是他当年的博士论文，写得非常好。其中讨论到"三元说"和"三关说"："本年（指光绪二十五年，即1899年）公与陈衍、郑孝胥论诗，倡三元、三关之说。"这里将"三元说"和"三关说"合为一体，基本当作一码事了。许全胜依据的材料，就是《石遗室诗话》卷一陈衍有关"三元说"的记述，因《海日楼诗》将《寒雨闷甚杂书遣怀襞积成篇为石遗居士一笑》编入是年。其实这一段材料并没有说到"三关说"。至于所说的"倡"，到底是谁倡，有两种可能，一种是"公"，也就是沈曾植；还有一种是"公与陈衍、郑孝胥"共倡：沈曾植和其他两位讨论讨论、商量商量，然后就有了"三元说"和"三关说"。我认为许全胜说的是共倡。而王蘧常先生早年所编的《沈寐叟年谱》，就有类似的记载。王蘧常先生是钱仲联先生在无锡国专时候的同学。据钱先生介绍，王蘧常和沈曾植是同乡，都是浙江嘉兴人。在很小的时候，王蘧常被大人按着头给沈曾植跪拜了，于是成了沈曾植的学生。但王蘧常先生学问非常好，文史哲兼备，是复旦大学哲学系的教授。十二册的《王蘧常文集》，2022年1月已由复旦大学出版社出版，《沈寐叟年谱》即收录其中。年谱中王蘧常在光绪二十五年（1899）说："与陈石遗、郑太夷创诗有'三元'之说，盖谓开元、元和、元祐，以为皆外国探险家觅新世界、开埠头本领。"不仅如此，王蘧常还在这里加了一个按语：

> "三元"之说，《石遗室诗话》以为发自石遗，然考公《遣怀》诗云："郑侯凌江来，高论天尺五。画地说三关，撰杖策九府。"郑侯谓太夷也，则"三元"不仅石遗发之。且比下公《答金甸丞太守论诗书》观之，盖审非石遗一人之言，盖公与陈、郑一时言论所定也。

明言非陈衍一人而为，当然，这里也是混淆了"三元说"和"三关说"的。只是有人耐不住了，不服气了，这个人就是陈衍的女学生王真。她在《续编侯官陈石遗先生年谱跋》里说："惟一时海内著述，于师之言论，有传闻异词，不可不辩者。"讲这个话的时候，语气有点不太客气了，有点像律师在法庭上进行辩护。王真又说：

> 王蘧常撰《沈寐叟年谱》，据叟《与金甸丞书》，言元和、元祐、元嘉为诗中"三关"云云，谓"三元"之说实寐叟创之，非创自师。不思师所标举者"三元"，指自唐至宋之开元、元和、元祐，撇却六朝也。寐叟所标举者"三关"，有元嘉而无开元，杂六朝于唐宋中，宗旨不同，焉得指鹿为马乎？

情绪非常激动。钱仲联先生在《沈曾植集校注》中说"其论甚辨，殆出石遗所示意"。并且，我手上的王蘧常《沈寐叟年谱》，在所引"画地说三关，撰杖策九府"句下，钱仲联先生有一段按语：

> "九府"，周指九种官，后世指九卿之官府，与"三关"为对，可知此时公诗所谓"三关"，初不指诗，而是指中国古代的重要关隘。郑孝胥好谈经世，故云"画地说三关，撰杖策九府"。王君牵合"三元"之说，指为谈诗，误矣。

我们还原事情的真相：陈衍确实与沈曾植讨论过"三元说"。沈曾植《寒雨闷甚杂书遣怀襞积成篇为石遗居士一笑》诗，有这么几句："开天启疆域，元和判州部"，"勃兴元祐贤，夺嫡西江祖。"这里涉及了"三元说"。梳理一下陈衍《石遗室诗话》卷一对此的解释，其中有他和沈曾植的对话。陈衍说"诗莫盛于三元：上元开元、中元元和、下元元祐"，沈曾植附和说"三元皆外国探险家觅新世界、殖民政策、开埠头本领"，所以就有了上述诗句；陈衍又说"今人强分唐诗、宋诗，宋人皆推本唐人诗法，力破余地耳"，并列举了宋人变化唐人的例子，于是再有了沈曾植这首诗中"唐余逮宋兴"及"强欲判唐宋"等其他诗句。是时，沈曾植还没有提出"三关说"。

故许全胜也是受王蘧常误导。

要说明的一点是,沈曾植从来都没有争过"三元说"的发明权。须知,陈衍最早发表《石遗室诗话》的时候,沈曾植还健在,他并无不同意见。而有关沈曾植创为"三关说",这一点王真也认可。"三关说"不知起于何时,但绝不晚于1918年作《与金潜庐太守论诗书》之时。"三元说"和"三关说"二者文字相似,陈、沈两人又交流过心得,故引发一桩公案。这个解释大家是否满意?你们也可以找新的材料来做新的证明、新的判断。

下面介绍"三元说"与"三关说"的本质差异。前面谈到,"三元说"肇始于江西派的"一祖三宗",开元是一祖——杜甫;元祐是三宗——黄庭坚、陈师道、陈与义。其实,江西派"一祖三宗"当中也应该是有元和的,元和是从开元到元祐的过渡。元和著名的诗人很多,影响最大的是韩愈和白居易,再后来对宋人影响比较大的,就是晚唐的李商隐了。这里的元和是泛指中晚唐。"三关说"也是起自江西派,但溯源到六朝,元祐还是黄庭坚,元和也是泛指中晚唐,主要是韩愈和李商隐。沈曾植说自己写诗,早年也是学习中晚唐的韩愈和李商隐的。《与金潜庐太守论诗书》就说"鄙诗蚤涉义山、介甫、山谷以及韩门,终不免流连感怅"。自己不满足,于是就必须突破常规:上溯元嘉,主要是颜、谢——颜延之和谢灵运。"三元说"和"三关说"二者的差异:第一,前者是顺下,后者是溯上;第二,也就是王真说的"寐叟所标举者'三关',有元嘉而无开元"。有没有元嘉,有没有六朝,区别真的很大。

我刚才说"三元说"中的元和是泛指中晚唐,元和是从开元到元祐的过渡。对此,郭绍虞先生《中国文学批评史》有一段非常精彩的话,他讲杜甫与中晚唐的关系,用了三句杜诗来概括杜甫的多种诗风对中晚唐的不同影响,同时也说明了后人对此的歪曲。他说:

> 杜甫诗"老去诗篇浑漫与",这固然也开了元白诗风的平易一格,然而杜诗却不是象晚唐五代的郑都官谷诗,人家用来教小儿的。(见欧阳修《六一诗话》)杜甫诗"语不惊人死不休",这固然也开了韩愈孟郊一流豪健奇警奥涩等风格,然而杜诗也不是象刘义卢仝这般用奇诡来吓唬人的。杜甫诗"晚节渐于诗律细",又说"熟精文选理",这固然也开了李商隐一流的细腻纤秾风格,然而更不是象周朴诗这样极其雕琢,月锻季炼的。(见《六一诗话》)也不是象西昆体这样捋扯义山的。

郭绍虞先生在《中国文学批评史》中也讨论了中晚唐与宋人的关系,他的结论是宋人淡化了白居易,排除了李商隐,接受了韩愈。他说:"宋诗是不是完全接受白居易所高喊的现实主义呢?那又不尽然。与其说宋诗是由接受白诗现实主义的精神,无宁说宋诗接受韩愈反现实主义的技巧为来得更恰当些。"接着又说:

> 韩愈是文人,不是诗人,所以他做不到李杜豪放雄浑之格,于是为了掩盖他的以散文为诗,不得不创为"横空盘硬语,妥贴力排奡"的作风,以豪气来慑服人。但是这一类的横空硬语,正同老妪能解的熟语一样,用于古诗还可以,施于

律诗就成为怪癖或奇诡。宋人一方面不要用熟语成为庸俗，但是一方面又反对西昆体，不要用丽辞成为雕锼：要避免这两种而再要用于律体，所以只能学老杜的夔州以后之作，一方面好似"老去诗篇浑漫与"，一方面却依然是"语不惊人死不休"，这才成为宋诗特殊的风格。所以清代学宋诗者有"三元"之称，就是于开元（唐玄宗年号）宗杜甫、于元和（唐宪宗年号）宗韩愈，于元祐（宋哲宗年号）宗苏轼和黄庭坚。

郭绍虞先生以为，"三元说"中的元和，主要是在韩愈。我引用的郭先生的这些话，出自中华人民共和国成立以后修订的、上海古籍出版社出版的《中国文学批评史》，中华人民共和国成立前最早的版本，商务印书馆最近重新印过，跟这里的说法不太一样。

其实，陈衍的"三元说"是不排斥李商隐的，因为元祐的江西派就不排斥李商隐。宋代朱弁的《风月堂诗话》说黄庭坚是"用昆体功夫而造老杜浑成之地"，即谓李商隐是黄庭坚通向杜甫的一架梯子。而西昆体，约定俗成就是学习李商隐的代名词。光绪末年，有一批聚集在北京的吴地诗人，如汪荣宝、曹元忠、张鸿、徐兆玮，他们学习李商隐，创作了大量的集李诗。但是他们要编纂唱和之作，就学西昆体诗人，以张鸿寄居的西砖胡同，名其为《西砖酬唱集》。我再举一个例子：曾国藩有一首诗，题目为《读李义山诗集》，前两句是讲李商隐诗歌的妙处："渺绵出声响，奥缓生光莹。"写诗写到李商隐这个份上，那是很了不起了。但是后面两句有点伤感："太息涪翁去，无人会此情。"大有林黛玉"侬今葬花人笑痴，他年葬侬知是谁"的味道。李商隐诗歌的绝妙佳处，黄庭坚之后，几乎无人知晓。你们应该知道，江西派学习中晚唐并没有撇清李商隐，甚至也没有撇清白居易。现在讨论陆游，都说他受白居易影响最深，但莫砺锋《江西诗派研究》便认为"陆游是受到江西诗派的一定影响的。有的文学史著作说陆游'一扫江西派的积弊'，并不符合事实"。可见，在陆游那里，白居易和江西派并不矛盾。由此推断，"三元说"学习江西派"一祖三宗"，也包括学习"一祖"和"三宗"之间隐含的韩愈、白居易、李商隐。钱仲联先生《梦苕庵诗话》在引述曾国藩此诗后，即云："湘乡诗又为后来同光体之导源。陈三立《为濮青士观察题山谷老人尺牍卷子》诗云：'我诵涪翁诗，奥莹出妩媚。冥搜贯大象，往往天机备。世儒苦涩硬，了却省初意。粗迹捋毛皮，后生渺津逮。'其言又全本湘乡。"当然，"中元"的重点是韩愈。

下面介绍"三关说"。"三关说"最早见诸文字，刚才我已经说过了，是沈曾植《与金潜庐太守论诗书》：

> 吾尝谓诗有元祐、元和、元嘉三关。公于前二关均已通过，但着意通第三关，自有解脱月在。元嘉关如何通法？但将右军《兰亭诗》与康乐山水诗打拼一气读。刘彦和言："庄老告退，而山水方滋。"意存轩轾。此二语，便堕齐、梁人身份……康乐总山水、庄老之大成，开其先支道林。此秘密平生未尝为人道，为公激发，不觉忍俊不禁。勿为外人道，又添多少公案也。

这里明言"诗有元祐、元和、元嘉三关"。但是，在陈衍《石遗室诗话》里面，似乎也讨论到了"三关说"。他说"前清诗学，道光以来，一大关捩。略别两派"，他列举一派为"清苍幽峭"，源头则有《古诗十九首》、苏、李、陶、谢；另一派"生涩奥衍"，他也举了唐以前的《急就章》《鼓吹词》《铙歌十八曲》。我前面谈到，陈衍几乎没有举到开元诗人。而这似乎跟"三关说"暗合。可我必须强调，虽然俩人都谈到了六朝，沈曾植和陈衍还是有着很大的不同。沈曾植"三关说"的关键在元嘉，所以他说："公于前二关均已通过，但着意通第三关，自有解脱月在。"等于是说，修道啊，你不通过最后那一关，你就没有达到最高的境界，只是量变没有质变，没有完成蜕变，一不小心，就会现了原形，又暴露本来面目。你通过了元嘉这一关，才算完成蜕变。而通过元嘉最紧要的，沈曾植认为是学习颜延之和谢灵运。在我所引的这一段话后面，他还说："在今日，学人当寻杜、韩树骨之本；当尽心于康乐、光禄二家。"康乐，谢灵运；光禄，颜延之。为什么呢？是因为"康乐善用《易》，光禄长于《诗》。（自注：兼经纬。）经训菑畬，才大者尽容耨获"。

有关学习元嘉的秘诀，沈曾植在《与金潜庐太守论诗书》中认为：

> 无如目前境事，无唐以前人智理名句运用之，打发不开。真与俗不融，理与事相隔，遂被人称伪体。其实非伪，只是呆六朝，非活六朝耳。凡诸学古不成者，诸病皆可以"呆"字统之。

要有目前境事，有唐以前人智理名句运用之，这是打通"第三关"的钥匙。在此，他和金蓉镜说了这么一个故事：癸丑年，也就是1913年，他和樊增祥等"同年友"一起喝酒赋诗，沈曾植"出五古一章，樊山五体投地，谓此真晋宋诗，湘绮毕生何曾梦见"。樊增祥当然是奉承，可马屁拍到了沈曾植的心坎上，沈曾植听了以后非常开心，说"虽谬赞，却惬鄙怀"。接下来他就向金蓉镜交代了他创作这首"癸丑年同人修禊赋诗"的秘诀："其实止用《皇疏》'川上章'议，引而申之。"尽管王闿运专门学汉魏六朝，号称"汉魏六朝派"，但"湘绮虽语妙天下，湘中选体镂金错彩，玄理固无人能会得些子也"。他和王闿运的区别，就在于有无目前境事，能否运用唐以前人的智理名句。在沈曾植看来，王闿运他们"真与俗不融，理与事相隔，遂被人称伪体。其实非伪，只是呆六朝，非活六朝耳"。推而广之，沈曾植说"凡诸学古不成者，诸病皆可以'呆'字统之"。

所以，学习古人要有灵活性，要借鉴，更要有创造。"明七子"号称"诗必盛唐"，结果被钱谦益讥为"优孟衣冠"和"土偶蒙金"，只是舞台上的帝王将相和庙宇里的泥塑木雕。而如果要学宋，宋诗的精髓就是"推本唐人诗法，力破余地"，是具有创造性的。清中叶查慎行学宋，主要是学习苏轼，可查慎行是有创造性的，所以袁枚《仿元遗山论诗》就说"他山书史腹便便，每到吟诗尽弃捐。一味白描神活现，画中谁似李龙眠"。但学宋的诗人未必都能做到这一点，譬如翁方纲也学宋，对黄庭坚是字临句摹，不越雷池一步。诗歌成就当然不高，故袁枚论其诗，说"天涯有客太詅痴，错把抄书当作诗，抄到钟嵘《诗品》日，该他知道性灵时"。这后面两句，我们不妨看作，袁枚也是追求"活六朝"的，也是反对"呆六朝"的。这里，"目前境事"，就是诗歌与时代精神的关系，"唐以前人智理名句运用之"，则是诗歌与学术的关系。

有关诗歌与学术的关系，对于沈曾植在这方面的意见，我再阐释一下。刘勰在《文心雕龙》中提出"庄老告退，而山水方滋"，庄老就是当时的玄学，山水便是禅道。沈曾植稔熟玄学，更精于禅道。所以，讨论沈曾植的诗学观，我们可以注意一下《与金潜庐太守论诗书》中的这段论述：

> 须知以来书意、笔、色三语判之，山水即是色，庄老即是意；色即是境，意即是智；色即是事，意即是理；笔则空、假、中三谛之中，亦即偏计、依他、圆成三性之圆成实性也。

沈氏此话非但介绍了诗歌与学术之关系，还谈到了诗歌的时代精神，也就是现实意义。但说得非常玄，不知道大家明白没有？我之所以说中国文学批评史不好讲，也不好学，是因为理论的东西非常抽象，无论是讲，还是学，都会感到非常枯燥、非常乏味。但听懂了就有升华，因为我们就掌握了文学研究的工具或者说武器了。如果没有明白沈氏此语，我们可以阅读钱仲联先生《论同光体》中的相关诠释：

> 沈氏与金氏信中所论，尤其值得注意的，是借用佛家天台宗所宣扬的《中论》"空、假、中"三观和慈恩宗所宣扬的《瑜伽师地论》《显扬圣教论》《成唯识论》等的"偏计、依他、圆成实"三性以论诗，沈氏就金氏信中"意、笔、色"三点作分析，用今天的话说，意相当于思想性，色相当于诗篇所反映的现实，而笔则是客观现实、主观情思与艺术性的统一。

钱仲联先生的解释言简意赅，非常通俗易懂。所以，对于一些理论问题，一旦把它从圣坛上请下来，它就变得简单明了了，许多高深的东西也就不高深了。为方便理解，我们可将金蓉镜《与沈寐叟书》、沈曾植《与金潜庐太守论诗书》、沈氏所引佛家天台宗典籍《中论》和慈恩宗典籍《瑜伽师地论》等，以及钱仲联先生《论同光体》相关论述如表10.1所示。

表10.1 金蓉镜"意、笔、色三语"阐释汇总表

金蓉镜《与沈寐叟书》	意	色	笔
沈曾植《与金潜庐太守论诗书》	老庄	山水	
	智	境	
	理	事	
《中论》	空	假	中
《瑜伽师地论》等	偏计	依他	圆成实
钱仲联《论同光体》	思想性	诗篇所反映的现实	客观现实、主观情思与艺术性的统一

由此可见，与"三元说"相比，"三关说"更重视诗歌的现实意义。

综上所述，我们小结一下，"三元说"是就诗论诗。学杜甫，中国诗歌之集大成者；学韩愈等，宗杜而有发展变化者；学黄庭坚等，"宋人皆推本唐人诗法，力破余地耳"。"三关说"则是就学论诗。所谓"学"，是学术，沈曾植强调了诗歌与学术的关系。其实，"三关"最早也是佛教用语：初关、重关、牢关。我们把这三关用到诗里面，初关就是悟道，学元祐，求臻化；重关就是修道，学元和，求完善；牢关就是证道，学元嘉，求解脱。

接下来，我们讲同光体代表诗人之理论分歧的第二个问题："学人之诗"与"诗人之诗"。沈曾植强调的是"学人之诗"；陈三立倡导"诗人之诗"，所谓诗人，在古代文论中，经常专指《诗经》的作者，也就是继承《诗经》以来的优秀传统；而陈衍则希望"学人之诗"和"诗人之诗"能融为一体，只是他的"诗人之诗"和陈三立所说的"诗人之诗"，在内涵上还是有相当的差异的。即使是"学人之诗"，陈衍和沈曾植的观点也有很大的不同。

先介绍陈衍的相关论述。在陈衍的《近代诗钞·叙言》中，有这么一段话：

> 文端学有根柢，与程春海侍郎为杜，为韩，为苏、黄，辅以曾文正、何子贞、郑子尹、莫子偲之伦，而后学人之言与诗人之言合。而恣其所诣，于是貌为汉魏六朝盛唐者，夫人而觉其面目性情之过于相类，无以别其为若人之言也。

文端是祁寯藻的谥号。而在《近代诗钞》"祁寯藻"条下的《石遗室诗话》中，陈衍又说：

> 有清一代，诗宗杜、韩者，嘉道以前，推一钱萚石侍郎，嘉道以来，则程春海侍郎、祁春圃相国。而何子贞编修、郑子尹大令，皆出程侍郎之门。益以莫子偲大令、曾涤生相国。诸公率以开元、天宝、元和、元祐诸大家为职志，不规规于王文简之标举神韵，沈文悫之主持温柔敦厚，盖合学人诗人之诗二而一之也。

由此可见，陈衍心目中的"合学人诗人之诗二而一之"的典型，是钱载、程恩泽、祁寯藻、何绍基、郑珍、莫友芝、曾国藩等人。生在乾嘉，长在乾嘉——或者是稍后的道咸，受乾嘉学派的熏染，这些人确实有学问。然而，是不是都能被称为学问家，也不一定。钱锺书先生在《谈艺录》中讨论到钱载，就说：

> 萚石处通经好古、弃虚崇实之世，而未尝学问，又不自安于空疏寡陋。宜见其屈于戴东原，虽友私如翁覃谿，亦不能曲为之讳也。然其诗每使不经见语，自注出处，如《焦氏易林》《春秋元命苞》《孔丛子》等，取材古奥，非寻常词人所解征用。原本经籍，润饰诗篇，与"同光体"所称"学人之诗"，操术相同，故大被推挹。夫以萚石之学，为学人则不足，而以为学人之诗，则绰有余裕。此中关捩，煞耐寻味。

这里所说的钱载与戴震的恩怨，在翁方纲《与程鱼门平钱戴二君议论旧草》中有记载："昨萚石与东原议论相诋，皆未免于过激……萚石谓东原破碎大道，萚石盖不知考订之学，此不能折服东原也。训诂名物，岂可目为破碎？学者正宜细究考订训诂，然后能讲义理也……今日钱、戴二君之争辩，虽词皆过激，究必以东原说为正也。"程鱼门为程晋芳。翁方纲认为，钱载于考据之学，纯属外行，外行批评内行，说戴震所做学问是"破碎之学"。所以，翁方纲说"究必以东原说为正也"。其实，钱载和翁方纲的关系还是很不错的，两个人都是乾隆十七年（1752）的进士，号称同年，平时还是相互帮衬的。翁方纲曾经从钱载三十六卷的《萚石斋诗集》中选录诗作，编成《诗钞》四卷，序而刊之，称"其诗浓腴淡韵，若画家赋色，向背凹凸，东坡谓于王维千枝万叶，一一皆可寻源者也"。翁、钱两人诗歌宗趣都在黄庭坚，当然，就创作成就言，钱载远在翁方纲之上。

钱锺书先生接下来所说的钱载"其诗每使不经见语，自注出处"，所举《焦氏易林》《春秋元命苞》《孔丛子》著作，也不是常人都读过的。所以，钱锺书先生谓其"取材古奥，非寻常词人所解征用。原本经籍，润饰诗篇，与'同光体'所谓'学人之诗'，操术相同，故大被推挹"，而其有关钱载的结论，则是"夫以萚石之学，为学人则不足，而以为学人之诗，则绰有余裕"。也就是说，做学人恐有不足，但其学问用来写诗，那还是绰绰有余的。接此，钱锺书先生对陈衍"学人之诗"的观点进行了"钱式"批评：

> 钟记室《诗品·序》云：大明、泰始，文章殆同书抄……拘挛补衲，蠹文已甚……虽谢天才，且表学问。学人之诗，作俑始此。杜少陵自道诗学曰："读书破万卷，下笔如有神"，信斯言也，则分其腹笥，足了当世数学人。山谷亦称杜诗"无字无来历"。然自唐迄今，有敢以"学人之诗"题目《草堂》一集者乎？同光而还，所谓学人之诗，风格都步趋昌黎；顾昌黎掉文而不掉书袋，虽有奇字硬语，初非以僻典隐事骄人……盖诗人之学而已。

在冷嘲热讽的这段话里面，钱锺书先生提出"学人之诗"和"诗人之学"的概念。所谓"学人之诗"，是学者所为诗：在诗当中卖弄"学人之学"——也就是经史百家之学，甚至是金石考据之言直接入诗。当年钟嵘就加以抨击，故有"学人之诗，作俑始此"之说。至于"诗人之学"，其典型便是"读书破万卷，下笔如有神"的杜甫。在钱锺书先生看来，就学问而言，当今号称的"学人"，几个加起来还不如一个杜甫，但杜甫的学问是用来写诗的，是用来增强诗人底蕴、陶冶诗人情操的，只能算作"诗人之学"。因此，自唐迄今，"有敢以'学人之诗'题目《草堂》一集者乎"？

陈衍倡导"合学人诗人之诗二而一之"，因此，他对严羽《沧浪诗话·论辩》中"夫诗有别材，非关书也；诗有别趣，非关理也"的观点，并不认可。他在《学制斋诗钞序》中明确指出：

> 余屡言，诗之为道，易为而难工。工也者，必有异乎众人之为，则读书不读书之辨也。诗莫盛于唐，唐之诗，莫盛于杜子美。子美曰："读书破万卷，下笔如有神。"子美之言信，则严沧浪"诗有别才非关学"之言，误矣。

所以，他的"合学人诗人之诗二而一之"，是建立在读书的基础上的。在陈衍看来，写诗容易，好诗难得。要写出好诗，必须有过人之处，而是否具有过人之处的关键是读不读书。杜甫之所以为杜甫，在于他的"读书破万卷"，所以他才能"下笔如有神"。严羽论诗过分强调"天籁"，陈衍认为"误矣"。而陈衍对此提出的正面观点，则是"诗也者，有别才而又关学者也"。在《瘿庵诗序》中，陈衍说：

> 严仪卿有言："诗有别才，非关学也。"余甚疑之，以为六义既设，风雅颂之体代作，赋比兴之用兼陈。朝章国故，治乱贤不肖，以至山川风土，草木鸟兽虫鱼，无弗知也，无弗能言也。素未尝学问，猥曰吾有别才也，能之乎？汉魏以降，有风而无雅，比兴多而赋少，所赋者眼前景物，夫人而能知而能言者也，不过言之有工拙。所谓有别才者，吐属稳、兴味足耳……故余曰：诗也者，有别才而又关学者也。少陵、昌黎，其庶几乎？然今之为诗者，与之述仪卿之言则首肯，反是则有难色。人情乐于易，安于简，别才之名，又隽绝于丑夷也。

这里，陈衍搬出了《诗经》的作者，说他们是"又关学"的典范："六义既设，风雅颂之体代作，赋比兴之用兼陈。朝章国故，治乱贤不肖，以至山川风土，草木鸟兽虫鱼，无弗知也，无弗能言也。"如果一个人"素未尝学问，猥曰吾有别才也，能之乎"？所谓"有别才"者，陈衍则举汉魏以来作者为例："汉魏以降，有风而无雅，比兴多而赋少，所赋者眼前景物，夫人而能知而能言者也。不过言之有工拙，所谓有别才者，吐属稳、兴味足耳。""吐属稳、兴味足"，这就是"有别才"的全部内涵。而真正能做到"有别才而又关学者"，则是杜甫和韩愈，所谓"少陵、昌黎，其庶几乎"？

当然，陈衍并不主张"学人之学"直接入诗。讨论清代诗人，他颇不满"偷将冷字骗商人"的厉鹗，虽然厉鹗是清中叶浙派的代表人物，其学宋的宗趣与陈衍有相近之处。在《诗评汇编》中，陈衍评价钱载手批的《樊榭山房诗》，说"虽不尽当，而近于锢钉处，多数不满，自是正论"。并且，陈衍对翁方纲的评价更是不高。无论是诗学主张还是创作实践，翁方纲是典型的将"学人之学"直接入诗者。他在《蛾术集序》中说："士生今日经学昌明之际，皆知以通经学为本务，而考订训诂之事与词章之事，未可判为二途。"其《复初斋诗集》存诗5000多首，十之七八为题图、题画、题拓本之作。花病鹤《十朝诗话》说洪亮吉曾为厉鹗作生挽对联："最喜客谈金石例，略嫌公少性情诗。"翁方纲看见以后，"亦不以为忤"。通览《石遗室诗话》，陈衍对这位倡导学宋的诗人，几乎不着一字评价，唯为《翁评渔洋诗平议》写下按语："覃溪自命深于学杜，其实所知者山谷之学杜处耳，只可以傲门下谢蕴山、冯鱼山辈。至其考据，所精在金石书画。至于音韵之学，则未有知，故常以翰林院试帖诗科律律古近体诗。"谢蕴山即谢启昆，冯鱼山则是冯敏昌，二人均为翁方纲的学生。

陈衍不主张"学人之学"直接入诗，关键是要倡导"学人之诗"和"诗人之诗"的融会贯通。这体现在他对道咸年间贵州两位重量级诗人——郑珍、莫友芝的评价方面。郑珍和莫友芝都是程恩泽的学生，都是近代宋诗运动的代表作家。《石遗室诗话》卷二十八说"郑、莫并称，而子偲学人之诗，长于考订，与子尹有迥不同者"。"迥不同者"体现在哪里？其实在陈衍看来，莫友芝长于考订，所作是"学人之诗"，而他在融合"诗人之诗"方面，尚有欠缺。郑珍则不然，所以俩人"有迥不同者"。我们看《近代诗钞·石遗室诗话》：

> 子尹先生以道光乙酉选拔贡，及程春海侍郎之门。侍郎诏之曰：'为学不先识字，何以读三代、秦、汉之书？'乃致力于许、郑二家之学……窃谓子尹历前人所未历之境，状人所难状之状，学杜、韩而非摹仿杜、韩，则多读书故也。此可与知者道耳。

所谓"子尹历前人所未历之境，状人所难状之状"，是言其"诗人之诗"，而所谓"学杜、韩而非摹仿杜、韩，则多读书故也"，则是言其"学人之诗"；"此可与知者道耳"，其实就是强调，郑珍取得成就的关键在于"合学人诗人之诗二而一之"。

可以称为"合学人诗人之诗二而一之"的作品，遍查陈衍著述，其列举者，只有《石遗室诗话》卷十一所录的祁寯藻《自题馒欱亭集》及《自题馒欱亭图诗》，其中前云："规橅台斋集，仿佛鲒埼亭。奇字得家训，故乡存地形。诗名卑不称，宜味老曾经。惭愧香山社，闲吟任醉醒。"而卷二十八对此二诗所加评价，是"证据精确，比例切当，所谓学人之诗也。而诗中带著写景言情，则又诗人之诗也矣"。可见"学人之诗"的关键在于议论方面，要证据精确、比例切当。而"诗人之诗"，则是诗中带著写景言情。

有关陈衍提出"合学人诗人之诗二而一之"的动机，学界的意见也有分歧。本来，严羽提出"诗有别材，非关书也；诗有别趣，非关理也"，是针对江西派的。陈衍竭力倡导江西派，对严羽之论不敢苟同，也是必然的。黄霖《近代文学批评史》认为："以苏、黄为代表的宋诗，本有以才学为诗的特点……道咸间的宋诗派，大都是学问家，又企图以标榜宋诗来救神韵、格调、性灵之弊，故一般都重视'积理养气'，以考据入诗。陈衍本人，亦重经史学问，故在总结历史经验的基础上，自然地提出了'学人之言与诗人之言合'的理论。"只是钱仲联先生在《论同光体》中，却有着与之不尽相同的看法："在旧社会，一般文人却怀有学人高出一筹的偏见。陈衍正是用这样的眼光来谈什么'学人之诗'以抬高同光体诗人的地位。"见智见仁，孰是孰非，或者能否调和折中，大家可以思考并发表高见。

接下来我们介绍一下沈曾植的"学人之诗"。

钱仲联先生《论同光体》在谈到"学人之诗"时，说"同光体诗人，只有沈曾植是著名学人"。而胡先骕跋《海日楼诗》，更是称沈曾植为"清同光朝第一大师"。王国维《沈乙庵先生七十寿序》，对沈氏的学术有具体而微的客观评价：

> 先生少年固已尽通国初及乾、嘉诸家之说，中年治辽、金、元三史，治四裔地理，又为道、咸以降之学，然一秉先正成法，无或逾越。其于人心世道之污隆，政事之利病，必穷其原委，似国初诸老；其视经史为独立之学，而益探其奥窔，拓其区宇，不让乾、嘉诸先生；至于综览百家，旁及二氏，一以治经史之法治之，则又为自来学者所未及。

这里谈到了沈曾植治学的特点。其一，沈曾植治学的重点，一生多有变化："少年固已尽通国初及乾、嘉诸家之说"，是偏重古文经学；"中年治辽、金、元三史，治四裔地理"，是钻研北方少数民族的历史和地理；其后"又为道、咸以降之学"，则又探究今文经学。但是，他的治学方法，却是"一秉先正成法，无或逾越"，也就是坚守传统的治学方法。治旧学，到底是应该采用新方法，还是应该采用旧方法，学界多有争议。我的倾向是新方法可以尝试，但旧方法必须掌握。采用新方法必须在合理的范围内，就像唱昆曲，现在的青春版《牡丹亭》总少了一点过去的韵味。其二，沈曾植治学的目的，是经世致用。"其于人心世道之污隆，政事之利病，必穷其原委，似国初诸老"。所谓国初诸老，是指被人称为"清初三大儒"的顾炎武、王夫之和黄宗羲。他们有感于明代崇尚理学、好发不切实际的议论，以致造成空疏不学的学风，提出了"实事求是"的治学口号。实事求是，关键是要解决实际的问题。沈曾植在光绪六年（1880）成进士以后，赴刑部任主事，与工作有关，他开始精研古今律法，《清史稿·沈曾植传》称其"居刑曹十八年，专研古今律令书"，由《大明律》《宋律统》《唐律》上溯汉魏，于是有《汉律辑补》《晋书刑法志补》之作，被时任刑部尚书也是晚清著名的律法专家薛允升推为律家第一。此后，他把自己的研究重心转移到西北地理和北方少数民族的历史，旨在与北方强敌俄罗斯打交道的时候，做好知识的准备。事实也是这样。光绪十六年（1890），沈曾植考取总理衙门章京，负责俄罗斯事务。后俄罗斯使臣喀西尼以《唐阙特勤碑》《突厥苾伽可汗碑》《九姓回鹘爱登里罗汨没蜜施合毗伽可汗圣文神武碑》等影印本，请求沈曾植加以翻译考证，沈氏所作三碑跋，赢得广泛赞同。沈曾植一生著述众多，有关舆地之学的有15部，其中为世所重的有《元秘史笺注》《蒙古源流笺证》等。

沈曾植是学人，那么我们将沈曾植的诗学主张定位在"学人之诗"，其要义是什么呢？和钱锺书先生《谈艺录》所抨击的"学人之诗"又有什么区别呢？

首先，沈曾植谈学诗途径，认为其与治学途径甚至修道途径是一致的。刚才我们已经讨论了陈衍的"三元说"和沈曾植的"三关说"，陈衍的"三元说"是就诗论诗，前面所引钱仲联先生所撰第一版的《中国大百科全书·中国文学》"陈衍"条，就说了"三元说"着眼于"古近体诗的三个演变阶段，第一个高峰在唐玄宗开元年间，第二个高峰在唐宪宗元和年间，第三个高峰在宋哲宗元祐年间"。而沈曾植是就学论诗，"三关说"则高度关注了元祐、元和、元嘉三个时期学术对诗歌影响的紧密关系。元嘉时期，玄学大兴之后与佛学融合，形成新的玄学，儒学和佛学也初次碰撞，这是一个儒、佛、玄三道共存交融的时代。所以，沈曾植在《与金潜庐太守论诗书》中说"康乐总山水庄老之大成，开其先支道林"，对此，他在《王壬秋选八代诗选跋》有详述：

> 老庄告退，山水方滋，此亦目一时承流接响之士耳。支公模山范水，固已华妙绝伦；谢公卒章，多托玄思，风流祖述，正自一家。把其铿谐，则皆平原之雅奏也。陶公自与嵇、阮同流，不入此社。支、谢皆禅玄互证，支喜言玄，谢喜言冥，此二公自得之趣。谢固犹留意遣物，支公恢恢，与道大适矣。

无论是对元嘉时期学术的阐述，还是讨论这种学术对诗歌的影响，均表现出了一个具有学者身份的诗人的高瞻远瞩、周密圆到的境界。而元和时期，经历初盛唐大昌的佛学逐渐冷却，与儒学逐渐融合并共同影响文学创作，原来的汉学在此时也发生变化，传统意义的经学家在减少，士人普遍重视诗歌辞章而非学术专著，这与唐代的科举制度有着密切关系。故以唐人而言，学人、诗人多合而为一，而诗人的成分要远远超过学人。至于元祐时期，儒学发生新变，经学进入一个新的时代，摆脱前代注疏的束缚而直承经典本义，重在发挥经典之微言大义，形成了与汉学相对的宋学。影响到诗歌，以文为诗、长于说理，成了宋诗的特色。所以，在沈曾植看来，学诗应该从元祐入手，诗人在经历了学理的初步熏染后，上溯至元和，掌握诗歌创作的技巧，然后上升到元嘉，在更高的学理层面体会和揣摩诗的本质。所以，在《与金潜庐太守论诗书》中，沈曾植介绍自己学诗所走过的路，与此是相吻合的：

> 在今日，学人当寻杜、韩树骨之本，当尽心于康乐、光禄二家。（自注：所谓字重光坚者。）康乐善用《易》，光禄长于《诗》（自注：兼经纬），经训菑畬，才大者尽容穮获。韩子因文见道，诗独不可为见道因乎？（自注：欧公文有得于《诗》。）鄙诗蚤涉义山、介甫、山谷，以及韩门，终不免流连感怅，其感人在此，障道亦在此。

他现身说法："鄙诗蚤涉义山、介甫、山谷，以及韩门，终不免流连感怅。"而流连感怅的原因，就在"其感人在此，障道亦在此"。也就是说，关键是"学人之诗"的"学"还不够深厚。说到这里，你们也就知道了，沈曾植的元祐关，是学习王安石和黄庭坚，元和关是学习韩愈，当然也涉及李商隐，到元嘉关，那就是学习颜延之、谢灵运了。颜延之的玄言诗和谢灵运的山水诗对沈曾植的直接影响，主要表现在以理入诗方面。

其次，沈曾植"学人之诗"的诗学要义，还表现在倡导融经入诗。这不同于陈衍的要通过读书来提高诗人的修养，由此达到杜甫《八哀》诗所谓"阅书百纸尽，落笔四座惊"的境界；也不同于钟嵘在《诗品》序里所批评的任昉、王融等人"词不贵奇，竞须新事"，不想着在字句上下功夫，只是争先恐后地在诗中尝试使用冷僻的典故，以至于"尔来作者，寖以成俗"，他们的不过脑子、随波逐流，终于导致了刘宋大明、泰始年间"文章殆同书抄"的严重后果，也就是钱锺书先生《谈艺录》所说的"学人之诗，作俑始此"。当然，沈曾植所谓的"学人之诗"，强调的是学问在诗歌里的融会贯通，而绝不是"拘挛补纳，蠹文已甚"。那么，怎样才能做到"融经入诗"呢？

据沈曾植《与金潜庐太守论诗书》，其比较骄傲的一件事，就是"癸丑年同人修禊赋诗，鄙出五古一章，樊山五体投地"。查《海日楼集》，这首诗题《三月再赋五言分韵得天字》：

> 适去不自我，有来孰非天。寓形同庶物，观化循徂年。复此赤奋纪，缅怀永和篇。东风煦庭户，巾屦来群贤。仰见太虚净，俯玩晨葩鲜。彭殇齐可论，尧桀

忘谁先。云藻发谈麈，时珍乐嘉筵。偶然具觞咏，久已屏管弦。今视喟殊昔，后感宁同前。乐缘兹土尽，冥寄他方延。

我们前面谈到，因为金蓉镜的身份是其诗弟子，所以，沈曾植向金蓉镜透露了个中秘密："其实止用《皇疏》'川上章'义，引而申之。"他还关照"勿为外人道，又添多少公案也"。钱仲联先生《沈曾植集校注》，在"寓形同庶物，观化循徂年"联下引了《论语》"川上章"皇侃《义疏》的相关内容作为注释：

> 孔子在川水之上，见川流迅迈，未尝停止，故叹人年往去，亦复如此。向我非今我，故云逝者如斯夫；日月不居，有如流水，故云不舍昼夜也。江熙云："言人非南山，立德立功，俯仰时过，临流兴怀，能不慨然！圣人以百姓心为心也。"孙绰曰："川流不舍，年逝不停，时已晏矣，而道犹不兴，所以忧叹也。"

所谓的"融经入诗"，就是引用经典而不露痕迹，读者细细品味，只是感觉有点意思在。我估计如果没有读过《与金潜庐太守论诗书》，看到此诗是很难和"《皇疏》'川上章'义"挂上钩的。即使看了钱仲联先生的诠释，也还是有云里雾里的感觉。我要提醒的是，现在读书学习，我们也要关心一下学者在自媒体上所发表的意见。华东师范大学胡晓明教授的博客文章《沈乙庵修禊诗笺释》（后收入其著作《古典今义札记》），对于我们理解这个问题是有很大帮助的：

> 乙庵用皇侃"川上"章义，似有两层意思。一是岁月忽逝，而立德立功之机会，俯仰间即失，感叹时节之易变快变，时为1913年，诗人隐含辛亥变革后的感慨。二是今我不同于旧我，后感有异于前人。所谓向我非今我，即顺此大化之流（即"同庶物""循徂年"），享受太虚之空灵清净，而忘怀世事，乐此因缘而已。此二义隐隐相发，即玄理回应纯情、得情境理想相融之妙，也即乙庵所谓"引而申之者"。

这就是沈曾植所说的"时时玩味《论语皇疏》，乃能运用康乐，乃亦能运用颜光禄"的切身体会。胡晓明此文后来收入海天出版社出版的《古典今义札记》。

最后介绍一下倡导"诗人之诗"的陈三立。刚才我们谈到，钱仲联先生认为同光体诗人中，"只有沈曾植是著名学人"。其实，在《论同光体》当中，钱先生接着又说"陈衍本人，虽也博览经史，毕竟只是诗人、古文家，是'文苑传'中人物。此外，同光体诗人，或是以政治活动家而为诗人，或是从事文学专业的诗人"。如果说陈衍是从事文学专业的诗人，那么陈三立就是以政治活动家而为诗人。

陈三立一生在政治上最辉煌、最值得称颂的是以下两件事：一是在湖南辅助他的父亲、时任湖南巡抚的陈宝箴推行新政。当时，湖南作为维新的实验基地，聚集了梁启超、黄遵宪、谭嗣同、唐才常等维新党人，他们创办南学会和时务学堂，出版刊行《湘学报》和《湘报》，并陆续筹办水陆交通、开矿、设武备学堂、练民团，按照范文澜《中国近代史》的说法，他们使湖南成为当时"全国最富朝气的一省"。这其中当然和陈宝箴父子的积极谋划、赞助和活动分不开。梁启超《饮冰室诗话》就说"陈伯严吏部，义宁抚军之公子也，与谭浏阳齐名，有'两公子'之目。义宁湘中治迹，多其所赞画"。伯严是陈三立的字，谭浏阳就是谭嗣同，其父谭继洵时任湖北巡抚。我一直以为，湖南以后成为革命家——不管是旧民主主义革命，还是新民主主义革命——的人特别多，这和维新时期所开创的风气有关。陈三立在政治上所做的另外一件让我们应该铭记的事情，就是卢沟桥事变爆发后，陈三立寓居北平，目睹山河沦亡，不胜悲愤，以八十五岁高龄绝食殉国，晚节让人尊重。

陈三立是政治活动家，而不是从事文学专业的诗人，所以钱仲联先生《论同光体》就说他"工于为诗而不像陈衍那样标榜声气，也没有写过整套的理论"。但是，他倡导"诗人之诗"，就是要和《诗经》作者一样，"迩之事父，远之事君"。他需要突出诗歌的"兴观群怨"的功能，需要表达在诗歌的社会作用方面他所持有的肯定的意见——也就是所谓的"诗言志"。我今天甚至怀疑，他好用奇字的习惯，是否也暗合孔子的"多识于鸟兽草木之名"？如果翻阅《散原精舍文集》，我们就会发现：陈三立为其他人诗集所作的序文，都是在强调诗歌与社会政治的密切关系。当廖笙陔请求"子为我尽读而序之"的时候，陈三立序其诗，明言"余尝愤中国士夫耽究空文而废实用"。什么是"空文"？他在《刘裴村衷圣斋文集序》中的解释是"凡非涉富强之术、纵横之策，固皆视为无用之空文"。刘裴村就是刘光第，当年因陈宝箴的荐举而出任军机章京，成了"戊戌六君子"之一——他被清廷残害，这是其悲；他也得以流芳百世，则是其幸。当然，陈三立在这里是概言诗文，而对诗歌内容的具体要求，则如他在《余尧衢诗集序》中所说的："《诗》曰：'心之忧矣，云如之何？'诗者，写忧之具也，故欧阳公推言穷而后工，诚信而有征者。"所谓"写忧之具"，突出了"兴观群怨"的"怨"，这和《诗经》的作者是保持了高度一致的。所以，他认为优秀的诗歌作品，基本都是"穷而后工"的产物。陈三立序《梁节庵诗》，说梁鼎芬目睹晚清"学术之升降，政法之隆污，君子小人之消长，人心风俗之否泰，夷狄寇盗之旁伺而窃发"，"愤悱之情、噍杀之音，亦颇时时呈露而不复自遏"，他"志极于天壤，义关于国故，掬肝沥血，抗言永叹，不屑苟私其躬，用一己之得失进退为忻愠"，所以，陈三立说"日迈月征，徙倚天地，吾恐梁子之诗将益工"。并且，在陈三立看来，诗歌如果具有积极的内容，如果能够表达真性情，是可以超越艺术方面不同的宗趣和形式而产生永恒的魅力的。他在《顾印伯诗集序》中就说：

自周汉以来，积数千余岁之诗人，固应风尚有推移，门户有同异，轻重爱憎，互为循环，莫可究极。然尝以谓凡托命于文字，其中必有不死之处，则虽历万变万哄万劫，终亦莫得而死之，而有幸有不幸之说不与焉？

由其言"自周汉以来，积数千余岁之诗人"可见，陈三立论诗的源头的确是上溯《诗经》传统的。我们要注意的是"风尚有推移，门户有同异"，而"凡托命于文字，其中必有不死之处"。

当然，陈三立以《诗经》作者为楷模，除了"兴观群怨"外，还遵循"温柔敦厚"。过去的诗人，在儒家思想的影响下，对"兴观群怨"和"温柔敦厚"一直是并重的。对此发起挑战的也有，但不是很多。譬如袁枚，其《答李少鹤书》曾说："仆以为孔子论诗,可信者兴观群怨,不可信者温柔敦厚也。"而他在《答沈大宗伯论诗书》中,针对沈德潜倡导温柔敦厚,也提出了疑问:"至所云诗贵温柔,不可说尽,又必关系人伦日用。此数语有褒衣大袑气象,仆口不敢非先生,而心不敢是先生。何也?孔子之言,戴经不足据也,惟《论语》为足据。"不过,袁枚质疑的理由也仅仅是戴圣所编纂的《礼记》可能是伪书,所以《礼记》所载的孔子之言"温柔敦厚,诗教也",是靠不住的,不一定真的是孔子说的。而陈三立在《沧趣楼诗集序》中先是叙说了同光体诗人且是晚清重臣的陈宝琛之坎坷经历,然后说:

> 公生平遭际如此,顾所为诗终始不失温柔敦厚之教,感物造端,蕴藉绵邈,风度绝世,后山所称"韵出百家上"者,庶几遇之。然而其纯忠苦志,幽忧隐痛,类涵溢语言文字之表,百世之下,低回讽诵,犹可冥接遐契于孤悬天壤之一人也。

相似的评价还体现在他为同样是晚清重臣的冯煦《蒿庵类稿》所作的序中:"所为文诗词为余所及知推之,吐辞结体,一出于冲淑尔雅,盎然粲然,盖导引自具之性情,以与古之能者相迎。"而陈三立读清末名儒关棠诗并跋其遗集,则谓"类皆根据理要,质厚俊雅,颇不愧古之立言者"。

总而言之,"兴观群怨"和"温柔敦厚",是陈三立的"诗人之诗"之诗论的两大准则,前者侧重内容,后者侧重风格。而其诗论的核心,便是被朱自清推为中国诗论"开山的纲领"的"诗言志"。

有关陈三立论诗,还有一个重要的话题便是"恶俗恶熟"。陈衍《石遗室诗话》卷一云:

> 伯严论诗,最恶俗恶熟,尝评某也纱帽气,某也馆阁气。余谓亦不尽然。即如张广雅之洞诗,人多讥其念念不忘在督部,其实则何过哉?此正广雅诗长处。

督部,是指张之洞在武昌官湖广总督。而"恶俗恶熟",正体现了陈三立倡导"诗人之诗"的政治理想。按照陈衍的解释,"恶俗恶熟"主要是"评某也纱帽气,某也馆阁气",反映了陈三立厌恶官场人物故作矜持之官僚气。而陈三立和张之洞的不协调,是官场新旧两代人之间的代沟所致,更多的是政见之不相协所致。张之洞是洋务派的领袖,所信奉的还是魏源所谓"师夷长技以制夷"。在张之洞看来,造枪、造炮、造轮船的工厂可以建,矿山、铁路、电报也可以有,但是西方的民主思想和政治制度是洪水、是猛兽,必须将其坚决挡在国门之外。所以,他在《劝学篇》中明确提出了"中学为体,西学为用",可见张之洞的学习西方,只是想利用西方先进的科学技术来维护中国封建的皇权统治。

陈三立则不然。他在自己的诗歌中也直接表达了对当时西方政治、哲学思想的理解。陈三立尝有《送严几道观察游伦敦》一诗,对严复翻译西方学术名著,介绍和传播西方资本主义政治、经济和文化思想做了充分肯定:"铺啜糟醨数千载,独醒公起辟鸿蒙。抚摩奇景天初大,照耀微尘日在东。聊探睡骊向沧海,稍怜高鸟待良弓。乘桴似羡青牛去,指点虚无意无穷。"陈三立借用《楚辞·渔父》"众人皆醉,何不铺其糟而啜其醨"意,对当时保守派意图恪守几千年来中国传统思想中的陋习而无意变革进行抨击,并将严复比作"众人皆醉我独醒"的屈原,把他宣扬西方民主和科学思想誉为"辟鸿蒙"。陈三立还有《读侯官严氏所译英儒穆勒约翰群己权界论偶题》和《读侯官严氏所译社会通诠讫聊书其后》二诗,高度评价了严氏译著。严复亦非常尊重陈三立,他把自己的译稿交给陈三立审阅。范罕《六十自谶诗》自注有云:"予初游两湖,于陈伯严先生处,见严又陵先生新译赫氏《天演论》,尚未出版,乃惊告先子,以为卓越周秦诸子。"

除了宏观的呐喊外,有关维新改良,陈三立还提出了许多具体而微的建议。譬如女权和教育,这在其诗中都有反映。常熟的南社诗人庞树柏,1919年曾在上海的《妇女杂志》上刊载《今妇人集》,其中谈道:"周衍巽,亦南昌人,少即肄业于某女校,精蟹行文字,而尤注意于家庭教育。陈散原亦有诗赠之曰:'日手东西新译编,莺姿虎气镜台前。家庭教育谈何善,顿喜萌芽到女权。'则周之为人亦可见矣。"岂止是"为人亦可见",这就是陈三立理想之中的中国新女性。蟹行文字是指西文,因其横书。而诗中所谓"日手东西新译编",是言其忙于译著。此诗收入《散原精舍诗集》,题为《题寄南昌二女士》"周衍巽"首。其实,有关妇女解放,早在戊戌变法之前,陈三立就在湖南支持谭嗣同等创办不缠足会。而他的女儿都得到了良好的教育,其《视女婴入塾戏为二绝句》云:"两三间屋小如舟,唤取诸雏诵九流。莫学阿兄夸手笔,等闲费纸帧沟娄。""公宫化杏国风远,图物西来见典型。安得神州兴女学,文明世纪汝先声。"这是陈三立送女儿入学时所作,时为光绪二十七年(1901)。诗的最后两句表现出作者是将兴办女学看作新世纪文明之标志,这在当时一定是引领时代潮流的。

明治维新后日本教育的现代化,是造成中日在国力方面存在差距的重要原因。光绪二十八年(1902)中秋后,陈三立在江宁(今南京)见到了到江南陆师学堂考察的日本学者嘉纳治五郎,抚时感事,他赋长诗相赠。由于刚刚经历了庚子事变,所以开篇就说"国家丧败余,颇复议新政"。而教育则是新政的重要内容:"仍遵今皇谟,嗳嚅诵甲令。四海学校昌,教育在厘正。"但是,中国的事情多停留在形式上,有关教育的根本问题没有得到解决:"所恨益纷庞,未由基大命。去圣日久远,终古一陷阱。礼乐坏不修,侉口呓孔孟。譬彼涉汪洋,航筏失导迎。盲僮拊驹犊,旷莽欲何骋?"陈三立希望能够借鉴日本的做法:"陶铸尧舜谁,多算有借镜。东瀛唇齿邦,泱泱大风盛。亦欲煦濡我,挟以御物竞。群士忽奔凑,有若细流迸。"所以,他说"起死海外方,抚汝支那病"。陈三立倾心于日本之教育成就,是年曾安排长子陈衡恪、三子陈寅恪自费东渡留学。两年后,陈寅恪与二兄陈隆恪又考取官费留日。而陈三立日后在江苏、江西等地创办师范学校,可以看作他这种思想的实践。

过去有论者将陈三立归入封建遗老,我实在不敢苟同。是不是遗老,最关键的衡量标准为他在思想方面是否能够革故鼎新,与封建体制决裂。作为晚清积极参与维新变法的人物,陈三立所遇到的困难和阻力之大是不言而喻的。他希望官场的面貌能够焕然一新,希望官员以锐进之气投身于变革。言为心声,陈三立也希望诗歌能够反映时代,能够表达理想,进而能够推进改革。所以,他的《漫题豫章四贤像拓本》咏陶渊明诗云："此士不在世，饮酒竟谁省？想见咏荆轲，了了漉巾影。"这和传统的"采菊东篱下，悠然见南山"，或者"结庐在人境，而无车马喧"的陶渊明形象是有很大不同的。倒是和鲁迅在《且介亭杂文二集·〈题未定草〉（六）》中所说的陶渊明"就是诗，除论客所佩服的'悠然见南山'之外，也还有'精卫衔微木，将以填沧海，形天舞干戚，猛志固常在'之类的'金刚怒目'式，在证明着他并非整天整夜的飘飘然"，是同一个意思。这也应该是强调"诗言志"的体现。

我们所介绍的陈三立的所作所为，当然是超越了张之洞所恪守的政治底线。因此，张之洞出将入相，在晚清政坛的惊涛骇浪中勇立潮头，却始终安然无恙。这与戊戌政变以后被清廷罢黜的陈氏父子，形成了鲜明的对照。而陈衍将张之洞诗歌的官僚气，归结为张之洞的高官身份所致，陈三立对此也表示了理解。陈衍《石遗室诗话》卷一曾举张之洞《正月十七日发金陵夕至牛渚》《九曲亭》《胡祠北楼送杨舍人》《秋日同宾客登黄鹄山曾胡祠望远》《九月十九日八旗馆露台登高赋呈节庵伯严诸君》等诗，向陈三立做进一步解释：

> 以上数诗皆可谓绵邈尺素，滂沛寸心，《广雅堂集》中之最工者。然东来温峤、西上陶桓、牛渚江波、武昌官柳，文武也，旆旌也，鼓角也，汀州冠盖也，以及岘首之碑、新亭之泪、江乡之梦，青琐湛辈之同浮沉，秋色寒烟之穷塞主，事事皆节镇故实，亦复是广雅口气，所谓诗中有人在也。

陈衍主要说明了张之洞其人和其诗并不分裂。诗歌里面即使有点官僚气，也是因为张之洞毕竟是"大干部"，"大干部"写诗一定是"大干部"的口气。这就是所谓的"诗中有人在"。接着又说："伯严不甚喜广雅诗，故余语以持平之论，伯严亦以为然。"

最后我想告诉大家，全国众多的学者研究同光体，一定是有道理的，因为同光体是近代诗歌史上的一个大题目。流行时间不短，还风靡全国。在"五四"新文化运动掀起以后，还有许多诗人去追随。上面还远远没有讲透。我这一讲取名"述要"，也就是讲个大概。"同光体诗论"，甚至可以作为一门选修课，得到专门的讲述。还有，学术研究是没有止境的。明清时候的书店一般都会自己印书。苏州有一家书店取名"扫叶山房"，因为老板认为，书稿的校勘永远不可能完善。错误就像地上的落叶，尽管一遍又一遍地扫，依然层出不穷，所以只能动态清零。于是，不管前人如何努力，一定还会留下广阔的学术研究空间。我甚至认为，前人所做的工作就是开疆裂土，他们越是努力，你们的空间越是广阔。当然，关键在于自己的把握，以及不懈的努力。

【参考阅读文献】

钱仲联《梦苕庵论集》，中华书局 1993 年版。
马卫中《光宣诗坛流派发展史论》，苏州大学出版社 2000 年版。
胡迎建《同光体诗派研究》，学苑出版社 2013 年版。

【思考题】

1. 同光体产生的时代背景是什么？
2. 如何理解陈衍所说的"宋人皆推本唐人诗法，力破余地耳"？
3. "诗人之诗"与"学人之诗"的历史渊源是什么？

后 记

编写《中国古代文论十讲》的动议始于两年前。

2021年苏州大学文学院调整硕士研究生的教学计划，让我和张珊老师一起承担"中国古代文论研究"的课程。这是新开课，主要是因为现在有不少学校在本科阶段没有开设"中国文学批评史"，待到学生进入研究生阶段的学习时，明显感觉他们在理论方面的缺失，所以希望能够帮助他们补补课。我个人以为，提升学生的理论修养是非常必要的。但如果要补强基础，学生可以去旁听本科的"中国文学批评史"课程。我在苏州大学文学院承担此课程有30多年，最近几年已由非常优秀的张珊老师接任。事实上，自20世纪90年代起，我所招收的中国古代文学专业的硕士研究生，凡了解到他们本科所在的学校没有开设与中国古代文论相关的课程，我都会让他们到本科生的教室里去补课。至于研究生的"中国古代文论研究"课程，一定要开出"研究"的特色。因此就有了一个大胆的设想，除了我和张珊老师，约请另外八位苏州大学文学院古代文学教研室的老师来共同承担此课程。由于大家都是博士，且读博时候的导师基本上是国内著名的专家，便要求大家将当年博士论文中最有理论色彩的章节转化成讲课的内容，于是就有了这本《中国古代文论十讲》的教材。其中也有例外，譬如博士论文是做"同光体研究"的涂小马老师，因其作为弟子，侍奉钱仲联先生有年，学问得先生真谛。考虑到苏州大学古代文学的学术传统，便请他专门介绍钱先生在文论研究方面的成就。

"中国古代文论十讲"课堂教学的反响极好。由于大家从事着不同的研究方向，从先秦到近代，"十讲"在时间上多有涉及，而文学的样式也是照顾到了各种文体。更为重要的是，老师们毕业于不同的学校，其治学的方法和讲课的风格，也是各有传承，故课程内容丰富多彩。而在形成"十讲"的过程中，大家又付出了许多心血。因为讲义和博士论文，仅在形式方面就有很大的不同，需要有脱胎换骨的变化。大家一丝不苟的精神，令我感动。特别是张珊老师，于课堂教学的协调及本书的编辑出版，做了大量的工作。张老师是苏州大学文学院古代文学教研室的主任，也是教研室中唯一的女性教师，诚可谓"巾帼不让须眉"。我们还特别要感谢苏州大学学术委员会主任王尧教授，他是著名的文学批评家和作家。我在邀请王尧先生作序时曾大言不惭地宣称，编写"十讲"，是一种大胆的尝试：既是教材建设、课程建设，也是队伍建设、学科建设。不想他完全同意，欣然答应为序，是令本书增色许多。而文学院的曹炜院长、周生杰副院长，还有苏州大学研究生院的张进平院长，他们也为本书的出版，提供了极大的便利。没有他们的支持，本书的面世绝不会如此顺利，在此一并致谢。

当然,"十讲"并不能充实一个学期的讲课时间。我们便结合文学院的"仲联学术讲坛",邀请国内一流学者来校讲学,以进一步拓展学生的眼界和思路。仅疫情结束后的 2023 年上半年,就先后有华东师范大学胡晓明,浙江工业大学肖瑞峰,复旦大学陈引驰,南京大学许结、张伯伟,以及吉林大学马大勇等先生莅临课堂。他们精彩的讲座,令我有了另外一个构想:等集满一定的内容,是否还可以出版另外一本《中国古代文论十讲》?

　　这是后话。

马卫中

2023 年国庆节于苏州古胥门内风云一片楼